Bradley Denton

JIMMY BLACKBURN

Bradley Denton

Jimmy Blackburn

ROMAN

Aus dem Amerikanischen von Klaus Berr

Stimmt! Jimmy muß
man lieben und noch mehr,
man findet, auch wenn es
„Unrecht" ist, das er im Recht
ist. komisch.
Tolles Buch
2000 Moni

List Verlag
München · Leipzig

Die Originalausgabe »Blackburn«
erschien 1993
bei St. Martin's Press, New York

ISBN 3-471-77343-6

Satz: Franzis-Druck GmbH, München
Druck und Bindung: Ebner, Ulm

Für B. C.

Inhalt

Opfer Nummer zwei

Blackburn war überrascht, daß es so einfach war. Er hatte nicht geglaubt, daß er imstande sein würde, noch einen Mann zu töten. Aber hier war Nummer zwei und versuchte eben, seine Hose anzuziehen. Der Mann war kräftig, seine Schritte ließen das Telefon auf dem Nachttisch erzittern. Aus einem Loch in seinem Bauch quoll Blut. Das Blut glänzte auf der Haut des Mannes, auf den Laken, auf dem Boden.

Die Frau auf dem Bett schrie. Sie drückte sich gegen das Kopfbrett und steckte sich einen Zipfel der Bettdecke in den Mund. Ihr Schreien wurde immer lauter.

»Nicht«, sagte Blackburn. In seinen Ohren dröhnte der Nachhall des Schusses.

Nummer zwei zog sich die Hose bis zu den Knien hoch und fiel dann zu Boden. Das Telefon machte einen Satz. Der Mann stöhnte. Er lag auf der Seite, das Blut tropfte von seinem Bauch auf den Boden. Die Frau schrie noch immer. Ihre Schreie waren der Grund, warum Blackburn ins Zimmer gekommen war. Aber jetzt brauchte sie nicht mehr zu schreien.

»Es ist alles in Ordnung«, sagte Blackburn.

Die Frau schrie und schrie.

»Was hätte ich denn sonst tun sollen?« fragte Blackburn.

Nummer zwei begann zu zucken. Kurz darauf erkannte Blackburn, daß der Mann weinte. Er hatte Schmerzen. Blackburn tat das leid. Er war mit dem Revolver nicht vertraut. Bis zu diesem Tag hatte er noch nie eine echte Waffe abgefeuert. Er hatte nicht vorgehabt, Nummer zwei einen Bauchschuß zu verpassen.

Blackburn ging zu dem Mann. »Nicht hinsehen«, sagte er zu der Frau. Die Frau zog sich die Decke über den Kopf. Ihr Schreien wurde allmählich heiser.

Blackburn spannte den Hahn des Revolvers. Dann richtete er die Mündung auf Nummer zweis Schläfe.

Der Mann schwitzte. Aus dem Zucken war ein beständiges Zittern geworden. Er verdrehte die Augen, um zu Blackburn hochzustarren. Er stöhnte.

Blackburn zögerte. Schießen war leicht gewesen, als er gesehen hatte, wie der Mann die Frau schlug. Jetzt war es nicht mehr so einfach.

Er drehte sich um, wollte das Zimmer verlassen. Dieser Mann würde doch nicht Nummer zwei sein. Ihn nur zu verletzen zählte nicht.

Die Schreie der Frau hörten auf, als Blackburn zur Tür ging. Wahrscheinlich griff sie bereits nach dem Hörer. Jetzt mußte er schleunigst hinunter auf die Straße. Er hoffte nur, daß der Ford Pickup, den er gestohlen hatte, auch ansprang.

Er hörte die Frau sagen: »O Gott, soll ich einen Krankenwagen rufen?«

Er hörte den Mann sagen: »Das wirst du mir büßen, du Schlampe.«

Der Revolver war noch immer gespannt. Blackburn umfaßte den Griff mit beiden Händen, kehrte zu dem Mann zurück und schoß ihm in den Kopf.

Es war spektakulär. Blackburn war schockiert. Das hatte er nicht gewußt. Die Wände, das Bett, die Frau, seine Kleidung. Das hatte er wirklich nicht gewußt.

Die Frau schrie wieder. »Tut mir leid«, sagte Blackburn und deutete mit der Waffe auf die Wände. »Das alles tut mir leid.«

Das Nachthemd hing schief an der Frau und ließ ihren Körper

verdreht aussehen. Sie hielt sich die Hände vors Gesicht. Durch ihre Schreie hindurch versuchte sie etwas zu sagen. Blackburn konnte die Worte nicht verstehen.

»He«, sagte Blackburn. Als sie nicht reagierte, schrie er sie an. »He!«

Die Frau hörte auf zu schreien. Sie nahm die Hände vom Gesicht und starrte ihn an. Ihr Haar war wirr, das Gesicht zerfurcht. Das Fleisch um ihre Augen war geschwollen und gerötet. Sie zitterte, so wie Nummer zwei es getan hatte.

»Er hat Ihnen wehgetan«, sagte Blackburn.

Die Frau kniete sich hin. Sie drückte sich die Fäuste ans Gesicht und kreischte: »Er war mein Mann!«

Blackburn war verwirrt. »Und deswegen war es okay?« fragte er.

Die Frau rollte sich zusammen und sagte kein Wort mehr.

Blackburn ging nach draußen. Einige Leute.

Im Büro des Motels brannte Licht. Der Wagen des County Sheriff war vermutlich schon unterwegs. Blackburn rannte zum Ford und schwang sich hinein. Das Auto sprang gleich beim ersten Versuch an, und Blackburn schlitterte von der kiesbestreuten Auffahrt auf die Teerstraße. Noch sechs Stunden bis Sonnenaufgang. Genug Zeit, um sich in den Ozarks zu verstecken.

Er hatte viel gelernt, seit er Kansas an diesem Nachmittag verlassen hatte. Er hatte gelernt, daß er unbedingt besser zielen mußte. Er hatte gelernt, daß ein 357er Colt Python größere Durchschlagskraft besaß, als er vermutet hatte. Und er hatte gelernt, daß es nicht schwer war, einen Mann zu töten, wenn dieser es verdient hatte.

In der Python steckten nur noch zwei Patronen. Er brauchte neue. Sein siebzehnter Geburtstag war ereignisreich gewesen, und für die Tage, die vor ihm lagen, erwartete er noch mehr Aufregung.

1
Blackburn und der blinde Mann

Am Tag, bevor der blinde Mann in die Schule kam, brachte Jimmy Blackburns Vater seine Mutter zum Bluten. Es war nicht viel Blut, aber Jimmys Mutter weinte. Seine Schwester Jasmine schrie. Jimmy wollte Jasmine auf den Mund schlagen, so wie Dad Mom geschlagen hatte. Jasmines Schreien war der eigentliche Anlaß für die ganze Geschichte gewesen.

Dad ging nach draußen und fuhr in seinem Pickup davon. Jimmy wäre auch gerne hinausgegangen, aber Mom sagte, er dürfe erst vom Tisch aufstehen, wenn er seinen Teller leergegessen habe. Er hatte keine Lust zu essen. Sein Rumpsteak und der Kartoffelbrei waren kalt. Aber je länger er wartete, desto schlimmer würde es werden. Also versuchte er es. Wenn Mom sah, daß er es versuchte, würde sie ihn vielleicht gehen lassen. Vielleicht würde sie ihm später sogar noch etwas Milcheis geben.

Mom tupfte sich mit einem Geschirrtuch den Mund. Sie weinte noch immer ein wenig. Jimmy überlegte, ob sie vielleicht eine Heulsuse war. Er war schon viel stärker geschlagen worden und hatte nicht geweint. Jasmine fing an, auf das Tablett ihres Hochsitzes zu hämmern und ihr Essen zu zermanschen, aber Mom schien das nicht zu kümmern.

»Darf ich jetzt aufstehen?« fragte Jimmy. Jasmine widerte ihn an.

»Noch fünf Bissen«, sagte Mom.

Jimmy würgte fünf Bissen Fleisch hinunter und stand dann auf. Jasmine bewarf ihn mit einem Klecks Kartoffelbrei, als er an ihr vorbeiging. Der Brei blieb an seinem Hemd kleben. Er warf ihn zurück und traf sie im Gesicht. Sie schrie noch lauter als zuvor, und Jimmy war sicher, daß er jetzt Schwierigkeiten bekommen würde. Aber Mom nahm nur das Geschirrtuch und wischte Jasmines Gesicht ab. Der Breiklecks verschmierte und wurde auf dem Tuch rosa.

Er ging nach draußen und setzte sich auf einen der Reifen hinter der Garage. Die Sonne ging unter, vergoldete im Westen den Himmel. Mom sagte immer, in Kansas gebe es die schönsten Sonnenuntergänge auf der ganzen Welt. Jimmy fragte sich, woher sie das wußte, da sie doch noch nie irgendwo anders gewesen war.

In der immergrünen Windschutzhecke murmelte der Wind. Der Winter stand vor der Tür. Jimmy konnte es kaum erwarten, daß endlich Schnee fiel, denn Schnee bedeutete schulfrei. Er haßte die dritte Klasse. Mrs. Porter war fett, und ihr Atem roch wie verbrannte Zeitung.

Ein Meteor zischte Richtung Süden, sein weißer Schweif zeigte auf die Stadt Wantoda. Jimmy hoffte, er würde die Grundschule treffen. Er wartete auf eine Explosion, hörte aber keine.

Nach einer Weile wurde ihm kalt, und er ging wieder hinein, um fernzusehen. Mom gab ihm eine Schüssel Milcheis und schickte ihn um halb neun ins Bett. Sie stand in der Tür zu seinem Schlafzimmer und hörte zu, wie er kniend sein Gebet aufsagte: »Lieber Gott, ich bitte Dich, segne und beschütze mich. Und segne auch Mom und Dad und Jasmine und alle, die ich lieb habe, Amen.«

Jimmy kletterte ins Bett und schlüpfte unter die Decke. Normalerweise sagte Mom gute Nacht und schloß die Tür, sobald er im Bett war, aber an diesem Tag blieb sie stehen, mitten im Rechteck des Küchenlichts. Jimmys Schlafzimmer war früher eine Speisekammer gewesen; es hatte keine Fenster, die Licht von draußen hereinließen. Moms Gesicht konnte er nicht sehen. Nur ihren Umriß vor dem gelben Schein.

»Vergiß eins nicht«, sage sie. »Ein Gebet ist nicht nur etwas, das man aufsagt. Es ist nicht wie ein Gedicht, das du für die Schule auswendig lernst. Wenn du betest, sprichst du zu Jesus.«

»Ja, Ma'am«, sagte Jimmy. »Ich weiß.«

»Das glaube ich dir. Aber manchmal vergessen wir, daß wir etwas wissen. Also denk immer daran, was Jesus über das Beten gesagt hat: ›Alles, worum du in Seinem Namen bittest, wird dir gewährt werden.‹«

»Ich weiß«, sagte Jimmy noch einmal. »Das hat man uns in der Kirche gesagt. An Ostern.« Ostern lag schon Monate zurück, aber er sehnte sich noch immer nach dem Geschmack der Malzmilch-Schokoladeneier.

»Ja«, sagte Jimmys Mutter. »Das stimmt.« Sie schloß langsam die Tür. »Schlaf gut, mein Liebling.«

»Nacht, Mom.«

»Gute Nacht.« Die Tür fiel ins Schloß. Das Zimmer war dunkel bis auf die gelben Streifen, die die Tür begrenzten.

Während Jimmy dalag und auf den Schlaf wartete, hörte er Daddy heimkommen und sagen, es tue ihm leid. Jimmy horchte angestrengt, mit angehaltenem Atem, aber von Mom hörte er keine Antwort. Das machte ihn wütend. Sie sollte etwas sagen. Dad mochte es nicht, wenn sie nichts sagte.

Jasmine fing wieder an zu weinen, und Jimmy hörte Mom in Jasmines Schlafzimmer laufen. Aber Jasmine schrie nur. Wahrscheinlich sah sie wieder Ungeheuer. Blöde dreijährige Göre. Sie würde es soweit bringen, daß Mom und Dad sich wieder stritten.

Und so kam es auch. Es war noch schlimmer als zuvor. Schreien und Weinen war zu hören. Und dann zerbrach etwas Gläsernes.

Jimmy steckte den Kopf unter die Bettdecke und fing an zu beten. Diesmal betete er nicht in auswendig gelernten Wendungen. Er betete direkt zu Jesus und bat Ihn, Er möge dafür sorgen, daß Mom und Dad sich nicht mehr stritten.

Das Schreien wurde lauter. Mom kreischte schon fast so wie Jasmine. Jimmy merkte, daß er nicht richtig betete. Er stieg aus dem Bett, kniete sich wieder hin und streckte die gefalteten Hände zum

Himmel. So werden sie zu einer Antenne, dachte er. Die seine Gebete zu Gott ausstrahlte. Er stellte sich seinen Körper als Radiosender vor. Er kniff die Augen fest zusammen und betete immer und immer wieder dasselbe Gebet. Bitte mach, daß Mom und Dad aufhören zu streiten. Bitte mach, daß sie glücklich sind.

Es gab ein Klatschen, Fleisch auf Fleisch, und einen dumpfen Schlag. Dann krachte die Haustür ins Schloß, und der Pickup sprang an. Die Reifen drehten auf dem Kies durch und schleuderten Steinchen gegen die Hauswand. Es klang wie Luftgewehrkugeln, die den Bürgersteig treffen. Der Pickup röhrte davon, das Geräusch verklang schnell und hinterließ Jasmines Schreie. Auch die verstummten, übrig blieb Moms Schluchzen, Flennen, wie Daddy es nennen würde.

Jimmy hörte auf zu beten, ohne Amen zu sagen. Er war wütend, aber er wußte nicht genau, auf wen. Auf jeden, dachte er schließlich. Auf alle, die so blöd sind.

Die Erst-, Zweit-, Dritt- und Viertkläßler strömten in die Aula, ihre Lehrer führten sie zu ihren Sitzen. Es raschelte und quietschte, als die Kinder sich setzten. Die Lehrer nahmen am Mittelgang Platz. Jemand lachte, ein Lehrer ermahnte den Schuldigen. Dann herrschte, bis auf Hüsteln und Schniefen, Stille. Der Rektor, Mr. Sturner, stieg die Stufen zur Holzbühne hoch und stellte sich vor den Vorhang. Er gab bekannt, daß die Schule einen speziellen Gast habe, der ein spezielles Programm präsentieren werde. Es sei sehr wichtig, sagte er, daß die Kinder während des Programms Ruhe bewahrten, da der spezielle Gast sich auf sein Gehör verlassen müsse. Jedes Geplapper könne ernste Folgen haben.

Mr. Sturner verließ die Bühne. Der braune Samtvorhang öffnete sich, im hinteren Teil der Bühne stand der blinde Mann. Er trug einen blauen Anzug und eine schwarzgerahmte Sonnenbrille. Im Haus schaut eine Sonnenbrille ziemlich komisch aus, dachte Jimmy. Der Blinde legte seinen langen, weißen Stock weg und ging dann auf den vorderen Rand der Bühne zu. Er hob zum Gruß die Hand.

Er ging mit sicheren Schritten. Den Kopf hatte er in die Höhe gereckt. Er wurde nicht langsamer, als er sich dem Rand näherte. Der Betonboden lag etwa eineinhalb Meter tiefer. Er konnte nicht sehen, daß er hinunterfallen würde.

Jimmy hätte am liebsten »Halt!« geschrien. Das Mädchen neben ihm stöhnte auf und andere ebenso. Dann hielten sie den Atem an. Sie hatten Angst um den Blinden. Aber niemand sagte etwas, weil keiner ernste Folgen verursachen wollte.

Jemand muß es ihm sagen, dachte Jimmy. Jemand muß ihn davor warnen, daß er nach zwei weiteren Schritten von der Bühne stürzen würde. Warum tat es nicht einer der Lehrer? Warum saßen sie alle nur mit gefalteten Händen da und warteten, daß er hinunterfiel?

Der Blinde blieb stehen, als seine Zehen den Bühnenrand erreicht hatten. Er lächelte. Die Kinder stießen den Atem aus und tuschelten. Der Lehrer funkelte sie an, und gleich herrschte wieder Stille.

Der Blinde fing an zu sprechen. Seine Stimme war laut und rhythmisch wie die eines Auktionators.

»Ich habe eben eine Stimme gehört«, sagte der Blinde. »Ein sanftes und doch gebieterisches Flüstern in meinem Ohr. Wißt ihr, wer das war?«

Die Kinder sagten nichts, aus Angst vor den Lehrern.

»Es war unser Herr Jesus, Kinder«, sagte der Blinde. »Mit meinen eigenen Augen kann ich nicht sehen, also verlasse ich mich darauf, daß Er mich führt. Und da Er mich nie im Stich läßt, fürchte ich mich nicht. Gerade eben hat Er mir befohlen stehenzubleiben, damit ich nicht stürze und mich verletze. Also sagt mir, Kinder: Wo auf der Bühne bin ich stehengeblieben?«

»Genau am Rand!« rief Jimmy. Mrs. Porter warf ihm einen Blick zu, aber ihr Gesicht zeigte nur das gewohnte Stirnrunzeln.

Der Blinde wandte sich Jimmy zu. »Vielen Dank, junger Mann. Ich habe keinen Augenblick daran gezweifelt. Jesus hat mich so nahe zu euch kommen lassen, wie ich nur konnte, ohne zu stürzen.«

Jimmy war verblüfft. Er hatte nicht gewußt, daß Jesus zu jemandem sprach, der nicht in der Bibel vorkam. Blinde Menschen hatte er schon im Fernsehen gesehen, das war also keine große Sache – aber nicht einmal im Fernsehen hatte er jemanden gesehen, dem Jesus ins Ohr flüsterte.

»Und ich bin froh, euch so nahe zu sein, wie ich kann«, fuhr der blinde Mann fort, »denn ich bin hier, um euch zu zeigen, daß ihr in der Welt erfolgreich sein könnt, gleichgültig, welche menschlichen Beschränkungen ihr habt. Ich zum Beispiel kann nicht sehen. Einige von euch haben vielleicht auch Behinderungen. Einige von euch Jungen sind vielleicht nicht so stark oder so klug wie andere, und einige von euch Mädchen sind vielleicht nicht so hübsch wie ihre Freundinnen. Aber durch harte Arbeit und festen Glauben werden diese Beschränkungen unwichtig.

Ich verlor mein Augenlicht in der zweiten Klasse der Grundschule, und die Jahre danach waren schwierig. Ich kann mich noch erinnern, wie die Jungs mich herumgedreht haben, bis mir schwindlig wurde, und dann bin ich aus Versehen in die Mädchentoilette gegangen...«

Einige der Kinder stöhnten auf, andere lachten. Einige Lehrer lachten ebenfalls. Niemand bekam Schwierigkeiten. Der Blinde fuhr mit seiner Geschichte fort.

Jimmy war beeindruckt. Da stand ein Mann, der tapfer und lustig war, der die Lehrer vergessen ließ, daß sie eigentlich die Kinder zum Schweigen bringen sollten, einer, mit dem Jesus direkt sprach. Da stand ein Mann, der einiges wußte, ein Mann, dem man zuhören sollte. Als das Mädchen neben Jimmy anfing, mit ihrer Nachbarin zu tuscheln, boxte Jimmy sie in den Arm, damit sie den Mund hielt. Mrs. Porter bekam es nicht mit.

Das Mädchen rieb sich den Arm und sah ihn böse an. »Das sag' ich der Lehrerin«, flüsterte sie.

Jimmy wußte, daß sie log. Wenn sie es sagte, müßte sie zugeben, daß sie getuschelt hatte. Er boxte sie noch einmal. Sie jaulte auf.

Mrs. Porter sah mit strengem Blick die Sitzreihe entlang. »Cynthia«, sagte sie, »pscht.«

Dem Mädchen stiegen die Tränen in die Augen. Jimmy war angewidert. Was für eine Heulsuse.

Der Blinde holte sich seinen Stock und zeigte, wie er ihn benutzte, damit er nicht gegen Straßenlaternen und Briefkästen stieß. Die Metallspitze kratzte über den Bühnenboden. »Und wenn mir langweilig wird«, sagte der Blinde, »kann ich immer noch Zorro spielen.« Er hob den Stock und zeichnete mit peitschender Bewegung ein unsichtbares Z in die Luft. Jeder lachte.

Als der Blinde seine Ansprache beendet hatte, wollte er wissen, ob die Kinder noch Fragen hätten. Nach kurzem Zögern hoben einige die Hand. Rektor Sturner rief diejenigen auf, die er fragen lassen wollte, weil der Blinde sie nicht selbst aufrufen konnte. Jimmy fiel auf, daß der Rektor nur die Lieblingsschüler der Lehrer aufrief.

Die erste Frage lautete: »Wie können Sie essen, ohne Ihren Mund zu verfehlen?«, und die zweite: »Wie fahren Sie Auto?« Jimmy ärgerte sich. Es war offensichtlich, daß diese Lehrerlieblinge alle nur ausgesprochen dumme Fragen stellten.

Auch er hatte eine Frage, und die war nicht dumm. Es ist, dachte er, die einzig wichtige Frage, die man dem blinden Mann stellen kann. Aber er hob seine Hand nicht. Er hatte Angst, die Frage vor allen anderen zu stellen. Mr. Sturner würde ihn sowieso nicht aufrufen.

Die letzte Frage lautete: »Haben Sie einen Job?«

Der Blinde lächelte. »Ja. Ich bin Evangelist. Das heißt, ich verkünde jedem, den ich treffe, die Frohbotschaft Jesu und Seiner Liebe. Ihr seht also, trotz allem, was ich gelernt habe, um ohne Augen leben zu können, ist doch nichts davon ohne die Hilfe Jesu auch nur einen Heller wert. Seine Stimme führt mich durchs Leben, und ich kann euch versichern, daß ich gut zuhöre.«

Er richtete seinen Stock auf die Kinder. »Wie ihr alle es tun solltet. Danke für eure freundliche Aufmerksamkeit.«

Der Vorhang schloß sich, als die Mittagsglocke läutete. Die Kinder und die Lehrer klatschten. Jimmy sah den Vorhang schwanken, während er darauf wartete, daß Mrs. Porter sie aus der Aula führte. Seine Frage würde ungestellt bleiben müssen.

Es war ein Wunder. Es war, als hätte Jesus gewußt, was Jimmy wollte, und es ihm gegeben. Aber Jimmy hatte nicht dafür gebetet. Woher hatte es Jesus dann gewußt?

Der Blinde war in den Speisesaal gekommen, um mit den Kindern zu essen, und er saß neben Jimmy. Sein weißer Stock lehnte zwischen ihnen an der Bank. Der Griff war mit einem roten Band umwickelt, das dunkle Stellen hatte, wo der Blinde ihn hielt.

Alle sahen dem Blinden beim Essen zu. Er öffnete weit seinen Mund und führte einen Löffel mit Makkaroni an die Lippen, als wäre sein Arm eine Maschine. Er kaute mit geschlossenem Mund.

Jimmy konnte hinter das linke Glas der Sonnenbrille sehen. Die Lider des Blinden waren geschlossen, die Haut darum herum war dunkel und runzlig. Jimmy fragte sich, ob hinter den Lidern überhaupt Augen waren oder nur leere Löcher. Und wenn es nur Löcher waren, würde man dann bei geöffneten Lidern ins Hirn sehen können?

Mrs. Porter saß am Kopfende des Tisches. Auch sie beobachtete den Blinden. Außerdem beobachtete sie Jimmy und machte dabei eine finstere Miene. Sie wollte nicht, daß er zu dem Blinden etwas sagte.

Er würde es zwar trotzdem tun, aber er hatte Angst. In der Aula wäre es doch einfacher gewesen. Aus der Nähe betrachtet, war der Blinde ein großer Mann, sogar noch größer als Jimmys Vater. Und er roch merkwürdig. Jimmy glaubte, daß es vielleicht Seife war, aber er war sich nicht sicher.

Der Blinde schluckte und wandte sich dann Jimmy zu. Jimmy sah sein eigenes Gesicht in den Gläsern der Sonnenbrille. »Wie heißt du, Kleiner?« fragte der Blinde.

Jimmy war überrascht. Er mußte einen Augenblick lang nachdenken. »Jimmy Blackburn, Sir«, sagte er schließlich.

»Das ist ein hübscher Name«, sagte der Blinde. »Bist du schon errettet?« Er stellte diese Frage im gleichen Tonfall wie damals Mr. Sturner, als er gefragt hatte, wer den Stapel Papiertücher in der Schüssel der Jungentoilette hinuntergespült hatte.

»Ja, Sir«, sagte Jimmy. »Seit Ostern.« Jedes Kind in der Fairview

Baptist Church war an diesem Tag errettet worden. Der Pastor hatte sie zum Altar gerufen und sie gemeinsam Jesus Christus als ihren persönlichen Retter annehmen lassen. Jimmy hatte sich danach nicht sonderlich anders gefühlt, aber jetzt war er froh, daß es passiert war. Er hätte es gehaßt, dem blinden Mann sagen zu müssen, daß er zu den Unerlösten gehörte.

Der Blinde lächelte. »Das ist großartig. Es gibt keinen besseren Zeitpunkt für die Errettung als den Tag, an dem der Herr von den Toten auferstand. Du wirst es dein ganzes Leben lang nicht vergessen.«

»Ja, Sir«, sagte Jimmy.

»Und Er wird dich nun nie mehr im Stich lassen, Jimmy. Er wird für immer in deinem Herzen wohnen, und wenn du Hilfe brauchst, wird er dir sagen, was du tun sollst. Er ist der einzige Freund, auf den man sich immer verlassen kann.«

Jimmy warf einen Blick zu Mrs. Porter hinüber. Sie schien jetzt ganz mit ihrem Essen beschäftigt zu sein. Er beugte sich zu dem Blinden und fragte mit leiser Stimme: »Hat Jesus wirklich zu Ihnen gesprochen?«

Das Lächeln des Blinden wurde ein wenig dünner. »Er redet die ganze Zeit mit mir, Jimmy.« Seine Stimme dröhnte.

Mrs. Porter sah von ihrem Teller auf und warf Jimmy einen warnenden Blick zu. Er tat so, als würde er es nicht bemerken.

»Ich meine, da auf der Bühne«, fuhr er fort, immer noch mit gesenkter Stimme. Vielleicht hörte ihn Mrs. Porter bei all dem Geplapper im Speisesaal gar nicht. Was er da sagte, würde ihr bestimmt nicht gefallen. Es war ja fast so, als würde er den Blinden einen Lügner nennen. »Hat Jesus Ihnen wirklich ins Ohr geflüstert, um Sie zu warnen? Damit Sie nicht über den Rand stürzen?«

Das Lächeln des Blinden wurde wieder so breit und offen wie zuvor. »Ach, das.« Er nahm seine Serviette und wischte sich den Mund. »Ja, das hat Er, Jimmy. Er hat gesehen, daß ich kurz davor war, mich zu verletzen, und Er hat mich aufgehalten. Er wird das auch für dich tun, wenn du Ihn in deinem Herzen behältst und dich in Sein Wort vertiefst.«

Mrs. Porters Blick war noch grimmiger geworden. Er befahl Jimmy, still zu sein und sich zu benehmen. Aber Jimmy konnte jetzt nicht aufhören. Die Sache war zu wichtig.

»Sie meinen, Jesus war richtig bei Ihnen auf der Bühne?« fragte er. »Unsichtbar?«

Der Blinde kicherte. Er tippte mit dem Finger gegen seine Sonnenbrille. »Für mich ist alles unsichtbar, deshalb muß ich mich auf das verlassen, was ich hören und spüren kann. Und ich sage dir aufrichtig, ich habe die Stimme des Herrn gehört und Seine Anwesenheit gespürt, so wie ich jetzt deine Stimme höre und deine Anwesenheit spüre. Laß dich also nicht von dem täuschen, was deine Augen dir zeigen, Jimmy. Der Herr mag für deine Augen unsichtbar sein, aber nicht für dein Herz.«

Jimmy war aufgeregt. »Stimmt es, daß Er uns alles gibt, worum wir in Seinem Namen bitten?«

»Aber natürlich«, sagte der Blinde. Es schien ihn zu überraschen, daß Jimmy eine solche Frage überhaupt stellte. »Das ist in der Bibel versprochen, in den Worten des Herrn. Wenn du Ihm dein Herz öffnest, wird Er alles für dich tun.«

Mrs. Porter räusperte sich. »Jimmy, iß endlich auf. Die Mittagspause ist fast vorüber, und ich bin mir sicher, daß du unseren Gast jetzt lange genug belästigt hast.«

Der Blinde kicherte noch einmal. »Ma'am, ich würde mir wünschen, daß mehr Kinder mich so belästigen, wie dieser Junge es getan hat.« Er lächelte Jimmy an. »Heute nachmittag werde ich zu den Fünft-, Sechst-, Siebent- und Achtkläßlern sprechen, Jimmy. Ich hoffe, daß auch sie noch an das Unsichtbare glauben können. Weißt du, ältere Kinder können das nämlich manchmal nicht mehr. Die Welt hat sie vergiftet. Deshalb ist es ja so gut, daß du bereits errettet bist. Für einige Leute ist es zu spät. Sie sind bereits zu vernarbt, um zu spüren, zu betäubt, um zu hören.«

»Ja, Sir«, sagte Jimmy. Er hörte jetzt nicht mehr sehr aufmerksam zu. Die Antworten auf seine Fragen hatte er erhalten. Er aß noch ein paar Bissen Makkaroni, trank einen Schluck Milch. Der Blinde redete noch immer, aber nicht mehr mit Jimmy. Er sprach zu den

Kindern auf der anderen Seite des Tisches und wiederholte einiges von dem, was er bereits gesagt hatte.

Mrs. Porters Lippen zuckten. Immer wieder sah sie zur Uhr an der Wand des Speisesaals hoch. »Aufessen, Leute. In sechs Minuten ist die Pause vorbei.«

Jimmy hob die Hand. Mrs. Porter starrte ihn an, als hätte er eben einen Popel aus der Nase gezogen. Er behielt die Hand oben, bis sie ihn fragte, was er wolle.

»Darf ich bitte austreten?« fragte er.

Mrs. Porter kniff die Lippen zu einem Strich zusammen und sah noch einmal zur Uhr. »Hast du zu Ende gegessen?«

»Ja, Ma'am.«

»Also schön. Du darfst deinen Abfall wegwerfen und austreten. Du hast fünf Minuten.«

»Ja, Ma'am.« Jimmy stand auf.

Der Blinde berührte ihn an der Schulter. »Es hat mich sehr gefreut, deine Bekanntschaft zu machen, Jimmy«, sagte er und streckte die Hand aus.

Jimmy gab ihm seine Rechte. Die Hand des Blinden war groß und weich. Es war, als hätte sie Jimmys Hand verschluckt.

»Vergiß nicht, zu hören und zu spüren, Jimmy«, sagte der blinde Mann. »Mit deinem ganzen Herzen.«

»Ja, Sir«, sagte Jimmy. Er wollte jetzt unbedingt weg. Viel Zeit hatte er nicht. Der Blinde schien seine Hand für alle Ewigkeiten halten zu wollen. Jimmy riß sich los, nahm sein Tablett und lief zum Mülleimer. Er warf den Abfall und die Essensreste hinein, stellte das schmutzige Tablett auf die Anrichte und ging, so schnell er konnte, aus dem Speisesaal.

Im Gang hätte er sofort zu laufen begonnen, wenn nicht Mr. Sturner neben der Doppeltür zum Speisesaal gestanden hätte. Jimmy spürte den Blick des Rektors auf seinem Rücken. Der blinde Mann hatte recht. Man mußte die Leute nicht immer sehen, um zu wissen, daß sie da waren.

Er bog um die Ecke und blieb vor der Tür der Jungentoilette stehen. Mit den Fingerspitzen berührte er das Holz und sah sich um.

Mr. Sturner war ihm nicht gefolgt. Die Glaswand des Schulsekretariats lag direkt gegenüber auf der anderen Seite des Gangs, aber die Sekretärin hatte ihm den Rücken zugewandt. Sie aß ein Sandwich. Sonst war niemand zu sehen. Das einzige Geräusch war das Gemurmel aus dem Speisesaal.

Jimmy nahm die Hand von der Toilettentür und lief den Gang hinunter, um mit Jesus zu reden.

Die Aula schien verlassen zu sein. Nur die Bühnenbeleuchtung brannte. Die Tür fiel hinter Jimmy mit einem hallenden *Katschunk* ins Schloß. Er wartete ein paar Sekunden auf die Stimme eines Lehrers, der ihn fragte, was er hier wolle.

»Hallo?« rief er. In dem großen, leeren Saal klang seine Stimme zu laut.

Er ging den abfallenden Mittelgang hinunter, vorbei an den geschwungenen Reihen der Stühle aus Holz und Metall. Seine Schuhe quietschten. Die Holzsitze waren gegen die Metallrücken geklappt. Es hatte viel Lärm gemacht, als alle aufgestanden waren, um zum Mittagessen zu gehen. Jimmy hatte das gefallen. Er wünschte sich, zwanzig oder dreißig Sitze auf einmal niederdrücken zu können, um dann das Klappern zu hören, wenn er sie losließ.

Bei der graulackierten Betonrampe zwischen erster Reihe und Bühne blieb er stehen und sah sich die Stelle an, wo der Blinde gelandet wäre. Es hätte sehr weh getan. Er hätte sich Arme oder Beine brechen können. Es hätte ihn sogar töten können. Noch einmal staunte Jimmy über den Mut und den Glauben des blinden Mannes. Auch wenn seine Hände wie Teig waren – na und? Jesus war das gleichgültig.

An der Rampe entlang ging Jimmy zum rechten Bühnenrand und stieg die Stufen hoch, die zuvor Mr. Sturner hochgestiegen war. Seine Schritte waren laut wie Hammerschläge. Auf halber Höhe blieb er stehen und ließ den Blick über die Sitzreihen schweifen. Kein Mensch war im Saal. Die Türen blieben geschlossen. Er stieg weiter.

Auch auf der Bühne klangen seine Schritte sehr laut. Er fing an, schlurfend zu gehen, und es klang wie die Schleifklötze im Musikunterricht. Er ging auf den Spalt zwischen den braunen Samtvorhängen zu und streckte den Kopf hindurch. Hinter dem Vorhang war das Licht orange.

»Jesus?« flüsterte er.

Sein Flüstern hallte nicht nach. Es war, als hätte er den Namen nur zu sich selbst gesagt, unter der Bettdecke. Niemand außer ihm selbst konnte ihn hören. Er mußte lauter reden.

Er trat durch den Spalt. »Jesus?« fragte er noch einmal, lauter diesmal. Er legte die Hände aneinander und drehte sich, als wäre er eine Radarantenne. Er richtete die Fingerspitzen erst auf die eine, dann auf die andere Seite der Bühne. »Jesus?« rief er. »Bist Du da, Jesus? Melde Dich, Jesus. Mein Herz ist offen für Dich, Jesus. Bitte, melde Dich. Ende.«

Es kam keine Antwort, kein Flüstern im Ohr. Er ging zur Bühnenmitte, streckte die Hände vor sich aus und drehte sich im Kreis, so daß der Strahl seines Gebets die gesamte Bühne abdeckte. »Jesus, hier ist Jimmy Blackburn«, sagte er. »Letztes Ostern habe ich Dich als meinen Retter angenommen. Ich muß mit Dir reden. Ende.«

Noch immer nichts. Jimmy wurde schwindlig, also drehte er sich in die andere Richtung. »Jesus, ich habe ein Gebet«, sagte er. »Ich habe etwas, um das ich Dich bitten möchte, in Deinem Namen. Und Du hast versprochen, alles zu tun, um was man Dich in Deinem Namen bittet. Ich weiß, daß Du da bist. Du hast dem blinden Mann ins Ohr geflüstert. Melde Dich, Jesus.«

Jesus antwortete nicht.

Jimmy hörte auf, sich zu drehen. Er richtete die Finger zum Himmel und schloß die Augen. »Jesus, bitte mach Mom und Dad glücklich. Ich bete das in Deinem Namen, Amen.«

Er horchte nach der Stimme des Herrn, aber alles, was er hören konnte, war das Rauschen des Blutes in seinem Kopf. Und alles, was er spürte, war, daß die Bühne unter ihm schwankte, ihn zu Fall bringen wollte.

Er öffnete die Augen. Er war allein auf der Bühne. Er war zu spät gekommen.

Jesus war verschwunden.

Jimmy wußte, daß er in den Speisesaal zurückkehren mußte. Um ganz sicher zu gehen, rief er noch einmal »Jesus«, löste dann die Hände voneinander und ließ die Arme sinken. Vielleicht war Jesus mit dem blinden Mann in den Speisesaal gegangen. Vielleicht, dachte Jimmy, hätte ich besser dort beten sollen. Aber dann hätten ihn ja alle gehört.

Das Schwindelgefühl ließ nach. Er trat durch den Spalt zwischen den Vorhängen wieder ins weiße Licht. Vor ihm breiteten sich die leeren Sitzreihen aus. Er hob die rechte Hand und ging auf den Bühnenrand zu. Seine Schritte waren laut wie die eines Riesen. Er stellte sich das Aufstöhnen und die Angst vor. Würde er wissen, wann er stehenbleiben mußte? Würde er fallen? Würde Jesus ihn retten?

Etwas knisterte unter seinem Fuß. Er spürte und hörte es. Er blieb stehen und sah zu Boden.

Seine Zehen waren zehn Zentimeter vom Rand entfernt. Er stand auf einem langen Streifen braunen Papiers, das auf den Bühnenboden geklebt war. Auf dem Holz war es beinahe unsichtbar. Es lag parallel zum Bühnenrand.

Jimmy stellte auch den anderen Fuß darauf. Wieder knisterte es. Der Papierstreifen hatte Wülste und Luftblasen.

Er trat von dem Streifen weg und kauerte sich davor. An einem Ende stand der Streifen etwas auf. Jimmy packte das aufstehende Ende, stand auf und zog daran. Mit einem schmatzenden Geräusch löste sich der Papierstreifen. Jimmy zerknüllte ihn und drückte ihn so fest zusammen, wie er konnte. Scharfe Papierkanten stachen ihm in die Haut. Nachdem er den Ball in die Hosentasche gesteckt hatte, waren seine Handflächen rot und klebrig.

Er lief die Bühnenstufen hinunter und aus der Aula hinaus. Die Tür fiel dröhnend hinter ihm ins Schloß. Als er am Sekretariat vorbeikam, sah er Mr. Sturner im Gespräch mit dem blinden Mann.

Jimmy war wieder im Speisesaal, bevor die Pausenglocke läutete. Er hatte mehr Zeit gehabt, als Mrs. Porter gesagt hatte. Er setzte sich wieder auf seinen Platz und starrte auf einen Ketchupfleck, damit er niemanden ansehen mußte. Er hörte nichts außer seinem Atem. Er spürte nichts außer dem Papierball in seiner Tasche, der ihm ins Bein stach.

Als die Glocke ertönte, führte Mrs. Porter die Klasse im Gänsemarsch ins Klassenzimmer zurück. Die Kinder setzten sich auf ihre Plätze, und die Glocke läutete noch einmal. Das bedeutete, daß die Fünft- bis Achtkläßler zum Mittagessen gingen. Sie hatten zwanzig Minuten zum Essen. Und dann, das wußte Jimmy, würden sie sich in der Aula versammeln, um den blinden Mann zu hören.

Während der Lesestunde sah er immer wieder verstohlen auf die Uhr. Die zwanzig Minuten schienen Stunden zu dauern. Als schließlich die Glocke die Mittagspause der älteren Kinder beendete, zwang Jimmy sich, noch fünf Minuten zu warten, bis er die Hand hob.

»Was ist, Jimmy?« fragte Mrs. Porter. Ihre Stimme klang verärgert.

Jimmy ließ sich dadurch nicht von seinem Vorhaben abbringen. Er konnte es nicht. »Entschuldigung, Ma'am«, sagte er. »Aber ich muß noch einmal austreten.«

Ein paar seiner Klassenkameraden kicherten. Jimmy achtete nicht auf sie.

Mrs. Porter wurde rot im Gesicht. »Jimmy, du warst doch erst vor einer halben Stunde auf der Toilette.«

»Ich weiß, Ma'am, es tut mir ja leid, aber« – Jimmy wägte Demütigung und Erfolg ab und entschied sich für den Erfolg – »aber diesmal ist es das andere.«

Gelächter erfüllte das Klassenzimmer. Mrs. Porter schlug mit der Hand auf den Tisch und funkelte ihre Schüler böse an. »Das reicht!« rief sie. »In diesem Klassenzimmer gibt es nichts zu lachen.« Dann richtete sie den Blick auf Jimmy. Sie sah empört aus. »Du kannst gehen, Jimmy. Wenn du in zehn Minuten nicht zurück bist, rufe ich Mr. Sturner über die Gegensprechanlage und lasse dich von ihm suchen.«

Jimmy eilte aus dem Klassenzimmer und lief dabei etwas verkrampft, damit es überzeugender wirkte. Seine Klassenkameraden kicherten, und Mrs. Porter schrie sie wieder an. Jimmy war froh. Wenn sie auf die anderen wütend war, würde sie vielleicht vergessen, daß sie auf ihn wütend war.

Er ging den kühlen, leeren Korridor entlang. Der Papierball drückte gegen seinen Schenkel. Er ging an der Toilette vorbei direkt zur Aula.

Die eine Hälfte der Doppeltür war geöffnet und wurde von ihrem metallenen Sperriegel in Position gehalten. Jimmy schlich sich hinein und lehnte sich gegen eine in die Wand eingelassene Betonsäule. Wenn er sich ganz ruhig hielt und sich nicht bewegte, würde ihn niemand bemerken. Alle sahen in die andere Richtung.

Rektor Sturner verließ eben die Bühne. Die Vorhänge öffneten sich. Die älteren Kinder murmelten.

Der blinde Mann stand allein im hinteren Teil der Bühne. Wie zuvor legte er zuerst seinen Stock weg, bevor er losging. Wie zuvor waren seine Schritte ohne Zögern, ohne Angst. Er war mutig in seinem Glauben.

Jimmy achtete nicht auf die Füße des Blinden. Er konzentrierte sich auf das Gesicht. Das Lächeln. Die Ohren. Die Sonnenbrille, auf deren Gläser zwei Lichtpunkte glänzten.

Die älteren Schüler und ihre Lehrer stöhnten auf, als der Blinde sich dem Bühnenrand näherte. Er hob die Hand zum Gruß, sein Lächeln wurde breiter und ließ die Zähne sehen. Dann trat er über, stürzte und landete mit dem Gesicht auf dem Beton.

Mädchen kreischten. Jungen jaulten. Lehrer sprangen auf.

Der Blinde zuckte. Er hob den Kopf. Die Sonnenbrille hing ihm von einem Ohr herab. Jimmy sah seine milchigen, starren Augen.

Mr. Sturner eilte zu dem Blinden und versuchte, ihm aufzuhelfen. Aber der Blinde war ein großer Mann, und Mr. Sturner schaffte es nicht. Er rutschte aus und fiel ebenfalls, landete neben dem Blinden auf dem Hintern. Jemand lachte. Alle anderen kreischten oder jaulten wieder.

Der Sportlehrer der Oberstufe lief den Seitengang entlang. Als er die Rampe erreicht hatte, war Mr. Sturner schon wieder auf den

Beinen. Gemeinsam zogen sie den Blinden hoch. Der Blinde stand aufrecht, schwankte aber, als würde er wieder hinfallen, wenn die beiden ihn losließen. Sein Mund stand offen. Er machte Geräusche, die beinahe Worte waren. Jimmy sah Blut unter seiner Nase und in seinem Mund. Speichel glänzte auf seinem Kinn.

Mr. Sturner setzte dem Blinden die Sonnenbrille auf, so daß die Augen wieder bedeckt waren. Dann halfen Mr. Sturner und der Sportlehrer dem Blinden den Mittelgang entlang. Der blinde Mann bewegte die Füße, aber es wurde kein Gehen daraus. Die beiden anderen mußten ihn schleppen.

»Bringen wir ihn in die Krankenstation«, sagte Mr. Sturner. Dann sah er die starrenden, flüsternden Kinder und ihre Lehrer an. »Alle zurück in ihre Klassenzimmer! Es hat einen Unfall gegeben!«

Bei der Doppeltür neben Jimmy angekommen, versuchten der Rektor und der Sportlehrer, sich und ihre Last durch den geöffneten Flügel zu zwängen. Der Blinde riß eine Hand frei und streckte sie tastend aus.

»Mein Stock«, sagte er. Seine Stimme klang undeutlich. Jimmy konnte seine Zunge sehen. Sie sah aus, als hätte er sich daraufgebissen. »Ich brauche meinen Stock.«

Mr. Sturner lief zur Bühne, um den Stock zu holen. Der Blinde und der Sportlehrer warteten. Das Gemurmel in der Aula verklang, als die Lehrer ihren Klassen befahlen, ruhig zu sein, und mit Strafe drohten.

Jimmy löste sich von der Säule und ging zu dem Blinden. Er spürte, daß der Sportlehrer ihn anstarrte, aber das war ihm egal. Er sah durch die Sonnenbrille des Blinden hindurch. Nachdem sie ihm von der Nase gerutscht war, wußte Jimmy, was sich dahinter befand.

Er berührte die geballte Faust des Blinden, und die Hand öffnete sich. Jimmy griff in die Hosentasche und holte den braunen Papierball heraus. Er war bedeckt mit Fusseln aus der Tasche. Aber die Kanten waren noch scharf.

»Schöne Grüße von Jesus«, sagte Jimmy und drückte dem Blinden den Ball in die weiche Handfläche.

Dann kehrte er zu der Säule zurück. Der Sportlehrer starrte ihn immer noch an.

Der Blinde zitterte. Seine Hand schloß sich um die Papierkugel und ballte sich zur Faust. Er öffnete weit den Mund, als wollte er schreien. Dann schloß er ihn wieder, ohne einen Ton von sich gegeben zu haben. Er öffnete die Faust, aber der Ball fiel nicht heraus. Er klebte fest.

Dann kam Mr. Sturner mit dem Stock zurück, und zusammen mit dem Sportlehrer brachte er den Blinden fort. Die Lehrer befahlen ihren Klassen aufzustehen. Jimmy schlüpfte hinaus, bevor sie die Gänge hochkamen.

Der Gang war leer. Der Blinde war verschwunden. Jimmy stopfte sich das Taschenfutter wieder in die Hose und ging in Richtung Mrs. Porters Klassenzimmer. Bei der Jungentoilette blieb er stehen. Diesmal mußte er wirklich.

Opfer Nummer vier

Die Verstärker donnerten, die weißen Blitze des Stroboskops ließen die Bewegungen der zuckenden Körper einfrieren. Der Club war eine überdachte Gasse mit graffiti-übersäten Wänden. Es war, als würde man in einem Pizzaofen tanzen. Blackburn gefiel der Laden. Seine Ohren dröhnten. Das Mädchen, mit dem er tanzte, stieß immer wieder gegen ihn. Auch das gefiel ihm. Und sie lachte jedesmal dabei. Im Lärm der Band konnte er sie nicht verstehen, aber er konnte ihre Zähne sehen und wie ihre Augen im Stroboskoplicht aufblitzten. Sie war glücklich. Er mußte ihren Namen herausfinden.

Die Band spielte auf einer Sperrholzbühne im hinteren Teil der Gasse. Sie war nicht gut, aber sie war laut. Zwei Elektrogitarren, Baß und ein Schlagzeuger ohne Taktgefühl. Der Rhythmus war schnell, das Feedback schmerzhaft. Discos, das hatte Blackburn herausgefunden, waren in Austin tabu. Ihm war das nur recht. Vor ein paar Monaten hatte er einen dieser weißen Anzüge mit den schwarzen Polyesterhemden ausprobiert und hatte davon auf Brust und Rücken Pickel bekommen. An diesem Abend trug er Jeans und ein T-Shirt mit der Aufschrift LET'S GET SMALL. Das Mädchen, mit dem er tanzte, war angezogen wie er, nur daß auf ihrem T-Shirt der Harley-Davidson-Adler prangte. Er glaubte, daß sie keinen BH trug. Aber sicher wußte er es nicht, weil ihre langen Haare sie umwehten und ihre Brust verdeckten.

Die Band nannte sich die Dead Gilmores. Der Leader, ein kurzhaariger Gitarrist in schwarzer Jeans und einer Smokingjacke, hatte sie vorgestellt. Danach war jedes weitere Wort im Krach der Verstärker untergegangen. Blackburn war es lieber so. Seiner Ansicht nach machte jede Band, die Texte für wichtig hielt, sich selbst etwas vor. Wer am Samstagabend ausging, wollte trinken, tanzen, »Huuuuuh!« schreien und irgend jemanden abschleppen. Und nicht einem miesen Dichter zuhören, der über die Angst in seiner gequälten, unreifen Seele faselte. Wer so etwas wollte, konnte aufs College gehen.

Die Dead Gilmores beendeten das Stück, das sie gerade spielten – alle Stücke klangen gleich –, mit einem apokalyptischen Donner, und der Leader kündigte eine Pause an. Die Deckenbeleuchtung, sechs gelbe Birnen, die vom Wellblechdach hingen, ging an. Die Menge klatschte und schrie: »Huuuuuh!« Blackburn taten die Ohren weh. Die Menge war fast so laut wie die Band. Das Mädchen, mit dem er getanzt hatte, stieß gegen ihn und lachte.

Er beugte sich zu ihr und schrie ihr in die Haare. Ob sie ein Bier wolle? Sie hob die Augenbrauen und nickte. In dem helleren Licht sah er, daß sie viele Mitesser hatte. Auf ihrem Gesicht glänzten Öl und Schweiß. Sie war großartig.

An der Bar herrschte Chaos, also sagte Blackburn dem Mädchen, sie solle hier warten, während er sich in den Mahlstrom stürze. Er benutzte genau diese Worte. Das Mädchen lachte. Blackburn war sich ziemlich sicher, daß er es geschafft hatte.

Er zwängte sich durch das Gewühl, drehte sich nach links und nach rechts, um an den rangelnden Körpern vorbeizukommen. Als er nach einer Weile die Spanplattenbar erreicht hatte, stand er plötzlich neben dem Leader der Dead Gilmores. Der Musiker warf ihm einen Seitenblick zu und nickte. Blackburn erwiderte das Nicken. Der Musiker trug kein Hemd unter seiner Smokingjacke, und sein blasser Bauch bewegte sich beim Atmen. Schweißbäche liefen ihm über die Haut. Die Höhlungen unter seinen Augen waren geschwärzt mit etwas, das aussah wie Holzkohle. Es lief ihm die Wangen hinunter.

»Wie geht's?« schrie der Musiker

»Okay«, schrie Blackburn zurück. »Stehst du an?«

Der Musiker nickte. »Der Barkeeper ist langsam.«

Blackburn nickte noch einmal und sah sich dann in der Menge um. Er spürte, daß der Musiker ihn beobachtete. Er versuchte, es zu ignorieren. Aber der Barkeeper brauchte sehr lange, und der Musiker sah Blackburn weiter an. Blackburn gab auf und erwiderte den Blick.

»Die Tussi, mit der du getanzt hast«, sagte der Musiker, den Blick weiter starr auf Blackburn gerichtet.

»Was ist mit ihr?« fragte Blackburn.

»Ich hab' sie gevögelt.«

Blackburn sagte nichts.

»Gestern hab' ich sie gevögelt«, sagte der Musiker. »Aber heute kannst du sie haben. Hab'n Auge auf die da in Pink geworfen.« Er deutete mit dem Kopf nach links.

Blackburn sah in die Richtung. Einige Leute entfernt unterhielt sich ein blondes Mädchen in einem pinkfarbenen Top mit einem dürren Jungen in einem Jeanshemd. Sie sah gelangweilt aus.

»Sieht aus, als wär' sie mit jemand da«, sagte Blackburn.

Der Musiker warf dem Jungen im Jeanshemd einen flüchtigen Blick zu. »Keine Konkurrenz.« Er sah wieder Blackburn an. »Egal, wer es ist. Du. Mein Schlagzeuger. Der bestaussehende Kerl hier drinnen. Egal. Sie würde mit mir gehen.«

Blackburn wünschte, der Barkeeper würde sich etwas beeilen. Die Dead Gilmores mochte er eigentlich schon, aber ihr Leader schaffte es in zwei Sekunden, ihn auf die ganze Band wütend zu machen.

»Weißt du, warum?« fragte der Musiker.

Blackburn schwieg.

»Es sind meine Augen«, sagte der Musiker. »Die Musik macht sie neugierig auf mich, aber danach sind es meine Augen. Das is' keine Angabe, Mann. Das sagen sie mir alle. Daß da was an meinen Augen ist. Irgendwas in der Art, wie ich sie ansehe. So 'ne Art hypnotisches Licht in ihnen, verstehste? Das sagen sie alle.«

Blackburn sah dem Musiker tief in die Augen. Die Iris waren hellblau und feucht. Die Pupillen waren wie kleine, schwarze Oliven, das Augenweiß geöltes Plastik. Die Kapillaren waren so gerötet, daß sie beinahe reliefartig vortraten.

»Für mich sehen die einfach nur bekifft aus«, sagte Blackburn.

Der Musiker grinste ihn höhnisch an. »Siehst du deine Tussi? Sie schaut zu uns rüber. Sie schaut mich an. Versucht, mir in die Augen zu sehen.«

Blackburn drehte sich nicht zu dem Mädchen um. Er hielt den Blick weiter auf die Augen des Musikers gerichtet. Sie waren nichts Besonderes. Gewebe und Gallerte.

»Du hast Angst hinzusehen«, sagte der Musiker. »Du willst es nicht sehen. Du lernst besser Gitarre spielen, Mann. Deine Augen bringen's nämlich nicht. Bei den meisten ist das so. Deshalb krieg' ich immer Zoff mit den Kerlen. Mein letzter Bassist hat mir meinen Verstärker geklaut. Immer dieselbe Geschichte. Ich war cool, er war 'n Trottel, und sein Mädchen war scharf auf mich. Also hat er mein Ding geklaut und ist verschwunden. Aber davor hab' ich noch seine Tussi gevögelt.«

Blackburn lachte. Die Unterhaltung mit dem Musiker war anfangs ärgerlich gewesen, aber jetzt war sie lustig geworden. Blackburn wandte sich ab und winkte dem Barkeeper, der ihn nun endlich bemerkte und zu ihm kam. Blackburn bestellte zwei Shiners.

»He, Mann!« schrie der Musiker. »Ich war zuerst da! Die Pause ist schon fast vorbei!« Der Barkeeper hatte sich bereits umgedreht, um die Biere zu holen.

»Der ist doch gleich wieder da«, sagte Blackburn.

Der Musiker starrte ihn wütend an. »Immer die gleiche Scheiße«, sagte er. »Du fühlst dich bedroht, also haust du mich übers Ohr. Wie dieser Kerl in seinem billigen Nachtclub, der mich nicht wieder reinlassen wollte, weil er meinte, ich würde die Frauen belästigen. He, Mann, ich hab die Frauen *gefickt*. Das hat ihn wütend gemacht. Er fühlte sich bedroht. Und für meinen letzten Gig hat er mich nicht bezahlt. Verdammte Scheiße. Und das alles nur, weil die Mädchen meine Augen mögen.«

»Für mich sehen die einfach nur bekifft aus«, sagte Blackburn noch einmal.

Der Musiker bohrte den Zeigefinger in Blackburns Brust. »Also gut, Mann. Schau gut zu.« Er drehte sich um und schob die Leute beiseite, bis er das blonde Mädchen in dem pinkfarbenen Top erreicht hatte. Er sah sie an und sagte etwas, das Blackburn nicht verstehen konnte. Das Mädchen runzelte die Stirn.

Der Barkeeper stellte zwei Flaschen auf die Theke, und Blackburn drehte sich von dem Musiker weg, um die Biere zu bezahlen. Als er danach wieder hinsah, ging das Mädchen in dem pinkfarbenen Top auf die Tür zu. Der Musiker folgte ihr. Das Mädchen rief ihm über die Schulter etwas zu. Es sah nicht sehr glücklich aus.

Der Musiker holte es ein, packte es am Arm und zog es durch die Menge zur Bühne. »Zeit für 'ne Party!« rief er. »Zeit zum Tanzen!«

Blackburn trank einen Schluck aus einer der Flaschen und sah zu. Das Mädchen versuchte, sich von dem Musiker loszureißen. Die Menge teilte sich, um sie zur Bühne durchzulassen. Einige der Jungen johlten und schrien. Auch einige der Mädchen. Blackburn zwängte sich durch die engstehenden Leiber.

Die Blondine war wütend. Ihr Gesicht war gerötet. Sie schrie den Musiker an. Er zog sie mit sich auf die Bühne.

»'n Applaus für diese süße kleine Rock-and-Roll-Mama«, rief der Musiker ins Mikrofon. Die Menge grölte.

Der Musiker zog sie an sich und steckte ihr seine Zunge in den Mund. Dann stieß er sie weg und hob seine Gitarre auf. Zusammen mit dem Schlagzeuger stimmte er das nächste Stück an, während die Blondine sich zur Tür durchkämpfte. Sie kam an Blackburn vorbei, der in die andere Richtung ging. Er sah, daß sie weinte.

Die gelben Glühlampen gingen aus, das Stroboskop fing wieder an zu blitzen. Blackburn fand seine Tanzpartnerin und gab ihr eine der Flaschen.

Sie deutete zur Tür. »Tut mir leid, aber ich verschwinde jetzt«, sagte sie. »Bin viel zu sauer, um zu bleiben. Dieser Typ ist ein guter Gitarrist, aber er ist ein Scheißkerl.«

Blackburn nickte. Das Mädchen schob sich zwischen den zuckenden Körpern hindurch zur Tür. Blackburn ging in Richtung Bühne.

Als er sie erreichte, setzten die Dead Gilmores eben zu einem rasenden, tosenden Finale an. Der Lärm aus den Verstärkern war wie eine verlängerte Bombenexplosion. Blackburns Schädel dröhnte. Unter dem Donner des Schlußakkords sprang er auf die Bühne. Als der Ton verklang, riß er dem Schlagzeuger die Trommelstöcke aus den schweißfeuchten Händen. Der Schlagzeuger schrie.

Der Bandleader hatte nach dem Anschlagen des Schlußakkords den rechten Arm noch erhoben. Blackburn ging von hinten auf ihn zu und kniete sich hin. Der Musiker trat vom Mikrofon zurück und stolperte über ihn. Die Verstärker kreischten.

Blackburn kletterte auf den Musiker und kniete sich knapp unter der Gitarre auf seinen Bauch. Glitter funkelte auf dem lavendelfarbenen Instrument. Im Licht des Stroboskops hatte jedes dieser Pünktchen eine andere Farbe. Der Musiker starrte zu Blackburn hoch.

Das Stroboskop blitzte, und die Trommelstöcke verharrten über dem Gesicht des Musikers. Das Stroboskop blitzte noch einmal, und sie steckten in den Augenhöhlen des Musikers. Das Publikum kreischte mit den Verstärkern.

Blackburn sprang von der Bühne, und die Leute fingen an zu klatschen und zu johlen. »Irre!« rief jemand. »Echt Alice Cooper!«

Blackburn drehte sich zu den Dead Gilmores um. Der Bassist, der Rhythmusgitarrist und der Schlagzeuger bewegten sich wie in einer Stop-Motion-Animation auf ihren Bandleader zu. Einer von ihnen kauerte sich hin und berührte sein Gesicht. Stroboskopblitze glänzten auf der Haut. Das Gesicht sah aus wie geöltes Plastik. Die Trommelstöcke zeigten hoch zum Blechdach, zum Himmel.

Das Stroboskop hörte auf, als Blackburn die Tür erreicht hatte, die gelben Lichter gingen an. Unvermittelt änderte sich die Stimme der Menge. Blackburn trat ins Freie und lief zu seinem Auto.

Als er die Tür aufschloß, rief hinter ihm eine Stimme: »He!« Er drehte sich um und sah das langhaarige Mädchen, mit dem er getanzt hatte. Sie kam zu ihm.

»Auch keinen Bock mehr auf die Dead Gilmores, hm?« fragte sie.

Blackburn nickte.

»Jaja«, sagte das Mädchen. »Die können einem ganz schön auf den Geist gehen.«

Blackburn lächelte. »Ja, irgendwie schon.«

Das Mädchen schien sein Gesicht zu betrachten. »Du hast ein nettes Lächeln«, sagte es.

»Und was ist mit meinen Augen?« fragte Blackburn.

Das Mädchen lachte. »Na ja, gerade hypnotisierend sind sie nicht.«

Er öffnete die Autotür, und das Mädchen stieg ein. Sie fuhren aus der Stadt hinaus und verbrachten die Nacht im Grünen, wo es ruhig war.

2
Blackburn läßt einen Drachen steigen

Der Südwind pfiff durch den Laufsteg. Jimmy lag auf dem Bauch, ließ den Kopf über den Rand baumeln und horchte. Er sammelte Spucke im Mund und ließ sie wie Sirup von den Lippen tropfen. Als sie sich löste und fiel, kniff er ein Auge zusammen und sah ihr mit dem anderen nach. In einem Bogen trieb sie vom östlichen Pfeiler des Turms weg und blieb beinahe zehn Sekunden in der Luft. Dann klatschte sie auf die Potwin Road und verfehlte dabei einen Motorradfahrer, der von Norden in die Stadt fuhr, nur knapp. Beim nächsten Mal hab' ich mehr Glück, dachte Jimmy.

Er stand auf und ging, die Hand am Geländer, zur Nordseite des Wassertanks. Unten auf der Wiese saß Jasmine abseits von den anderen und spielte mit ihrem Puppenbaby ein typisches Fünfjährigenspiel. Sie zeigte kein Interesse an dem Packpapierdrachen, den er gebastelt hatte. Er lag neben ihr im Unkraut, der Schwanz aus alten Lumpen war eingerollt. Ihm war das egal. Solange mit Jasmine alles in Ordnung war, konnte er hier oben bleiben. Mom hatte ihm gesagt, er solle auf sie aufpassen, aber sie hatte nicht gesagt, daß er in ihrer Nähe bleiben mußte.

Drei andere Kinder ließen ihre Drachen steigen oder versuchten es wenigstens. Chrissie Boyle und Kyle Thornton kämpften mit einer grünen Fledermaus, aber sie stieg nie höher als zweieinhalb Meter und tauchte dann wieder ab. Jimmy überraschte das nicht. Chrissie und Kyle waren erst sieben, sie wußten noch nicht, was man tun mußte, um einen Drachen zum Fliegen zu bringen. Kyle versuchte immer wieder, ihn hochzuwerfen, und Chrissie rannte mit dem Wind.

Der Drachen von Chrissies Bruder Todd stand hoch in der Luft. Da er jetzt nur noch die Schnur halten mußte, sah er zu Chrissie und Kyle hinüber und amüsierte sich über sie. Todd war schon fast zwölf. Er war über ein Jahr älter als Jimmy und sah sich gern als Obermacker jeder Gruppe. Und Obermacker zu sein hieß, sich über jeden anderen lustig machen zu dürfen.

Jimmy war das egal. Im Vergleich zu Dad war Todd ein Amateur. Außerdem zog Jimmy das Alleinsein irgendwelchen Gruppen vor. Nur wenn er auf Jasmine aufpassen mußte, brauchte er die anderen Kinder.

Er hob den Kopf, kniff die Augen gegen die Julisonne zusammen und betrachtete eine Weile Todds Drachen. Es war ein schildförmiges Stück Plastik mit dem aufgedruckten Bild eines brüllenden Tigers. Darunter peitschte ein geknoteter schwarzer Schwanz hin und her. Der Schwanz sah aus, als würde er den eine halbe Meile entfernt liegenden Clay Hill berühren.

Jimmy ging in westlicher Richtung um den Tank herum, suchte unter den riesigen Buchstaben, die den Namen WANTODA ergaben, nach neuen Graffiti. Seit er erkannt hatte, daß weder in der Religion noch in den Schulbüchern brauchbare Wahrheiten zu finden waren, hielt er sich an den Wassertank und andere populäre Medien, wenn er herausfinden wollte, was die Leute für wirklich wichtig hielten. TRINKT MEHR WHISKEY, stand auf dem Tank. '68 WAR ECHT GEIL. GRÖSSTER SPUCKNAPF DER WELT. A-BOMBEN AUF SCHLITZAUGEN. CHERYL SCHLUCKT JEDEN SCHWANZ. FORD = FAHREN OHNE RICHTIGEN DURCHBLICK. SCHUHLE IS SCHEISE. '70 IST DAS BESTE JAHR. LARRY + JULE. DER KING HAT, WAS ER VERDIENT. TOMMY + SUSIE OOOH! SALLY WARDERS IST DER TRAUM JEDES

SCHREINERS (FLACH WIE EIN BRETT). FRISS SCHEISSE. DAVID P. + SAM O. = ARSCHFICKEN. DORIS IST EIN BMW (BRETT MIT WARZEN). KILROY WAR HIER & CHERYL HAT IHM EINEN GEBLASEN. BIS DANN, BOBBY K. DOPE IS GEIL. KILLT DIE KOMMIES! GARY + MELANIE. SCHEISS NIXON. '69 FOREVER! Letztes Wochenende hatte Jimmy ein Sandwich und etwas Notizpapier in seine Armeetasche gesteckt, war hierher gekommen und hatte sich alles aufgeschrieben. Er war sicher, wenn er sich das alles zu Herzen nahm, würde er in der Welt bestehen können.

Aber selber etwas dazuschreiben wollte er nicht. Seine Worte hier neben die anderen zu schreiben würde bedeuten, daß er sich selbst auf eine Stufe mit den Verfassern stellte. Er mußte in dieser Welt leben, aber gleichzeitig war er von ihr getrennt, als wäre er ein außerirdischer Raumfahrer, den man heruntergebeamt und vergessen hatte. Oder, wie Mom letzte Woche in Nimper's Supermarkt zu Mrs. Boyle gesagt hatte, als wäre er ein Teufelskind, das man im Krankenhaus gegen das echte eingetauscht hatte. Jimmy vermutete, das hieß, daß ein Junge in seinem Alter von einem Haufen Dämonen in der Hölle festgehalten wurde. Schlechter Tausch, dachte er sich.

Er war schon fast sicher, daß es keine neuen Graffiti gab, als er an der Südseite des Tanks entlang einer Schweißnaht eine neue Inschrift entdeckte. Sie war mit einem Magic Marker geschrieben, nicht mit einer Sprühdose, und sie war zu klein, als daß man sie von unten hätte sehen können. Sie lautete:

JIMMY BLACKBURN IST EIN SCHLAPPSCHWANZ

Er rieb mit dem Daumen über die Wörter, die Schrift verschmierte. Am Abend zuvor hatte es ein Gewitter gegeben, die Beleidigung mußte also danach geschrieben worden sein. Ihm kam ein Verdacht. Chrissie, Kyle und Todd hatten alle am Zaun des Wassertanks herumgelungert, als er mit Jasmine auf die Wiese gekommen war. Aber weder Chrissie noch Kyle hatten den Mut, die Leiter hochzuklettern.

Jasmines Stimme stieg in einem Schrei zu Jimmy hoch. Er kehrte zur Nordseite des Tanks zurück und sah nach unten.

Todd hatte seinen Drachen eingeholt, und jetzt stand er über Jasmine und stieß ihr die Tigerfratze ins Gesicht. Er brüllte, als das Plastik ihre Haut berührte, und dann schrie er: »Ich fress' dein Baby!« Jasmine hielt Puppenbaby eng an die Brust gedrückt und flennte.

»He!« rief Jimmy. »Großmaul!« Die Metallwand hinter ihm vibrierte. Die Worte hallten vom Clay Hill wieder, und zum Clay Hill sah Jasmine hinüber.

Todd hielt den Drachen in der einen Hand und schnappte sich mit der anderen Puppenbaby. Er drückte den Puppenkopf an das Maul des Tigers. »Er frißt dein Baby!« rief er. »Er frißt dein Baaabyyy!«

Jasmine sprang schreiend auf und griff nach Puppenbaby. Todd tänzelte davon und ahmte dabei ihre Schreie nach. Chrissie und Kyle versuchten weiter, ihren Drachen steigen zu lassen.

Jimmy ging zu dem Loch im Laufsteg über dem Südpfeiler. Er hatte nicht vor, sich zu beeilen. Wenn er sich beeilte, konnte es passieren, daß er auf der Leiter einen Fehler machte. Außerdem war es egal, wie schnell er auf die Wiese kam, denn Todd würde aufhören, Jasmine zu quälen, bevor er sie erreichte. Und wenn Jimmy ihn dann angriff, konnte Todd Selbstverteidigung geltend machen.

Todd hielt sich für schlau.

Aber wenn Todd wirklich schlau wäre, würde er sich nicht mit Jimmy Blackburn anlegen.

Als Jimmy unten ankam, ließ Todd schon wieder seinen Drachen steigen. Jimmy sah ihn nur flüchtig an und ging zu Jasmine, die jetzt wieder neben dem Papierdrachen saß. Sie küßte Puppenbaby.

»Alles in Ordnung?« fragte Jimmy.

Jasmine hob den Kopf. Ihr Gesicht war naß. »Er wollte Puppenbaby fressen.«

»Nein, er wollte dich nur ärgern. Du mußt so tun, als würde es dir nichts ausmachen.«

Jasmine sah ihn wütend an. »Er hat mir Puppenbaby weggenommen.«

»Langsam wirst du zu alt für Puppenbaby.«

Jasmine stand auf und trat Jimmy gegen das Schienbein.

»Willst du nach Hause?« fragte er.

»Und nie wieder hierherkommen. Ich hasse Todd Boyle.«

»Reine Zeitverschwendung.« Jimmy sah den Drachen an, den er gebastelt hatte. In dem Adler, den er aufs Papier gemalt hatte, war ein Loch, und die Holzstreben waren zerbrochen.

»Todd Boyle ist draufgetreten«, sagte Jasmine. »Und die Schnur hat er auch weggeworfen.« Sie deutete auf eine weiße Linie, die sich durchs Unkraut schlängelte.

»Ich kann einen neuen Drachen basteln«, entgegnete Jimmy. »Ich kann hundert basteln.« Er sah zu Todd hinüber, der sie ignorierte. »Hat er sonst noch was getan?«

»Er hat gesagt, du willst nicht kämpfen, und er hat dich einen Schlabberwanz genannt.«

»›Schlappschwanz‹. Sag's richtig, sonst wirst du ausgelacht.«

»Wirst du?« fragte Jasmine.

Jimmy hob den kaputten Drachen auf. »Was?«

»Wirst du mit Todd Boyle kämpfen?«

»Nein.« Er setzte sich in Bewegung.

Jasmine trottete an seiner Seite und schleifte Puppenbaby an einem Arm hinter sich her. »Aber er war gemein zu mir.«

»Viele Leute sind gemein.«

Als sie an Chrissie und Kyle vorbeikamen, sagte Kyle: »Jimmy, unser Drachen steigt nicht.« Es klang, als würde er gleich weinen.

Jimmy blieb stehen und half ihnen. Während die Fledermaus in die Höhe stieg, sagte Chrissie: »Wir haben ein neues Baby bei uns zu Hause.« Sie sagte das mit trotzigem Stolz, als würde das Baby ihre Unfähigkeit, einen Drachen steigen zu lassen, wettmachen. »Es heißt Tina und ist erst vier Wochen alt.«

»Und?« fragte Jasmine.

»Sei nett zu ihr«, sagte Jimmy und zeigte Kyle, wie er dem Drachen Leine geben mußte.

»Und meine Mom sagt, Tina ist das hübscheste Baby im ganzen Staat«, sagte Chrissie.

»Ich und Jimmy haben sie im Laden gesehen«, sagte Jasmine. »Sie sieht aus wie eine zermanschte Schildkröte.«

Chrissie stieß Jasmine an. »Nimm das zurück!«

Jasmine schlug mit Puppenbaby nach Chrissies Kopf.

»Chrissie, schau!« rief Kyle. Die Fledermaus flog fast so hoch wie Todds Tiger.

Jimmy zog Jasmine von Chrissie weg, und Chrissie bettelte Kyle an, er solle sie einmal die Leine halten lassen. Wenn man klein ist, sind Streitigkeiten schnell vergessen. Wenn man größer wird, nicht mehr. Jimmy vermutete, daß man irgendwann gar nicht mehr vergessen konnte.

Nachdem Jimmy und Jasmine die Potwin Road überquert hatten, riefen Chrissie und Kyle ihnen etwas nach. Jimmy drehte sich um und sah, daß der Schwanz von Todds Drachen gegen die Fledermaus schlug. Kyle versuchte, seinen Drachen wegzuziehen, aber er tanzte nur auf der Stelle. Todd rief: »Huuhuu-ha-ha-haaa!« Chrissie und Kyle begannen, gemeinsam an der Leine zu reißen.

Jimmy wußte, was passieren würde. Die Leine der Fledermaus riß, der Drachen torkelte und stürzte schließlich auf die Straße. Ein Traktor überfuhr ihn. Kyle begann zu weinen, und Chrissie schrie ihren Bruder an.

»So was passiert eben«, rief Todd. »Das passiert, wenn man sich von einem Schlappschwanz helfen läßt.«

Zum ersten Mal, seit Jimmy vom Turm heruntergeklettert war, sah Todd ihn an. Und grinste.

Jimmy drehte sich um und machte sich auf den zweieinhalb Meilen langen Weg nach Hause. Jasmine hüpfte in den Straßengraben, ihre Schuhe glucksten in der feuchten Erde am Grund. Sie lief voraus und ließ dabei Puppenbabys Kopf gegen die Zaunpfosten klappern.

»Tut ihr das nicht weh?« rief Jimmy.

»Sie mag es«, erwiderte Jasmine.

Als sie an der kaputten Fledermaus vorbeikamen, warf Jimmy seinen Drachen dazu auf die Straße. Den Schwanz behielt er.

Als Dad an diesem Abend nach Hause kam, platzte er in die Küche und fragte Mom: »Abendessen fertig?« Das war ein schlechtes Zeichen. Jimmy versuchte, sich durch die Hintertür zu verdrücken.

»Wo willst denn du hin?«

Zu spät. »Nirgendwohin.«

»Nirgendwohin, was?«

»Nirgendwohin, Sir.«

»Hast du deine Arbeiten erledigt? Hast du die Dosen zerdrückt, wie ich's dir gesagt habe?«

»Ja, Sir. Ich habe sie in Einkaufstüten gesteckt.«

Dad sah aus, als würde er sich überlegen, was er daran auszusetzen haben könnte.

»Er war heute ein guter Junge«, sagte Mom. »Nachmittags hat er auf Jasmine aufgepaßt, damit ich einkaufen gehen konnte.«

Jasmine kam in die Küche. »Er war ein Schlappschwanz und wollte nicht mit Todd Boyle kämpfen.«

Jimmy hörte seinen Herzschlag im Kopf. Er versuchte, die Tür zu öffnen, aber Dad packte ihn am Arm, bevor er den Knauf drehen konnte.

»Hast du deiner Schwester dieses Wort beigebracht?« Dad schüttelte Jimmy so heftig, daß seine Schulter knackte.

Jimmy war wütend. »Ich hab' überhaupt nichts getan.«

Dad öffnete die Tür und zerrte Jimmy über den Hof zur Garage. Er stieß Jimmy mit dem Gesicht nach unten auf den Kotflügel des Pickup und befahl ihm, die Hose herunterzulassen.

Jimmy ließ Jeans und Unterhose auf die Knöchel rutschen. Dann klammerte er sich am Wulst des Radkastens fest. Er würde nicht weinen.

Er hörte Dad die Fiberglasangelrute vom Haken nehmen. Sie zischte zweimal durch die Luft. Jimmy schloß die Augen und biß die Zähne zusammen. Er würde nicht weinen.

Die Rute zischte ein drittes Mal und schnitt in seine Hinterbacken. Er sog Luft durch die Zähne ein.

»Du bringst deiner Schwester schmutzige Worte bei?« fragte Dad.

»Nein«, antwortete Jimmy. *Friß Scheiße.*

Die Rute traf die Rückseite seiner Oberschenkel. Jimmy jaulte auf, bevor er es sich verkneifen konnte. Zwischen seinen Fingern zerbröselte der getrocknete Schlamm im Radkasten.

»Nein, was?« fragte Dad.

»Nein, Sir«, antwortete Jimmy. Er hörte, wie seine Spucke auf den Kotflügel tropfte. *Arschficker.*

Die Rute traf ein zweites Mal seine Schenkel, und diesmal brannte es noch heftiger. Jimmy lief die Nase. Tränen zwängten sich durch die geschlossenen Lider.

»Wirst du mir noch einmal eine freche Antwort geben?« fragte Dad.

»Nein, Sir.« *Scheiß Nixon.*

»Carl.« Es war Mom. Jimmy war schlau genug, sich nicht umzudrehen. »Jasmine sagt, daß sie das Wort nicht von James hat. Sie sagt, ein anderer Junge hat ihn so genannt, und der war gemein zu ihr.«

»Ich schlage ihn nicht, weil er dreckige Wörter gebraucht«, sagte Dad. »Ich schlage ihn, weil er mir freche Antworten gibt.«

Moms Schuhe klapperten über den Beton, als sie hinausging.

Die Rute zischte zweimal durch die Luft.

Jimmy weinte.

Als Dad fertig war, hängte er die Rute wieder an den Haken und sagte: »Dreh dich um.«

Jimmy tat, wie ihm geheißen. Seine Beine und sein Hintern brannten, als würde man Streichhölzer daranhalten.

Dad hakte die Daumen in die Hosentaschen. »War so'n Scheißkerl gemein zu deiner Schwester?«

»Ja, Sir.«

»Hast du ihm den Arsch versohlt?«

»Nein, Sir.«

Dad sah ihn lange an. »Na, da hab ich wohl 'nen Waschlappen großgezogen«, sagte er schließlich. »Oder?«

Jimmy mußte antworten. »Ja, Sir.«

Dad ging zur Tür. »Zieh dir die Hose hoch«, sagte er und verließ die Garage.

Jimmy lag im Bett und las einen *Green Lantern*-Comic. Er hatte ihn bereits zehn- oder fünfzehnmal gelesen, aber er wollte sich alles noch einmal genau einprägen. Die neue Ausgabe lag im Supermarkt schon im Regal, und er wollte sie am Samstag kaufen, wenn Mom ihm sein Taschengeld gab.

Er schwitzte in dem fensterlosen Zimmer, und der Schweiß brannte in seinen Striemen. Wenn in ein paar Wochen die große Hitze einsetzte, würde Mom ihn auf der Couch im Wohnzimmer schlafen lassen.

Nachdem er den Comic ausgelesen hatte, brannten die Striemen noch schlimmer. Er fragte sich, wie es Dad wohl gefallen würde, wenn er jedesmal, wenn er etwas Falsches sagte, Schläge bekäme. Jimmy betrachtete die Angelrute in der Zimmerecke. In ein paar Jahren würde er schon sehen, ob er so gut austeilen konnte, wie er jetzt einstecken mußte.

Er setzte sich auf und zog die Rute aufs Bett. Sie war einsachtzig lang und bestand aus dickem, schwarzem Fiberglas. Auf die Rolle, eine Zebco 404, waren hundert Meter Monofil-Schnur mit neun Kilo garantierter Belastbarkeit gewickelt. An Weihnachten hatte Dad gesagt, er habe diese kräftige Rute und die starke Schnur ausgesucht, damit Jimmy ein paar wirklich große Fische fangen könne. Bis jetzt waren sie nur ein einziges Mal Fischen gewesen. Dad hatte die Geduld mit Jimmy verloren, weil er Schwierigkeiten hatte, einen Wurm auf den Haken zu spießen. »Wenn du nicht richtig fischst«, hatte Daddy gesagt, »brauchst du überhaupt nicht zu fischen.« Dann hatte er ihre Ausrüstung auf den Pickup geworfen und war nach Hause gefahren. In der folgenden Woche hatte Jimmy mehrmals neben dem Kompostbehälter Würmer ausgegraben und geübt. Aber es war umsonst gewesen.

Die Tür ging auf. »Schluß jetzt, James«, sagte Mom. Sie zog an der Lampenschnur. »Zeit zum Schlafen.«

Jimmy stellte die Angelrute wieder in die Ecke. »Nacht, Mom.«

Sie blieb im Türrahmen stehen. »Du blutest doch nicht, oder, mein Kleiner?«

»Nein.« Der Schnitt an seinem Schenkel war nur klein. Seine Jeans war daran festgeklebt gewesen, aber es hatte nur ganz wenig geblutet, als er sie auszog.

»Na gut«, sagte Mom. »Sieh zu, daß du von jetzt ab immer höflich bist, dann wirst du nicht mehr geschlagen.«

»Ja, Ma'am.«

»Braver Junge. Gute Nacht, mein Lieber.«

»Nacht.«

Sie schloß die Tür, und Jimmy lag horchend da. Wie immer drehte Jasmine durch, als sie ins Bett mußte. Und wie immer tröstete Mom sie, bis sie sich wieder beruhigt hatte. Danach stritten sich Mom und Dad. Jimmy zerhackte die Wörter in seinem Kopf.

Nach dem Streit sah Dad sich das Ende des Spätfilms an, und Mom badete. Jimmy versuchte, durch das Geräusch des rauschenden Wassers den Film zu hören. Er erkannte Sirenen und Schüsse. Normalerweise schlief er bei diesen Geräuschen sofort ein, aber in dieser Nacht hielten ihn seine Striemen wach.

Er lag noch immer wach, als Mom und Dad schon zu Bett gegangen waren und Dad schnarchte. Jimmy wartete, bis er sicher sein konnte, daß Mom ebenfalls schlief, und dann stand er auf. Ohne Licht zu machen, zog er sich an. Nachdem er sich die Schuhe zugebunden hatte, öffnete er die Tür einen Spalt und huschte in die Küche. Dann schloß er die Tür ohne einen Ton.

An der Hintertür hielt er inne. Dad schnarchte noch immer, und Jimmy nahm deshalb den Schlüssel vom Haken über Moms Waschmaschine. Den Riegel konnte er nicht öffnen, ohne ein Geräusch zu machen, aber er glaubte nicht, daß Mom und Dad es hören würden. Falls Jasmine es hörte, wachte sie vielleicht auf und weinte aus Angst vor Monstern. Aber das war nichts Ungewöhnliches. Wenn sie lange genug heulte, ging Mom vielleicht zu ihr und sagte ihr, daß sie nur schlecht geträumt habe. Jasmine träumte häufig schlecht, und

Mom sah schon lange nicht mehr bei Jimmy herein, nur weil seine Schwester flennte.

Jimmy schob den Riegel auf, öffnete die Tür und trat nach draußen. Dann schloß er die Tür, verriegelte sie wieder und schlich sich ums Haus herum. An der Straße sprang er in den Graben und lief auf die Stadt zu. Vor sich konnte er den Wasserturm sehen, eine schwarze Silhouette vor dem purpurroten Himmel.

In der Stadt bellten Hunde Jimmy an, und ein paar Fenster wurden hell. Die Hunde machten ihm keine Angst. Mit Hunden kam er gut zurecht. Aber es konnte passieren, daß einer der Hundebesitzer Officer Johnston rief, den Polizisten von Wantoda. Johnston nahm sich mit Begeisterung Kinder vor, die nachts noch unterwegs waren. Aber nur ein Auto fuhr an Jimmy vorbei, bevor er das Haus der Boyles erreichte, und Jimmy konnte sich hinter einem geparkten Transporter verstecken. Und das Auto war nicht Johnstons.

Die Boyles hatten keinen Hund. Eine weiße Katze flüchtete vor Jimmy, als er die Zufahrt hochging, aber er ließ sich nicht erschrecken. Das Haus war dunkel wie alle Häuser in dieser Straße. Er ging zur hinteren Gartentür, blieb kurz stehen, um zu horchen, und kletterte dann darüber. Die Kettenglieder rasselten, als wäre es windig.

Wie eine Eidechse kroch Jimmy durchs Gras. Er hielt sich am Rand des Blumenbeets, das Mrs. Boyle mit Granitbrocken gesäumt hatte. Die Sandflöhe würden ihn beißen, aber das war immer noch besser, als gesehen zu werden. Einige der Fenster über ihm waren geöffnet, er mußte also sehr leise sein. Er robbte zum Haus und hoffte, daß Todds Fenster nicht ebenfalls offen war. Er wollte Glas zerbrechen. Todd hatte ihn früher einmal zu sich eingeladen, bevor er Obermacker geworden war, und Jimmy erinnerte sich, daß Todd blauen Teppichboden in seinem Zimmer hatte und einen tragbaren Fernseher auf der Kommode. Falls der Fernseher noch dortstand, konnte er ihn vielleicht mit dem Granitbrocken treffen, den er hineinwerfen wollte.

Ein Aufheulen ließ ihn erstarren. Es kam aus dem Fenster direkt über ihm. Jimmy blieb bewegungslos liegen, bis er Stimmen von tiefer drinnen im Haus hörte, und dann krabbelte er über die Steinbrocken ins Blumenbeet. Er drückte sich gegen das Fundament des Hauses. Ein gelbes Rechteck schien genau auf die Stelle im Gras, wo er eben gelegen hatte.

»Hast du dich vollgemacht, Herzblatt?« fragte Mrs. Boyles schläfrige Stimme. Das Heulen ging weiter. »Nein? Hast du Hunger?« Einen Augenblick später hörte das Heulen auf.

Das Fundament drückte kühl und kiesig rauh gegen Jimmys Wange. Blütenblätter kitzelten ihn an der Nase.

Mrs. Boyle fing leise an zu singen. »Schlaf Kindlein schlaf, der Vater hüt' die Schaf' ...« Begleitet wurde sie von knarzenden Holzdielen.

Jimmy stützte sich auf die Knie und stand dann ganz auf. Er konnte gerade so über das Fensterbrett sehen. Blumenbedruckte Vorhänge hingen auf der anderen Seite des Fliegenfensters. Ein Spalt klaffte zwischen den Vorhängen, und er konnte Mrs. Boyle in einem Schaukelstuhl neben einer weißen Korbwiege sitzen sehen. Der obere Teil ihres Bademantels war geöffnet und zur Seite gezogen. Die kleine Tina Boyle saugte an der nackten Brust. Als das Baby einen Augenblick lang innehielt, sah Jimmy die steife, leuchtend rote Brustwarze.

Jimmy war fasziniert. Als Jasmine noch ein Baby gewesen war, hatte er Mom sie immer nur mit einer Flasche füttern sehen. Und noch nie hatte er die Brust einer Frau gesehen, höchstens auf Bildern. Aber die Wirklichkeit war viel erstaunlicher.

Die Tür hinter Mrs. Boyle ging auf. Jimmy hätte sich beinahe geduckt und wäre davongelaufen, aber dann sah er Mr. Boyles verschlafenes Gesicht. Man hatte ihn nicht entdeckt.

»Alles in Ordnung mit ihr?«

»Es geht ihr gut«, sagte Mrs. Boyle. »Geh wieder ins Bett.«

»Mir kommt's vor, als würde sie doppelt so oft essen wollen wie Todd und Chrissie.«

»Ungefähr genauso oft. Du wachst nur öfter auf.«

Mr. Boyle grunzte. »Wird sie verhungern, wenn wir am Samstag bei diesem Dingsda-Konzert sind?«

»Es ist ein Tonette-Konzert. Dieses Plastikinstrument ist eine Tonette-Pfeife, und laß ja Chrissie nicht hören, daß du es ›Dingsda‹ nennst. Wenn sie in die Schule kommt, will ich ihr eine Blockflöte kaufen.« Mrs. Boyle wiegte die kleine Tina in den Armen. »Für Samstag besorg' ich uns einen Babysitter.«

»Warum? Wir sind doch nur, was, von eins bis halb drei weg. Da kann sich Todd doch drum kümmern.«

»Sie ist erst einen Monat alt, und er ist immer noch ein kleiner Junge. Außerdem spielt er lieber draußen mit seinen Freunden.«

»Er wird im September zwölf. Da kann er doch wohl eineinhalb Stunden auf ein schlafendes Baby aufpassen.« Mr. Boyle gähnte. »Na, viel Spaß noch.« Er schloß die Tür.

Tina quiekte, und Mrs. Boyle fing wieder an zu singen.

Jimmy ließ sich aufs Blumenbeet sinken. Er wartete, bis das Singen aufhörte und das gelbe Rechteck verschwand, und dann krabbelte er wieder auf den Rasen. Er robbte zum Gartentor zurück.

Er wollte Todds Fenster gar nicht zerbrechen. Das würde den Obermacker nur wütend machen.

Was Jimmy wirklich wollte, war, den Obermacker tot zu machen.

Bevor er nach Hause zurückkehrte, ging er zum Wasserturm. Er zwängte sich durch das Loch im Zaun, ging zum Südpfeiler und begann zu klettern. In der Dunkelheit hatte er das noch nie gemacht. Die Sprossen waren feucht, und auf halber Höhe glitt er aus. Das Gefühl, beinahe zu fallen, war wunderbar. Er versuchte, es ein paar Sprossen weiter oben zu wiederholen, aber es funktionierte nicht. Man mußte unerwartet ausrutschen.

Oben auf dem Laufsteg lehnte er sich gegen das Geländer und sah hinunter auf die Stadt. Er hatte gar nicht gewußt, daß ein winziger Flecken wie Wantoda so viele Lichter hatte. Sie breiteten sich unter ihm aus wie ein Sternenfeld. Er kam sich vor wie ein Astronaut eine Milliarde Meilen von zu Hause entfernt, und der Wassertank war sein Raumschiff. Unten auf der Potwin Road fuhr Officer

Johnstons Dienstwagen vorbei, ohne langsamer zu werden. Für Jimmy war das ein Zeichen, daß er alles tun konnte.

Er schaffte es nach Hause und wieder ins Bett, ohne erwischt zu werden.

Jimmy verließ sein Zimmer, sobald Dad weggefahren war. Bis sechs würde die Garage allein ihm gehören. Er nahm seine Angelrute und das Taschenmesser mit, als er das Haus verließ. Dann ging er noch einmal zurück und holte sich Farbkreiden, Klebeband und Moms Heftmaschine. In der Garage riß er ein großes Stück von Dads Vier-Fuß-Rolle Packpapier herunter. Er maß es eben auf dem Boden aus, als Mom in die Garage kam.

»Was machst du denn da, James?«

Er hob den Kopf. »Einen Drachen basteln. Der andere ist kaputtgegangen.«

»Willst du nicht erst frühstücken? Es gibt Wheaties.«

»Kann ich das auslassen und erst zum Mittagessen ins Haus kommen?« Er maß weiter.

»Na gut. Weiß dein Vater, daß du dieses Papier verwendest?«

»Ja, Ma'am.« Dad hatte ihm erlaubt, es für den ersten Drachen zu benutzen, und er hatte keinen Grund zu glauben, daß er es nicht auch für einen zweiten benutzten durfte.

»Na, aber nimm nicht zuviel davon. Wir wissen ja nicht, wozu er es braucht.«

Jimmy bezweifelte, daß Dad es für irgend etwas brauchte. Er hatte die Rolle wahrscheinlich in der Arbeit gefunden und sie einfach so mitgenommen, wie er es schon mit anderen Sachen getan hatte. Aber Jimmy hütete sich davor, das zu sagen.

»Und leg das Maßband wieder dorthin zurück, wo du es her hast. Du weißt doch, wie eigen dein Vater mit seinem Werkzeug ist.«

»Ja, Ma'am.«

Mom ging weg. Nach einer Weile kam Jasmine mit ihrem Puppenbaby herein. »Was machst'n da?« fragte sie.

»Wonach sieht's denn aus?«

Jasmine legte den Kopf schief. »Warum ist er so groß?«

»Weil der andere kaputtgegangen ist.«

Jasmine verlor das Interesse. »Ich hätte so gern ein Fahrrad.«

»Du bist noch zu klein.«

»Wenn ich ein Fahrrad hätte, könnte ich Puppenbaby spazierenfahren.«

»Wenn du mich jetzt allein läßt«, erwiderte Jimmy, »fahr ich für dich mit Puppenbaby spazieren.«

»Du hast doch auch kein Rad«, sagte Jasmine und ging. Puppenbaby nahm sie wieder mit.

Mittags ging Jimmy ins Haus und aß Makkaroni. Er sah zu, wie Jasmine Puppenbaby zu füttern versuchte, und er half Mom beim Geschirrwaschen. Dann nahm er eine von Dads Sägen und machte sich auf zum Stranger Creek.

In die Garage zurückgekehrt, maß er zwei der Weidenschößlinge, die er sich geschnitten hatte, ab und stutzte sie zurecht. Als sie fertig waren, setzte er den Drachen zusammen. Er befestigte den Schwanz des ersten Drachens, fügte aber noch ein paar Lumpen aus Dads Tonne hinzu. Mit einem Stück Angelschnur krümmte er die Querstange zu einem Bogen. Schließlich knüpfte er den Drachen an die Schnur seiner Angel und ging nach draußen.

Es funktionierte. Es funktionierte so gut, daß der Drachen ihn beinahe über die Wiese schleifte. Eine Weile ließ er ihn nur in geringer Höhe steigen, um sicherzugehen, daß das Papier nicht riß, und dann holte er ihn ein und nahm ihn auseinander. Er hatte den Drachen unter dem Bett versteckt und die Garage aufgeräumt, fünfzehn Minuten bevor Dad nach Hause kam.

An diesem Abend gab er sich besondere Mühe, höflich zu sein. Er wollte tags darauf nicht noch wunder sein, als er es jetzt schon war.

Jimmy scherte sich nicht darum, daß es heller Tag war. Wenn man ihn erwischte, würde Dad ihn schlagen. Vielleicht würde man ihn auch in eine Besserungsanstalt stecken. Mit beidem konnte er sich abfinden.

Er saß schräg gegenüber dem Haus der Boyles auf dem Randstein und las das neue *Green Lantern*-Heft. Nach einer Weile kamen Mr.

und Mrs. Boyle und Chrissie heraus und fuhren weg. Einige ältere Kinder kamen mit ihren Fahrrädern auf Jimmy zu, er blieb deshalb, wo er war, bis sie verschwunden waren. Dann war, bis auf einen Mann, der zwei Blocks entfernt seinen Rasen mähte, alles still in der Straße. An einem schönen Samstag wie diesem fuhren die Menschen von Wantoda gern aufs Land.

Jimmy stand auf, faltete seinen Comic längs und steckte ihn in die Gesäßtasche. Dann nahm er seinen Rucksack und überquerte die Straße. Vor der Haustür der Boyles zog er den Beutel mit Kuhfladen, die er an diesem Morgen gesammelt hatte, aus dem Rucksack. Er stellte den Beutel auf die Schwelle und zündete ihn an. Als der Beutel gut brannte, drückte er auf die Klingel, lief davon und sprang über das Tor in den Garten.

Er stand mit einem Granitbrocken in der Hand unter Tinas Fenster, als er Todd die Haustür öffnen hörte. Als Todd schrie, schleuderte Jimmy den Stein durch das Fliegenfenster und riß es dabei halb aus dem Rahmen. Mit einem dumpfen Knall traf der Stein auf dem Teppichboden auf, aber Todd schrie noch immer.

Jimmy stützte sich am Fensterbrett ab und schwang sich hinein. Die Tür zum Gang stand offen, aber er hatte nicht vor, so lange zu bleiben, daß das etwas ausmachen könnte. Er warf den Stein nach draußen und ging zu der Korbwiege. Das Gesicht der kleinen Tina war verdrückt. Sie trug nur ein Windelhöschen, und Jimmy sorgte sich, daß die grobe Leinwand seines Rucksacks ihr die Haut aufschürfen könnte. Aber Tempo war jetzt das wichtigste. Er streifte sich den Rucksack ab, legte die Öffnung neben Tina und rollte sie hinein. Dann schloß er die Klappe.

Todds Schreie hörten auf. Jimmy packte den Rucksack bei den Tragriemen, ging zum Fenster und beugte sich hinaus, um den Rucksack so weit wie möglich hinunterzulassen. Als er losließ, fiel das Baby nur noch wenige Zentimeter. Es begann trotzdem zu schreien. Jimmy hörte die Haustür ins Schloß fallen.

»Wenn du glaubst, ich komm jetzt zu dir und wechsle dir die Windeln, dann hast du 'ne Meise!« brüllte Todd.

Jimmy kletterte durchs Fenster und kauerte sich ins Blumenbeet.

Er griff zum Fenster hoch und zog das Fliegengitter mehr oder weniger wieder an seinen Platz zurück. Dann nahm er den Rucksack und rannte zum Tor.

Sekunden später marschierte er die Straße entlang und pfiff dabei, so laut er konnte. Aber es war nicht laut genug, um Tinas Schreien zu übertönen, er wiegte sich deshalb beim Gehen, um den Rucksack zum Schwingen zu bringen. Tina hörte auf zu schreien.

Kein Mensch war auf der Straße, und Jimmy sah auch niemanden in den Fenstern oder Türen. Sogar der Mann, der den Rasen gemäht hatte, war ins Haus gegangen. Jimmy bog um die Ecke und ging zur Wiese beim Wasserturm.

Jasmine fand er genau an der Stelle, wo er sie hingebracht hatte. Sie saß auf einem Fleckchen nackter Erde neben dem Zaun des Wasserturms, spuckte in den Staub und zeichnete mit den Fingern schlammige Kringel.

Jimmy warf einen Blick auf das eingewickelte Bündel neben ihr. »Hast du auf meine Sachen auch gut aufgepaßt?«

»Hm-hm.« Sie sah zu ihm hoch. »Hilfst du mir jetzt, Puppenbaby zu finden?«

Jimmy schüttelte den Kopf. »Zuerst mußt du noch etwas für mich tun.« Die kleine Tina bewegte sich und fing wieder an zu weinen.

Jasmine versuchte, um Jimmy herum auf seinen Rucksack zu spähen. »Was hast 'n da?«

»Ein Bluthund-Junges«, antwortete Jimmy. »Es heult, weil es Puppenbaby aufspüren will, aber ich lass' es erst raus, wenn du getan hast, was ich dir sage.«

Jasmine machte ein finsteres Gesicht. »Das ist nicht fair.«

Jimmy sah zum Himmel hoch. »Na, wahrscheinlich bist du eh noch zu klein dafür.«

»Bin ich nicht!«

Jimmy ließ den Rucksack wieder schwingen, um Tina zu beruhigen. Diesmal funktionierte es nicht. »Okay«, sagte er zu Jasmine. »Ich werd's dich mal versuchen lassen. Weißt du, wie man zu Chrissies Haus kommt?«

»Ich war an ihrem Geburtstag dort.«

»Jetzt kannst du noch mal hingehen. Aber du mußt mir versprechen, gut aufzupassen, wenn du über die Straße gehst.« Er hielt inne. »Mom will wahrscheinlich nicht, daß du allein da hingehst.«

»Möcht' aber!«

»Na schön. Geh zu Chrissie und leg das da vor die Haustür.« Er zog ein zusammengefaltetes Blatt Papier aus der Tasche und gab es ihr. Er kannte die Zeilen auswendig:

Todd Boyle, schau in Tinas Zimmer und sei um Viertel vor zwei auf der Wiese südlich vom Clay Hill, um sie abzuholen, sonst töten wir sie, und dann tötet dich dein Vater. Bring was mit, um deine Identität zu beweisen, unterschrieben, Ein paar Freunde. P. S. Wir sind aus Emporia, und wenn du nicht auftauchst oder wenn du die Bullen rufst, bringen wir sie in die Fleischfabrik. Euer Wantoda-Bulle Johnston ist am Samstag eh immer betrunken und wird nicht reagieren, wenn du beim Sheriff anrufst, brauchen die drei Stunden, und dann ist sie schon ein Hamburger.

Jasmine entfaltete das Blatt und starrte darauf. Jimmy hatte die Nachricht in Schreibschrift geschrieben, und Schreibschrift konnte Jasmine noch nicht lesen.

»Nachdem du es vor die Tür gelegt hast«, sagte Jimmy, »drück auf die Klingel und lauf weg. Das ist eine Geheimbotschaft, und du mußt deshalb davonlaufen, bevor dich jemand sieht. Falls dich doch jemand sieht, sag, daß du ein paar Männer gesehen hast, die das Blatt da hingelegt haben. Schaffst du das alles?«

»Hm-hm.«

»Sag mir, was du tun sollst.«

»Zu Chrissies Haus gehen. Das Blatt vor die Tür legen und auf die Klingel drücken. Dann hierher zurücklaufen, und du hilfst mir mit dem Hündchen, Puppenbaby zu suchen.«

»Gut. Und jetzt los, Agent X-9.«

Jasmine faltete das Blatt wieder zusammen und machte sich davon. Jimmy schickte sie nicht gerne allein weg, aber er hatte keine andere Wahl.

Als Jasmine außer Sicht war, nahm er den Rucksack ab und holte Tina heraus, damit sie etwas frische Luft bekam. Sie plärrte noch schlimmer als zuvor. Ihr Gesicht war feucht und rot.

»Ist ja gut«, sagte Jimmy und wiegte sie. »Schlaf, Kindlein, schlaf, der James, der hüt' die Schaf' ...«

Nach ein paar Minuten hatte das Baby sich beruhigt. Jimmy steckte es wieder in den Rucksack.

Als Jasmine zurückkehrte, stand der Drachen so hoch in der Luft, daß die gesamte Schnur abgerollt war. Kyle Thornton war bei ihr und zeigte sich sofort sehr interessiert an der Angelschnur und der Rolle. Jimmy hatte den Griff in den Boden gerammt und mit Erdklumpen gesichert. Die Rute hatte er mit einer Astgabel abgestützt, und sie zitterte im Wind. Die Monofil-Schnur schwang sich kaum sichtbar in einem blauen Bogen himmelwärts. Sie war straff wie eine Gitarrensaite.

»Klasse!« rief Kyle und griff nach der Rolle.

Jimmy schob Kyle weg und stieß ihn dabei zu Boden. Kyle blinzelte, er war den Tränen nahe. Jimmy war noch nie gemein zu ihm gewesen.

»Tut mir leid«, sagte Jimmy. Er streckte die Hand aus. »Aber du darfst nichts berühren.«

»Tu ich schon nicht«, erwiderte Kyle und zog eine Schnute, als Jimmy ihm aufhalf.

Jasmine hielt sich die Hand über die Augen und sah zum Drachen hoch. »He, was ist denn das?« fragte sie und riß den Mund weit auf.

Ein heiserer Schrei kam von der Straße. Jimmy drehte sich um und sah Todd Boyle auf die Wiese rennen. Todds Gesicht war rot, sein Blick starr.

»Geht ein bißchen zurück, Kinder«, sagte Jimmy. Jasmine und Kyle starrten Todd an und gehorchten.

Jimmy stand bewegungslos da, bis Todd fast bei ihm war. Dann ließ er sich fallen und rollte vorwärts. Todd stolperte über ihn und verpaßte nur knapp Rute und Rolle. Die Rute schwankte ein wenig, der Drachen tauchte ein Stück ab.

»Ich würde vorsichtiger sein«, sagte Jimmy und stand wieder auf. »Sonst läßt du ihn noch abstürzen.«

Todd sprang auf. »Was hast du mit ihr gemacht?«

»Ich hab' überhaupt nichts gemacht.«

Todd hielt ihm den Zettel entgegen. »Und was ist dann das, du Arschloch?«

Jimmy schnappte sich den Zettel, zerriß ihn und warf die Fetzen in den Wind. »Gar nichts«, sagte er.

Todd packte Jimmy beim Hemd. »Wo ist meine kleine Schwester?«

Jimmy zeigte zu dem riesigen Drachen hoch.

Eine rosige Gestalt baumelte daran. Der Drachen war so hoch und der Tag so sonnenhell, daß keine Gesichtszüge zu erkennen waren. Aber die Zeichnung auf dem Drachen war deutlich sichtbar. Das Baby war in den Klauen eines Adlers.

Todd klappte die Kinnlade herunter.

»Da waren zwei Männer«, sagte Jimmy. »Ich war auf der anderen Straßenseite, und ich habe sie gesehen. Daß sie ein Baby hatten, hab' ich erst gesehen, als es in der Luft war, und es hat gezappelt und geflennt. Als sie es da oben hatten, wo es jetzt ist, sind sie verschwunden. Ich bin hergelaufen, aber ich hatte Angst, irgendwas zu berühren.«

Todd drehte sich wieder Jimmy zu und ließ sein Hemd los. Dann schlug er ihm mit der Faust ins Gesicht.

Jimmy zuckte mit keiner Wimper. Der plötzliche Schmerz in seiner Nase stieg ihm in die Augen, aber er zwang sich, nicht zu weinen. An plötzlichen Schmerz war er gewohnt. Und im Nichtweinen wurde er immer besser.

Er zeigte noch einmal nach oben. »Ist das deine kleine Schwester?«

»Ich bin doch nicht blöd. Ein Drachen kann nie ein Baby tragen!«

Jimmy sah zum Drachen hoch. »Also, ich weiß nicht. Er ist furchtbar groß.« Er riß die Augen auf. »Mein Gott, schau! Es hat sich gerade bewegt!«

Kyle begann zu weinen. »Das stimmt. Ich hab's gesehen!«

Jasmine starrte mit Entsetzen im Gesicht nach oben.

Todd sah Kyle und Jasmine an und dann zum Drachen hoch. Als Jimmy den Ausdruckswechsel in seinem Gesicht sah, hätte er am liebsten einen Tarzan-Schrei ausgestoßen.

»Das ist nie meine Schwester!« sagte Todd. Seine Stimme zitterte. »Sie ist zu schwer! Sie wiegt fast vier Kilo!«

»Aber es ist ein verdammt großer Drachen«, sagte Jimmy.

Jasmine stimmte in Kyles Weinen mit ein.

»Ein Baby wiegt zu viel«, sagte Todd.

Das Schreien eines Babys kam vom Himmel herunter.

Todd stieß gegen die Angel, und das Baby zappelte in den Klauen des Adlers.

»Es zappelt!« schrie Kyle.

Noch einmal war der Schrei zu hören.

Todd riß die Angel aus dem Boden. Während der Drachen ihn vorwärtszog, drehte er hektisch an der Kurbel.

Weit oben riß die Schnur und segelte in Schlangenlinien zu Boden. Kyle und Jasmine kreischten. Der Drachen trieb nach Norden, das Baby zuckte.

Todd machte ein halb stöhnendes, halb wimmerndes Geräusch. Er ließ die Rute fallen und rannte über die Wiese.

Von oben kam noch immer Schreien.

Kyle und Jasmine wollten ebenfalls losrennen, aber Jimmy hielt sie an den Armen fest. »Ihr könnt nichts tun«, sagte er.

Todd hatte die Potwin Road erreicht und rannte mitten auf der Fahrbahn in Richtung Norden. Jimmy sah, wie er immer kleiner wurde.

Das Schreien wurde schwächer und schwächer und hörte ganz auf. Der Drachen verschwand hinter Clay Hill.

Jasmine trat Jimmy ans Schienbein. »Ich hasse dich«, sagte sie. »Du hast Puppenbaby an deinen blöden Drachen gehängt.«

»Das war ein *echtes* Baby«, heulte Kyle.

»Puppenbaby ist ein echtes Baby«, erwiderte Jasmine entrüstet.

Jimmy ließ die beiden los und hob seine Angelrute auf. Er wischte den Staub von der Rolle. »Ich geh' jetzt Puppenbaby suchen«, sagte er.

»Lügner.«

Er begann, die Schnur einzuholen. »Ich habe gesagt, ich finde es. Da brauchst du mir nicht einmal zu helfen.« Er sah Kyle an. »Und du mußt nicht traurig sein. Das war bestimmt kein echtes Baby.«

»Es hat geweint.«

»Das war doch nur Show. Ich habe gesehen, wie die Männer einen Kassettenrecorder in den Bauch der Puppe gesteckt haben.«

»Ach so«, sagte Kyle.

Das Ende der Schnur erreichte die Rutenspitze, und Jimmy hörte auf zu kurbeln. »Mom wollte Hafermehlkekse backen«, sagte er. »Wenn ihr zwei jetzt zu uns nach Hause geht, bekommt ihr bestimmt welche. Ich bleibe hier und suche Puppenbaby.«

»Ich darf nicht alleine heimgehen«, sagte Jasmine.

»Kyle wird dich begleiten.«

Kyle zog Jasmine am Arm. »Komm schon«, sagte er. »Kekse.«

Jasmine ließ sich von ihm fortziehen, aber sie warf Jimmy noch einen bösen Blick zu. »Ich hasse dich trotzdem.«

»Na und«, erwiderte Jimmy.

Er sah ihnen nach, um sich zu überzeugen, daß sie auch heil über die Straße kamen, und schaute dann nach Norden. Todd kletterte eben den Clay Hill hoch. Während Jimmy zusah, fiel Todd zweimal hin.

Jimmy gab jetzt dem Schmerz in seiner Nase nach und ließ seinen Tränen freien Lauf.

»Geschieht dir recht«, sagte er.

Der Südwind pfiff durch den Laufsteg. Der ganze Turm schwankte so heftig, wie Jimmy es noch nie erlebt hatte. Als er die Angelschnur zerschnitt, mit der er den Rucksack auf den Bodenplanken befestigt hatte, sagte er: »Das war die Kletterei doch wert, oder?«

Er öffnete die Klappe. Als die Sonne auf das Gesicht der kleinen Tina schien, öffnete sie weit ihren zahnlosen Mund. Ihre Augen leuchteten. Sie mochte die Vibration des Turms, diesen strahlenden

Glanz. Sie lächelte, vielleicht zum ersten Mal in ihrem Leben. Und weil niemand zusah, nahm Jimmy sie aus dem Rucksack und drückte sie an sich. An ihren Beinen war mehliges gelbes Zeugs.

Jimmy schaute nach Norden und sah, daß Todd über die Hügelkuppe verschwunden war. Sobald Todd den Drachen gefunden hatte, würde er es sehr eilig haben, nach Hause zu kommen, und er würde das Wrack wahrscheinlich einfach liegen lassen. Jimmy konnte Puppenbaby dann später holen.

Der Drachen war weit hinter dem Hügel abgestürzt, was bedeutete, daß Todd unmöglich in weniger als dreißig Minuten nach Hause zurückkehren konnte. Aber Jimmy konnte schon in zehn Minuten dort sein. Falls Mr. und Mrs. Boyle bereits daheim waren, konnte er sagen, er habe das Baby auf der Wiese gefunden. Ach, und übrigens, Todd habe er auf dem Clay Hill gesehen.

Falls die Boyles zur geplanten Zeit zurückkehrten, um so besser. Lange bevor Todd wieder auftauchte, hätten dann seine Eltern ihr verschmutztes Baby allein im Haus vorgefunden. Todds Probleme fingen eben erst an. Jimmy brachte Tina zur Südseite des Tanks und zeigte ihr die Stelle, wo der Satz JIMMY BLACKBURN IST EIN SCHLAPPSCHWANZ gestanden hatte. Jetzt war nicht einmal mehr ein Fleck zu sehen.

Die kleine Tina gluckste, und er beschloß, noch etwas zu tun.

Er steckte sie in den Rucksack, so daß ihr Kopf herausschaute. Er drückte die Leinwand eng an ihren Körper und umwickelte sie mit dem Stück Angelschnur, mit dem er den Rucksack an den Planken befestigt hatte. Dann nahm er seine Angelrute, zog die Schnur durch die Tragriemen und verknotete sie.

Er löste den Sperriegel der Spule. Wichtig war jetzt, daß er die Kurbel fest in der Hand behielt.

Er küßte Tina aufs Ohr und flüsterte: »Du bist ein Adler.«

Dann stellte er sich breitbeinig hin und schwang sie in den Himmel. Er stützte die Rute auf dem Geländer ab und ließ Tina zur Erde schweben, so schnell er sich eben traute. In diesem kurzen Augenblick ihres Lebens würde sie spüren, wie es war, frei zu sein.

Opfer Nummer fünf

Blackburn betrat die Rekrutierungsstelle der U. S. Army in der Ladenzeile an der East Kellogg und brachte einen Schwall kalter Luft mit sich herein. Die Papiere auf dem Tisch des Rekrutierungssergeants wirbelten durchs Zimmer. Der Sergeant, ein kantschädliger Mann in olivfarbener Uniform, stand auf und sammelte sie wieder ein.

»Entschuldigung«, sagte Blackburn.

Der Sergeant grinste. »Schon okay, mein Sohn. Setz dich. Ich kümmere mich gleich um dich.«

Blackburn setzte sich auf einen der beiden Plastiksessel vor dem Schreibtisch. Seine Jacke blähte sich auf und senkte sich wieder wie ein Fallschirm. Er nahm ein Kanonenmodell von einem Stapel Broschüren und richtete sie auf den Sergeant.

»Bumm«, sagte Blackburn.

Der Sergeant setzte sich in den Drehstuhl auf der anderen Seite des Schreibtisches. Er stapelte die Papiere wieder auf den Tisch und stellte das Modell eines Sherman-Panzers darauf. Dann nickte er in Richtung der Kanone in Blackburns Hand. »Das ist eine authentische Reproduktion eines Geschützes aus dem Bürgerkrieg.«

»Union oder Rebellen?« fragte Blackburn.

Der Sergeant machte ein verwirrtes Gesicht. »Beide, glaube ich.«

Blackburn richtete sie noch einmal auf ihn. »Bumm.«

Der Sergeant kicherte. »Interesse an einer Karriere in der Armee, mein Sohn?«

Blackburn stellte die Kanone wieder auf die Broschüren. »Ein Freund von mir ist dazugegangen.«

»Ich verstehe. Und das hat dich inspiriert?«

»Ja«, sagte Blackburn. »So könnte man es sagen. Ich fühle mich inspiriert.«

Der Sergeant runzelte kurz die Stirn, doch dann grinste er wieder übers ganze Gesicht. Er streckte seine große, rote Hand aus. »Master Sergeant Don Riggle, mein Sohn.«

Blackburn starrte die Hand an. Dann streckte er seine aus und legte sie in die des Sergeants. Sein Griff war wie Granit. Blackburn zuckte zusammen und ärgerte sich über sich selbst. Er zog seine Hand zurück.

»Und wie heißt du, mein Sohn?« fragte der Sergeant. Er grinste noch immer, aber in seinen Augenwinkeln kräuselten sich erste Fältchen des Argwohns. Die Augen paßten zur Uniform.

»Ernest Tompkins«, sagte Blackburn.

Der Sergeant zog ein Blatt Papier unter dem Panzer hervor und begann, mit einem Stahlstift zu schreiben. »Und wie alt bist du, Ernest?«

»Neunzehn.«

»High-School-Abschluß?«

»Ja.« Es war nur eine halbe Lüge. Blackburn war zwar nicht einmal in der Oberstufe gewesen, aber Ernie schon.

»Welche High School, mein Sohn?«

»Wantoda Unified. Das ist östlich von hier, im Tuttle County.«

Der Sergeant notierte es sich. Dann sah er wieder Blackburn an und lächelte dabei übers ganze Gesicht. »An welcher Sparte hättest du denn Interesse, Ernest?«

Blackburn überlegte. Was hätte Ernie wohl gesagt?

»Ich weiß nicht so recht«, antwortete er. »Was haben Sie denn anzubieten?«

Der Körper des Sergeants machte ein gasiges Geräusch. »Die heutige Armee kann dir so ziemlich alles anbieten, was du dir vorstellen kannst.« Sein rechter Zeigefinger, groß wie eine Karotte, tippte auf die Broschüren unter der Kanone. »Kommunikationstechniker. Fluglotse. Vernebelungsspezialist. Automechaniker. Hubschrauberpilot. Kaplansgehilfe. Müllmann. Elektriker. Die Möglichkeiten sind unendlich.« Er breitete die Broschüren aus. Auf einer stand *Feldartillerie: Ein Beruf mit Zukunft.*

»Auch Laser?« fragte Blackburn. Ernie hatte sich für Laser interessiert.

»Aber natürlich«, sagte der Sergeant. »Lasertechnologie von der Pieke auf.« Er lachte. Wieder kam ein Gasgeräusch aus seinem Körper.

Blackburn starrte ihn an. »Gefällt Ihnen mein Haarschnitt, Sergeant?« fragte er. Seine sandfarbenen Haare waren über Kragen und Ohren ausgeschnitten. Ernie trug die Haare immer so gestutzt. Blackburn hatte ihn nie unordentlich gesehen.

Der Sergeant runzelte die Stirn, kicherte dann. »Na, er ist besser als bei den meisten jungen Männern heutzutage, Ernest. Natürlich werden sie noch viel kürzer geschnitten, wenn du zur Grundausbildung kommst. Die sehen dann eher aus wie meine.« Er fuhr sich mit der Hand über seine Stoppeln.

Blackburn faßte an die Strähne, die ihm in die Stirn hing. Er zwirbelte sie und sah an seiner Hand vorbei zu dem Sergeant hinüber. »Mit dreizehn habe ich versucht, sie mir bis zur Taille wachsen zu lassen«, sagte er. »Das war 1971. Damals waren in Kansas gerade die Sechziger angebrochen. Das war das Jahr, als das Gebäude der Student Union oben in Lawrence brannte.«

Die Miene des Sergeants versteinerte sich. »Ich erinnere mich daran. Ich war in Fort Riley. Wär' gern dort aufgekreuzt, um mal so richtig klar Schiff zu machen. Und eine Weile sah es ja so aus, als würden wir es tun.«

Blackburn drehte noch immer an seiner Haarsträhne. »Das war auch das Jahr, als Lieutenant Calley ins Gefängnis kam.«

Der Sergeant kniff die Augen zusammen. »Bist du hier, um dich zu verpflichten, mein Sohn?«

Blackburn nickte. »Natürlich. Erinnern Sie sich nicht?«

»Wie bitte?«

Blackburn strich die verdrehten Haare glatt und begann sie zu flechten. »Das wollte ich in diesem Jahr tun«, sagte er. »Ich wollte mir die Haare flechten und die Zöpfe in der Jacke verstecken. Eine lange Jacke, so wie die da. Die ist aus Armeebeständen.« Er sah von seinem Zopf hoch. »Die Armee macht gute Jacken.«

Der Sergeant kratzte sich am Kinn. »Danke«, sagte er.

»Nichts zu danken.« Blackburn konzentrierte sich wieder auf seinen Zopf. »Wissen Sie, ich hab' mir gedacht, wenn mir einer dumm kommt, zieh' ich die Zöpfe raus und schleudere sie ihm ins Gesicht. Schlag' ihm die Augen aus.«

Der Sergeant öffnete eine Schreibtischschublade und holte weitere Broschüren hervor. »Also, jetzt sieh dir mal all diese Angebote an«, sagte er.

»Infanterie«, sagte Blackburn.

»Wie bitte?«

»Ich will zur Infanterie«, erwiderte Blackburn. »Das ist doch da, wo geschossen wird, oder? Ich kann nämlich schießen.«

»Also weißt du, mein Sohn«, sagte der Sergeant und breitete die neuen Broschüren auf dem Tisch aus wie ein Kartenspiel. »Heutzutage wird nicht mehr viel geschossen. Wir sind im Frieden.«

»Ich weiß. Den Krieg haben wir vor zwei Jahren verloren.«

Die Nasenflügel des Sergeants bebten. »Wir haben überhaupt nichts verloren«, sagte er. Seine Stimme war leise und scharf.

»Die Kommunisten haben Südvietnam übernommen«, sagte Blackburn.

»Die Armee der Vereinigten Staaten hat noch nie einen Krieg verloren«, sagte der Sergeant.

Blackburn überlegte. »Das kann ich respektieren«, sagte er. »Wenn es stimmt, kann ich es sogar sehr respektieren.«

Der Blick des Sergeants war ruhig auf Blackburn gerichtet. »Es stimmt. Gleichgültig, was du in den Zeitungen liest oder im Fernsehen siehst. Die Amerikanische Armee verliert nicht. Nie.«

»Würden Sie mit Ihrem Leben dafür einstehen?« fragte Blackburn.

Der Sergeant nickte. »Das habe ich immer getan, mein Sohn.«

»Dann schreiben Sie mich ein.«

Gemeinsam füllten sie den Rest des Formulars aus. Blackburn log, wo es nötig war. Dann unterschrieb er unten auf der Seite. Der Name, mit dem er unterschrieb, lautete »Ernest T. Tompkins III.«.

Der Sergeant betrachtete die Unterschrift. »Aha, du führst also die Familientradition fort.«

»Erinnern Sie sich nicht?«

Der Sergeant hob eine Augenbraue. »Wie bitte?«

»Mein Name. ›Ernest T. Tompkins III.‹ Erinnern Sie sich nicht an ihn?«

Der Bauch des Sergeants machte ein mahlendes Geräusch. »Nein, mein Sohn, ich fürchte, nicht.«

Blackburn griff in seine Jacke, in die Tasche, die er ins Futter geschnitten hatte. »Dann haben Sie gelogen. Die Armee hat verloren.«

»Ich kann dir nicht folgen, Ernest.«

»Die Armee hat ihr Gedächtnis verloren. Sie erinnert sich nicht an Ernest T. Tompkins III.«

Der Sergeant zeigte mit dem Finger auf Blackburn. »Aber du sitzt doch hier vor mir.«

Blackburn schüttelte den Kopf. »Sie hätten diesen Namen nicht vergessen dürfen. Nicht nach dem, was passiert ist. Eineinhalb Jahre, nachdem Sie in der Wantoda Unified waren und ihn angeworben haben, hat er meiner Mutter einen Brief geschrieben. Er hoffte, daß ich sie irgendwann anrufen würde, und letzten Monat habe ich es schließlich getan. Sie hat mir erzählt, daß er zur Armee gegangen ist.«

»Wer?«

»Ernest T. Tompkins III. Der nach dieser schändlichen Niederlage seinem Land dienen wollte. Der sich für Laser interessierte. Der Asthma hatte und es Ihnen auch sagte. Und Sie haben gesagt: Komm trotzdem.«

Der Sergeant stand auf. »Also hör mal, mein Sohn –«

Blackburn zog den Colt Python aus seiner Jacke. »Also haben Sie ihn ins Ausbildungslager geschickt, letztes Jahr im Sommer. Nach

Texas. Er starb. Er starb beim Laufen. Er bekam keine Luft mehr.«

Der Sergeant trat vom Tisch zurück. Er streckte seine Granithände in die Höhe. »Jetzt hör mal, mein Sohn«, sagte er, und seine Stimme klang besänftigend. »Jeder Rekrut wird medizinisch untersucht. Wenn er irgendwas Ernstes gehabt hätte, hätten wir ihn nicht genommen.«

»Anscheinend hat der Arzt es nicht bemerkt«, sagte Blackburn. »Aber Sie hätten es wissen müssen. Ernie hat es Ihnen gesagt. Das hat er in seinem Brief geschrieben. Und Sie erinnern sich nicht.«

Der Sergeant leckte sich die Lippen. In seinem Bauch rumorte es. »Aber natürlich erinnere ich mich, mein Sohn. Ich habe ihm gesagt, die Ärzte würden ihn untersuchen und die Entscheidung treffen. Die Entscheidung lag nicht bei mir. Dafür kannst du mich nicht umbringen.«

»Was für eine Haarfarbe hatte er?« fragte Blackburn.

»Wie bitte?«

Blackburn stand auf und richtete den Revolver auf den Bauch des Sergeant. »Sie wissen, ich kann Sie nicht dafür umbringen, daß Sie ihn wegen seines Asthmas nicht aus der Armee herausgehalten haben. Also tue ich es nicht. Ich bringe Sie um, weil Sie gelogen haben. Sie haben gesagt, daß die Armee nie etwas verliert. Dazu gehört doch wohl auch das Gedächtnis. Also, welche Farbe hatten seine Haare? Sie waren oben wellig. Sehr auffällig. Welche Haarfarbe?«

Der Sergeant schwitzte. Und furzte. »Hör mal, mein Sohn, ich rede jedes Jahr mit Hunderten von jungen Männern. Da kann ich mich doch unmöglich an jedes Detail jedes einzelnen erinnern.«

Blackburn spannte den Revolver. »Aber er war nicht nur irgendeiner, Sergeant«, sagte er. »Sie haben ihn vor achtzehn Monaten aufgenommen. Sein Name war Ernest T. Tompkins der Dritte. Er hat ihnen gesagt, daß er Asthma hat. Er starb im Ausbildungslager. Alle drei Fernsehstationen und der *Wichita Eagle* haben darüber berichtet. Als ich meine Mutter anrief, sagte sie mir, daß sie den Artikel aufgehoben hat, und da drin steht auch ein Zitat von Ihnen. ›Es ist immer eine Tragik, wenn ein junger Mann stirbt‹, haben Sie gesagt.«

»Oh«, sagte der Sergeant. Sein Bauch ächzte.

»Was für eine Haarfarbe hatte er?«

»Dunkelbraun. Fast schwarz.«

Blackburn senkte den Revolver. Er sah zu Boden. Er wünschte sich, weinen zu können. »Ernie hatte Asthma. Er starb im Ausbildungslager.«

Der Sergeant machte einen Schritt nach vorn. »Es tut mir leid, mein Sohn«, sagte er. »Aber so etwas passiert eben. Wir können nichts anderes tun als trauern und weiterleben.« Er streckte die Hand aus. »Gib mir den Revolver.«

Blackburn sah hoch. »Rot«, sagte er.

»Wie bitte?«

»Seine Haare waren rot.« Blackburn hob den Revolver und schoß dem Sergeant in den Bauch. Der Sergeant taumelte rückwärts und schnellte dann schreiend vor. Rote Schlutze quoll durch das olivfarbene Tuch. Blackburn schoß noch einmal. Es gab ein zischendes Geräusch, und dann roch es nach Scheiße. Der Sergeant sank auf die Knie und legte die Wange auf die Schreibtischplatte. Seine Faust zertrümmerte den Panzer. Seine Augen starrten Blackburn an. Seine Wimpern zwinkerten nicht.

Blackburn steckte die Waffe weg. »Ernie hatte Asthma«, sagte er. »Ernie starb im Ausbildungslager. Ernie hatte leuchtendrote Haare.« Er nahm das Kanonenmodell und schob es über den Tisch. »Ernie war mein Freund.«

Er stoppte die Kanone einen halben Zentimeter vor der Nase des Sergeant.

»Bumm«, sagte er. Dann drehte er sich um und ging hinaus in den scharfen Wind des herbstlichen Kansas.

3
Blackburn und der Hühnerkiller

An diesem Mittwoch war Jimmy in der Stadt gewesen, um Ernie zu besuchen, und deshalb erfuhr er erst, als er wieder nach Hause kam, daß seine Mutter sich mit Jasmine aus dem Staub gemacht hatte. Er rechnete sich aus, daß er gerade in Ernies Zimmer Comics gelesen hatte, als Dad Mom zum fünften Mal in dieser Woche schlug. Mom hatte den alten Chrysler-Kombi genommen und Dad den Pickup dagelassen. Jimmy war sicher, daß sie auch ihn mitgenommen hätte, wenn er zu Hause gewesen wäre. Zumindest hätte sie ihm die Wahl gelassen.

Die Sommerferien dauerten noch drei Wochen, und Dad würde viel zu Hause sein, da man ihn entlassen hatte. Jimmy freute sich nicht gerade auf diese Zeit. Auf die Schule allerdings auch nicht. Er fürchtete sich vor dem achten Schuljahr. Am Ende des siebten hatte er bemerkt, daß einigen Mädchen Brüste wuchsen und einige Jungen Haare im Gesicht bekamen. Das waren keine guten Vorzeichen. Trotzdem wäre er lieber in die Schule gegangen, als allein mit Dad zu Hause zu bleiben. Dabei war Dad eigentlich gar kein schlechter Kerl. Es war einfach nur so, daß er nicht wußte, was er mit seinen Pechsträhnen tun sollte, außer sie an anderen auszulassen. Und da Mom und Jasmine nicht mehr da waren, würde Jimmy alles abbekommen.

Das merkte er gleich nach Moms Weggang. Dad hatte versucht, zum Abendessen Hamburger zu braten, und dabei hatte das Fett Feuer gefangen. Er packte die Pfanne und rannte nach draußen, verbrannte sich aber dabei die Hände. Als er wieder ins Haus kam, beschimpfte er Jimmy, weil er ihm nicht geholfen hatte. Jimmy erwiderte, er habe nicht gewußt, was er tun sollte, und Dad gab ihm eine Ohrfeige und schickte ihn in sein Zimmer. Jimmy betrat den heißen, kleinen Raum und schloß die Tür. Er las das Spiderman-Heft, das Ernie ihm geschenkt hatte. Nach einer Weile mußte er pinkeln, aber Dad hatte ihm noch nicht erlaubt, wieder herauszukommen. Er wartete, bis er Dad schnarchen hörte, schlich dann durch die Küche und über den Gang ins Bad. Er pinkelte im Sitzen, damit er kein Licht machen mußte, und zielte so, daß der Strahl knapp unter dem Rand auftraf, nicht im Wasser. Er spülte nicht.

Am nächsten Morgen blieb er im Bett, bis Dad schrie, er solle aufstehen und sich an die Arbeit machen. Er stand auf, zog ein T-Shirt, abgeschnittene Jeans und Turnschuhe an und ging hinaus, um die Hühner zu füttern.

Die Hühner nervten ihn. Er haßte sie. Sie waren laut, stanken und schissen alles voll. Dad hatte sie im März als Küken mit nach Hause gebracht. Damals waren es fünfzig gewesen. Niedliche, flaumige kleine Dinger. Einige hatten sogar irgendwie klug gewirkt und sich angewöhnt, Jimmy oder Jasmine über den Hof zu folgen. Dann war die Hälfte eingegangen, und der Rest war schnell gewachsen und immer dümmer geworden. Ausgewachsen waren sie total hirnlos. Sie waren nur noch Freß- und Scheißmaschinen. Sie legten zwar Eier, zerbrachen aber viele und schissen den Rest voll. Jimmy warf etwas Futter für sie auf den Boden, damit sie sich darüber hermachen konnten, und ging dann weg, um auch dem Hahn eine Handvoll hinzuwerfen.

Aus allen Küken waren Hennen geworden, und Dad hatte deshalb im Juni einen Hahn mitgebracht. Er war abscheulich. Er besaß nicht die geringste Ähnlichkeit mit den Hähnen, die Jimmy auf Bildern gesehen hatte. Auf den Bildern waren es stolze, breitbrüstige Vögel mit kräftigrotem Kamm und goldenen und grünen Federn.

Aber dieser Hahn watschelte wie eine Ente, hatte einen stumpf rosafarbenen Kamm und Federn von der Farbe alter Maisfladen. Sein Schwanz schleifte im Staub. Die Hennen rotteten sich oft zusammen und fielen mit ihren Schnäbeln über ihn her. Er hatte in den vergangenen zwei Monaten eine Menge Federn verloren, und die kahlen Stellen waren grindig. Er watschelte herbei und pickte ein wenig in dem Futter, das Jimmy ihm hingeworfen hatte, doch dann verscheuchten ihn drei Hennen.

Jimmy ging in den Sperrholzverschlag und sammelte die Eier ein. Zehn waren nicht zerbrochen. Das waren mehr als gewöhnlich. Den Rest wischte er zusammen, so gut es ging, und trug dann die zehn zur Pumpe, um sie zu waschen.

Zehn. Wo Farm-Eier im Tuttle County für dreißig Cents das Dutzend angeboten wurden, falls die Leute sich die Mühe machten, anzuhalten und sie zu kaufen. Die meisten Leute gaben ein paar Cents mehr aus und kauften sie im Laden zusammen mit den anderen Lebensmitteln. Wie Dad auf die Idee gekommen war, mit den Hühnern Geld verdienen zu können, wußte Jimmy nicht. Da hatte ihn wohl jemand angelogen. Oder vielleicht war es in seiner Kindheit so gewesen, und er hatte einfach nicht begriffen, daß die Welt sich verändert hatte. Allein schon das Hühnerfutter kostete mehr, als die Eier einbrachten, von der Arbeit, die diese Hühner machten, ganz zu schweigen. Jimmy fragte sich, ob mit Dads Hirn vielleicht irgendwas nicht stimmte.

Er brachte die Eier ins Haus. Dad saß in der Küche und aß Toast.

»Wie viele?« fragte Dad.

»Zehn.«

Dad schüttelte den Kopf. »Keine Ahnung, was mit denen los ist.« Er warf Jimmy einen argwöhnischen Blick zu. »Hast du sie gejagt?«

»Nein, Sir«, sagte Jimmy. Er legte die Eier in die Schüssel im Kühlschrank.

»Hast du welche zerbrochen?«

»Nein, Sir.«

Dad steckte Brotscheiben in den Toaster. »Willste Frühstück?«

»Klar.« Dad warf ihm einen Blick zu. »Ich meine, ja, Sir.«

Der Toast sprang hoch. Dad bestrich jede Scheibe mit Margarine und gab Jimmy eine. Jimmy bedankte sich und setzte sich an den Tisch, um zu essen.

»Ich fahre nach Wichita«, sagte Dad.

»Kann ich mitkommen?« fragte Jimmy. Hin und wieder nahm Dad ihn mit in Eisenwaren- oder Autoersatzteilläden. Jimmy mochte die Männer, die dort arbeiteten. Es waren Männer, die zu einem Jungen »Hi« sagten, auch wenn er noch nicht Auto fahren konnte.

»Nein«, sagte Dad. »Und nach Wantoda gehst du mir auch nicht. Ich will, daß du hier bist, wenn deine Mutter nach Hause kommt. Dann sagst du ihr, daß ich mir eine Stelle in einer Maschinenwerkstatt anschaue. Zum Abendessen bin ich zurück.«

»Ja, Sir«, sagte Jimmy. »Ist es okay, wenn Ernie zu mir kommt?«

»Solang er nichts ißt«, sagte Dad. »Ich arbeite schwer genug, um meine eigenen Kinder durchzufüttern.« Er verließ die Küche. Das Fliegengitter vor der Haustür ging auf und fiel krachend wieder zu. Der Pickup sprang an und fuhr davon.

Jimmy aß seinen Toast auf und stellte dann einen Topf mit Wasser auf den Herd. Als es kochte, nahm er ein Ei aus dem Kühlschrank und warf es hinein. Es traf auf dem Boden des Topfes auf, platzte, und weiße Schlieren breiteten sich in dem kochenden Wasser aus. Jimmy ließ es kochen, bis das Wasser fast ganz verdampft war. Dann schaltete er den Herd aus und trug den Topf zum Waschbecken. Er ließ Wasser über das Ei laufen und versuchte, es zu schälen. Es war noch heiß, er verbrannte sich die Finger. Ein Großteil vom Eiweiß blieb an der Schale haften. Er aß, was übrig blieb. Der Dotter zerbröselte heiß und trocken in seinem Mund. Draußen heizte der Augusttag sich allmählich auf.

Er rief Ernie an, und Ernie fragte seine Mutter, ob er zu Jimmy hinausradeln dürfe. Jimmy hörte Ernies Mutter sagen, sie habe nichts dagegen. Ernies Mom hatte eine zittrige Stimme und klang immer, als würde sie gleich weinen, und deshalb merkte Jimmy nie, was sie fühlte, wenn sie etwas sagte. Die Gefühle seiner Mutter waren immer klar und deutlich. Sie lachte, wenn es ihr gut ging, und weinte, wenn es ihr schlecht ging. Sie weinte zu viel.

Jimmy ging mit seinem Luftgewehr nach draußen und schoß auf Spatzen, um sich die Zeit zu vertreiben, bis Ernie kam. Ein heißer Wind blies, der seine Kugeln aus der Flugbahn trieb. Manchmal sah er sie einen Bogen beschreiben, in eine Umlaufbahn einschwenken wie winzige goldene Satelliten. Einige Hennen kamen herbeigelaufen, weil sie mehr Futter erwarteten, und er schoß einer ins Hinterteil. Sie rannten gackernd davon. Dad würde ihm für eine solche Untat die Seele aus dem Leib prügeln, aber Jimmy hatte nicht vor, es ihm zu sagen. Die blöde Henne war ja nicht verletzt. Jimmy hätte ihr gerne eine Kugel durch den Kopf gejagt, bei dem einen Auge hinein und beim anderen wieder heraus.

Zwischen den Schüssen sah er immer wieder die Straße in Richtung Wantoda hinunter. Schließlich entdeckte er Ernie. Ernie kam nur langsam näher, obwohl er den Wind im Rücken hatte. Jimmy legte sein Luftgewehr auf die Veranda und fuhr seinem Freund entgegen. Er hielt den Kopf tief und stand auf, um gegen den Wind anzustrampeln. Der Asphalt war ölig, kochte in der Sonne. Sein Rad klapperte.

Fünfzig Meter von Ernie entfernt beschleunigte er und brauste auf ihn zu, als wollte er ihn zusammenfahren. Ernie schrie und blieb stehen. Jimmy rauschte an ihm vorbei, kehrte dann um und fuhr, vom Wind angetrieben, zurück.

»He, Schlappschwanz«, sagte er, als er neben Ernie anhielt.

Ernies wellige rote Haare waren feucht, sein Gesicht gerötet. Er hatte einen blauen Nylonrucksack auf dem Rücken, der seine schmalen Schultern noch schmaler wirken ließ. Er keuchte. »Selber Schlappschwanz«, sagte er. Seine Stimme klang heiser.

»Was ist denn los?«

»Der Staub oder so. Ich krieg' kaum Luft.«

»Komm mit und trink was.« Jimmy strampelte voraus und wartete in der Einfahrt auf Ernie. Sie gingen miteinander ins Haus und machten sich Kool-Aid-Limonade, die sie mit Eiswürfeln tranken. Dazu aßen sie die Mortadellasandwiches und die Cheez Curls, die

Ernie mitgebracht hatte. Sie unterhielten sich über den Spiderman-Comic, den Ernie Jimmy geschenkt hatte, und fanden beide, daß der Green Goblin kein würdiger Gegner war. Er verhielt sich wie ein Schwuler.

Als alles aufgegessen war, gingen sie nach draußen und schossen abwechselnd auf Spatzen. Auch wenn ihr Ziel nur einen halben Meter entfernt war, hatten sie Schwierigkeiten, es zu treffen.

»Der Wind ist zu stark«, sagte Jimmy.

»Man sollte das sowieso in der Nacht machen«, sagte Ernie. »Man strahlt sie mit einer Taschenlampe an. Das hypnotisiert sie, und sie können sich nicht bewegen. Wir können es heute nacht probieren, wenn du willst.«

»Vielleicht. Mein Dad wird zu Hause sein.«

»Und?«

»Ich weiß nicht, ob er uns läßt.«

Ernie schoß und traf einen Ast nur wenige Zentimeter von einem Spatzen entfernt. Der Vogel flog davon. Und alle anderen Vögel in dem Baum ebenfalls. Die Jungen warteten, bis sie zurückkamen.

»Sind deine Mom und deine Schwester beim Einkaufen?« fragte Ernie.

»Vielleicht. Ich weiß es nicht.«

»Was soll das heißen, du weißt es nicht?«

Jimmy starrte in den Baum hoch. »Soll heißen, ich weiß es nicht. Sie sind gestern weggefahren, als ich bei dir war. Sie sind noch nicht zurück.«

»Oh.« Ernie gab Jimmy das Luftgewehr, griff nach seiner Limonade und trank einen Schluck. »Familiäre Probleme, hm?«

»Glaub' schon.«

»Mach dir keine Gedanken deswegen.«

»Ich glaube, sie sind einfach zu meiner Oma nach Oklahoma gefahren.«

»Wo in Oklahoma?«

»Tulsa.«

Die Vögel kamen wieder zurück, Jimmy und Ernie senkten deshalb die Stimme.

»Dort ist die Oral Roberts University«, sagte Ernie. »Und meine Mom will, daß ich dort aufs College gehe.«

»Ich würde auf kein College gehen, das nach einem verdammten Prediger benannt ist«, sagte Jimmy.

Ernie verzog das Gesicht, als wäre die Limonade zu sauer. »Ich hab' ja nicht gesagt, daß ich da hingehe. Ich habe gesagt, meine Mom will es. Sie steht auf diesen Gebetsturm mit dem Ewigen Licht, den sie dort haben. Da kann man mit seinen Gebeten hingehen, und ein Typ steigt den Turm hoch und betet sie für dich.«

»Wie lange?«

»Keine Ahnung. Bis die Gebete erhört werden oder der Kerl furzen muß.«

Beide lachten, und das erschreckte die zurückkehrenden Vögel.

»Scheiße«, sagte Jimmy. »Jetzt sind sie schon wieder weg.«

»Warte, bis es Nacht ist, und strahl sie dann an«, entgegnete Ernie. Er trank noch einen Schluck. »Glaubst du an Gott?«

Jimmy zuckte die Achseln. »Glaub' schon. Aber ich glaub' nicht, daß Prediger mehr über Gott wissen als andere Leute. Kirchen sind nur ein Geschäft.«

»Ja«, sagte Ernie. »Du solltest mal sehen, was die in der United Methodist für Geld scheffeln. Ich würde da nicht hingehen, wenn meine Eltern es nicht wollten. Aber ich glaube, daß Gebete manchmal helfen.«

»Werd endlich erwachsen.«

Ernie spuckte ein Brausepulverklümpchen auf den Boden. »Nicht der Gebetsturm und die Kirche und das Zeug. Einfach nur Gott sagen, was man denkt.«

»Ich hab's probiert. Funktioniert nicht.«

»Vielleicht hast du es so probiert, wie die Prediger sagen, daß man es tun muß. Vielleicht hast du es nie auf deine Art probiert. Einfach sagen, was du willst. Oder was du denkst.«

Jimmy grunzte. Er mochte es nicht, wenn Ernie so komisch wurde wie jetzt.

Einer der Spatzen kam zum Baum zurück und setzte sich weit oben auf einen kahlen Zweig. Jimmy hob das Luftgewehr und zielte.

»O Gott«, sagte er, »bitte laß mich diesen Scheißvogel töten. Das bete ich in Deinem Namen, Amen.« Er drückte den Abzug. Das Gewehr knallte. Jimmy sah die Kugel nicht.

Der Spatz zuckte, kippte dann nach vorn. Mit einem Fuß klammerte er sich noch einige Sekunden lang am Zweig fest, dann fiel er. Er prallte auf dem Boden auf.

Jimmy und Ernie rannten zu der Stelle. Auf einem Blatt, das der Vogel im Fallen gestreift hatte, war Blut. Er rührte sich nicht.

»Verdammt«, sagte Jimmy. »Gott hat reagiert.«

Ernie hielt sich die Hände wie einen Trichter vor den Mund und sagte mit dröhnender Stimme: »Gern geschehen.«

Ernie fuhr um fünf wieder los. Jimmy begleitete ihn die erste Meile, verabschiedete sich dann und fuhr zurück. Er war noch eine Viertelmeile von zu Hause entfernt, als Dads Pickup neben ihm bremste.

»Ich hab' dir doch gesagt, du sollst zu Hause bleiben!« schrie Dad. Sein Gesicht war schmierig von Schweiß.

»Bin ich auch«, erwiderte Jimmy. »Ernie hat mich besucht, und ich habe ihn ein Stückchen begleitet.«

»Ich hab' dir gesagt, du sollst zu Hause bleiben!« schrie Dad noch einmal. Er trat aufs Gas und raste mit quietschenden Reifen davon.

Dad wartete neben dem Auto, als Jimmy in die Auffahrt einbog. Er riß Jimmy vom Rad und zerrte ihn in die Garage.

»Wenn ich dir etwas befehle«, sagte Dad, »dann erwarte ich, daß du gehorchst.« Er nahm die Fiberglas-Angelrute von der Wand. »Hose runter.«

Jimmy kämpfte seine Angst nieder. Diesmal nicht, dachte er. Diesmal würde er es nicht tun. Aber dann würde Dad ihn noch schlimmer verprügeln.

»Mom hat angerufen«, sagte Jimmy. Seine Stimme zitterte wie die von Ernies Mutter. Aber wenigstens weinte er nicht.

Die Rute pfiff nicht durch die Luft, wie sie es sonst immer tat. Sie blieb bewegungslos in Dads Hand.

»Was hat sie gesagt?«

Jimmy war es gleichgültig, was er Dad nun sagte. Er würde alles mögliche sagen. Er würde alles mögliche sagen und es immer wieder sagen, solange nur die Rute sich nicht bewegte. Er war dreizehn. Er war zu alt, um geschlagen zu werden. Er war zu alt, um behandelt zu werden wie ein verdammtes Baby.

»Sie hat gesagt, daß sie bei Oma ist. Und daß sie heute nacht noch nicht zurücksein wird, aber daß du dir keine Sorgen zu machen brauchst. Sie hat gesagt, ich soll dir sagen, daß es ihr leid tut, daß sie wütend geworden ist und daß sie morgen zurückkommt.«

»Morgen?« Die Rute senkte sich.

Jimmy leckte sich die Lippen. »Sie hat gesagt, sie hofft, daß sie morgen kommen kann, vielleicht aber auch erst übermorgen. Sie hat gesagt, daß Oma sich sehr gefreut hat, sie zu sehen, und daß sie nicht einfach aufkreuzen und am nächsten Tag wieder abfahren kann. Aber du sollst dir keine Sorgen machen, weil das Auto in Ordnung ist und es ihr leid tut, daß sie wütend geworden ist. Und ich soll dir sagen, daß im Kühlschrank noch Fleischpasteten stehen.«

Dad schloß einen Augenblick lang die Augen und strich sich mit der freien Hand über den Mund. »Sonst noch was?«

Jimmy versuchte, sich noch etwas auszudenken. Aber ihm fiel nichts mehr ein. Und mehr hätte auch geklungen wie das, was die ganze Geschichte tatsächlich war, eine Lüge nämlich. Mom würde nie auf Omas Rechnung so lange telefonieren.

»Nein, Sir. Außer, daß sie gesagt hat, wir sollen nicht bei Oma anrufen, weil Oma schlechte Laune hat.« Das würde Dad ihm glauben.

Dad schnaubte. »Als ob ich das tun würde«, sagte er. »Dreh dich um und bück dich. Dir steht noch immer eine Tracht Prügel bevor. Du mußt endlich mal lernen zu tun, was man dir sagt.«

Jimmy drehte sich um und bückte sich. Dad verpaßte ihm fünf Schläge, aber keine festen. Und er mußte die Hose nicht herunterlassen. Er hatte gewonnen, solange Dad nicht herausfand, daß er gelogen hatte. Und eine komplette Lüge war es sowieso nicht gewesen. Wo sollte Mom denn sein, außer bei Oma?

Zum Abendessen machten sie sich Truthahnpastete. Die Kruste

war an den Rändern schwarz, aber es schmeckte trotzdem. Jimmy verbrannte sich mit der Füllung die Zunge. Das passierte ihm immer.

Danach sahen er und Dad sich im Fernsehen einen Cowboyfilm mit John Wayne an. Im Kühlschrank war noch ein Klecks Milcheis, und das aßen sie.

Als Jimmy ins Bett ging, kitzelte die Brandblase auf seiner Zunge und hielt ihn wach. Er dachte an den Spatzen, den er an diesem Nachmittag erschossen hatte. Mom hatte mehr als einmal gesagt, Gott zähle jeden Spatzen, der vom Himmel fällt. Mom wollte nicht, daß er auf sie schoß. Er fragte sich, was sie wohl denken würde, wenn sie wüßte, daß er darum gebetet hatte, einen zu treffen.

Der nächste Tag war ein Freitag. Mom und Jasmine kamen nicht nach Hause. Auch am Samstag kamen sie nicht. Am Samstag abend ging Dad aus und kam erst am Sonntag nachmittag wieder nach Hause. Er roch nach Bier und war wütend. Jimmy wußte, daß Dad nur nach einem Vorwand für eine neue Tracht Prügel suchte, und er sagte deshalb, daß Mom noch einmal angerufen habe. Sie habe beschlossen, noch ein paar Tage bei Oma zu bleiben und ihr im Haushalt und beim Putzen zu helfen. Am Mittwoch würden sie und Jasmine zurückkommen.

Das konnte unmöglich schiefgehen. Am Mittwoch wäre eine ganze Woche vorbei. Länger würde Mom nie wegbleiben.

Am Montag fuhr Dad gleich am Morgen los. Wieder sollte Jimmy Mom, falls sie zurückkehrte, sagen, daß Dad zum Abendessen wieder da sein werde. Dad befahl Jimmy nicht, zu Hause zu bleiben, aber Jimmy nahm an, daß er es trotzdem tun sollte. Manchmal wollte Dad, daß Befehle, die er an einem Tag gegeben hatte, auch noch Wochen oder Monate später befolgt wurden.

Ernie kam wieder zu ihm geradelt und brachte auch wieder das Mittagessen mit. Jimmy war froh darüber. Er und Dad hatten am Abend zuvor die letzten Makkaroni mit Käse gegessen, und es war nichts mehr im Haus, das die beiden sich hätten zubereiten können. Sogar das Brot war ihnen ausgegangen. Dad hatte nichts von Einkaufen gesagt, und Jimmy glaubte nicht, daß er sich darum kümmern würde. Ernie hatte wieder Mortadellasandwiches und Cheez Curls dabei, und dazu noch zwei Päckchen mit kleinen Schokoladennapfkuchen und zwei Flaschen Cola. Er keuchte, als Jimmy ihn in der Auffahrt begrüßte.

»Vielleicht solltest du mal zum Doktor gehen«, sagte Jimmy. »Du klingst gar nicht gut.«

Ernie ließ sein Rad fallen und taumelte auf die Veranda. Er trug abgeschnittene Jeans wie Jimmy, und seine streichholzdünnen Beine zitterten. Er nahm den Rucksack ab und setzte sich. »Ich hab' einfach nur Heuschnupfen«, sagte er. Er zog ein zerdrücktes Taschentuch aus der Hose und schneuzte sich. Er hielt das Tuch in die Höhe. »Siehste?«

»Mann, warum zeigst du mir nicht gleich deine Scheiße?«

»Spielverderber.«

»Laß uns essen.«

Jimmy hatte keine Luftgewehrkugeln mehr, und deshalb beschlossen sie nach dem Essen, schwimmen zu gehen. Sie mixten das letzte Päckchen Kool-Aid-Limonade und gossen sie in zwei Einmachgläser. Die Gläser legten sie zusammen mit dem Rest Cheez Curls in Ernies Rucksack und machten sich auf den Weg. Die Gläser klapperten und gluckten. Einige Hennen folgten den Jungen, und sie schrien und warfen Erdklumpen, bis die Vögel sich gackernd davonmachten.

Sie kletterten durch den Stacheldrahtzaun hinter der immergrünen Windschutzhecke und trotteten durch Präriegras, das ihnen bis zur Hüfte reichte. Die zehn Acres große Wiese gehörte Dad, aber der Mann, von dem er sich immer Mähmaschine und Ballenpresse ausgeliehen hatte, war im letzten Jahr gestorben. In diesem Jahr würde das Gras also hoch bleiben. Es kitzelte und kratzte. Bald waren die Beine der Jungen übersät mit roten Striemen. Sie überquerten den Hügel und stiegen dann hinunter zum zweiten Zaun, über den sie auf eine Weide kletterten. Sie war siebzig Acres groß und gehörte einem Mann namens Claussen, der darauf dreißig Rinder hielt. Auf einer kleinen Anhöhe angelangt, zeigte Jimmy Ernie das Vieh.

Die schwarzen und braunen Ochsen standen etwa zweihundert Meter entfernt und drängten sich um Salzblöcke, die Claussen auf ein kahles Fleckchen Erde gelegt hatte. Die Ochsen wedelten mit ihren Schwänzen die Fliegen weg.

»Wir haben ungefähr zwei Stunden Zeit zum Schwimmen, bevor sie zum Teich kommen und den Schlamm aufwirbeln.«

»Woher weißt du das?«

»Ich hab' sie beobachtet. Sie gehen zum Wasser, wenn's richtig heiß wird, so um zwei oder halb drei. Dort bleiben sie dann, bis es abends kühler wird. Ich glaube, manchmal bleiben sie auch die ganze Nacht dort. Sie grasen am frühen Morgen und hängen danach bei den Salzblöcken rum. Bis es wieder heiß wird.«

»Hab' gar nicht gewußt, daß Kühe einen Zeitplan haben«, sagte Ernie.

»Keine Kühe. Ochsen. Stiere ohne Eier.«

»Kein Wunder, daß du so gut über sie Bescheid weißt.«

Jimmy boxte ihm auf die Schulter. Sie gingen zum Teich hinunter.

Der Teich war umgeben von braunen Schlammbänken. Am Ostrand erhob sich ein Erdwall. Im Westen ging der Teich in einen unkrautüberwucherten Sumpf über.

»In dem Unkraut gibt's Schlangen«, sagte Jimmy und zeigte zu dem Sumpf. »Von der Seite müssen wir wegbleiben.«

Sie zogen ihre Hemden aus und gingen ins Wasser. Die Schuhe behielten sie an. Das Wasser war bis in Hüfthöhe warm wie Blut. Dann kam tiefer unten eine kalte Schicht. Der Grund war schlammig und saugte an ihren Turnschuhen, aber da lagen auch Stöcke und Sachen, die sich anfühlten wie Glasscherben und Blechbüchsen. Erst in der Mitte reichte ihnen das Wasser bis zum Hals. Jimmy fand ein Loch, in dem das Wasser ihm über den Kopf stieg. Er ließ sich hineinplumpsen und öffnete die Augen, aber alles, was er sah, war ein brauner Schleier. Wenn er direkt nach oben blickte, wurde der Schleier rötlich. Das Wasser in dem Loch war kalt, und er spürte etwas Schleimiges an seinen Beinen entlanggleiten. Er tauchte wieder auf und ging in flacheres Wasser zurück.

Er und Ernie schwammen und bespritzten einander, bis sie müde wurden, und dann setzten sie sich an eine Stelle, an der das Wasser gerade so tief war, daß die Wellen sie am Kinn leckten. Die Sonne brannte heiß auf Jimmys Kopf, und als seine Haare trockneten, tauchte er ihn ins Wasser, um sie wieder naß zu machen.

»He, schau«, sagte Ernie, als Jimmy wieder auftauchte. Er deutete zum Damm.

Jimmy zwinkerte sich das Wasser aus den Augen. Ein kleiner brauner Hund mit einem schmalen Kopf saß auf der Dammkrone und sah zu ihnen herüber. Er keuchte.

»Ich glaube, er hat Durst«, sagte Ernie.

»Warum säuft er dann nicht?«

»Vielleicht hat er Angst vor uns.«

Jimmy stand auf. Einige Augenblicke lang war die Brise kühl auf seiner Brust, dann wurde sie wieder heiß. »Komm, Hundi« rief er, beugte sich vor und klopfte sich auf die Schenkel. »Komm runter. Wir tun dir nichts. Na komm.«

Der Hund legte den Kopf schief.

»Kennst du ihn?« fragte Ernie.

»Hab' ihn noch nie gesehen.«

»Wieso habt ihr eigentlich keinen Hund? Hier draußen auf dem Land könntet ihr drei oder vier haben.«

Jimmy zuckte die Achseln. »Dad mag keine Hunde. Das Futter kostet zuviel Geld, sagt er.« Wie bei den Hühnern, dachte er. Nur daß Hunde nicht so blöd sind. Er watete durch das Wasser auf den Damm zu.

Der Hund stand auf, bereit wegzulaufen.

»Alles in Ordnung, Hundi«, sagte Jimmi. »Keine Angst. Wir sind Freunde. Sei doch kein Angsthase.« Er ging weiter, bis er nur noch einen guten Meter vom Dammsockel entfernt war. »Komm runter, Hundi. Das Wasser ist gut.«

Der Hund lief ein kleines Stückchen auf das Wasser zu, kehrte dann aber wieder auf die Dammkronc zurück. Er setzte sich und keuchte.

»Da kommen die Kühe«, sagte Ernie.

Jimmy drehte den Kopf. Wie schlabbermäulige Panzer trotteten die Ochsen den Abhang herunter auf den Teich zu. Jimmy watete zu Ernie zurück, und sie stiegen aus dem Wasser. Ernie öffnete seinen Rucksack und holte ein Einmachglas heraus. Beide tranken sie einen großen Schluck Kool-Aid, und dann waren die Ochsen schon sehr nahe. Ein kräftiger Schwarzer brüllte sie an. Die Jungen entfernten sich in Richtung Damm, und ein brauner Blitz schoß an ihnen vorbei auf das Vieh zu.

Es war der Hund. Er griff den schwarzen Ochsen an, und der Ochse drehte sich um, rannte davon und stieß dabei mit einem anderen zusammen. Dann rannten alle dreißig Ochsen mit donnernden Hufen in die Richtung davon, aus der sie gekommen waren. Der Hund blieb ihnen auf den Fersen, nahm sich erst einen vor, dann einen anderen.

Jimmy und Ernie lachten. Die Ochsen verschwanden hinter der Anhöhe, und die Jungen gingen wieder ins Wasser. Nach einer Weile kam der Hund zurück und soff, während sie in der Teichmitte planschten.

»Danke, Hundi!« rief Jimmy. Der Hund sah zu ihm herüber und grinste. Wasser tropfte ihm von den Lefzen. Er schlabberte noch ein paarmal in dem trüben Wasser und trottete dann auf die Dammkrone zurück. Dort blieb er und beobachtete Jimmy und Ernie, bis sie müde wurden und gingen.

An diesem Tag kam Jimmys Mutter nicht nach Hause. Abends schlug Dad Jimmy auf den Kopf, weil er das Geschirr nicht gewaschen hatte. Dad hatte ihm gar nicht gesagt, daß er das tun solle, aber das schien ohne Bedeutung zu sein.

Am Dienstag war Dad schon verschwunden, als Jimmy aufwachte. Eine Nachricht hatte er ihm nicht hinterlassen. Jimmy versorgte die Hühner und kochte sich ein paar Eier. Nach dem Essen putzte er Küche und Bad, holte dann Moms großen Staubsauger heraus und saugte das Wohnzimmer. Es war entsetzlich langweilig, aber er wollte Dad auch nicht den geringsten Vorwand für einen Wutausbruch geben. Das einzige Zimmer, das er nicht putzte, war Mom und Dads

Schlafzimmer. Die Tür war verschlossen. Aber er wäre auch nicht hineingegangen, wenn sie offen gewesen wäre.

Nach dem Hausputz ging er nach draußen und mähte den Rasen, bis kein Benzin mehr im Tank war. Die Spritkanister in der Garage waren leer, er konnte also nichts mehr tun. Er ließ den Mäher stehen, wo er abgestorben war, und ging ins Haus, um sich Wasser auf Gesicht und Arme zu spritzen. Er war staubig und bedeckt mit trockenen Grasschnipseln, die ihn juckten. Als er sich wieder besser fühlte, ging er mit ein paar Comic-Heften hinaus auf die Veranda. Im Haus war es zu heiß. Er setzte sich auf die Betonstufen, die Beine in der Sonne, den Kopf im Schatten.

Ernie kam, als er eben *The Flash* las. Ernie hatte wieder Mittagessen mitgebracht. Jimmy war es peinlich, daß Ernie ihn durchfüttern mußte, aber er konnte kaum etwas dagegen tun. Er hatte kein Geld, um Lebensmittel zu kaufen, und Dad würde ihn sowieso umbringen, wenn er in die Stadt führe.

Sie aßen zu Mittag und marschierten dann wieder zum Teich, um zu schwimmen. Der kleine braune Hund tauchte auf, als sie etwa zwanzig Minuten dort waren. Wie am Tag zuvor setzte er sich auf die Dammkrone und sah ihnen zu. Jimmy und Ernie gingen zum Dammsockel und riefen ihn, aber er kam nicht herunter. Er wich zurück, sooft einer von ihnen ein Stück den Damm hochkletterte. Schließlich gaben sie es auf und gingen wieder ins Wasser.

»Was für ein Hund ist das eigentlich?« fragte Jimmy.

»Promenadenmischung«, antwortete Ernie. »Mit 'nem bißchen was von 'nem Terrier.«

»Und was für 'ne Art Terrier?«

»Ratte.«

»Wem der wohl gehört?«

»Wenn er jemand gehören würde, wäre er nicht hier, du Trottel.«

Jimmy spritzte Ernie ins Gesicht, und daraus wurde eine großartige Rangelei. Sie schwammen in tieferes Wasser, ließen sich auf dem Rücken treiben und strampelten braune und weiße Gischt hoch. Dann spürte Jimmy etwas an seiner Schulter, und er stellte sich in dem brusttiefen Wasser hin.

Der Hund war zu ihnen herausgeschwommen. Er paddelte in einem Kreis um Jimmy, den dreieckigen Kopf in die Höhe gereckt. Sein Maul war geschlossen. Jimmy hörte, wie er durch die feuchte, schwarze Nase prustete. Er wirkte äußerst konzentriert.

Ernie hörte auf zu spritzen und stellte sich ebenfalls hin. Er starrte den Hund an. Der schwamm um ihn herum und dann wieder zu Jimmy.

Jimmy schob die Hand unter die Brust des Hundes und hob ihn leicht an, so daß er im Wasser schwebte. Der Hund hörte auf zu paddeln. Er versuchte gar nicht wegzukommen. Er blieb ruhig, ließ sich von Jimmy halten. Den Kopf hielt er hochgereckt, das Maul geschlossen. Jimmy spürte seinen schnellen Herzschlag.

»Brav, Hundi«, sagte Jimmy und ließ ihn los. Er paddelte zum schlammigen Ufer hinüber, stieg aus dem Wasser und schüttelte sich so heftig, daß einige Tropfen bis zu den Jungen spritzten.

Ernie schüttelte den Kopf. »Ein komischer Hund.«

»Ich mag ihn«, sagte Jimmy.

»Woher weißt du, daß es ein Er ist?«

»Schau hin, Blödmann.«

Der Hund kam nicht zu ihnen, als sie aus dem Wasser stiegen, aber er trottete hinter ihnen her, als sie sich auf den Heimweg machten. Doch er blieb auf Distanz.

»Was ist denn los mit ihm?« fragte Ernie.

»Er ist schlau«, sagte Jimmy. »Er will Freundschaft schließen, aber er will auch sicher sein, daß wir ebenfalls Freundschaft schließen wollen.«

»Warum ist er dann zu uns hergeschwommen?«

»Er ist ein guter Schwimmer. Hat wahrscheinlich gedacht, daß er uns entwischen kann, wenn wir ihm was tun wollen.«

»Warum sollte er glauben, daß wir ihm etwas tun wollen?«

»Woher soll ich das wissen? Vielleicht hat jemand ihm früher etwas getan.«

Sie gingen weiter aufs Haus zu. Ein Kaninchen schrak hoch und flitzte davon, und der Hund jagte ihm nach. Die Jungen liefen hinterher, sie johlten und feuerten den Hund an. Der Wind brannte in Jimmys Gesicht. Er fühlte sich blendend.

Das Kaninchen führte sie zu den Salzblöcken. Die dösenden Ochsen hoben erschrocken die Köpfe und sahen den Hund. Sie muhten und stießen in wirrer Flucht gegeneinander. Der Hund beachtete sie überhaupt nicht. Er war hinter dem Kaninchen her. Die Ochsen rannten davon, Erdklumpen wirbelten hoch.

Das Kaninchen schlug Haken und knallte gegen einen Salzblock. Jimmy sah es und hörte das *Donk*. Das Kaninchen rührte sich nicht. Vielleicht hätte es sich wieder erholen können, aber dazu kam es nicht mehr. Der Hund packte es beim Kopf und schüttelte es.

Die Hufe der Ochsen donnerten. Staub wehte hoch. Der kleine Hund stand triumphierend mitten in diesem Chaos und schüttelte das Kaninchen. Jimmy blieb schwer atmend neben dem Salzblock stehen. Er lachte und klatschte. Ernie kam hustend zu ihm gelaufen.

Der Hund riß das Kaninchen auf und legte sich dann zum Fressen auf die nackte Erde. Jimmy und Ernie gingen auf ihn zu, und er knurrte. Sie blieben stehen und sahen ihm eine Weile zu. Er nahm das Fressen so ernst wie zuvor das Schwimmen. Jimmy hatte noch nie ein menschliches Wesen mit einer solchen Zielstrebigkeit gesehen. Er bewunderte den kleinen Hund.

»Ich glaube, hungern muß der nicht«, sagte Ernie.

»Dazu ist er viel zu schlau«, sagte Jimmy. Sie machten sich auf den Heimweg. Der Hund blieb zurück und fraß.

Jimmy und Ernie lasen auf der Veranda Comic-Hefte, als Dad nach Hause kam. Es war vier Uhr. Jimmy hatte ihn erst nach fünf erwartet.

Dad torkelte aus dem Pickup. Er stolperte auf dem Kies und wäre beinahe hingefallen. Fluchend fing er sich wieder. Er kam aufs Haus zu, entdeckte Jimmy und Ernie und setzte eine empörte Miene auf. Jimmy warf Ernie einen Seitenblick zu. Ernie sah verängstigt aus.

Jimmy stand auf. »Hi, Dad«, sagte er.

Dad sah über den Hof. »Was zum Teufel hast du dir dabei gedacht, den Mäher im Freien zu lassen?« schrie er. Er klang, als wäre seine Zunge zu dick. »Soll doch Regen geben. Hab' ich dir nicht gesagt, du sollst ihn zurückstellen, wenn du fertig bist?«

»Das wollte ich ja«, sagte Jimmy. Er war traurig.

»Und nach der Hälfte haste aufgehört«, sagte Dad. »Was hab' ich denn da für 'nen Faulpelz aufgezogen, hm?«

Aus Jimmys Traurigkeit wurde Wut. »Mir ist das Benzin ausgegangen«, sagte er. Seine Stimme war laut. »Und es war keins mehr da.«

»Ich geh' jetzt wohl besser«, murmelte Ernie. Er legte den Comic weg, den er gelesen hatte, und ging zu seinem Fahrrad, das in der Einfahrt stand.

»Wie redest du denn mit mir?« brüllte Dad.

Ernie sah über die Schulter Jimmy an. Mit den Lippen formte er das Wort »bete«. Dann schwang er sich auf sein Fahrrad und strampelte davon. Er hatte seinen Rucksack vergessen. Er lag auf der Veranda neben dem Comic-Heft.

»Wie du mit mir redest, habe ich gefragt!« brüllte Dad noch einmal.

Jimmy spürte sein Gesicht brennen. Er sprang von der Veranda.

»Ich red' mit dir, wie ich will«, sagte er. »Du Hurensohn.«

Dad machte einen Satz auf ihn zu. Jimmy wich aus, und Dad stieß sich das Schienbein an der Veranda. Er drehte sich zu Jimmy um. Sein Gesicht war dunkelrot.

Jimmy lief in den Hinterhof und am Hühnerstall vorbei. Die Hühner stoben auseinander, als er durch sie hindurchstürmte. Federn flogen. Hinter sich hörte Jimmy Dads Schritte. Dad schrie nicht, er sagte kein Wort. Das machte Jimmy angst. Warum hatte er nur seinen Mund nicht halten können? Wenn er den Mund gehalten hätte, hätte Dad ihm vielleicht ein oder zwei Ohrfeigen verpaßt. Na und? Jetzt wollte Dad ihn umbringen. Er wollte ihn wirklich umbringen. Das spürte Jimmy.

Er brach durch die Hecke und kletterte über den Stacheldrahtzaun. Seine abgeschnittenen Jeans blieben hängen und zerrissen. Ein Stachel ritzte ihn am Oberschenkel. Er blieb nicht stehen. Dad kam durch die Bäume gerannt. Jimmy sprang auf die Wiese und rannte schnell auf den zweiten Zaun zu.

Gras peitschte seine Beine. Das Herz hämmerte in seiner Brust. Heißer Wind kratzte in seiner Kehle. Er lief, so schnell er konnte, den Hügel hinauf und wieder hinunter. Jetzt konnte er Dad nicht mehr hinter sich hören. Als er über den zweiten Zaun kletterte, riskierte er einen Blick zurück. Dad war auf dem Hügel stehengeblieben und sah ihm nach.

Jimmy sprang auf die Weide und rannte nach Norden, die Anhöhe hinauf und dann hinunter zum Teich. Seine Arme waren schwer und brannten. Der Kopf tat ihm weh. Aber er konnte nicht stehenbleiben. Er hatte seinen Vater einen Hurensohn genannt. Er kam an den Salzblöcken vorbei. Einige von ihnen zeigten glatte Rinnen, wo die Ochsen immer und immer wieder geleckt hatten. Er lief weiter.

Die Herde war am Teich. Die meisten Tiere standen in dem seichten Stück nahe am flachen Ufer. Die anderen lagen im Schlamm. Sie sahen Jimmy kommen und wurden starr. Er wich ihnen in großem Bogen aus und lief auf den Damm. Sie flohen nicht, aber sie beobachteten ihn. Sie trauten ihm nicht.

In der Mitte des Damms hielt er an und sah sich um. Dad war nirgendwo zu sehen. Jimmy blieb eine Weile stehen, er atmete schwer und blinzelte sich den Schweiß aus den Augen. Dann setzte er sich ins trockene Unkraut. Er legte die Arme um die Knie und faßte das rechte Handgelenk mit der linken Hand. Er beobachtete die Ochsen, die ihn beobachteten.

»Muh«, machte er.

Die Ochsen starrten ihn mit stumpfen Augen an.

»Muuh«, machte er noch einmal.

Schon bald achteten die Ochsen nicht mehr auf ihn. Sie soffen das brackige Wasser, lagen im Schlamm, wedelten mit ihren Schwänzen die Fliegen weg. Es war heiß. Auch Jimmy umsummten jetzt Fliegen. Er spitzte die Lippen und blies sie weg. Dad kann mich mal.

Sein Hintern fing an zu kribbeln, aber er wollte nicht aufstehen. Er lehnte sich auf die eine Seite und kratzte, dann auf die andere und kratzte ebenfalls. Aber das half nicht viel. Die Unterhose und die abgeschnittenen Jeans waren noch feucht vom Schwimmen und klebten an seiner Haut. Er versuchte, sie wegzuziehen, aber sie saugten sich gleich wieder fest. Er mußte sie ausziehen oder sich damit abfinden. Zwar versuchte er, nicht darauf zu achten, aber es funktionierte nicht. Er kratzte und zupfte.

»Bete«, hatte Ernie gesagt. Ernie glaubte an dieses Zeug. Vielleicht war ja wirklich was dran. Prediger waren zwar voller Scheiße, aber vielleicht hatte Gott damit gar nichts zu tun. Immerhin hatte Gott Jimmys Gebet wegen des Spatzen ganz offensichtlich erhört. Und er hatte es nicht einmal ernst gemeint. Vielleicht hatte Gott ihm damit gesagt, daß er es ernst meinen sollte. Vielleicht war es aber einfach nur ein Glückstreffer gewesen.

Wenn Mom nicht bald nach Hause kam, konnte er ebensogut davonlaufen oder sterben. Nur Mom konnte Dad davon abhalten, ihn umzubringen. Warum blieb sie überhaupt so lange weg? Was versuchte sie denn zu beweisen? Glaubte sie, Dad würde plötzlich ein schlechtes Gewissen bekommen, ihr nachlaufen und sie anflehen, bitte komm nach Hause, es tut mir leid, es tut mir ja so leid? Eher würden im Winter die Apfelbäume blühen, bevor Dad so etwas täte. Außerdem kannst du mich mal, Mom. Ihr könnt mich beide. Blöde Kuh und blöder Ochse.

Jimmy schloß die Augen. Die Sonne brannte ihm so heiß auf den Kopf, daß es schmerzte. Er fing an zu beten.

»Gott«, sagte er. »Herr.« Er wußte nicht, wie er es anstellen sollte. Die Gebete, die er als Kind gelernt hatte, waren alle Gedichte gewesen. O Gott, von dem wir alles haben, wir danken Dir für Deine Gaben. Du speisest uns, weil Du uns liebst. O segne auch, was Du uns gibst. Amen.

Er spürte, wie ihm der Drang zu weinen die Kehle zuschnürte. Er wollte es aber nicht zulassen. Jahrelang hatte er trainiert, um es nicht zuzulassen. Männer weinten nicht, Männer, die weinten, waren schwul. Tunten und Schwuchteln und Schlappschwänze.

»Gott«, sagte er. Er haßte seine Stimme. Es war überhaupt keine Stimme. Es war nicht einmal die seine. Es war die eines Babys. »Ich werde alles tun, was Du von mir willst. Ich werde jeden Preis zahlen, den Du verlangst. Aber mach, daß Mom zurückkommt. Bitte.«

Er wußte nicht, was er sonst noch sagen sollte. Er saß da und weinte. Schließlich fiel ihm ein, daß er Amen sagen mußte. Er zog einen Hemdzipfel aus der Hose und schneuzte sich. Rechts von ihm raschelte das Unkraut. Er drehte den Kopf und sah den braunen Rattenterrier. Der Hund war ungefähr zwei Meter entfernt. Er grinste und keuchte. Er schien froh zu sein, ihn zu sehen.

»He, Hundi«, sagte Jimmy. »War das Kaninchen gut?«

Mit wedelndem Schwanz kam der Hund näher. Es war schon ein komisch aussehendes Exemplar. Sein Stummelschwanz war schlammverkrustet. Sein Kopf sah aus wie ein pelziger Holzkeil.

»Hast du denn kein Zuhause?« fragte Jimmy. »Hast du niemand, der dich füttert und streichelt?«

Der Hund kam noch ein Stückchen näher. Er war nur noch einen guten halben Meter entfernt.

»Ich würde gern dein Herrchen sein, wenn ich könnte«, sagte Jimmy. Er streckte die Hand aus. »Aber mein Dad mag keine Hunde. Aber vielleicht ändert er seine Meinung, wenn er sieht, daß du dir dein Fressen selbst besorgst.«

Er berührte den Kopf des Hundes. Das Fell war kurz und steif. Der Hund zuckte zusammen, lief aber nicht weg. Jimmy breitete die Finger aus, so daß seine Handfläche auf dem Kopf des Hundes ruhte. Der Kopf fühlte sich warm und stark an.

Jimmy erzählte dem Hund von den neuesten Abenteuern von Green Lantern und Spiderman. Der Hund setzte sich, grinste und ließ sich von Jimmy streicheln. Lange saßen sie so da.

Kurz vor Sonnenuntergang mußte Jimmy kacken. Ein paar Bäume säumten einen trockenen Bachlauf westlich des Teichs, und er ging dorthin und suchte sich einen umgestürzten Stamm. Er fand einen, der leicht erhöht auf seinen toten Ästen ruhte. Jimmy zog Hose und Unterhose herunter und setzte sich mit den Rückseiten der Oberschenkel auf den schmalen Stamm. Er verlor das Gleichgewicht und griff nach einem Ast, um nicht nach hinten zu kippen. Der Hund schnüffelte unter dem Baumstamm herum.

»Weg da«, sagte Jimmy und stieß mit den Füßen nach ihm. Der Hund sah auf und schnüffelte dann weiter. Jimmy brach einen Zweig ab und warf ihn über das Bachbett. Der Hund lief weg, um ihn zu suchen, und Jimmy beeilte sich, um fertig zu sein, bevor er zurückkehrte. Als Toilettenpapier benutzte er Blätter.

Dann stand er auf und zog die Hose hoch. Mit den Füßen schob er Erde und welkes Laub über den Haufen. Er ekelte sich. Der Hund war zurückgekommen und betrachtete interessiert, was Jimmy da getan hatte. Jimmy ging wieder zum Teich zurück. Der Hund schnupperte und grub ein wenig und folgte ihm dann.

Sie kehrten zum Damm zurück, und Jimmy betrachtete den Sonnenuntergang. Es war ein goldener Abend. Der Teich funkelte. In diesem Licht sah das Wasser rein aus. Jimmy warf einen Erdklumpen hinein und sah zu, wie die Wellen glitzerten. Wind kam auf und brachte den Geruch von Rindern und Präriegras mit sich. Die Ochsen trotteten davon.

Jimmy vermutete, daß er auf dem Damm würde schlafen müssen. Hätte er doch nur daran gedacht, Ernies Rucksack mitzunehmen. Es waren noch einige Cheez Curls drin gewesen.

»Willst du für mich einen Hasen fangen?« fragte er den Hund. Der Hund legte den Kopf schief und grinste.

Jimmy dachte an Rumpsteak und Kartoffelbrei mit brauner Fleischsoße. Er dachte an Kirsch- und Schokoladeneis. Er würde verhungern, wenn er die ganze Nacht auf dem Damm bleiben mußte.

Es wurde allmählich dunkel. Jimmy stand auf. Er hatte vor, auf Erkundung zu gehen. Er wollte nachsehen, ob der Pickup noch in der Einfahrt stand. Oder ob vielleicht der Kombi wieder da war. Vielleicht hatte Gott sein Gebet erhört. Inzwischen waren einige Stunden vergangen. Vielleicht war Dad gar nicht mehr wütend.

Jimmy kletterte vom Damm herunter, und der kleine braune Hund folgte ihm. Sie gingen nach Süden, zum Haus. Nur um nachzusehen. Jimmy war bereit, gleich wieder zurückzurennen, falls es nötig war. Oder vielleicht würde er sich sein Rad schnappen und in die Stadt fahren. Er könnte bei Ernie bleiben. Ernies Mom würde ihm etwas zu essen geben.

Aus der Dämmerung war Dunkelheit geworden, als sie die Wiese erreichten. Vom Haus schien ein gelbes Licht durch die Windschutzhecke, aber das weiße Hoflicht brannte nicht. Das konnte bedeuten, daß Dad nicht zu Hause war. Bei Sonnenuntergang schaltete Dad immer das Hoflicht an, um Diebe zu verscheuchen. Jimmy hatte sich oft gefragt, was ein Dieb bei ihnen wohl stehlen sollte, hatte aber nie etwas gesagt.

Er und der Hund überquerten die Wiese. Der Boden war uneben, und Jimmy stolperte und fiel hin. Der Hund beschnupperte sein Gesicht. Er hatte sich den Fuß umgeknickt, aber es tat nur ein bißchen weh. Er ging weiter. Der Hund begleitete ihn. Die Geräusche der Nacht hatten angefangen. Die Zikaden verstummten, als Jimmy und der Hund vorbeigingen.

Sie kletterten über den zweiten Zaun und gingen zwischen den Bäumen hindurch auf den Hinterhof. Die Hühner in ihrem Stall machten leise Geräusche. Jimmy sah einen dunklen Umriß auf dem Dach des Stalls und wußte, daß es der Hahn war. Die Hennen ließen ihn nicht bei ihnen schlafen. Der Hund blieb stehen und jaulte, als Jimmy an dem Verschlag vorbeiging.

»Na, mach schon, wenn du mitwillst«, flüsterte Jimmy. Der Hund kam zu ihm gelaufen.

Licht schien aus dem Küchen- und dem Wohnzimmerfenster, und der Fernseher lief. Dads Pickup stand in der Einfahrt. Der Mäher stand noch immer auf dem Rasen.

Jimmy schlich sich auf die Veranda. Er hatte sein Fahrrad dort abgestellt, aber jetzt war es verschwunden. Vielleicht hatte Dad es in die Garage gebracht. Jimmy mußte über den Kies der Einfahrt gehen, um dorthin zu gelangen, und das machte Lärm. Er hoffte, daß der Fernseher so laut aufgedreht war, daß Dad ihn nicht hörte.

Die Seitentür war offen. Jimmy griff ins Dunkel und tastete nach der Stablampe, die Dad dort an der Wand hängen hatte. Er nahm sie vom Haken und knipste sie an. Das Licht war orange. Sein Fahrrad lehnte an der Tonne mit den Putzlumpen. Er ging darauf zu.

Wildes Kreischen stoppte ihn. Die Hühner im Stall drehten durch. Jimmy sah sich in der Garage nach dem Hund um. Er war nicht da. Er lief nach draußen, das orange Lichtoval zitterte vor ihm über den Boden.

Hühner stürzten aus dem Stall. In ihrer hektischen Flucht stießen sie gegen die Sperrholzwände. Federn tanzten im orangefarbenen Licht. Jimmy rannte zum Stall, stieß dabei mit ein paar Hennen zusammen. Er ging hinein und ließ den Lichtkegel kreisen.

Der Hund saß in der entgegengesetzten Ecke. Eine tote Ratte lag zu seinen Füßen, ihr Kopf nur noch ein blutiger Klumpen. Die Ratte war riesig. Eine zweite, die fast genauso groß war, zuckte im Maul des Hundes. Der Hund schleuderte sie hin und her, und dann rührte sie sich nicht mehr. Der Hund ließ sie neben die erste fallen.

»Was zum Teufel ist denn hier los?«

Jimmy wurde die Brust eng. Dad stand hinter ihm. Er drehte sich um und sah den Schatten.

»Der Hund ist mir nach Hause gefolgt«, sagte Jimmy. Seine Stimme schmerzte ihm in der Kehle. »Er hat diese Ratten hier drin aufgestöbert und sie getötet. Ich glaube, die Ratten haben die Eier gefressen.«

Dad nahm Jimmy die Stablampe ab und näherte sich dem Hund. Der Hund nahm eine der Ratten ins Maul und knurrte.

»Scheißvieh«, sagte Dad und schwenkte die Lampe. Der Hund knurrte noch einmal und trug dann die Ratte an Dad und Jimmy vorbei zur Tür hinaus.

Dad packte die andere Ratte am Schwanz und trug sie hinaus. Jimmy folgte ihm. Dad warf die Ratte in die Windschutzhecke. Jimmy hörte, wie sie am Boden auftraf. Er sah sich nach dem Hund um, konnte ihn aber nirgends entdecken.

Das Licht in Dads Stablampe verlöschte. Der Glühdraht war nur noch ein dumpf glimmender Schnörkel. Jimmy konnte Dads Gesicht nicht sehen.

»In der Pfanne auf dem Ofen sind Rühreier«, sagte Dad. »Geh hinein, iß, und dann ab ins Bett.«

Jimmy ging ins Haus. Er aß. Die Eier waren kalt, aber das war ihm egal. Dann ging er ins Bett. Er wußte, er hatte Glück gehabt, daß Dad beschlossen hatte, ihn nicht umzubringen, aber sein Gebet war trotzdem nicht erhört worden. Er betete noch einmal. Er wollte, daß Mom nach Hause kam. Sogar Jasmine fehlte ihm. Ohne die beiden war alles so unheimlich. Es war zwar auch nicht toll, wenn sie da waren, aber wenigstens wußte er dann, was er zu erwarten hatte.

Er zweifelte nicht daran, daß der kleine braune Hund ihm das Leben gerettet hatte. Er war dankbar.

Der nächste Tag war Mittwoch. Mom und Jasmine waren jetzt eine Woche weg. Als Jimmy aufwachte, dachte er daran, Grandma anzurufen, um herauszufinden, ob sie wirklich bei ihr waren. Aber das konnte er erst tun, wenn Dad aus dem Haus war. Er konnte Dad schnarchen hören.

Er zog sich an und ging nach draußen, um die Hühner zu füttern und die Eier zu holen. Neben dem Stall fand er noch drei tote Ratten. Zwei von ihnen waren halb aufgefressen. Als Jimmy die Eier zum Haus trug, kam der Hund mit einer weiteren Ratte hinter der Garage hervor. Er ließ die Ratte fallen und lief zu Jimmy, um sich streicheln zu lassen. Jimmy tat ihm den Gefallen und brachte dann die Eier ins Haus.

Dad war in der Küche. Er trug kein Hemd. Seine Augen waren blutunterlaufen, sein Gesicht schlaff. Die schütteren Haare standen ihm wirr vom Kopf ab.

Jimmy legte die Eier in den Kühlschrank. »Der Hund hat noch vier Ratten erledigt«, sagte er. »Er frißt sie. Ich hab' auch gesehen, wie er ein Kaninchen gefressen hat.«

Dad schaltete die Heizplatte unter der Pfanne an, in der am Abend zuvor die kalten Eier gewesen waren. »Mach Rühreier«, befahl er Jimmy.

Jimmy gehorchte, und sie aßen schweigend die Eier. Dann verließ Dad die Küche und ging in sein und Moms Schlafzimmer. Er schloß die Tür. Jimmy wartete darauf, daß er ein Hemd anzog und wieder herauskam, aber nach einer Stunde war er immer noch drin. Jimmy setzte sich mit ein paar Comic-Heften auf die Veranda und las. Der Hund kam und legte sich neben Jimmy auf die Veranda. Jimmy kraulte ihn hinter den Ohren und bemerkte, daß er roch wie der Teich, allerdings mit einem schärferen Geruch darunter. Es war kein guter Geruch, aber Jimmy war das egal.

Er hatte alle Comic-Hefte schon einmal gelesen und ging deshalb in den Hof, um Stöckchen zu werfen, die der Hund holen sollte. Der Hund wußte nicht, was Jimmy wollte, er blieb auf der Veranda sitzen und sah ihm einfach zu. Der Rasenmäher stand noch immer da, wo er ihn tags zuvor stehengelassen hatte, und Jimmy schob ihn in die Garage. Der Hund folgte ihm.

Jimmy nahm einige Putzlumpen aus dem Faß und stapelte sie zwischen Faß und Wand auf den Boden. »Hier kannst du nachts schlafen«, sagte er zu dem Hund. »Das ist dein eigenes Bett.« Der Hund beschnupperte das Faß, hob einen Hinterlauf und pißte es an. Dann beschnupperte er die Lumpen und drehte sich auf ihnen herum. Er legte sich darauf und grinste zu Jimmy hoch.

Jimmy ging ins Haus, um Ernie anzurufen. Der Hund wollte ihm folgen, aber er ließ ihn nicht hinein. Dad würde nie erlauben, daß ein Hund ins Haus kam.

Er rief Ernie an. »Du weißt doch noch, dieser Hund am Teich?« sagte er. »Er ist mit mir nach Hause gekommen.«

»Echt?« Ernie klang wieder heiser. Sein Atem rasselte im Hörer. »Was hat dein Dad gesagt?«

»Nichts. Ich glaube, es ist ihm egal, weil er die Ratten umbringt.« Jimmy zögerte. Es war ihm noch immer peinlich, was gestern passiert war. »Willst du heute nachmittag zu mir kommen?«

Ernies Atem rasselte ein paarmal, bevor er antwortete. »Ich kann nicht. Ich muß zum Doktor. Ich hab' meiner Mom zwar gesagt, ich hab' nur Heuschnupfen, aber sie hat trotzdem einen Termin ausgemacht.«

»Vielleicht gibt er dir ja was dagegen.«

»Ja. Ist deine Mom schon zurück?«

Jimmy wickelte sich die Telefonschnur um den Finger. »Nein.«

»Also, meine Mom hat wegen dir bei diesem Gebetsturm angerufen«, sagte Ernie. »Schaden kann's ja nicht.«

Sie unterhielten sich noch eine Weile. Am Freitag gab es in Nimper's Supermarkt wieder neue Comics. Sie vereinbarten, sich bei Ernie zu treffen und dann gemeinsam zu Nimper's zu gehen. Anschließend wollten sie die Comics in Ernies Zimmer oder auf dem Laufsteg des Wasserturms lesen.

Nachdem er aufgelegt hatte, saß Jimmy eine Weile da und starrte das staubige schwarze Telefon an. Er konnte Dad schnarchen hören. Vielleicht war es ja okay, wenn er es ganz leise machte. Er schlug das Telefonbuch auf, worin Mom die Nummer mit Tinte auf die Innenseite des Umschlags geschrieben hatte. Die Vorwahlnummer von Tulsa erinnerte ihn daran, daß der Anruf als Ferngespräch auf der Telefonrechnung ausgewiesen sein würde. Aber wenn Mom bald zurückkam, würde das nichts ausmachen. Sie kümmerte sich um die Rechnungen.

Er wählte die Nummer und wartete. Es knackte und knisterte in der Leitung. Dann kam ein Zischen, gefolgt vom lauten Besetztzeichen. Er legte den Hörer wieder auf die Gabel. Sein Atem ging schwer. Er fühlte sich schuldig.

Er ging in sein Zimmer und schloß die Tür. Das Licht schaltete er nicht an. Er legte sich aufs Bett und drückte das Gesicht ins Kissen. Er war ein Lügner und ein Kriecher. Kein Wunder, daß Dad immer wütend auf ihn war. Kein Wunder, daß Mom mit seiner Schwester davongelaufen war. Kein Wunder, daß Gott seine Gebete nicht erhörte. Kein Wunder, daß sein bester Freund ein Waschlappen wie Ernie war.

Weit weg gackerten die Hühner. Jimmy steckte den Kopf unter das Kissen. Das letzte, woran er erinnert werden wollte, waren diese verdammten, dreckigen Hühner.

Er konnte sie trotzdem noch hören. Sie hörten einfach nicht auf. Er fing an zu summen, dann zu singen. Ein Lied, das er bei Ernie gehört hatte. Es handelte von einem Astronauten mit dem Namen Major Tom. Die Bodenkontrolle hatte Probleme mit ihm.

Etwas explodierte.

Jimmy schüttelte das Kissen ab. Er hielt den Atem an und horchte. Noch eine Explosion. Es war Dads Flinte.

Jimmy lief aus seinem Zimmer, durch die Küche und zur Hintertür hinaus. Ein Huhn rannte, wild mit den Flügeln schlagend, an ihm vorbei. Dad stand neben dem Hühnerstall. Er trug noch immer kein Hemd. Er hatte seine zwölfkalibrige Remington in der Hand. Er pumpte, und eine leere Patronenhülse flog heraus. Sie taumelte in rotem Bogen zu Boden. Dad senkte die Flinte. Seine Schulter war an der Stelle gerötet, an der der Kolben dagegengedrückt hatte.

Dads Mund und Augen waren schmale Schlitze. Einen guten Meter entfernt blieb Jimmy stehen. Er ertrug es nicht, Dad ins Gesicht zu sehen. Er senkte den Kopf und sah den Hahn tot auf der Erde liegen. Der Hahn hatte keinen Kopf mehr. Eine Henne lag ein paar Meter entfernt. Auch sie hatte keinen Kopf mehr.

»Hast du sie erschossen?« fragte Jimmy. Seine Augen pulsierten.

»Quatsch, natürlich nicht«, sagte Dad. »Ich hab auf den verdammten Hund geschossen. Aber der Hurensohn ist davongelaufen, bevor ich ihn fertigmachen konnte.«

Das Pulsieren breitete sich in Jimmys Kopf aus und wurde ein Dröhnen. Er spürte seinen Körper nicht mehr. Er hörte eine Stimme schreien: Nein, nein, nein.

Der Boden drehte sich. Dad packte ihn. Sie waren jetzt in der Auffahrt. Die Flinte lag auf dem Gras. Dad drückte seinen linken Arm fest zusammen. Das konnte Jimmy jetzt wieder spüren.

»Er hat Hühner umgebracht«, sagte Dad. »Der verdammte Hund hat meine Hühner umgebracht.«

Jimmy hörte die Stimme noch einmal schreien.

»Deswegen hättest du nicht auf ihn schießen müssen, du Scheißkerl!«

Dads Hand schnellte hoch und sauste wieder herunter. Jimmy fiel hin. Dads Hand packte ihn im Genick und drückte sein Gesicht in den Kies.

Jimmy schloß die Augen. Nach einer Weile merkte er, daß Dads

Hand verschwunden war. Er rappelte sich auf die Knie hoch. Er war allein.

Jimmy wischte sich den Kies vom Gesicht und stand auf. Steinchen klebten ihm an den Knien, und er wischte sie ebenfalls weg. Jetzt weinte er wieder, so wie er am Teich geweint hatte. Er haßte es. Er wollte aufhören, konnte es aber nicht. Er konnte sich nur verstecken. Er ging in die Garage. Dort klammerte er sich an den Rand des Lumpenfasses und beugte sich darüber. Etwas Kaltes berührte sein Bein.

Es war der Hund. Es schien ihm gutzugehen. Er sah zu ihm hoch wie zuvor. Dann drehte er sich um. An der linken Flanke waren Fell und Haut verschwunden. Das Fleisch war roh und rot und aufgerissen. Eine Rippe war zu sehen.

»Warum hast du's denn getan, Hundi?« fragte Jimmy. Er flennte. Es war widerlich. »Warum hast du dich nicht mit Kaninchen und Ratten begnügt?«

Der Hund jaulte. Er humpelte zu dem Lumpenlager, das Jimmy für ihn gemacht hatte, und legte sich hinein. Jeder Atemzug war ein kurzes Wimmern. Schwarze Schrotkugeln steckten in seiner Flanke. Vogelschrot.

Jimmy kniete sich hin und streichelte den Kopf des Hundes. Das Tier leckte ihm das Handgelenk. Es war das erste Mal, daß es so etwas tat.

Er konnte nichts tun. Autofahren konnte er nicht. Er hatte keine Möglichkeit, ihn zu einem Tierarzt zu bringen. Ein Tierarzt würde ihn sowieso nur einschläfern. Und Dad würde noch einmal mit seinem Vogelschrot auf ihn schießen. Blöder, brutaler Sturschädel.

Er streichelte den Hund noch eine Weile. Es war nicht richtig, ihn weiter so leiden zu lassen. Er stand auf und wischte sich mit einem Lumpen das Gesicht, sah sich dann in der Garage um. Daddys Werkzeugkasten stand auf der Werkbank. Er ging hin. Der Hund blieb auf seinem Lumpenlager liegen und keuchte.

Jimmy öffnete den Kasten. Die Werkzeuge waren wild durcheinandergeworfen. Er griff nach einem Hammer. Schraubenschlüssel und -zieher purzelten mit heraus. Er ging mit dem Hammer zum Hund. Draußen hörte er Schritte auf dem Kies knirschen.

Er kniete sich wieder hin und legte den Hammer weg. Er zog ein paar Lumpen unter dem Kopf des kleinen Hundes heraus und drehte den Kopf dann so, daß der Kiefer flach am Boden lag. Er strich ihm über den Kopf. Die Augen sahen zu ihm hoch. Er strich von der Schnauze her über die Augen, so daß sie sich schlossen.

Mit der linken Hand streichelte er weiter. Die Augen blieben geschlossen. Mit der Rechten griff er nach dem Hammer.

Jimmy hatte aufgehört zu weinen. Jetzt, da er wußte, was er tun mußte, konnte er sich beherrschen. Es hatte keinen Sinn, Schmerz zu verlängern. Es mußte mit einem Schlag passieren. Es mußte perfekt sein.

»Braves Hundi«, sagte Jimmy. Er hob den Hammer.

Ein Schatten fiel über ihn. Er nahm die linke Hand vom Kopf des Hundes. Er ließ den Hammer niedersausen.

Nur ein Schlag. Es war perfekt. Jimmy zog den Hammer aus dem Schädel, sah dann weg.

Seine Schwester Jasmine stand in der Tür. Er stand auf und sah sie an. Sie drehte sich um und lief davon.

Mom war in der Küche, als Jimmy ins Haus kam. Sie drückte ihn an sich und sagte ihm, daß er ihr gefehlt habe. Sie werde ein besonderes Abendessen machen, geräucherte Schweinekoteletts, und als Nachspeise werde es Eis geben.

Jimmy löste sich von ihr und sah sie an. Sie sah so aus wie immer.

Jasmine stand mit Dad neben dem Küchentisch. Sie klammerte sich an Dads Bein und starrte Jimmy an. Dad hatte seine Hand auf ihrem Kopf. Ein Hemd trug er noch immer nicht.

Jimmys Gebet war erhört worden. Es war genau so erhört worden, wie er es erfleht hatte. Er hatte zu Gott gesagt, er würde jeden Preis zahlen, um seine Mutter zurückzubekommen. Jetzt war der kleine braune Hund tot, und Mom war wieder zu Hause. Das ergab einen Sinn.

Er ging wieder in die Garage und wickelte den Hundekadaver in

Lumpen ein. Dann trug er das Bündel hinter den Hühnerstall. Dort lag eine tote Ratte. Er legte das Bündel daneben, holte sich eine Schaufel und fing an zu graben. Die Erde war sehr fest. Und steif vor Hühnerscheiße. Er ließ nicht locker.

Ein Schatten fiel über das Loch. Er hob den Kopf und sah Jasmine. Sie war die einzige, die unschuldig war. Sie war die einzige, die er lieben konnte. Er würde nie zulassen, daß jemand ihr etwas tat, nie, so lange er lebte.

»Ich habe gesehen, wie du den Hund getötet hast«, sagte Jasmine. »Ich hasse dich.« Dann ging sie ins Haus zurück.

Jimmy grub weiter. Er grub, bis er Blasen an den Händen bekam, grub, bis die Blasen aufplatzten. Das Loch war noch immer nicht tief genug.

Opfer Nummer sieben

In den ersten sieben Wochen lief Blackburns Job in der Autozubehörabteilung der Oklahoma Discount City recht gut. Er packte Kartons mit Ersatzteilen aus, bestückte die Regale und half den Kunden beim Suchen. Sein Chef ließ ihn nicht an die Registrierkasse, aber dagegen hatte er nichts. Das war ihm zuviel Verantwortung. Er zog Arbeiten vor, bei denen er über was anderes nachdenken und danach nach Hause gehen und fernsehen konnte. Sonst gab es in Oklahoma City kaum etwas zu tun, aber im Augenblick hatte er sowieso genug vom Feiern. Austin hatte ihn fertiggemacht.

Blackburns Fernseher war ein Schwarzweißgerät mit Zwölf-Zoll-Röhre, das er sich von seinem ersten Gehalt gekauft hatte. Die Leute von der Elektroabteilung hatten ihm ein paar Dollar nachgelassen, weil er Angestellter des Hauses war. Er fand das ziemlich anständig. Genaugenommen waren alle in der Oklahoma Discount City ziemlich anständig. Doch dann ging sein Chef in Rente, und das Kaufhaus stellte einen Mann namens Leo als Leiter der Autozubehörabteilung ein.

Leo mochte Blackburn nicht. Zum einen fand er Blackburns Haare zu lang, und er nannte ihn einen Hippie. Blackburn erwiderte, er könne gar kein Hippie sein, weil jetzt 1978 sei und die Hippies schon 1967 für tot erklärt worden seien. Leo schnitt eine Grimasse und spuckte auf den Boden des Lagers. Leo war um die fünfzig und trug ein schwarzes Toupet. Er hatte Fältchen um die Augen und leberfarbene Lippen. Er machte die ganze Zeit ein mürrisches Gesicht und spottete über jeden Kunden, der mit Kleingeld zahlte.

Leo war der Grund, warum Blackburn seinen Job verlor. Leo war erst eineinhalb Wochen Abteilungsleiter, als er Blackburn beschuldigte, eine Kiste Quaker-State-10W-30-Multi-Viscosity-Motoröl gestohlen zu haben.

»Es tut mir leid, Sir«, sagte Blackburn im Lager zu ihm. Es war früh am Donnerstag vormittag. Leo hatte ihn eben beschuldigt. Sie waren allein im Lager. »Ich habe kein Quaker State gestohlen. Ich habe gar nichts gestohlen.«

Leos Gesicht zuckte. »Ich habe gesehen, wie du es gestern abend aus dem Lager genommen hast«, sagte er. »Ich bin dann noch geblieben, um die Kassenzettel zu zählen, und heute morgen früher gekommen, um es noch einmal zu tun. Einer fehlt. Du bist ein verdammter Lügner und ein Dieb.«

Blackburn wurde zornig. Er war vieles, aber kein Lügner. Er atmete tief ein und schloß die Augen. Es hatte keinen Zweck, sich aufzuregen. Er mußte nur die Wahrheit sagen. Dann konnte er zu seiner Arbeit zurückkehren und an etwas anderes denken.

Er öffnete die Augen. »Darf ich das bitte erklären?«

Leo hob die Augenbrauen. Sie waren dünn und grau. Daher wußte Blackburn, daß Leo ein Toupet trug. Das Toupet war dicht und schwarz.

»Ob du das darfst?« äffte Leo ihn nach. »Ob du darfst? Hör zu, du Wichser, du kannst es ›erklären‹, indem du die Kiste Öl bezahlst und dann von hier verschwindest, bevor ich die Bullen hole.«

»Das erscheint mir aber nicht fair.«

»Leck mich doch am Buckel.«

»Arsch.«

»Was?«

»Arsch. ›Leck mich am Arsch‹ heißt das. Wenn Sie was mit Buckel sagen wollen, heißt das ›Rutsch mir doch den Buckel runter‹.«

Leo grinste ihn höhnisch an. »Hör dir mal bloß den College-Knaben an. Du klingst wie meine Frau. Sie hält sich für Albert Einstein, nur weil sie mal 'n Jahr auf dem Junior College war. Vielleicht sollte ich dir den Kopf zurechtsetzen, wie ich's mit ihr mache.« Leo hob die geballte Faust.

»Ihre Frau heißt Lorraine, nicht?« fragte Blackburn.

»Woher weiß du das?« fragte Leo mit leiser Stimme.

»Ich habe gehört, wie Sie am Telefon mit ihr geredet haben.«

Leo schüttelte den Kopf. Sein Toupet verrutschte. »Ein Lügner, ein Dieb und ein Lauscher. Zahl das Öl und verschwinde.«

»Aber ich habe das Öl zu einem Kunden hinausgebracht, Sir.«

»Blödsinn. Du hast es nicht registriert –«

»Ich darf doch nicht an die Kasse, Sir.«

»– und kein Mensch hat es bezahlt. Du hast noch Glück, daß ich nicht gleich die Bullen gerufen habe. So gebe ich dir wenigstens noch eine Chance, ungeschoren davonzukommen.«

Blackburn wurde immer wütender. »Es ist kein Geld da, weil es keine Barzahlung gab«, sagte er. »Ich habe ihm Kredit gegeben.«

»Was?« Leos Adamsapfel hüpfte. »Wem? Auf was für eine Karte?«

Blackburn trat näher an Leo heran. Er roch schalen Zigarettenrauch. »Ich werde langsam etwas ungehalten, Sir«, sagte er. »Sie müssen es mich erklären lassen.«

Leo fletschte die Zähne. Es waren graue Stummel. »Also erklär. Erklär verdammt noch mal alles, was du willst.«

»Gestern abend ist ein Mann ins Geschäft gekommen, der Öl brauchte«, sagte Blackburn. »Er mußte bei seinem Transporter das Öl wechseln, damit er nach Oregon fahren konnte, um sich um seine sterbende Tante zu kümmern. Er brauchte mindestens fünf Liter für den Wechsel, und sein Transporter verbrennt viel, er wußte also nicht genau, wieviel er für die Fahrt brauchte. Wir haben uns überlegt, daß eine Kiste auf jeden Fall reicht, und die habe ich ihm verkauft. Er hat mir einen Schuldschein gegeben.« Blackburn zog den zusammengefalteten Zettel aus seiner Brusttasche. Über der Tasche stand in roten, gestickten Buchstaben: OK – DARREL. Darrel war der Name, den er angegeben hatte, als er in dem Laden anfing. Ein Mann in einer Bar hatte ihm eine Geburtsurkunde und eine Sozialversicherungskarte auf diesen Namen verkauft.

Leo nahm den Schuldschein und faltete ihn auf. Dann zerknüllte er ihn und warf ihn auf den Boden. Er spuckte darauf. »Das ist ein wertloser Scheißfetzen«, sagte er. »Kann nicht mal die blöde Schrift lesen.«

Blackburn bückte sich, um ihn aufzuheben. »Er hat versprochen, das Geld zu schicken, sobald er in Oregon einen Job gefunden hat.«

Leo setzte seinen Fuß auf Blackburns Schulter und stieß zu. Blackburn fiel auf den Hintern. Er saß auf dem Boden und sah zu Leo hoch.

»Allmächtiger«, sagte Leo. »Ich nehme an, du würdest auch mir glauben, wenn ich dir sage, daß ich eine kostenlose Kiste Öl für *meine* Gesundheit brauche, was?« Er ging zu den Schwingtüren, die zum Verkaufsraum führten. »Verschwinde. Ich schicke dir deinen letzten Gehaltsscheck mit der Post, minus dem Betrag für eine Kiste Öl. Viel wird nicht mehr bleiben.« Er sah noch einmal über die Schulter. »Mach endlich. Ich kann dich nicht mehr sehen.«

Blackburn stand auf. »Es tut mir leid wegen Ihrer Gesundheit, Sir«, sagte er.

»Hä?«

Blackburn sprang Leo an und umfaßte ihn an der Taille. Er drückte fest zu. Leo versuchte zu schreien, aber es kam nur ein Pfeifen aus seinem Mund. Blackburn war nicht größer als Leo, aber er hatte starke Arme. Seit achteinhalb Wochen stemmte er jetzt Kisten mit Autoersatzteilen. Er hob Leo hoch und trug ihn quer durchs Lager zum Stapel mit den Ölkisten. Leo hämmerte ihm auf Kopf und Rücken, aber er konnte nicht fest zuschlagen. Er konnte kaum atmen.

Blackburn ließ ihn zu Boden fallen und riß eine Kiste mit Qua ker State 10W-30 auf. Er zog eine Literdose heraus und stieß mit seinem Taschenmesser zwei Löcher hinein. Das Taschenmesser hatte er in der Sportabteilung gekauft. Die Leute dort hatten ihm ein paar Dollar nachgelassen.

Leo lag am Boden. Sein Gesicht war dunkelrot. Der Mund hing offen, er keuchte. Er schien schon fast wieder in der Lage zu sein, sich zu bewegen, als Blackburn sich auf ihn kauerte und ihm die bernsteinfarbene Flüssigkeit in den Mund schüttete. Leo würgte und drehte den Kopf zur Seite, um das Öl auszuspucken. Blackburn packte Leo am Kinn und drehte den Kopf wieder nach oben.

»Schlucken«, sagte Blackburn.

Leos Gesicht wechselte die Farbe. Aus dem Tiefrot wurde ein bleicher, teigiger Ton und daraus ein merkwürdiges, geädertes Blau, wie Adern unter der Haut.

»Schlucken«, wiederholte Blackburn.

Leo schluckte, und Blackburn gab ihm noch mehr.

»Braver Junge«, sagte Blackburn. »So ist's schön.«

Nach der ersten Literdose kotzte Leo und lag dann, mit schwach zuckenden Armen und Beinen, in der Lache. Blackburn stand auf und stöberte im Lager nach einer Öldosentülle. Ohne einen solchen Ausgießer ging zuviel daneben.

Er fand eine Tülle und kehrte zu Leo zurück, der auf die Schwingtüren zukroch. Blackburn drehte ihn wieder auf den Rücken, setzte sich auf ihn und stach die Tülle in eine zweite Kanne. Dann hielt er Leo die Tülle an die Lippen, doch der hatte die Zähne aufeinandergepreßt.

»Es ist nur zu deinem eigenen Besten«, sagte Blackburn. »Du bist ganz und gar nicht gesund.«

Leo schüttelte den Kopf.

»Na komm«, sagte Blackburn. »Mach den Mund auf für die gute Medizin.«

Leo schüttelte wieder den Kopf.

»Mund auf«, sagte Blackburn, »sonst ramm' ich dir den Ausgießer durch die Zähne.«

Leo gab nach. Blackburn leerte die Dose und dann noch eine. Und noch eine vierte. Leo kotzte noch dreimal. Blackburn mußte beiseite springen. Es dauerte eine ganze Weile, bis alles vorüber war.

Auf die Rückseite des Schuldscheins schrieb Blackburn eine Notiz und steckte den Zettel Leo in die Tasche. Dann ging er zur Tür, die auf die Laderampe hinausführte. Er blieb stehen und drehte sich noch einmal um. Die grün-weißen Dosen glänzten in der Brühe auf dem Boden.

»Ich hoffe, du fühlst dich jetzt besser«, sagte Blackburn und ging nach draußen.

Die Polizei fand den Zettel in Leos Brusttasche. Darauf stand:

Liebe Lorraine. Ich bin ein Taugenichts, wie du ja vielleicht weißt. Ich war neidisch, weil du so klug bist und ich so saublöd bin. Ich hab kein' Schierling, und ich weiß nicht mal, was Schierling ist, weil ich so verdammt blöd bin, und da muß ich's eben mit Motoröl machen. Leb wohl, Leo.

Der Oklahoma County Coroner erklärte es für Selbstmord.

4
Blackburn drückt ab

Niemand war daheim in dem Haus neben der Nazarener-Kirche. Jimmy klopfte noch einmal, um ganz sicher zu sein, setzte sich dann auf die Veranda und wartete. Es war sein siebzehnter Geburtstag. Er hatte Zeit. Wantoda war grün und still, die Luft roch nach frischem Gras. Das ZU VERKAUFEN-Schild im Fenster des schwarzen Ford Falcon hatte ein Ausrufezeichen. Mr. Dunbar würde bald nach Hause kommen, und Jimmy würde ein gutes Geschäft machen. Die Rolle mit den sechshundert Dollar in der Tasche seiner Jeans war so ziemlich das ganze Geld, das er an den schulfreien Nachmittagen in Stuckey's Imbiß an der Schnellstraße verdient hatte. Höchstens vierhundert Dollar würde er für den Falcon ausgeben. Seit Wochen stand er schon im Hof der Dunbars.

An diesem Nachmittag hatte Jimmy frei, weil Ernie wieder Asthma hatte und ihn nicht zu Stuckey's hinausfahren konnte. Aber Jimmy hatte sich sowieso freinehmen wollen, weil er doch heute Geburtstag hatte. Das Auto wollte er sich selber zum Geschenk machen. Aller Wahrscheinlichkeit nach das einzige Geschenk, das er bekommen würde. Dad hatte seinen Job in der Maschinenwerkstatt wieder verloren, und Mom hatte deshalb kein Geld für Sachen wie Geburtstagsgeschenke. Und Jasmine redete nicht einmal mit ihm, ohne gleich zu kreischen anzufangen, ein Geschenk war da wohl kaum von ihr zu erwarten. Vielleicht schaffte Mom es, einen Kuchen zusammenzuschustern, aber das war dann auch alles.

Es reichte auch. Er wollte sonst nichts. Er war siebzehn. Er wollte für sich selbst verantwortlich sein, allein entscheiden können. Er wollte ein Auto kaufen. Er wollte ein Auto kaufen und bis zum Abend durchs ganze Tuttle County fahren. Er wollte von zu Hause wegbleiben, bis seine Familie sich fragte, wo er stecke.

Außerdem brauchte er das Auto. Er hatte eine Verabredung für den Schulball am Samstag. Eben an diesem Vormittag hatte Mary Carol Hauser ja gesagt. Jimmy wußte, daß sie ihre Antwort hinausgezögert hatte, weil sie auf ein besseres Angebot wartete, aber das war ihm egal. Er mochte Mary Carol. Sie war klug und schlagfertig, hatte grüne Augen und wulstige Lippen. Es war unbedingt nötig, daß er den Falcon noch an diesem Nachmittag kaufte, damit er ihn bis Samstag putzen konnte.

Jimmy hörte ein Auto. Er stand auf, weil er hoffte, daß es Mr. Dunbar war. Dann sah er den blauen Blazer aus dem Schatten der Alleebäume auftauchen und setzte sich wieder. Der Blazer war Officer Johnstons neues Bullenauto. Es war ein geschlossener Kombi mit Vierradantrieb, Sirene, rot-weiß-blauem Dachlicht, grobstolligen Reifen, Lautsprecheranlage, Suchscheinwerfer, einer Schrotflinte und schwarzen Fenstern auf allen vier Seiten. Aber warum die Stadt ein solches Auto angeschafft hatte, war ein Rätsel. In elf Jahren hatte Johnston außer dem Aufstellen von Autofallen und der Belästigung parkender Teenager keine vernünftige Polizeiarbeit geleistet. Und für so etwas brauchte er bestimmt kein brandneues Auto.

Der Blazer wurde langsamer. Das Fenster auf der Fahrerseite ging herunter, Officer Johnston beugte sich heraus. Er trug eine verspiegelte Sonnenbrille. Seine rotgeäderte Nase schien zu pulsieren. Eine brennende Zigarette hing ihm von der Unterlippe.

»Wer ist das dort auf der Veranda?« wollte Johnston wissen. An der Mündung von Dunbars Auffahrt blieb der Blazer stehen.

Jimmy stand auf. »Jimmy Blackburn, Sir.«

Johnston runzelte die Stirn. »Ach ja, Mr. Knallfrosch.« Vor drei Jahren hatte er Jimmy, Ernie und zwei andere Jungs vor den Kadi geschleppt, weil sie Knallfrösche in Abfalltonnen geworfen hatten. »Was treibst du auf Dunbars Veranda?«

Jimmy nickte in Richtung Falcon. »Ich will dieses Auto kaufen, Sir, aber es ist noch niemand zu Hause.«

»Aha.« Johnston nahm die Zigarette aus dem Mund und spuckte. »Falls ich von Mr. Dunbar irgendwelche Beschwerden höre, weiß ich ja, an wen ich mich halten muß.«

»Machen Sie sich keine Sorgen, Sir.«

»Ich bin nicht derjenige, der einen Rat nötig hat, Mr. Knallfrosch«, sagte Johnston. »Nimm dich in acht.« Das getönte Fenster schloß sich wieder, der Blazer fuhr weiter.

»Arschloch«, murmelte Jimmy, achtete aber darauf, daß seine Lippen sich nicht bewegten. Johnston war dafür berüchtigt, daß er Leute im Rückspiegel beobachtete und zurückkam, wenn sie über ihn fluchten.

Als der Blazer verschwunden war, sah Jimmy den Falcon an und stellte sich vor, wie er hinter dem Steuer sitzen und Mary Carol sich an ihn kuscheln würde. Er bezweifelte zwar, daß sie eine große Kuschlerin war, aber er konnte es sich vorstellen. Er konnte sich fast alles vorstellen.

Ein Eichhörnchen tauchte auf dem Dach des Falcon auf – wie aus dem Nichts. Sein buschiger Schwanz hob sich, ein Kügelchen landete auf dem schwarzen Lack.

»He«, schrie Jimmy. »Nicht auf das Auto.«

Das Eichhörnchen keckerte und schiß noch einmal auf das Autodach.

Jimmy sprang von der Veranda und ging durch den Garten, blieb aber stehen, als ein graues, pelziges Knäuel an ihm vorbeischoß. Es rannte zum Auto, sprang hoch und knallte gegen die linke hintere Tür. Es rutschte zu Boden und sprang bellend wieder hoch. Es war der dreckigste Hund, den Jimmy je gesehen hatte. Immer und immer wieder sprang er zu dem Eichhörnchen hoch. Das Eichhörnchen raste, einen Fluchtweg suchend, über das Dach.

Jimmy sah zu und überlegte. Das Eichhörnchen tat ihm ein wenig leid, aber der Hund noch mehr. Obwohl sein Fell dicht und zottig war, zeichneten sich die Rippen ab. Den Dunbars konnte er nicht gehören; er mußte ein Streuner sein, der sich auf der kühlen Erde unter der Veranda ausgeruht hatte. Er war verrückt vor Hunger. Jimmy suchte im Hof nach einem Stein. Vielleicht konnte er mit einem Wurf das Eichhörnchen zu Boden schleudern, und dann hätte der Hund Zeit, es sich zu schnappen.

Er fand eine halb vergrabene Ziegelscherbe. Er trat sie los und hob sie auf, aber als er zum Wurf ausholte, sprang das Eichhörnchen auf die Motorhaube des Falcon und von dort zur Erde. Es rannte auf eine Zeder zu, aber der Hund schnitt ihm den Weg ab. Das Eichhörnchen rannte hakenschlagend zur Nazarener-Kirche. Der Hund jagte ihm nach.

Jimmy warf die Ziegelscherbe und hoffte, das Eichhörnchen wenigstens ein bißchen zu bremsen. Er verfehlte es und traf dafür den Hund. Der Hund zuckte zusammen, wurde aber nicht langsamer. Jimmy war wütend auf sich selbst und beeindruckt von der Entschlossenheit des Hundes. Er schwor sich, daß der Hund noch vor dem Abend Eichhörnchenfleisch fressen würde.

Das Eichhörnchen überquerte den Kirchhof und rannte die Betonstufen hoch zu der weißen Doppeltür. Dann war es verschwunden. Der Hund sprang die Treppe hoch und knallte mit dem Kopf gegen den linken Flügel der Tür. Ein lautes Krachen und Scheppern waren zu hören. Der Hund kippte um, sprang aber gleich wieder hoch. Er kratzte an der Tür und bellte.

Jimmy ging über den Kirchhof und die Treppe hoch. Er sah, daß die rechte untere Ecke des linken Türflügels abgeschlagen war und ein kleines Loch freiließ. Das Eichhörnchen hatte sich in die Kirche geflüchtet.

Der Hund wich zur Seite, als Jimmy die oberste Stufe erreichte, aber er bellte weiter. Jimmy klopfte an die rechte Tür. Er wußte zwar nicht, ob die Nazarener an einem Mittwoch nachmittag in der Kirche waren, aber einen Versuch war es wert. Er klopfte laut, um das Bellen des Hundes zu übertönen, und die Tür schwang auf. Der Hund hörte auf zu bellen und lief hinein.

Jimmy stieß die Tür weiter auf. »Hallo?« rief er. »Bei Ihnen läuft ein Eichhörnchen in der Kirche herum!«

Da niemand antwortete, trat Jimmy ein und ging durch den Vorraum ins Kirchenschiff. Es gab keine Fenster, die Kirche war dunkel und kühl. Es roch nach Möbelpolitur. Trotz des Nachmittaglichts, das durch die offene Tür hereinfiel, konnte Jimmy nichts klar erkennen. Irgendwo vor sich hörte er die Krallen des Hundes über den Boden klicken, aber das war alles.

Er sah sich im Vorraum nach Lichtschaltern um, konnte aber keine entdecken. Dann tastete er die Holztäfelung der Trennwand zum Kirchenschiff ab, aber auch da gab es keine Schalter. Vielleicht waren sie vorne bei der Kanzel. Er betrat das Kirchenschiff und ging geradeaus vor, den Mittelgang entlang, wie er vermutete. Er sah lange Schatten, vermutlich die Bankreihen.

Das Klicken der Krallen hörte auf, und Jimmy blieb stehen und horchte. Ein Knurren war zu hören und dann ein Quieken, gefolgt von Klappern und Klirren. Dann kehrte das Krallenklicken zurück. Jimmy spürte den struppigen Körper des Hundes an seinem Bein. Er drehte sich um und sah, wie der Hund ins Sonnenlicht trottete. Er hatte ein schlaffes Eichhörnchen im Maul.

Jimmy klatschte und pfiff. Er sah zu, wie der Hund mit wedelndem Schwanz auf die Stufen zulief.

Dann zerriß ein lautes Krachen die Luft. Blut spritzte. Der Hund fiel um und lag bewegungslos halb auf dem Treppenabsatz, halb auf der Stufe.

Jimmy starrte das Hinterteil des Hundes an. Die vordere Hälfte konnte er nicht sehen Auch das Eichhörnchen konnte er nicht sehen. Das Hinterteil des Hundes bewegte sich nicht. Der Schwanz wedelte nicht.

Officer Johnston trat in das Lichtrechteck und blickte auf den Hund hinab. Er war braun gekleidet, mit schwarzem Gürtel und schwarzen Stiefeln. Er trug seine verspiegelte Sonnenbrille. Er war barhäuptig, die schütteren Haare waren mit Pomade an den Kopf geklebt. In der rechten Hand hatte er seinen großen blauen Revolver. Er spannte ihn mit dem Daumen und richtete ihn auf den Hund.

»Eindringling«, sagte er.

Johnston stieß den Hund mit dem Stiefel an. Das Hinterteil rutschte vom Treppenabsatz, wo es ein wenig Blut hinterließ. Johnston spähte in die Kirche, und Jimmy spürte, wie die Augen des Polizisten hinter den verspiegelten Gläsern den Kirchenraum absuchten.

»Das bist doch du da drin, Mr. Knallfrosch, oder?« sagte Johnston. »Komm raus.«

Seit dem Schuß war Jimmy wie erstarrt gewesen. Jetzt, im lodernden Schein der beiden Spiegelgläser, schmolz die Starre wie Eis über einer Flamme. Er haßte den Bullen mehr, als Satan Gott haßte. Er würde dem Saukerl nicht gehorchen. Johnston war nicht sein Alter. Johnston war ein Haufen Scheiße.

Jimmy duckte sich nach rechts und tastete nach einer Bank. Er wollte darunterkrabbeln und auf den Vorraum zukriechen. Dann wollte er warten, bis Johnston den Mittelgang entlangkam, und hinausstürzen. Wenn er leise und schnell war, würde Johnston ihn nicht sehen. So würde er nie nachweisen können, wer mit dem Hund in der Kirche gewesen war.

Johnston betrat das Kirchenschiff. Jimmy beeilte sich, unter eine Bank zu kommen, und stieß gegen Metall.

Es gab keine Bänke. Statt dessen Klappstühle aus Metall. Unter denen konnte er sich nicht verstecken und zur Tür kriechen. Die Nazarener waren eine schäbige Sekte.

Johnston blieb am Anfang des Kirchenschiffs stehen und baute sich breitbeinig auf. Er hob den gespannten Revolver. »He, Junge! Keine Bewegung!« Sein Atem rasselte. Er rauchte zuviel.

Jimmy wußte, daß Johnston ihn nicht sehen konnte. Nicht ohne Licht und mit den Spiegelgläsern vor den Augen. Jimmy wich im Mittelgang zurück. Solange er nicht gegen Stühle stieß, konnte Johnston ihn wegen seines rasselnden Atems nicht hören, da war Jimmy sich ziemlich sicher.

Johnston kam, die Pistole schwenkend, den Mittelgang entlang. Er schaute sich forschend um. Die Sonnenbrille behielt er auf. Er sah Jimmy nicht.

Jimmy erreichte das Podest des Altarraums und stieg hinauf. Es war einen knappen halben Meter hoch und bedeckt mit etwas, das sich anfühlte wie Kunstrasen. Jimmy warf einen Blick nach links und sah den Schatten der Kanzel. Er kauerte sich auf alle viere und kroch dahinter. Dort angekommen, entdeckte er, daß die Kanzel hohl war. Die Höhlung war mit einem Tuch verhüllt. Er schob das Tuch beiseite und kroch hinein.

Als er sich mit der linken Hand abstützte, spürte er etwas Weiches und Pelziges darunter. Das Ding quiekte. Jimmy riß die Hand zurück und zog die Beine in die Kanzel. Dann saß er da, die Knie an die Brust gedrückt, und versuchte, flach und leise zu atmen.

Das Podest knarzte, als Johnston es betrat. Seine Schritte hallten Richtung Rückwand, hörten dann auf. Das Licht ging an. Es schien durch das Tuch. Das Tuch war weiß. Es reichte nicht ganz bis zum Boden. Jimmy senkte den Kopf und sah, daß das pelzige Ding ein Eichhörnchen in einem Nest aus Papierschnipseln war. Es rührte sich nicht. Er hatte es zerdrückt. Hinter und neben ihm lag blutiger Unrat und winzige rosige Babys. Auch sie sahen tot aus.

Johnstons Schritte waren wieder zu hören. Sie dröhnten laut auf dem dünnen Sperrholz. Das Podest ächzte. Das Licht verdüsterte sich, und unter dem Rand des weißen Tuchs tauchten die abgeschabten Lederspitzen von Johnstons Stiefeln auf.

»Komm raus da, Junge«, tönte von oben Johnstons Stimme. »Ich verhafte dich wegen unbefugten Betretens.«

Jimmy wollte die Kanzel nicht verlassen. Er sah von Johnstons Schuhspitzen weg und starrte statt dessen die tote Eichhörnchenmama und ihre Babys an. Er roch Blut.

»Weißt du, Mr. Knallfrosch«, sagte Johnston. »Ich bin mir ja nicht sicher, ob wirklich du da drin bist. Könnte ja auch ein professioneller Kirchenräuber sein. Könnte ein Sträfling sein. Keiner würde mir einen Vorwurf machen, wenn ich aus Notwehr handeln würde. Ich könnte eine Kugel in die Kanzel jagen, und niemand würde etwas dagegen sagen. Kein Mensch.«

Jimmy starrte die tote Eichhörnchenmama an. Etwas passierte in seinem Kopf und seiner Brust. Seine Eingeweide zogen sich zusammen. Heute war sein Geburtstag, und er hatte sich ein Auto kaufen wollen. Dann hatte er versucht, einem hungrigen Hund zu helfen, und der Bulle der Stadt hatte den Hund ohne Grund erschossen. Jetzt wollte der Bulle auch ihn töten. Weil er sich in einer Kanzel versteckte.

»Ich könnte dich erschießen«, sagte Johnston, »so wie ich eben diesen verdammten Hund erschossen habe.«

Das war es. Der Hund war tot. Jimmy hatte versucht, ihm zu helfen, und Dad hatte ihm befohlen, die Hose herunterzulassen, und ihn mit der Angelrute verprügelt. Der Hund hatte Ratten getötet, und Dad hatte ihn erschossen. Der Blinde hatte gesagt, Jesus werde helfen, aber dann war Mom verschwunden, und der Hund war tot. Der Hund hatte ein Eichhörnchen getötet, und Johnston hatte ihn erschossen. Der Blinde hatte die Stimme Jesu nicht gehört, hatte alles nur erfunden, hatte ihn angelogen. Jimmy war mit dem Hund im Teich geschwommen, und jetzt war er tot. Dad hatte Mom auf den Mund geschlagen. Jasmine hatte im Schlaf geschrien, weil sie von Monstern träumte. Jimmy hatte den Hund mit einem Hammer erschlagen, damit er nicht mehr leiden mußte. Aber Jasmine hatte es gesehen. Er war mit dem Hund in die Kirche gekommen, und jetzt war er tot. Jesus hatte ihn nicht erhört, obwohl er doch an Ostern errettet worden war. Im Wohnzimmer war Glas zerbrochen. Er war morgens aufgewacht und die Bettdecke hatte blutig an seinen Beinen geklebt. Der Obermacker hatte seine Schwester verspottet und seinen Drachen zertrampelt. Johnston hatte den Hund die Treppe hinuntergetreten. Jimmy hatte den Hund in Lumpen eingewickelt, um ihn zu begraben, und es war alles seine Schuld, weil er mit Gott ein Geschäft gemacht hatte. Jasmine kam zu ihm und sagte ihm, daß sie ihn hasse. Dad drückte ihm das Gesicht in den Kies, und Mom kam zurück und servierte geräucherte Schweinekoteletts. Der Hund kam zu ihm und Ernie in die Mitte des

Teichs geschwommen, und dann das Knallen der Schrotflinte und die roten Spritzer auf dem Beton vor der Nazarener-Kirche.

Das war es.

Der Hund war tot.

Jimmy wartete noch einen Augenblick, bis er die Spannung der Veränderung in seinem Inneren spürte, bis er wußte, daß es so richtig war. Es bedeutete, Mom nie mehr zu sehen. Auch Jasmine nicht. Nie mehr mit Ernie herumzualbern. Nie auch nur zu versuchen, mit Mary Carol Hauser zu schmusen. Nie den High-School-Abschluß zu machen.

Und dann war da noch Dad.

Eine Schattenbewegung sagte ihm, daß Johnston nach dem Tuch griff.

Das war es also. Er konnte Johnston das Tuch wegziehen lassen, oder er konnte es selber tun. Nichts, was er je getan hatte, hatte irgendeines Menschen Verhalten gebessert, und die einzige Entscheidung, die er jetzt noch treffen konnte, war die, wie er sich selbst verhielt. Aber wenn Johnston das weiße Tuch wegzog, bevor er es tat, war ihm sogar diese Entscheidung abgenommen.

Mom. Jasmine. Ernie. Mary Carol.

Dad.

Keiner von ihnen war soviel wert wie dies.

Keiner von ihnen war soviel wert wie das Leben eines Hundes.

Er nahm die tote Eichhörnchenmama in beide Hände. Sie war warm und schlaff. Eines der Babys rutschte auf sein Handgelenk. Er war überrascht, daß er keine Angst hatte. Er zitterte, aber nicht aus Angst.

Das war wichtig.

Johnstons Fingerspitzen berührten das weiße Tuch.

Jimmys Leben war vorüber.

Blackburn sprang durch das Tuch und stieß dem Bullen das tote Eichhörnchen ins Gesicht. Das Licht war strahlend hell. Die Augen des Eichhörnchens schimmerten in den Spiegelgläsern. Johnston stieß einen gurgelnden Schrei aus. Blackburn steckte ihm das Eichhörnchen in den Mund.

Johnston taumelte rückwärts. Blackburn machte die Bewegung mit, versuchte, ihm das Eichhörnchen in den Hals zu stopfen. Johnston riß den Revolver hoch. Die Mündung streifte Blackburns Wange. Sie war heiß. Die Gravierung auf dem Lauf war nur wenige Zentimeter von Blackburns Augen entfernt. Er sah das Wort COLT. Er sah das Wort PYTHON. Er sah die Ziffern 3,5 und 7. Es war eine Erleuchtung. Es war ein Gott, der auf dem grünen Kunstrasen im Altarraum der Nazarener-Kirche zu ihm sprach. Er ließ das tote Eichhörnchen los und griff nach der blauen Vollkommenheit des Revolvers.

Johnston spuckte das Eichhörnchen aus und richtete den Revolver auf Blackburns Mund. Blackburn faßte danach. Er und Johnston stürzten gemeinsam zu Boden. Das Öl in Johnstons Haar hatte den scharfen Geruch von Wick Vapo-Rub. Eine verklebte schwarze Strähne kitzelte ihn an der Oberlippe. Er spuckte die Strähne weg und sah Tröpfchen auf Johnstons Sonnenbrille spritzen.

»Du kleines Arschloch«, sagte Johnston. Sein Atem war die Essenz feuchter Zigaretten. Seine Zähne waren gelbe Schorfkrusten.

Blackburn versuchte, ihm den Revolver zu entreißen, aber Johnston ließ nicht los. Er war stärker als Blackburn. Johnston erhob sich auf die Knie und zog Blackburn mit. Sie knieten da, zwischen sich den Revolver, den sie beide fest umklammert hielten. Blackburn versuchte, durch seine Spiegelbilder hindurchzuschauen. Er stellte sich die Augen des Bullen milchig weiß vor.

»Du bist verhaftet, du Stück Dreck«, sagte Johnston. Er atmete schwer, konnte kaum sprechen.

Blackburn lächelte ihn an. »Kein Mensch mag dich«, sagte er.

Johnston hörte auf zu atmen. Sein Mund klappte auf. Blackburn beugte sich vor und küßte ihn. Johnston lockerte den Griff. Blackburn riß heftig am Revolver und kippte um.

Er lag auf dem Rücken und sah hoch zu den weißen Deckenlampen über der Kanzel. Dann hob er die Hände über das Gesicht. Sie hielten den Lauf der Python umklammert.

Johnston tauchte über ihm auf, verdeckte das Licht. Er stand aufrecht. Er war riesig, aber nicht mehr als ein Schatten. Nicht mehr als ein Geist.

»Gib mir die Waffe, mein Sohn«, sagte der Bulle. Eine riesige Schattenhand fuhr herab.

Blackburn drehte die Python um und hielt sie mit beiden Händen, so wie die Bullen im Fernsehen. Der rechte Zeigefinger krümmte sich um den Abzug. Er war warm. Er fühlte sich gut an. Sein Finger war glücklich. Der Hahn war bereits gespannt. Er richtete die Mündung auf den Kopf des Schattens.

»Nein«, sagte er.

Der Schatten bewegte sich. Blackburn setzte sich auf und hielt den Revolver ruhig in der Hand. Die Python war schwer, aber das Gewicht gab ihm Stärke.

Der Schatten wurde heller, als Blackburn sich aufsetzte; er verwandelte sich in Officer Johnston. Johnston streckte die Hände von sich weg. Er wich zurück.

»Bleib, wo du bist«, sagte Blackburn.

Johnston blieb stehen. »Hör mal, mein Sohn«, sagte er, »du reitest dich ganz schön in die Bredouille.« Seine Stimme zitterte.

Blackburn war angewidert. Großer, harter Mann. Großer, harter Mann mit einer Waffe. Großer, harter Mann, der einen hungrigen Hund tötet.

Blackburn stand auf. »Nimm deine Sonnenbrille ab«, sagte er. »Nimm deine Sonnenbrille ab und laß sie fallen.«

Johnston nahm seine Sonnenbrille ab und ließ sie fallen. Sie landete klappernd auf dem grünen Kunstrasen neben dem toten Eichhörnchen. Seine Augen waren schmutzigbraun. Sie wurden feucht. Das Weiße im linken war rot geädert.

»Runter auf Knie und Hände«, sagte Blackburn.

Johnston schüttelte den Kopf. »Mein Sohn, du machst es immer schlimmer für dich.«

»Knie und Hände«, sagte Blackburn.

Johnston kniete sich hin und stützte die Hände auf. Blackburn hielt die Waffe unverwandt auf ihn gerichtet.

»Bell wie ein Hund«, sagte Blackburn.

Johnston bellte wie ein Hund.

»Jetzt heb das Eichhörnchen auf.«

Johnston hob die rechte Hand und griff nach dem Eichhörnchen.

»Mit dem Mund.«

Johnston ließ die Hand sinken. Er zog die Lippen zurück. Dann senkte er den Kopf und packte die tote Eichhörnchenmama mit den Zähnen.

»Eindringling«, sagte Blackburn und drückte ab. In der leeren Kirche dröhnte der Schuß von Wand zu Wand. Die Python zuckte nach oben und hätte Blackburn beinahe im Gesicht getroffen.

Mit dem Eichhörnchen im Mund kippte Johnston um. Er landete auf der rechten Seite. Seine Beine zuckten. Nach ein paar Sekunden hörten sie auf.

Einige Augenblicke stand Blackburn bewegungslos da. Seine Handgelenke kribbelten und schmerzten dann. Seine Ohren klangen. Der Gestank von Schießpulver hing in der Luft, und dann der Gestank von Schießpulver und Scheiße. Blackburn ließ die Python sinken und ging zu Johnston. Johnstons Augen waren offen. Seine Zähne bissen auf das tote Eichhörnchen, drückten es in der Mitte zusammen. Die Beine hatte er angezogen, die Hände lagen, nach innen gekrümmt, auf seiner Brust. Dunkles Blut breitete sich auf seinem Hemd aus. Etwas davon sickerte aus einem Loch unter der linken Brusttasche. Blackburn sah, wie sich der Brustkorb des Bullen bewegte, aber nur einmal.

Officer Johnston war tot.

Blackburn atmete tief durch die Nase ein und durch den Mund wieder aus. Angst regte sich in ihm, aber er unterdrückte sie. Es hatte keinen Zweck, jetzt Angst zu haben. Er hatte nicht einmal gewußt, daß er abdrücken würde, bis es geschehen war, und nachdem es geschehen war, konnte er es nicht mehr rückgängig machen. Außerdem glaubte er gar nicht, daß er es wollte.

Er bückte sich und hob Johnstons Sonnenbrille auf. Sie war noch in Ordnung. Warum sollte er sie nicht behalten?

Blackburn wandte sich von der Leiche ab und stieg vom Podest herunter. Das Summen in seinen Ohren wurde schwächer, als er den Mittelgang hochging. Im Vorraum wurde ihm plötzlich bewußt, daß er die Python verstecken mußte. Er setzte die Sonnenbrille auf und zog sich mit der freien Hand das Hemd aus der Hose. Er lockerte den Gürtel und steckte sich die Python in den Bund seiner Jeans. Das Hemd bedeckte sie. Es war unbequem, aber im Augenblick ging es nicht anders.

Er verließ die Kirche und schloß hinter sich die Tür. Am Hund vorbei stieg er die Stufen hinunter. Auch der Hund hatte noch immer sein Eichhörnchen im Maul. Er grinste und sah glücklich aus. Blackburn fühlte sich besser.

Johnstons Blazer war etwas weiter unten abgestellt. Die getönten Scheiben waren geschlossen. Jeder, der das Auto sah, würde annehmen, daß darin Johnston saß. Als Blackburn auf den Bürgersteig trat, tauchte ein neuer Plymouth auf der Straße auf und bog in Dunbars Auffahrt ein. Blackburn ging zu dem Anwesen hinüber.

Ein gebückter Mann im Overall stieg aus dem Plymouth und musterte Blackburn. Er machte nicht gerade einen glücklichen Eindruck. Blackburn vermutete, daß die verspiegelte Sonnenbrille und das heraushängende Hemd ihn verdächtig aussehen ließen.

»Mr. Dunbar?« fragte Blackburn und näherte sich dem Mann. »Wollen Sie das Auto noch immer verkaufen?« Er nickte in Richtung des schwarzen Falcon.

Mr. Dunbar machte ein argwöhnisches Gesicht. »Hm-hm.«

»Wieviel?«

»Fünfhundert.«

»Ich geb' Ihnen vier.«

Mr. Dunbar schüttelte den Kopf.

Blackburn griff in die Tasche und zog das Geldscheinbündel heraus. »Vierhundert bar auf die Hand.«

Mr. Dunbar fing wieder an, den Kopf zu schütteln. Blackburn nahm das Geld in die linke Hand und griff hinter sich. Seine Finger berührten den Griff der Python.

»Na gut«, sagte Mr. Dunbar. Aus dem Kopfschütteln wurde ein Nicken. »Mir soll's recht sein.«

Blackburn war erleichtert und zufrieden. Er war stolz auf sich, weil er standhaft geblieben war. Er gab Mr. Dunbar acht Fünfziger.

Mr. Dunbar zog zwei Schlüssel von einem Ring und gab sie Blackburn. »Einen Augenblick, ich hole nur schnell die Papiere«, sagte er und betrat die Veranda.

»Können wir das mit den Papieren morgen machen, Sir?« fragte Blackburn. »Ich hab' nämlich eine Verabredung, und da wollte ich mit dem Auto hinfahren. Ich bin schon ziemlich spät dran.«

Mr. Dunbar zuckte die Achseln. »Morgen bin ich wieder so ab halb fünf zu Hause.« Er spähte zu Blackburn hinunter. »Wie heißt du eigentlich?«

Mr. Dunbar hatte Blackburn schon oft gesehen, aber vermutlich erschwerte die Sonnenbrille das Wiedererkennen. Außerdem konnte es sein, daß Mr. Dunbar seinen Namen überhaupt nicht kannte. Und das war Blackburn nur recht.

»Sam«, sagte Blackburn. »Sam Colt.«

»Hat mich gefreut, daß wir ins Geschäft gekommen sind, Sam«, sagte Mr. Dunbar und ging ins Haus.

Die Tür des Falcon quietschte, als Blackburn sie öffnete, und der Sitz drückte sich fast bis zum Boden durch, als er sich hineinsetzte. Aber der Motor sprang schon nach nur fünfzehn Sekunden Orgeln an. Blackburn legte den ersten Gang ein und fuhr durch den flachen Graben auf die Straße.

Der Auspufftopf hatte ein Loch. Er machte viel Lärm. Außerdem war der Tank nur viertelvoll. Aber die Lenkung war präzise, die Beschleunigung gut. Es war ein anständiges Auto. Nur schade, daß er es bald wieder loswerden mußte. Es würde nicht lange dauern, bis der Falcon ein polizeilich gesuchtes Auto war. Er fragte sich, ob es schwer sein würde, ein anderes Auto zu stehlen. Er hatte noch nie etwas Größeres als einen Schokoriegel gestohlen und wußte nicht so recht, wie er es anstellen sollte. In den nächsten paar Stunden würde er sich im Fahren einen Plan zurechtlegen müssen.

Bevor er sich zum Highway aufmachte, kurvte Blackburn durch die Straßen von Wantoda, vorbei an Ernies Haus, an Todd Boyles Haus, an der Grundschule. Am liebsten wäre er auch an seinem Elternhaus vorbeigefahren. Es wäre schön, wenn er sich mit einem Hupen verabschieden könnte. Aber je schneller und weiter er wegkam, um so besser. Mom und Jasmine würden sowieso nicht merken, daß er es war. Und Dad war vermutlich noch nicht zu Hause. Er hielt sich an die Arbeitsstunden, auch wenn er keinen Job hatte. Die Kneipen waren geöffnet.

Am Westrand der Stadt, wo die Potwin Road nach Norden zum Clay Hill führte und der Wasserturm Wache hielt über die Stadt und ihre Bewohner, hielt er einen Augenblick an. Er hob den Kopf und sah sich selbst auf dem Laufsteg stehen und mit vom Wind brennenden Augen auf die Straße herunterspucken. Er sah den Wassertank an den verrosteten Schweißnähten aufbrechen, das Wasser explodieren und ihn vom Laufsteg schwemmen, den ganzen Laufsteg mitreißen. Er sah das Wasser wie eine Wand zur Erde stürzen, die Häuser von Wantoda zertrümmern, die Bewohner in Gischt ertränken. Er sah seinen Körper auf dem Kamm der ersten Welle, die Schulen und Autos fortschwemmt und Bäume ausreißt wie dürres Unkraut.

Dann wandte er sich ab und fuhr nach Süden, an der Methodisten- und der Baptisten-Kirche vorbei. Auf der K-132 bog er nach Osten ab und rauschte mit sechzig Meilen pro Stunde an Nimper's Supermarkt und dem Gebäude der Freiwilligen Feuerwehr vorbei und auf die Ozarks zu. Der Wind wehte durch das offene Fenster und blies ihm die Haare aus dem Gesicht. Er war sich ziemlich sicher, daß er sich vor keiner Autofalle in acht nehmen mußte.

Als er Wantoda hinter sich gelassen hatte, spürte er die Python im Kreuz. Er faßte das Lenkrad mit der linken Hand, beugte sich vor und zog mit der Rechten die Waffe aus dem Hosenbund. Dabei sah er sich selbst kurz im Rückspiegel. Der Anblick war verblüffend und häßlich.

Es war die verspiegelte Sonnenbrille. Die ließ ihn aussehen wie einen Bullen.

Blackburn steckte die Python unter den Sitz, nahm dann die Sonnenbrille ab und betrachtete sein Gesicht im Spiegel. So war es besser. Die Augen waren klar. Es waren Augen, die nichts verbergen, die nie lügen würden. Es waren Augen, denen nur Narren mißtrauten.

Er warf die Sonnenbrille aus dem Fenster, und sie zerschellte am Kühlergrill eines entgegenkommenden Peterbilt. Er lächelte. Er hatte die Gläser zersplittern hören. Das Geräusch inspirierte ihn und er sang »Happy Birthday« und »I Saw Her Standing There«. Er hoffte, daß Mary Carol nicht beleidigt sein würde, weil er sie sitzengelassen hatte.

Blackburn betrachtete sich noch einmal im Spiegel. Ja. Seine Augen waren dazu bestimmt, gesehen zu werden.

Er war einfach kein Sonnenbrillentyp.

Opfer Nummer acht

Blackburn kam in einen Vorort von Philadelphia, der Stadt der brüderlichen Liebe, und fand ihn voller Unrat. Die Müllmänner streikten, und Abfallhaufen säumten die Straßen. Der Bürgersteig vor dem Haus, in dem Blackburn sich aufhielt, war unbegehbar. Er war begraben unter Blechdosen, Flaschen, Zeitungen, Wegwerfwindeln und verfaulenden Essensresten. Der Gestank und das Summen der Fliegen waren allgegenwärtig. Blackburn widerstand dem Drang, seinen Colt Python zu ziehen und die Ratten zu erschießen, die sich hier und dort zeigten.

Es war Dienstag abend, und er las eben ein Science-fiction-Taschenbuch und aß Mais-Chips, als die Türglocke läutete. Er hatte sie noch nie zuvor gehört. Er hörte auf zu lesen und horchte. Die Glocke ertönte noch einmal, sie spielte den Eröffnungstakt von »Greensleeves«. Blackburn legte das Buch weg und stand auf. Seine nackte Haut löste sich vom saugenden Bezug des Lehnstuhls. Es war heiß und feucht, und das Haus hatte keine Klimaanlage.

Blackburn ging zur Tür. Es gab ein Guckloch, und er zögerte, weil er an die Polizei dachte. Trotzdem öffnete er die Tür. Ein Mann in einem cremefarbenen Anzug stand auf der Schwelle, einen schwarzen Koffer in der rechten Hand. Seine Haut war blaß, die Zähne bräunlich. Die Haare waren ein wenig dunkler als die Zähne.

»Guten Abend, Mr. Talbot«, sagte der Mann. »Mein Name ist Randall Wayne. Ich bringe Ihnen die Informationen über die *Encyclopedia Europus*, die Sie angefordert haben. Es tut mir leid, daß ich so lange gebraucht habe, um zu Ihnen zu gelangen. Die Müllsituation erschwert das Vorankommen beträchtlich.«

»Ich verstehe«, sagte Blackburn.

Lächelnd stand Randall Wayne auf der Schwelle. Er schien auf etwas zu warten. Blackburn lehnte sich gegen den Türstock und wartete mit ihm.

»Darf ich eintreten?« fragte Wayne schließlich.

Blackburn überlegte. »Nein«, sagte er und schloß die Tür.

Die Glocke ertönte erneut, bevor Blackburn zu seinem Sessel zurückkehren konnte. Er öffnete noch einmal die Tür. Wayne stand noch immer da.

»Es tut mir leid, Sie noch einmal zu belästigen«, sagte Wayne, »aber Sie haben um einen Hausbesuch gebeten. Das kostenlose zweibändige Lexikon habe ich natürlich bei mir. Es wird nur ein paar Minuten dauern.« Er hielt eine gedruckte Postkarte in die Höhe. Blackburn sah, daß Mr. oder Mrs. Talbot die Leerstellen auf der Karte ausgefüllt hatte, und darauf stand tatsächlich, daß ein Hausbesuch gewünscht werde.

Er nahm an, daß er die Verpflichtung, die die Talbots eingegangen waren, erfüllen sollte, obwohl er bezweifelte, daß sie selbst sie erfüllen würden. Er hatte das Haus gestrichen, wie sie ihm aufgetragen hatten, komplett mit sämtlichen Verzierungen, aber sie hatten sich geweigert, ihn zu bezahlen. Nicht einmal die Kosten für Farbe und Arbeitsmaterial wollten sie ihm erstatten. Es gefalle ihnen einfach nicht, hatten sie gesagt. Sie waren genau die Sorte Leute, die eine solche Postkarte abschickten, um das kostenlose zweibändige Lexikon zu bekommen, dann aber den Hausbesuch verweigerten.

Blackburn war eine viel ehrlichere Haut. »Na, dann kommen Sie rein, Mr. Wayne«, sagte er.

Der Vertreter kam herein, und Blackburn schloß die Tür und setzte sich wieder in seinen Sessel. Wayne blieb mitten im Zimmer stehen und sah sich lächelnd um.

»Hübsch haben Sie's hier«, sagte er. »Und draußen ein schöner, neuer Anstrich.«

»Vielen Dank«, sagte Blackburn.

Wayne leckte sich die Lippen. »Ob ich Sie wohl um ein Glas Wasser bitten dürfte.«

Blackburn runzelte die Stirn. Eine obligatorische Präsentation war ja noch hinzunehmen, aber ein Glas Wasser sprengte den Rahmen. Er stand auf. Wieder klebte seine Haut am Sesselbezug. »Bin gleich zurück«, sagte er und ging in die Küche. Während er Wasser in ein Glas laufen ließ, polterte es im Boden unter seinen Füßen. Er drehte das Wasser ab, und es polterte noch dreimal. Er stampfte auf, und das Poltern hörte auf. Mit dem Glas Wasser kehrte er ins Wohnzimmer zurück.

Wayne nahm das Glas. »Was war das für ein Geräusch?« fragte er.

»Ratten«, sagte Blackburn.

Wayne nickte. »Wegen des Mülls.« Er trank das Wasser, betrachtete dann das Glas. »Gutes kaltes Wasser«, sagte er. »Eis wäre überflüssig.«

»Keine Ursache.« Blackburn setzte sich in seinen Lesesessel.

Wayne deutete auf das Sofa gegenüber. »Darf ich mich setzen?«

»Sicher.«

Wayne setzte sich und öffnete sein schwarzes Köfferchen. Er zog ein in Folie eingeschweißtes Päckchen mit zwei Taschenbüchern heraus. »Das sind ihre beiden kostenlosen Lexika, die besten Wörterbücher der englischen Sprache.« Er legte das Päckchen neben sich auf ein Kissen. »Aber so gut sie auch sind, beschäftigen sie sich doch nur mit Wörtern. Wenn Sie detaillierte Informationen über Leute, Orte und das Weltgeschehen suchen, helfen sie Ihnen nicht weiter. Angenommen, Sie brauchen einen knappen Abriß von Einsteins Relativitätstheorie. Würden Sie den in einem Wörterbuch finden, Mr. Talbot?«

Eigentlich wollte Blackburn sich nicht ködern lassen, aber wenn er nicht auf diese Frage einging, dauerte die Präsentation möglicherweise noch länger. Also spielte er besser mit. »Ich würde sagen, nein«, erwiderte er.

Der Vertreter schüttelte den Kopf. »Natürlich nicht. Und wo würde Ihr Sohn sich Informationen suchen, wenn er in der Schule eine Arbeit über Mollusken oder die Mondlandungen, über Sacco und Vanzetti oder Pocahontas oder über den Versailler Vertrag schreiben müßte?«

»Ich habe keine Kinder«, sagte Blackburn.

Wayne zog die Postkarte aus seiner Jackentasche. »Auf Ihrer Karte steht, Sie haben einen Sohn.«

»Ach der. Der ist im College. In Pittsburgh.«

Wayne musterte Blackburn. »Dafür, daß Sie einen Sohn im College haben, sehen Sie aber jung aus, Mr. Talbot.«

In Blackburns Augen hatte der Vertreter ihn jetzt lange genug aufgehalten. »Der Junge ist mein Stiefsohn«, sagte er. »Und eigentlich ist meine Frau diejenige, mit der Sie reden sollten, da die Enzyklopädie für ihr Kind sein soll. Im Augenblick ist sie nicht da, aber in ein paar Wochen wird sie wieder zurück sein. Dann könnten Sie mit ihr reden.«

Wayne blieb sitzen. »Ich werde das sehr gerne tun, Mr. Talbot«, sagte er. »Aber da ich jetzt schon mal hier bin, würde ich Ihnen gerne die vielen Vorzüge zeigen, die die *Encyclopedia Europus* zu bieten hat. Und wenn Ihre Frau zurückkehrt, können Sie sie ins Bild setzen.« Er griff in sein schwarzes Köfferchen und zog ein dickes, großformatiges Buch mit braunem Ledereinband heraus.

»Ich glaube nicht –«, begann Blackburn.

Wayne unterbrach ihn. »Das ist Band vierzehn, ›Lalo bis Montpar‹. Allein dieser Band enthält siebenhundertsiebenundachtzig Einträge auf neunhundertzwölf Seiten und wiegt zwei Kilogramm. Darin enthalten sind sechshundertdrei Fotos und Illustrationen, davon zweihundertzweiundsechzig farbige. Wie jeder der achtundzwanzig Bände hat er sein eigenes Register – und das zusätzlich zum Gesamtregister, das einen eigenen Band ausmacht. Dieser Einband ist aus echtem Leder, aber wir bieten auch Kunstleder, Leinen, Kunstleinen, karthagischen Kork.«

»Wieviel?« fragte Blackburn. Er war neugierig geworden.

Wayne stand auf und brachte Blackburn ›Lalo bis Montpar‹.

»Fühlen Sie nur das Leder. Und das Papier ist säurefrei. Das hält Jahrhunderte.«

»Ich glaube nicht, daß mein Stiefsohn es so lange brauchen wird«, sagte Blackburn.

»Nein, aber seine Kinder und deren Kinder, Mr. Talbot.«

»Wird es bis dahin denn nicht überholt sein?«

Der Vertreter schüttelte den Kopf. »*Europus* bringt jeden Februar ein Jahrbuch heraus. Ihre Enzyklopädie ist deshalb immer auf dem neuesten Stand.«

Blackburn dachte allmählich, daß diese Enzyklopädie etwas war, für das die Talbots vielleicht Verwendung hatten. Andererseits, wenn sie nicht einmal einen Mann für das Streichen ihres Hauses bezahlen konnten, dann würden sie wohl nicht viel Geld für ein paar Bücher ausgeben. Es müßte schon ein Schnäppchen sein.

»Wieviel?« fragte Blackburn noch einmal.

Wayne legte Blackburn ›Lalo bis Montpar‹ auf den Schoß. Der Band klappte bei einer Illustration des Lymphsystems auf. »Viel weniger, als Sie vermuten, Mr. Talbot. Wir bieten eine sehr vorteilhafte monatliche Abzahlung an.«

Blackburn starrte Wayne direkt in die Augen. »Wie. Viel. Für. Die. Preisgünstigste. Ausgabe.«

»Ihre monatlichen Raten würden nur –«

Blackburn klappte das Buch zu und stand auf. »Gesamtpreis«, sagte er. Er wurde allmählich wütend.

»Zweitausendachthundertundzwölf Dollar. Aber wenn Sie bedenken –«

»Meine Frau wird dem nie zustimmen«, sagte Blackburn. Er streckte Wayne den Band mit beiden Händen entgegen und erwartete, daß der Vertreter ihn nahm und ging.

Wayne tat keins von beiden. Statt dessen schüttelte er den Kopf und warf Blackburn einen listigen Blick zu. »Wie alt sind Sie, Mr. Talbot?«

Blackburn war verblüfft, aber er sah keinen Grund, nicht zu antworten. »Ich bin einundzwanzig.«

Wayne kicherte. »Schlau. Sehr schlau.«

Blackburn wußte nicht, was der Vertreter meinte. »Wie bitte?«

»Das soll kein Vorwurf sein«, sagte Wayne. »Wenn ich eine ältere Frau mit ein bißchen Kohle finden würde –«

»Bitte, nehmen Sie Ihr Buch«, sagte Blackburn.

Wayne hob die Hände. »He, ich will Sie nicht schlechtmachen. Sie sind der schlaueste Kerl, den ich den ganzen Tag getroffen habe.«

»Danke.«

»Nichts zu danken«, sagte Wayne. »Also. Zweitausendachthundert wird Ihrer Frau zuviel sein. Ich verlasse mich da ganz auf Ihr Urteil. Wenn Sie nicht wissen, wieviel Ihre Frau ausgeben will, wer dann? Sagen Sie mir einfach, was sie Ihrer Meinung nach ausgeben will.«

Blackburn überlegte. Wieviel würde den Talbots die Enzyklopädie wert sein? »Vielleicht tausend«, sagte er.

Der Vertreter lachte. »Ist Talbot ein jüdischer Name?«

Blackburn überlegte. »Nein. Es ist ein Werwolf-Name.«

»War nur Spaß«, sagte Wayne. »Aber sehen Sie, Sie müssen mir ein Angebot machen, das ich meiner Firma vorlegen kann, ohne daß die mich hochkant rauswerfen.« Er beugte sich näher. »Und dann können Sie mir auch was verkaufen.«

»Wie bitte?«

»Kommen Sie.« Wayne senkte die Stimme. »Ein junger Kerl wie sie? Mit einer älteren Dame? Und sonst nichts zu tun den ganzen Tag? Was dealen Sie denn – Shit oder Koks?«

Blackburn lächelte. Allmählich begriff er. Er trug kein Hemd, und seine Haare waren ein wenig lang. Das machte ihn zum Gigolo und zum Dealer. Zweitausendachthundert Dollar für eine Enzyklopädie waren ihm zu viel, und das machte ihn zum Juden.

»Lassen Sie uns doch ins Geschäft kommen«, sagte Wayne. »Wenn Sie Ihrer alten Dame die ledergebundene Ausgabe für viertausendfünfhundert aufschwatzen können, kann ich Ihnen fünfhundert zukommen lassen. Bar auf die Hand, keine Steuern. Sie bekommt eine Enzyklopädie für ihren Collegejungen, und Sie ein bißchen schwarzes Arbeitskapital. Ich kriege meine Provision. Jeder ist zufrieden. Wie wär's damit?«

Blackburn wog ›Lalo bis Montpar‹ in der Hand. Es war schön schwer. Solide.

»Nicht gut genug?« frage Wayne. »Okay, wie wär's damit: Ich komme in viele Häuser. In diesen Häusern gibt es teure Sachen. Manchmal verlasse ich ein Haus und finde zufällig was Kleines, aber Wertvolles in meiner Tasche. Und in anderen sehe ich größere Sachen, die leicht abtransportiert werden könnten. Vielleicht haben Sie Verwendung für solche Informationen?«

Blackburn war entsetzt. »Sie bestehlen die Leute, an die Sie verkaufen?« Blackburn hatte selbst gelegentlich gestohlen, wenn er keine andere Wahl hatte, aber nie unter Vorspiegelung falscher Tatsachen.

Wayne zuckte die Achseln. »Ich nenne es die praktische Anwendung von Wissen. Ich meine, das ist doch der eigentliche Gedanke, der hinter der *Encyclopedia Europus* steckt.«

Blackburn nickte. »Ich verstehe«, sagte er. Er hob ›Lalo bis Montpar‹ und schlug damit dem Vertreter auf den Kopf.

Wayne taumelte rückwärts. »He!« schrie er. »Was soll denn das?«

»Das ist die praktische Anwendung von Wissen«, sagte Blackburn und lief ihm nach.

Blackburn versuchte, Wayne aus der Wohnung zu treiben, aber Wayne wich in die Küche aus. Blackburn konnte noch fünfmal zuschlagen, und dann fand Wayne an einem Magnethalter ein Tranchiermesser. Der Vertreter stand mit dem Rücken zum Kühlschrank und hielt das Messer so, als wollte er es Blackburn in die Brust stoßen. Blackburn hob den Band und griff wieder an.

Das Messer streifte das Buch, wurde nach unten abgelenkt und bohrte sich in Waynes linken Oberschenkel. Es drang tief ein.

»Scheiße«, sagte Wayne. Er glitt am Kühlschrank entlang zu Boden. Er versuchte, das Messer herauszuziehen, schaffte es aber nicht. Blut breitete sich aus. Es quoll um die Klinge herum aus der Wunde. Im Boden polterte es.

»Ach, Ruhe da unten«, sagte Blackburn.

»Helfen Sie mir«, sagte Wayne.

Blackburn kauerte sich neben ihn. »Ich glaube, Sie haben die Oberschenkelarterie getroffen.«

»Bitte.«

Blackburn seufzte. »Na gut. Schließen Sie die Augen.«

Wayne schloß die Augen. Blackburn ging ins Wohnzimmer, um die Python, die unter dem Sesselkissen lag, zu holen, überlegte es sich dann aber anders. Warum eine Patrone verschwenden? Die waren so schwer zu bekommen. Er betrachtete den Band in seinen Händen. Das Tranchiermesser hatte das Leder des Rückens aufgeschlitzt, aber der Karton darunter war noch intakt. Es war ein wirklich gut gemachtes Buch.

Blackburn kehrte in die Küche zurück. Wayne lebte noch, aber die Blutlache auf dem Linoleum wurde immer größer. Blackburn ging um die Lache herum und kniete sich neben Waynes Kopf. Er legte den Buchrücken auf die Kehle des Vertreters und drückte zu. Wayne riß die Augen auf. Die Zunge quoll ihm aus dem Mund. Dann zerquetschte ›Lalo bis Montpar‹ seine Luftröhre, und er war tot. Blackburn nahm ihm die Autoschlüssel ab, putzte und räumte auf, so gut es ging, und wartete auf die Nacht.

Kurz nach elf ging Blackburn hinaus zu dem Abfallhaufen auf dem Bürgersteig und schnappte sich eine verschimmelte Doppelmatratze. Er schleifte sie ins Haus, legte die Leiche des Vertreters darauf und bedeckte sie mit alten Zeitungen, Kaffeesatz und Bananenschalen. Dann zerrte er die Matratze wieder zum Abfallhaufen. Es war Schwerarbeit. Ins Haus zurückgekehrt, trank er ein Glas Eistee und aß ein Pastramisandwich.

Nach dem Essen steckte er sich das Tranchiermesser in den Gürtel und stopfte seine Habseligkeiten in eine graue Sporttasche, die er in der Abstellkammer gefunden hatte. Er trug die Tasche und die Python nach draußen, legte sie in den Vega des Vertreters und schloß das Auto ab. Dann holte er eine Bügelsäge und eine Taschenlampe aus der Garage der Talbots und ging hinter das Haus. Er mußte die Säge und die Taschenlampe weglegen, um die Betonblöcke von dem Loch im Fundament wegziehen zu können. Dann legte er sich auf den Bauch, nahm das Werkzeug und kroch hinein.

Das Loch stank wie eine öffentliche Toilette. Mr. und Mrs. Talbot hatten sich in die Hosen gemacht. Sie lehnten noch immer an dem Stützpfosten, an dem sie angekettet waren. In der Erde neben Mr. Talbot war eine flache Vertiefung, und er hielt ein Kantholz in der Hand. Das erklärte das Poltern im Küchenboden.

Mit dem Tranchiermesser zerschnitt er die Knebel der Talbots und befreite sie von der Nylonwäscheleine, mit der er sie gefesselt hatte. Mr. Talbot versuchte, Blackburn mit dem Kantholz zu schlagen, er ging deshalb auf Distanz und warf ihnen die Säge zu.

»Ich konnte den Schlüssel für das Vorhängeschloß nicht finden«, sagte er. »Aber ich lasse Ihnen die Taschenlampe da.«

»Verfluchter Saukerl«, sagte Mr. Talbot.

»He«, entgegnete Blackburn, »Sie haben umsonst Ihr Haus gestrichen bekommen, und im Wohnzimmer liegt ein zweibändiges Wörterbuch. Also nicht meckern.«

Als er den Vega aufschloß, konnte er Mrs. Talbots Schreie und Mr. Talbots Flüche schon nicht mehr hören. Das Auto sprang sofort an, und Blackburn fuhr los. An der I-95 angekommen, zog er den Enzyklopädieband aus der Sporttasche und strich über das Leder. Das Buch fühlte sich weise an. Vielleicht hatte er keinen High-School-Abschluß, aber in einem Monat würde er über alles von La-lo bis Montpar genau Bescheid wissen.

Sieben Wochen später las er in der Rubrik »Vermischtes« der *Washington Post* einen Artikel über Philadelphia. Der Müll in Mr. und Mrs. Talbots Straße war endlich weggeräumt worden.

5
Blackburn, der Ernährer

Blackburn traf Dolores vier Tage nach seinem zweiundzwanzigsten Geburtstag in einem Plattenladen in San Francisco. Sie griffen gleichzeitig nach derselben Platte, *The Kids Are Alright*. Es war die letzte im Ständer.

»Sollen wir 'ne Münze werfen?« fragte Blackburn.

»Gewinnst ja sowieso nicht«, sagte Dolores.

Blackburn kaufte das Album, und Dolores kam in seine Wohnung, um es anzuhören. Blackburn hörte die Musik kaum, obwohl sie die Scheiben zum Klirren brachte. Seine Sinne waren voll von Dolores. Sie trug Lauf-Shorts und ein Spaghettiträger-Top. Sie hatte goldene Haare, grüne Augen, einen braunen Bauch und lange Beine. Sie war Kalifornien in Person, und Blackburn machte es ganz und gar nicht froh, daß er scharf auf sie war. Aber so war es eben. Er war geil bis in die Haarspitzen.

»Ich heiße Eddie Reese«, sagte er. Das war der Name, der auf seinem neuen Führerschein und seiner Sozialversicherungskarte stand.

»Hast du was zu essen?« fragte Dolores. Ihre Stimme war wie Honig, der über einen Apfel gegossen wurde.

Blackburn gab ihr Pepperonistückchen und Cheetos. Dann küßten sie sich, und Dolores sagte, sie werde die Nacht bleiben, wenn

Blackburn verspreche, ein Präservativ zu benutzen. Blackburn versprach es.

In dieser Nacht sagte Blackburn Dolores, daß er sie liebe. Er hatte das noch nie zu einem Menschen gesagt, und es überraschte ihn sehr, daß er es zu Dolores sagte. Dann sagte er es noch einmal und noch einmal. Er konnte sich nicht davon abhalten. Es war, als steckte ein stromführender Draht in seinen Lendenwirbeln, als zuckte das Signal das Rückgrat hoch direkt in seinen Mund. Dolores konnte mit ihm machen, was sie wollte. Sie konnte ihn aufschneiden und mit ihren weißen Perlenzähnen Löcher in sein Herz beißen. Er würde mit den Fingern in ihrem Haar spielen und sie dort halten.

Tags darauf ging Blackburn zu seiner Arbeit in einer Taco-Tommy-Filiale und machte ein Burrito nach dem anderen, ohne daß jemand Burritos bestellt hatte. Der Manager kam in den Küchenbereich und putzte ihn herunter wegen seiner Verschwendungssucht. Blackburn ließ es über sich ergehen, ohne den Wunsch zu verspüren, den Manager zu töten oder auch nur zu verletzen. Er hatte ja recht. Blackburn war über Nacht zum Idioten geworden. Seine Hände waren auf Automatik gestellt gewesen. Der Stapel Burritos reichte halbwegs zur Decke.

Während der Manager Blackburn ankeifte, schrie das Mädchen an der Verkaufstheke plötzlich auf. Ein Bus voller »Juden für Jesus« hatte vor der Tür gehalten, und die Insassen strömten heraus wie Wasser. Sie kamen ins Taco Tommy und bestellten einhundertvierundvierzig Burritos zum Mitnehmen. Der Manager starrte sie an und dann Blackburn. Blackburn begann, die Burritos in Papiertüten zu stecken.

Es war ein Wunder. Blackburn glaubte nicht an Gott, aber er mußte an ein Wunder glauben, wenn eins passierte. Nach der Schicht ging er nach Hause, rief Dolores an und bat sie, ihn zu heiraten. Dolores lachte und schlug statt dessen ein zweites Treffen vor.

Sie aßen Hamburger und sahen sich *Melvin und Howard* an. Anschließend gingen sie in Dolores' Wohnung und liebten sich von elf Uhr abends bis sechs Uhr morgens fünfmal. Dolores schlief dann ein, aber Blackburn lag wach und betrachtete Dolores im Schein ihres Tom-&-Jerry-Nachttischlämpchens.

Ihre weißen Stellen, wo die Sonne nicht hinkam, ließen sie aussehen, als würde sie einen elfenbeinfarbenen Bikini tragen. In der Nacht zuvor hatte Blackburn das nicht bemerkt, weil sie sich im Dunkeln geliebt hatten. Aber jetzt konnte er ihren ganzen Körper sehen, und der faszinierte ihn mehr als nur sexuell. Ihre Sonnenbräune war vollkommen, es gab keinen langsamen Übergang ins Blasse, sondern präzise Grenzlinien zwischen Hell und Dunkel. Sie sah zugleich nackt und angezogen aus. Wenn ihre Brustwarzen und die Schamhaare nicht gewesen wären, hätte sie so auf die Straße gehen können.

Dolores drehte sich im Schlaf und drückte ihren Hintern gegen Blackburns Bauch. Er bekam wieder eine Erektion. Für diese Frau würde er Nägel fressen.

Nach dem Vorfall mit den »Juden für Jesus« war der Manager von Taco Tommy überzeugt, Blackburn habe die übersinnliche Fähigkeit, vorauszusehen, wann ungewöhnliche Mengen eines Gerichts erforderlich waren. Blackburn glaubte es schon beinahe selbst, als er, wieder einmal tagträumend, achtzig Tostadas machte, die dann innerhalb von fünfundvierzig Minuten verkauft wurden. Der Manager gab ihm fünf Cent pro Stunde mehr und meinte: »Weiter so.«

Blackburn gab sein Bestes. Zum ersten Mal glaubte er, er mache Fortschritte in Richtung auf das moralische, unabhängige Leben, das er führen wollte. Er hatte sogar ein wenig Geld sparen können. Geld sparen war wichtig, zu dieser Überzeugung war er gelangt. Er war entschlossen, seinen Heiratsantrag zu wiederholen, sobald er das aus einer Position finanzieller Unabhängigkeit heraus tun konnte. Er hatte bemerkt, daß Dolores vor finanzieller Unabhängigkeit Respekt hatte.

Er sah sie jeden Abend, und sie stritten sich nie. Das erstaunte ihn. Er hatte nicht geglaubt, daß es möglich sein konnte, so viel Zeit mit einem anderen Menschen zu verbringen, ohne irgendwann einen Grund zu finden, das Hirn dieses Menschen an die Wand zu klatschen. Trotz allem Schlechten, was seine Kindheit ihn zu erwarten gelehrt hatte, war seine Beziehung zu Dolores euphorisierend.

Blackburn war glücklich. Das allein schon war eine neue, fremdartige Erfahrung. Sie machte ihn dumm.

Er genoß es.

Der Abendschichtleiter im Taco Tommy kündigte Ende Juni, und der Manager bot Blackburn die Stelle an. Das würde einen Dollar mehr pro Stunde bedeuten, aber auch eine Arbeitszeit von drei Uhr nachmittags bis Mitternacht, und zwar jeden Tag außer Sonntag. Anfangs zögerte Blackburn, die Stelle anzunehmen, weil sie ihm die Abende mit Dolores ruinieren würde. Doch dann fiel ihm ein, daß das zusätzliche Geld die Heirat jetzt sofort möglich machen könnte. Er nahm also an und ging zu Dolores' Wohnung, um zu warten, bis sie von ihrem Job nach Hause zurückkehrte. Als sie kam, erklärte er ihr, er verdiene jetzt so viel, daß sie nicht mehr arbeiten müsse, wenn sie wolle. Sie bräuchte ihn nur zu heiraten.

Dolores erwiderte, sie wolle darüber nachdenken. Sie gingen zum Essen aus, und bei gebratenen Shrimps sagte sie ja. Dann eilten sie in Blackburns Wohnung und vögelten wie die Verrückten.

»O Ed«, sagte Dolores. »Du bist der Beste.«

Blackburn fühlte sich wie Jimmy Hendrix: Er hätte den Himmel küssen können.

In der Woche darauf kündigte Dolores ihre Stelle und zog bei Blackburn ein, gleich nachdem sie ein gemeinsames Girokonto eröffnet hatten. Blackburn legte seine Kleidung in die Kommode, und Dolores nahm den Schrank. Den Unabhängigkeitstag verbrachten sie im Bett. In der Woche darauf, Dienstag, den zehnten Juli, wurden sie mittags von einem Friedensrichter getraut. Sie feierten zu Hause mit einer Runde Sex, und dann ging Blackburn zur Arbeit. Dort hatte er eine Inspiration und machte über hundert Sanchos.

Aber die Juden für Jesus kamen diesmal nicht. Die Sanchos wurden kalt. Es war der ruhigste Abend, seit Blackburn angefangen hatte. Er nahm an, daß ihm ein Fehler gestattet war.

Das junge Paar hatte für den ersten Sonntag nach der Heirat eine Hochzeitsreise ins Marin County geplant, aber an diesem Tag wurde ein Angestellter des Taco Tommy krank, und Blackburn mußte einspringen. Dolores erklärte er, daß er für die Überstunden das Eineinhalbfache bekommen würde, so daß sie später noch eine viel schönere Reise machen könnten. Dolores erwiderte, sie habe nichts dagegen, solange sie nur nicht am folgenden Wochenende verreisten. Denn da wollten ihre Eltern aus Los Angeles kommen, um ihren Gatten kennenzulernen. Blackburn hatte keine große Lust auf diese Begegnung, und am liebsten wäre ihm gewesen, Dolores hätte ihm das gleiche Hochzeitsgeschenk gemacht wie er ihr: Er hatte ihr gesagt, seine Eltern seien tot.

An diesem Besuchswochenende ging Dolores den ganzen Samstag mit ihrer Mutter einkaufen, und ihr Vater sah sich in Blackburns Fernseher Baseballspiele an. Er machte nur einmal den Mund auf, um Blackburn ein Kompliment für das Old-Milwaukee-Bier im Kühlschrank zu machen. Als Blackburn zur Arbeit ging, saß Dolores' Vater noch immer vor dem Apparat.

Am Tag darauf fehlte wieder einer der Angestellten im Taco Tommy, und Blackburn sah seine Schwiegereltern deshalb nur ein paar Minuten am Vormittag, als sie aus ihrem Motel kamen. Dann mußte er wieder zur Arbeit. Dolores Vater lobte ihn für seine Strebsamkeit, und ihre Mutter sagte, er sei mit Sicherheit eine gute Partie. Als er in dieser Nacht zurückkehrte, waren sie bereits wieder weg, und Dolores hatte sich im Schlafzimmer eingeschlossen und weinte. Blackburn trank Old Milwaukee und sah fern, bis sie ins Wohnzimmer kam und ihn auf der Couch vernaschte.

Blackburn war froh, Eddie Reese zu sein. Er war froh, eine geile Frau und eine geregelte Arbeit zu haben. Er war froh, daß er nicht mehr davonlaufen mußte, um zu überleben. Seit Philadelphia hatte er niemanden mehr umgebracht, und das war fast ein Jahr her, also hatte er keinen Grund, San Francisco zu verlassen. Die meisten Leute hier waren nett und freundlich, und den Scheißkerlen, sofern es sie gab, begegnete er nicht. Vielleicht machten sie ihm aber auch einfach nicht mehr so viel aus, weil er jetzt Dolores hatte. Gott sei Dank für Dolores. Gott sei Dank war sein altes Leben vorüber.

Die Probleme begannen erst, als er schon fast einen Monat verheiratet war.

Am Freitag, den 1. August, war die Miete fällig, und Blackburn stellte einen Scheck über den Betrag aus. Eine Woche später rief sein Vermieter ihn bei der Arbeit an und sagte ihm, seine Bank habe den Scheck wegen mangelnder Deckung zurückgewiesen. Blackburn verstand das nicht. Er versprach dem Vermieter, sich darum zu kümmern.

Als Blackburn in dieser Nacht nach Hause kam, schlief Dolores bereits. Er weckte sie nicht auf, um mit ihr zu bumsen, wie er es sonst tat, sondern setzte sich an den Küchentisch und kontrollierte sein Scheckbuch. Dreimal rechnete er nach und dann sah er sich das Scheckbuch genauer an. Drei Schecks fehlten, die nicht im Register verzeichnet waren. Er erinnerte sich an den Einkaufsbummel, den Dolores mit ihrer Mutter unternommen hatte. Er war nicht zu Hause gewesen, als sie zurückkamen, und er hatte nicht gesehen, was Dolores gekauft hatte.

Er ging ins Schlafzimmer und schaltete das Licht an. Dolores murmelte etwas und steckte den Kopf unter das Kissen. Blackburn öffnete den Schrank und fand am Boden drei leere Einkaufstüten. Die Quittungen darin trugen das Datum 19. Juli und beliefen sich auf über vierhundert Dollar. Das Girokonto war auch ohne die Mietzahlung schon überzogen.

Blackburn ging zum Bett und kniete sich neben Dolores auf den Boden. »Mein Liebling«, sagte er und zog das Kissen weg, »unser Konto ist überzogen. Die Miete ist überfällig. Du hast zuviel bei deinem Einkaufsbummel ausgegeben und die Schecks nicht im Register vermerkt.«

Dolores öffnete die Augen. »Tut mir leid«, sagte sie.

»Kannst du von den Sachen irgendwas zurückbringen?« fragte er.

Dolores drehte sich auf den Rücken und streckte sich. Die Decke rutschte ihr von den Brüsten. Blackburn bekam eine Erektion.

»Glaub' nicht«, sagte Dolores.

Blackburn konnte die Augen nicht von ihrem Brustkorb, ihren Brüsten, ihrer Kehle abwenden. Er wollte sie an sich drücken und seine Moleküle in ihre zwängen. »Schon gut«, sagte er. »Wir haben genug Erspartes, um das Defizit auszugleichen, aber mehr nicht. Also müssen wir die nächsten Monate ein bißchen aufpassen. Wir werden uns einschränken müssen. Kein Kino und zum Essen viel Rice-a-Roni.« Sein Schwanz brannte nach ihr. Er war wie eine Handgranate mit gezogenem Sicherheitsstift. »Aber nur bis wir wieder etwas gespart haben.«

»Muß ich wieder arbeiten gehen?« fragte Dolores. Sie schien wach zu werden.

»Nicht, wenn du nicht willst.«

Blackburn verstand zwar nicht, wie das möglich war, aber in dieser Nacht war Sex mit ihr besser als jemals zuvor. Er hatte wirklich das Gefühl, daß seine Moleküle mit ihren verschmolzen und in millionenfacher mikroskopischer Kopulation gleichzeitig zum Orgasmus kamen.

Geld war bedeutungslos.

Blackburn plünderte das Sparkonto, zahlte die Miete für den August und arbeitete sich die Finger wund, was hieß, daß er so viele Überstunden machte, wie sein Chef erlaubte. Er wollte so viel Geld verdienen, daß er und Dolores im September wieder gut über die Runden kämen. An den meisten Tagen arbeitete er Doppelschicht, verließ das Haus um halb neun vormittags und kam erst sechzehn Stunden später wieder heim. Er sorgte sich, daß Dolores sich vielleicht vernachlässigt vorkam, doch sie versicherte ihm, das sei nicht der Fall. Sie sei stolz auf ihn. Nur falls es ihr zu Hause irgendwann zu langweilig werde, dürfe sie dann hin und wieder mit ihren Freundinnen ausgehen?

Er hatte ein schlechtes Gewissen, weil sie eine solche Frage überhaupt stellte. Er war zu barsch gewesen wegen dieses kleinen Fehlers mit dem Scheckbuch. Also faßte er sie bei den Schultern, sah ihr in die Augen und sagte ihr, daß die Ehe keine Sklaverei sei. Sie könne tun, was sie wolle. Er wolle nur, daß sie auf sich aufpasse.

Sie liebten sich, und dann ging Blackburn zur Arbeit. Als er um ein Uhr nach Hause kam, war Dolores nicht da. Er saß wach im Bett und wartete auf sie. Sie kam kurz vor vier und trug eine Lederjacke mit Gürtel, die Blackburn noch nie gesehen hatte. Dolores merkte, daß er die Jacke ansah, und sagte, eine ihrer Freundinnen habe sie ihr geliehen. Sie legte sie ab, zog sich nackt aus und stürzte sich auf ihn.

Vier Stunden später ging Blackburn zur Arbeit. Er hatte Schwierigkeiten, die Augen offenzuhalten und die Hände koordiniert zu bewegen. Seine Burritos und Tacos fielen auseinander. Nachmittags nickte er im Kühlraum kurz ein und wachte zitternd wieder auf. Für den Rest der Schicht hatte er Kopfweh. Dolores wartete auf ihn, als er nach Hause kam, aber zum ersten Mal wollte er nichts anderes mehr als schlafen. Dolores nannte ihn ihren »armen Schatz« und drückte seinen Kopf zwischen ihre Brüste. Er träumte von Zuckerwatte.

Am nächsten Morgen ging es ihm wieder besser, er rief aber trotzdem den Taco-Tommy-Manager an und sagte, daß er erst zur Nachmittagsschicht kommen werde. Nachdem er aufgelegt hatte, fing er an, Dolores am ganzen Körper zu lecken.

»Warum gehst du nicht zur Arbeit?« fragte Dolores.

Blackburn sah von ihrem Bauchnabel hoch. »Das hier macht mir mehr Spaß.«

»Das freut mich aber.« Dolores lehnte sich zurück und schwieg eine Weile. Dann sagte sie: »Aber ich bin zum Mittagessen mit meiner Freundin Lisa verabredet.«

»Okay«, sagte Blackburn. Er kannte Lisa nicht. Er kannte keine von Dolores' Freundinnen.

»Ich treffe mich um halb elf in der Stadt mit ihr«, sagte Dolores. »Ist eigentlich eher eine Verabredung zum Brunch. Und dann soll ich ihr helfen, Schuhe zu kaufen.«

Blackburn sah auf den Radiowecker auf der Frisierkommode. Es war halb zehn. »Wir haben ja noch ein wenig Zeit«, sagte er.

»Ich weiß. Ich wollte es dir nur sagen.«

Sie trieben es schnell und heftig. Dann duschte Dolores, zog sich an und ging. Sie trug die Lederjacke. Blackburn fragte sich, ob sie

Lisa gehörte, und ob Dolores sie schon zurückgeben mußte. Er beschloß, ihr genau so eine zu kaufen, sobald er es sich leisten konnte.

Da Dolores nicht mehr da war, hatte Blackburn bis drei Uhr nachmittags nichts zu tun. Er döste und schaltete dann den Fernseher ein, fand aber nur Spielshows und Seifenopern. Er aß ein paar Post Toasties ohne Milch. Kein Wunder, daß Dolores tagsüber gern ausging. Allein war es langweilig in der Wohnung.

Er putzte sich eben die Zähne, als das Telefon klingelte. Er lief ins Wohnzimmer, hob ab und sprach ein gurgelndes »Hallo« in den Hörer.

»Dolores?« Die Stimme am anderen Ende der Leitung war die eines Mannes. Vielleicht ihr Vater.

Blackburn spuckte die Zahnbürste aus und schluckte den Schaum. Während er schluckte, meldete sich die Stimme noch einmal.

»Dolores, bist du es? Halb eins hast du gesagt. Jetzt ist es nach eins. Wo bist du?« Es war nicht Dolores Vater.

Blackburn schwieg.

»Dolores? Dolores?«

In der Leitung klickte es, und Blackburn legte den Hörer wieder auf die Gabel. Er hob die Zahnbürste auf und ging ins Schlafzimmer. Er setzte sich aufs Bett und sah zu, wie die Paste auf den Borsten vertrocknete. Eine Stunde saß er so da und ging dann zur Arbeit.

Als Blackburn in dieser Nacht nach Hause kam, hatte er sich ein Dutzend Erklärungen für diese Stimme ausgedacht und wieder verworfen. Einige davon waren harmlos. Vielleicht hatte Lisas Freund halb elf mit halb eins verwechselt. Aber Dolores hatte nicht gesagt, daß auch Lisas Freund dabeisein würde. Und Blackburn glaubte, daß sie so etwas erwähnt hätte. Die meisten der Erklärungen waren deshalb schlimm. Er hatte sich immer für kaltblütig und besonnen gehalten, und es ärgerte ihn, jetzt erkennen zu müssen, daß er etwas so Unbesonnenem wie Eifersucht zum Opfer fiel.

Dolores saß mit hochgezogener Decke im Bett und las einen Liebesroman. Die geborgte Lederjacke lag um ihre Schultern. Als sie Blackburn in der Schlafzimmertür sah, ließ sie das Buch sinken und sprang auf. Decke und Lederjacke glitten herab. Sie trug einen weißen Teddy. Blackburn blieb die Luft weg.

»Kommherkommherkommher«, sagte Dolores, faßte ihn an den Handgelenken und zog ihn aufs Bett. »Setz dich. Setz dich und mach die Augen zu. Ach, komm schon, Eddie, mach's!«

Blackburn setzte sich auf die Bettkante und schloß die Augen. Er sah orangenfarbene Blutgefäße. Dolores legte ihm etwas in den Schoß.

»Okay, jetzt mach die Augen wieder auf.«

Er hielt sie geschlossen. Er betrachtete das Muster der Blutgefäße.

Dolores Hand berührte sein Gesicht, und ein Schauer lief ihm über den Rücken. Ihre Fingerspitzen waren heiß. Sie legte die Daumen auf seine Lider und schob sie auf.

Ein Karton lag auf seinem Schoß. Dolores nahm den Deckel ab. Drinnen lagen, in Papier eingeschlagen, schwarze Cowboystiefel. Sie waren mit gestanzten Präriegrasmustern verziert.

»Glückwunsch zum eineinhalbmonatigen Hochzeitstag«, sagte Dolores. »Ich wollt's schon beim einmonatigen tun, aber die habe ich erst heute entdeckt.«

Blackburn war verblüfft. Das war das erste Geschenk seit seinem sechzehnten Geburtstag. Er nahm einen Stiefel in die Hand. Solide gearbeitet. Und seine Größe.

»Cowboystiefel?« fragte er.

Dolores hüpfte auf und ab. »Du hast doch gesagt, daß du in Wyoming geboren bist, und ich hab' mir gedacht, na, du weißt schon, *Cowboys*, klar?«

Die Wyoming-Lüge hatte ihm ein Geschenk eingebracht. Aber auch in Kansas hatte es Cowboys gegeben, also machte es nichts. Er nahm auch den anderen Stiefel in die Hand. Der Karton rutschte ihm vom Schoß. »Wie?« fragte er. Er hatte plötzlich ans Geld gedacht.

Dolores verdrehte die Augen zur Decke. »Ach, ich hab' mir mein Kleingeld aufgespart«, sagte sie. »Und Mama hat mir einen Scheck geschickt. Unser Konto hab' ich nicht angerührt, falls du dir deswegen Sorgen machst.«

Blackburn stand auf und nahm sie in die Arme. Die Stiefel knallten hinter ihrem Rücken zusammen. Sie liebte ihn. Sie hatte das jeden Tag bewiesen. Sie hatte es eben wieder getan. Er war ein Saukerl, daß er sich so schlimme Gedanken über sie zusammengereimt hatte.

»Ich mach' mir wegen gar nichts Sorgen«, sagte er und küßte sie. »Ich werde sie immer tragen.«

Dolores grinste. »Nicht im Bett, das erlaube ich nicht.« Sie brachte ihn dazu, die Stiefel fallenzulassen, und warf ihn aufs Bett.

Am Tag darauf war Sonntag, aber Blackburn ging trotzdem zur Arbeit. Siebentagewochen wurden allmählich zum Normalfall. Er trug seine Stiefel bei der Arbeit und war stolz auf sie.

Der Montag war der erste September, und Blackburn zahlte die Miete und die Rechnungen. Er hatte genug Geld übrig, um Dolores zwanzig Dollar zu geben und weitere zwanzig für eine Zweimonatsfeier beiseite zu legen. Er war fest entschlossen, etwas ganz Besonderes daraus zu machen.

Rückblickend betrachtet mußte er sagen, daß es wirklich etwas Besonderes war.

Am Mittwoch, den 10. September, verließ Blackburn in der Frühe die Wohnung, als ginge er zu seiner ersten Schicht bei Taco Tommy. Dolores lag noch im Bett, zusammengerollt wie ein Kätzchen. Sie hatte sich ein neues Shampoo zugelegt und roch nach Äpfeln und Zimt. Blackburn leckte ihren Nacken, bevor er ging. Sie räkelte sich.

Blackburn stieg in seinen Rambler und fuhr in ein Einkaufszentrum in Oakland. Er hatte sechsundsechzig Dollar, die er gespart hatte, indem er öfters sein Mittagessen ausfallen ließ und mit dem Haushaltsgeld knauserte. Er wollte vierzig oder fünfzig für ein Geschenk ausgeben und den Rest für ein hübsches Mittagessen in einem Restaurant verwenden. Er hätte gern ein Abendessen daraus gemacht, aber er mußte an diesem Abend arbeiten. Geld war noch immer knapp – eigentlich zu knapp, um es für eine Zweimonatsfeier auszugeben. Aber es würde das Geld wert sein. Er wollte seine Liebe mit mehr als nur Worten und Sex beweisen. Außer dem Ehering hatte er Dolores noch nichts geschenkt, und auch der hatte nicht viel gekostet. Irgendwann würde er ihr einen schöneren kaufen.

An diesem Tag hatte er noch nicht das Geld dafür und auch nicht für eine Lederjacke, aber etwas Hübsches würde er trotzdem finden. Vielleicht eine Strickjacke. Dolores war erst im April von L. A. nach San Francisco gezogen, und sie hatte nicht viel Kleidung für kaltes Wetter. Die Brise, die von der Bucht heraufwehte, war bereits kühl. Etwas, das sie warm hielt, wäre ein Symbol seiner Liebe.

Er kam im Einkaufszentrum an, gleich nachdem es geöffnet hatte, und fünfzehn Minuten später fand er die Strickjacke in einem J.C.-Penny-Laden. Die Jacke war dick und grau, mit einem gestrickten Gürtel und Holzknöpfen. Die Farbe würde Dolores' Augen gut zur Geltung bringen und ihr Haar betonen. Sie kostete dreißig Dollar. Er kaufte sie, ließ sie in Geschenkpapier einwickeln und ging dann in ein Blumengeschäft, wo er weitere fünfzehn Dollar für ein Dutzend langstieliger roter Liebesrosen in einer Glasvase ausgab. In die Vase waren Ranken und Schmetterlinge graviert. Die Gravur sah ein bißchen aus wie das Stanzmuster an seinen Stiefeln. Dolores würde das gefallen. Und er hatte immer noch Geld übrig für ein Restaurant. Er freute sich über seinen Erfolg.

Er trug das Geschenk und die Blumen zu seinem Rambler und horchte dabei auf den Klang seiner Schritte. Die Stiefel waren schon beinahe eingetragen. In ein paar Tagen würden sie wirklich bequem sein. Schon jetzt sahen sie gut aus und hörten sich gut an. Auf den Spitzen funkelte die Sonne, und die dicken Holzabsätze ließen ein solides *Klock* hören.

Im Gehen spürte Blackburn eine unvermittelte Heiterkeit, die im Bauch anfing und in Brust und Kopf hochstieg. Die Luft wurde frisch, die Konturen der Autos und Laternenpfosten wurden schärfer. Die Farben leuchteten heller. Das Gefühl war so stark, daß ihm beinahe schwindlig wurde. Beim Rambler angekommen, legte er die Geschenke auf die Motorhaube und lehnte sich gegen den Kotflügel. Seit dem Tag, als er als Zehnjähriger beinahe vom Wasserturm von Wantoda gefallen wäre, hatte er so etwas nicht mehr empfunden. Er hatte damals versucht, dieses Gefühl zu wiederholen, aber er hatte es nicht geschafft.

Seitdem hatte er gelernt, daß sich Freude nie einstellt, wenn man bewußt danach sucht. Wenn sie sich überhaupt einstellte – wie stark auch immer –, überraschte sie ihn. Im Fallen oder während er auf die Geräusche seiner Stiefel horchte. Oder während er nach der Platte *The Kids Are Alright* suchte. Oder wenn er gebratene Shrimps aß. Es passierte nie zweimal am selben Ort.

Nach ein paar Minuten war das Gefühl so weit verflogen, daß er wieder sicher fahren konnte. Aber ein wenig von der Freude blieb, und er würde sie mit nach Hause zu Dolores nehmen. Das wäre dann das schönste Geschenk von allen.

Er fuhr über die Bay Bridge zurück, in den Ruin.

In gewisser Hinsicht war es ein klassisches Szenario: Ehemann kommt unerwartet nach Hause. Er bringt ein Geschenk mit. Er findet seine Frau mit einem anderen Mann im Bett.

In anderer Hinsicht war es das nicht. Blackburn war mit klassischen Szenarios nicht vertraut.

Mit dem Päckchen und den Blumen vor der Brust betrat er die Wohnung und achtete darauf, daß die Tür nicht quietschte. Es war erst halb elf, und Dolores schlief vielleicht noch. Er wollte sie nicht mit Lärm wecken, sondern mit Küssen. Doch kaum war er in der Wohnung, hörte er Led Zeppelin aus dem Radiowecker im Schlafzimmer. »Gotta wholotta love.« Wow. »Gotta wholotta love.« Wow. »Ah-a-aaah, Ah!«

Blackburn schloß die Wohnungstür und ging durch Wohnzimmer und Küche zur Schlafzimmertür. Sie war geschlossen. Er hatte sie offengelassen, Dolores mußte also schon wach sein. Led Zeppelin wurde lauter. Blackburn zögerte, fragte sich, ob Dolores vielleicht zu der Musik tanzte. Er stellte sich vor, wie sie nackt auf dem Bett herumhüpfte. Er hatte Angst, es könnte ihr peinlich sein, wenn er einfach so hereinplatzte.

Led Zeppelin wurde zu Bachman-Turner Overdrive. »You Ain't Seen Nothin' Yet.« Blackburn hörte ein letztes »Ah-a-aaah. Ah!« Es war lauter als das Radio. Es war die Stimme eines Mannes.

Blackburns Herz gab es einen Stich. Das einzige Wort in seinem Kopf lautete *Vergewaltigung*.

Dann war er im Schlafzimmer. Die Glasvase lag in Scherben am Fuß des Bettes auf dem Boden. Die Rosen und das Wasser waren fächerförmig ausgebreitet. Das J.C.-Penny-Päckchen hing zerdrückt in seiner linken Armbeuge. Das blaue Geschenkpapier war zerrissen. Die weiße Schleife baumelte herunter.

Im Bett lag ein nackter Mann mit behaartem Rücken auf Dolores. Sein Gesicht war in ihrem Schoß. Und das ihre in seinem.

Dolores sah zwischen den Hinterbacken des Mannes hoch. »Oh, oh«, sagte sie.

Das Wort *Vergewaltigung* verschwand aus Blackburns Kopf. Dann wünschte er es zurück. Dann fühlte er sich schlecht, weil er es zurückwünschte. Dann verging auch das. Alles, was er in den letzten vier Monaten geworden war, verschwand mit diesem Gefühl. Er hörte das Zischen.

Er ließ das Päckchen fallen und ging zum Radiowecker, um ihn abzustellen. Bachmann-Turner Overdrive hörte mitten im Stammeln auf. Blackburn stand jetzt am Kopfende des Bettes und sah zu Dolores hinunter. Ihre Haare waren zerzaust und feucht. Die Lippen waren aufgeworfen. Der nackte Mann hatte sich heruntergestemmt und kauerte jetzt auf der anderen Seite des Bettes auf dem Boden. Blackburn warf ihm nur einen flüchtigen Blick zu und sah dann wieder Dolores an.

»Hallo«, sagte er. Er blinzelte. Seine Augen brannten. Das durfte nicht sein. Er unterdrückte es. »Ich hab' dir Blumen mitgebracht.«

»Danke«, flüstere Dolores.

Er sah sich ihren Körper an. Die Bikiniflecken leuchteten. Sie sah lächerlich aus in ihrer nackten Nichtnacktheit.

Blackburn ging zum Fuß des Bettes und kauerte sich hin, um die Rosen aufzuheben. Die Füße des nackten Mannes tauchten zwischen den Blumen auf, und dann sah Blackburn, daß auch die Kleider des nackten Mannes dort lagen. Der nackte Mann bückte sich, um sie aufzuheben, und dabei verschwand sein Schwanz unter seinem Bauch. Blackburn sah hoch in die Augen des nackten Mannes und versuchte, in dessen Gehirn zu sehen.

»Also, hör mal«, sagte der nackte Mann. Er wrang seine Unterhose aus. »Ich hab' nichts genommen, was ich nicht bezahlt habe.«

Blackburn sammelte die restlichen Rosen ein und stand auf. Dolores saß jetzt ans Kopfbrett gelehnt. Sie hatte sich die Decke bis zur Kehle hochgezogen.

»Das Geld ist so knapp, Ed«, sagte sie. »Es bedeutet überhaupt nichts. Ich hab' doch nur versucht, uns das Leben etwas zu erleichtern.«

»So knapp«, wiederholte Blackburn. Er drehte sich wieder dem nackten Mann zu. »Siehst du meine Stiefel, nackter Mann?«

Der nackte Mann hatte seine nasse Unterhose fallengelassen und zog sich eben seine Hose an. »Was ist mit denen?« fragte er.

»Ich glaube, du hast sie für mich gekauft«, sagte Blackburn.

Der Mann hatte eine Hand am Bund seiner Hose. Er richtete sich auf und zog dabei die Hose ein Stückchen die Beine hoch. Er lächelte.

»Hoffentlich gefallen sie dir«, sagte er.

Blackburn nickte. Dann machte er einen Schritt und trat zu. Die Spitze seines rechten Cowboystiefels traf den nackten Mann unter den Eiern und grub sich ein. Der nackte Mann krümmte den Rücken und riß den Mund auf. Blackburn trat zurück. Der nackte Mann brach zusammen. Er knallte auf den Boden und lag zusammengerollt im Wasser und den Glasscherben. Er gab gurgelnde Geräusche von sich.

Blackburn ging wieder ans Kopfende des Bettes. Er hatte die Rosen in der linken Hand. »Ich habe dir Blumen mitgebracht«, sagte er.

Dolores erwiderte nichts. Sie hatte sich einen Zipfel der Decke in den Mund gestopft.

»Es sind Liebesrosen«, sagte Blackburn. »Mit wenig Dornen dran. Hier.« Er wählte eine Rose aus und hielt sie ihr hin. Die geschlossenen Blütenblätter strichen über ihre Wange.

Dolores streckte die rechte Hand aus der Decke. Sie nahm den Stengel zwischen Daumen und Zeigefinger.

»Möchtest du daran riechen?« fragte Blackburn.

Dolores nickte.

»Steck sie dir in die Nase«, sagte Blackburn.

Als er Dolores die letzte Rose gab, roch das Schlafzimmer wie ein Blumenladen. Der nackte Mann mußte sich übergeben. Dolores wurde von einem Niesanfall geschüttelt.

Blackburn ging zum Schrank und holte Dolores' Kleidung heraus. Er warf sie auf den nackten Mann, der aus dem Zimmer zu kriechen versuchte. Die Kleider bremsten ihn. Blackburn schloß die Tür, um ihn aufzuhalten. Dann drehte er sich wieder zu Dolores um.

Dolores kniete auf dem Bett. Ihre Augen waren feucht. »Eddie, ich liebe dich«, sagte sie. »Wirklich, ich –« Ein Niesen unterbrach sie.

Blackburn wollte sie töten. Mit der Python wäre es am einfachsten. Sie war im Rambler, in Lappen gewickelt unter dem Rücksitz. Es würde ein wenig Mühe kosten, hinauszugehen, den Sitz auszubauen, die Pistole hervorzuholen und sie ins Haus zu bringen. Aber er konnte schnell sein. Im Leben vor Dolores hatte er gelernt, schnell zu sein. Er würde sie vorher nicht einmal fesseln müssen. Er konnte ihr eine hinters Ohr geben, damit sie nicht floh.

Ihr süßes Ohr, das er so gerne leckte.

Er wollte sie töten.

Er wollte mit ihr schlafen.

Er wollte sie töten.

Dolores hatte ihn betrogen. Sie hatte ihn behandelt, wie nie ein menschliches Wesen ein anderes behandeln sollte. Sie hatte seine Gesetze aufs schlimmste verletzt. Es war so einfach, wie es nur sein konnte.

Eine hinters Ohr.

Blackburn ging auf die Tür zu. Der Kleiderhaufen mit dem nackten Mann darunter war ihm im Weg. Er blieb stehen. Dann kehrte er um und krabbelte aufs Bett, bis seine Nase nur noch einen Millimeter von Dolores Nase entfernt war. Sie begann zu schielen. Sie wandte sich ab. Er drückte ihr einen Kuß hinters Ohr.

Dann zerrte er sie zum Schrank und fesselte sie kopfüber an die Kleiderstange. Dazu benutzte er den Gürtel der Lederjacke, die, wie er jetzt glaubte, doch nicht nur geborgt war. Ihr Kopf berührte knapp den Boden. Sie begann um Hilfe zu schreien, er öffnete deshalb das Päckchen von J.C. Penny und nahm die Strickjacke heraus. Mit dem Gürtel knebelte er sie, und die Jacke wickelte er ihr um den Kopf. Er legte die Hände an die Jacke und spürte ihren Atem. Sie würde es überleben. Er richtete sich auf, trat zurück und schloß die Schranktür. Heute würde er die Python nicht benutzen.

Was sie auch getan hatte und wie seine Gesetze auch lauten mochten, Dolores war seine Frau. Und ein guter Ehemann jagte seiner Frau keine Kugel in den Schädel. Er war sowieso schon viel zu weit gegangen. Er war seinem Vater schon zu ähnlich.

Blackburn stopfte ein paar Sachen in seine Sporttasche, befreite den nackten Mann von dem Kleiderhaufen und half ihm auf. Der nackte Mann blutete, er hatte sich an den Scherben der Vase geschnitten. Er konnte kaum aufrecht stehen, umklammerte mit beiden Händen seinen Schwanz und die Eier. Seine Augen waren weit aufgerissen und weiß.

»Los, komm«, sagte Blackburn. Er warf sich die Sporttasche über die Schulter und zerrte den nackten Mann zur Tür.

»Ich muß«, keuchte der nackte Mann, »mir erst was anziehen.«

»Nicht nötig.«

»Man wird mich sehen.« Der nackte Mann war behaart und hatte einen Bauch. Und dürre Waden. Nackt sah er nicht sehr gut aus.

»Nein, wird man nicht«, sagte Blackburn. »Du fährst im Kofferraum.«

Als Blackburn den Kofferraum auf der Golden Gate Bridge öffnete, schrie der nackte Mann. »Du wirst mich umbringen! Du wirst mich umbringen!«

»Werd' ich nicht«, sagte Blackburn. Er zerrte den nackten Mann aus dem Kofferraum. Der Rambler stand neben dem Brückengeländer.

Der nackte Mann hüpfte von einem Fuß auf den anderen, sein Bauch schwabbelte. Die Brücke war von der Sonne aufgeheizt.

»Du wirst mich also nicht umbringen?« fragte der nackte Mann.

»Nein«, sagte Blackburn. »Dafür wird der Sturz verantwortlich sein.«

Der nackte Mann hüpfte nicht mehr. »Hä?«

»Vielleicht ertrinkst du. Aber es ist ein weiter Weg bis nach unten.«

Der nackte Mann rannte in den Verkehr. Die Autos hupten. Blackburn fing ihn und schleifte ihn zum Geländer zurück. Als der nackte Mann das Geländer an seiner Haut spürte, wehrte er sich. Aber er war nackt, seine Eier waren gequetscht, die Schnitte bluteten, und die Brücke war heiß. Noch immer hupten Autos. Einige Fahrer zeigten auf sie. Blackburn winkte ihnen zu.

Er sah dem Mann nicht nach, bis er auf dem Wasser auftraf. Statt dessen zog er die schwarzen Cowboystiefel aus und warf sie ebenfalls über das Geländer. Der nackte Mann hatte sie bezahlt; sie gehörten ihm.

Im Rambler zog er seine Turnschuhe an und entkam dann nur knapp den Polizeiautos, die von San Francisco her mit heulenden Sirenen auf die Brücke rasten. Er durchbrach die Mautschranke am Ufer von Marin County und preschte auf dem Highway 101 in Richtung Norden. Eine schwierige Fahrt lag vor ihm. Er mußte das Auto wechseln, sobald er einige Augenblicke unbeobachtet war. Für alle Fälle lag die Python neben ihm auf dem Beifahrersitz.

»Leb wohl, Dolores!« rief er zum Fenster hinaus und machte sich in Richtung Oregon davon.

Er beschloß, die Liebe aufzugeben.

Opfer Nummer zehn

Die I-70 durch das östliche Colorado war so kahl wie ein abgefahrener Reifen. Blackburn war noch über hundert Meilen von der Staatsgrenze entfernt, als schon die ersten Reklametafeln für die Touristenattraktionen in Kansas auftauchten. SEHEN SIE DEN GRÖSSTEN PRÄRIEHUND DER WELT! stand da und STREICHELN SIE DIE SCHWEINEBABYS!

»Willkommen zu Hause«, sagte Blackburn zu sich. Aber er hatte nicht vor, auch nur in die Nähe von Wantoda zu fahren. Die Stadt lag weitab im südöstlichen Teil des Staates, und er wollte weiter auf der I-70 bis nach Kansas City fahren.

Er wischte sich die Stirn mit einem Taschentuch, das bereits naß war. Er fuhr einen alten Valiant, den er in Longmont gestohlen hatte, und der Wagen hatte keine Klimaanlage. Der Wind, der durch das offene Fenster wehte, war eher sengend als kühl. Blackburn hatte keine Limonade und keinen Proviant mehr, und das wenige Geld, das noch in seiner Jeanstasche steckte, würde er für Benzin ausgeben müssen. Er konnte es sich nicht einmal leisten, den größten Präriehund der Welt anzusehen oder die Schweinebabys zu streicheln. Aber das machte nichts. Schon als Kind hatte er von seinem Freund Ernie erfahren, daß der Präriehund ein Beschiß war. Es war eine Betonfigur. Die Schweinebabys waren vermutlich echt, aber er bezweifelte, daß das Streicheln so toll war.

Sein Mund war trocken, und sein Magen war ein Knoten, der ans Rückgrat drückte. Ob er nun Geld hatte oder nicht, er mußte nicht nur sein Auto, sondern auch seinen Körper nachtanken. Siebzehn Meilen vor Kansas kam er in die Stadt Goodland und beschloß, den Namen als Omen zu sehen. Sie würde ihm Nahrung geben. Er verließ die Interstate, füllte den Tank des Valiant und fuhr dann die staubigen Straßen der Stadt auf und ab. Er suchte nach einem Straßengrillfest oder einem Kirchenpicknick, wo er sich unter die Leute mischen konnte. Es war ein Samstag im Sommer, er rechnete sich deshalb gute Chancen aus.

Er fand weder Grillfest noch Picknick, aber als er am Gebäude des Lions Club vorbeifuhr, sah er, daß der Parkplatz gesteckt voll war mit Limousinen und Pickups. Die Leute, die hineingingen, waren gekleidet wie für einen Gottesdienst, und sie trugen silbern und weiß verpackte Geschenke. Das deutete auf einen Hochzeitsempfang hin. Blackburn fuhr deshalb einmal um den Block und bog dann auf den Parkplatz ein. Er würde hier zwar keine richtige Mahlzeit bekommen, aber wenigstens ein Stück Torte und etwas zu trinken abstauben können. Daß er Erfolg haben würde, wußte er, als er sah, daß die Autos auf dem Parkplatz Nummernschilder aus Kansas und Illinois hatten. Es war unwahrscheinlich, daß die Leute aus Illinois alle Goodlander kannten und umgekehrt. Die Familie des Bräutigams würde Blackburn für einen Verwandten der Braut halten, und die Familie der Braut ihn für einen Verwandten des Bräutigams. Er knöpfte den Kragenknopf seines kurzärmeligen Baumwollarbeitshemds zu, zog eine zerknitterte schwarze Krawatte aus seinem Matchbeutel und ging hinein. Er sah zwar aus wie ein Penner, aber so bekamen die Familien wenigstens etwas, über das sie sich später das Maul zerreißen konnten. Das war sein Hochzeitsgeschenk.

Die Gratulationstour war noch in vollem Gange, als Blackburn den Saal betrat. Er hielt sich deshalb im Hintergrund, um zu warten, bis die Torte serviert wurde. Die Klimaanlage lief auf vollen Touren, und die kalte Luft fühlte sich wunderbar an. Blackburns Schweiß begann zu trocknen. Er war jetzt schon froh, daß er angehalten hatte.

Als die Schlange sich schließlich aufgelöst hatte, führten die Brautjungfern Braut und Bräutigam zum Tortentisch, und die Neuvermählten vollführten die traditionelle Zeremonie mit Torte und Bowle, die Blackburn nie so recht verstanden hatte. Was für einen Zweck hatte es, die Arme ineinander zu verschlingen, um sich dann gegenseitig Bowle auf Hemdbrust oder Dekolleté zu schütten? Was für einen Sinn hatte es, sich gegenseitig Torte in die Nase zu stopfen? Vielleicht, dachte er, sollen diese Handlungen Symbole sein für das, was das Paar in seinem Eheleben zu erwarten hat.

Er stellte sich nach Kuchen an und nickte der Frau mittleren Alters vor ihm in der Schlange zu, als sie ihn mit hochgezogenen Augenbrauen musterte. Sie drehte sich schnell wieder um. Blackburn hatte sich seit drei Tagen nicht rasiert, und die lange Fahrt in der Hitze hatte seinen Körpergeruch auch nicht gerade verbessert. Aber er trug eine Krawatte, also würde sich niemand trauen, ihn hinauszuwerfen. Er ließ sich einen Glasteller mit einem schmalen Tortenstück geben, ging dann zu den Schüsseln mit Nüssen und Minze und lud sich auf. Am Ende des Tisches nahm er ein Glas Orangenbowle, verputzte alles in zwei Minuten und stellte sich wieder an. Er bemerkte, daß die Frau mittleren Alters mit einer anderen Frau flüsterte und auf ihn deutete. Sein Geschenk wirkte also bereits.

Das zweite Stück Torte war größer als das erste, und nachdem er es gegessen und noch ein Glas Bowle getrunken hatte, waren der größte Hunger und Durst erst einmal gestillt, und er merkte, daß er auf die Toilette mußte. Er entdeckte einen Gang, der seitlich von dem Saal wegführte, stellte den Teller und das Glas auf einen Stuhl und ging in diese Richtung. Unterwegs klopfte ihm ein stämmiger Mann mit gerötetem Gesicht auf die Schultern und fragte ihn, wie es ihm gehe. Blackburn erwiderte, daß es ihm großartig gehe und was für eine tolle Hochzeit das doch gewesen sei. Der stämmige Mann stimmte ihm zu. Sein Atem stank nach Bier, und er sah glücklich aus, obwohl sein Hemdkragen zu eng für seinen Hals war.

»Hau nicht ab«, sagte der stämmige Mann. »Larry stellt gerade die Musikbox zum Tanzen auf. Bei so vielen hübschen Mädchen kann man doch nicht gehen.«

»Ich geh' nur in den Bedürfnisraum«, sagte Blackburn.

Der stämmige Mann lachte. »Bedürfnisraum!« grölte er. Er lachte noch immer, als Blackburn schon den Gang hinunterging.

Der Gang war schlecht beleuchtet, so daß Blackburn mit den Fingerspitzen an der holzgetäfelten Wand entlangstrich, bis seine Augen sich an die Dunkelheit gewöhnt hatten. Eine Tür mit der Aufschrift DAMEN öffnete sich, als er sie berührte, und eine Brautjungfer trat heraus. Seine Finger strichen über ihre nackte Schulter und den gestärkten Stoff über ihrem Busen. Sie erschrak.

Er zog die Hand zurück. »Verzeihung«, sagte er. Es war wirklich ein Versehen gewesen, und er hoffte, sie merkte das. Er konnte sich den Streit vorstellen, wenn sie ihn beschuldigte, sie begrapscht zu haben.

»Schon gut«, murmelte das Mädchen und eilte davon. Blackburn glaubte nicht, daß sie es irgend jemand sagen würde. Sie hielt ihn vermutlich für einen Freund des Bräutigams, und sie wollte ihre Freundin, die Braut, sicher nicht in Verlegenheit bringen.

Blackburn hob die Hand zu den Lippen und blies sich auf die Fingerspitzen. Die Haut der Brautjungfer war glatt gewesen. Nicht so glatt wie die von Dolores, aber glatt genug. Er fragte sich, ob sie wohl schon volljährig war, erkannte dann aber, daß das keine Bedeutung hatte. Er hatte nicht die Zeit, in West Kansas eine Brautjungfer zu verführen. Er mußte pinkeln, noch ein Stück Kuchen essen und dann wieder fahren.

Der Gang endete an einer Tür mit der Aufschrift HERREN. Blackburn drehte am Knauf, aber der bewegte sich nicht. Er lehnte sich an die Wand, um zu warten, doch der Druck in seiner Blase wurde bald schmerzhaft. Er drehte noch einmal am Knauf und legte dann das Ohr an die Tür. Er glaubte, von drinnen gedämpfte Geräusche zu hören, aber wegen des Lärms aus dem Saal war er sich nicht ganz sicher.

»Hallo?« rief er. »Alles in Ordnung da drinnen?« Da keine Antwort kam, nahm er an, daß die Tür aus Versehen abgeschlossen worden sei. Er packte den Knauf, stemmte die Schulter gegen die Tür und drückte. Sie rührte sich nicht, deshalb trat er ein paar Schritte zurück und rannte dagegen. Die Tür sprang knallend auf. Die Riegelhalterung flog in den Raum, prallte von der geschlossenen Kabinentür ab und landete im Urinal. Blackburn betrat die Toilette und schob die Tür hinter sich zu. Der Riegel konnte nicht mehr zuschnappen, aber sie blieb angelehnt.

Er ging zum Urinal, öffnete den Reißverschluß und pinkelte. Als er damit fertig war, hörte er ein Kichern, gefolgt von einem »Psch!«. In der Toilettenkabine waren Leute. Er zog den Reißverschluß wieder hoch, wusch sich die Hände und kauerte sich dann vor die Kabinentür, um darunterzusehen. Jemand in dunkelblauer Hose und schwarzen Schuhen saß auf der Toilette. Jemand mit nackten Beinen und Füßen saß auf dem Schoß dieser Person. Ein Paar gelbe Stöckelschuhe und eine zusammengerollte Strumpfhose lagen auf dem Boden.

Blackburn stand auf. Das ging ihn nichts an.

Ein Kreischen war zu hören, und dann sprang die Kabinentür auf. Ein Mann und eine Frau plumpsten Blackburn vor die Füße.

Der Mann sah hoch. »Haben das Gleichgewicht verloren«, sagte er.

Blackburn erkannte ihn wieder. Es war der Bräutigam. Seine Smokinghose umspannte seine Knie. Das weiße Rüschenhemd war verrutscht.

Die Frau unter dem Bräutigam war nicht die Braut. Sie trug ein gelbes Kleid, das an der Taille zusammengerollt war. Die Frau sah entsetzt zu Blackburn hoch und versuchte, das Oberteil über den Busen zu ziehen.

Blackburn wollte gehen, konnte aber nicht. Die Frau lag mit dem Kopf an der Tür, und er konnte sie nicht öffnen, ohne sie zu stoßen. Also lehnte er sich an das Waschbecken und wartete.

Der Bräutigam löste sich von seiner Partnerin und stand auf. Blackburn wendete den Blick ab, während der Bräutigam Unterhose und Hose hochzog. Die Frau ordnete noch im Liegen ihr Kleid. Danach half der Bräutigam ihr hoch und gab ihr die Schuhe und die Strumpfhose. Sie öffnete die Tür einen Spalt, um in den Gang zu spähen, und lief dann hinaus. Die Tür schwang hinter ihr wieder zu. Blackburn legte die Hand an den Knauf.

»Moment mal«, sagte der Bräutigam.

Blackburn hielt inne. »Was ist?«

»Ich will es erklären.« Der Bräutigam nahm seine Smokingjacke vom Haken in der Kabine und zog sie an. Auf dem einen Revers waren ein orangefarbener Fleck und verschmierter weißer Zuckerguß. Der Bräutigam zog einen Halbliterflachmann Wild Turkey aus der Innentasche, trank einen Schluck und bot die Flasche Blackburn an. Blackburn schüttelte den Kopf und zog die Tür auf. Der Bräutigam stemmte die Hand dagegen.

Blackburn nahm die Hand vom Knauf. »Der letzte, der das gemacht hat«, sagte er, »kann sich jetzt seine Schuhe nicht mehr binden.«

Der Bräutigam stellte sich zwischen Blackburn und die Tür. »Also hör zu, ich kann verstehen, daß du erstmal stinksauer bist«, sagte er. »Du bist Eleanors Cousin, nicht?«

Blackburn schwieg. Er hatte als Vorsichtsmaßnahme die Hände in die Hosentaschen gesteckt. Er wollte dem Bräutigam nichts tun. Zwischen der Toilette und dem Parkplatz waren eine Menge Leute, und er war nicht bewaffnet.

»Okay, du mußt nichts sagen«, sagte der Bräutigam. »Und ich würde es sehr begrüßen, wenn du vor allem zu Eleanor nichts sagen würdest. Es hätte keinen Zweck. Wenn du dich erst abgeregt hast, wirst du verstehen, was ich meine.«

»Ich versteh' kein Wort.«

Der Bräutigam klopfte mit dem Ehering gegen die Whiskeyflasche. »Bist du verheiratet?«

»Ich war's«, erwiderte Blackburn. Er nahm an, daß Dolores inzwischen die Scheidung eingereicht hatte. Wenn nicht, war es ihm auch egal. Soweit es ihn betraf, waren sie geschieden.

»Du warst es«, wiederholte der Bräutigam. »Aber, Mann, dann mußt du doch verstehen, was ich meine.« Er nahm noch einen Schluck. »Wie heißt du?«

»Carl.«

Der Bräutigam hielt ihm die rechte Hand hin. »Ich bin Steve. Aber ich nehme an, das weißt du bereits.«

Blackburn behielt die Hände in den Taschen.

Der Bräutigam ließ die Hand sinken. »Mann, Scheiße, Carl. Weißt du noch, wie das war, als du geheiratet hast? Du stehst da vorne mit einem Mädchen, in einer Kirche voller Verwandten, und der Priester läßt dich schwören, daß du dich aller anderen enthältst. Und das ist nicht natürlich, aber hinter dir sitzen die ganzen Verwandten, was bleibt dir denn da übrig? Du steckst in der Falle. Und dann, eine Stunde später –«

»Vögelst du jemand im Klo«, sagte Blackburn.

Der Bräutigam grinste. »Das war nicht beabsichtigt. Aber da in der Kirche, da hab' ich mir gedacht, Mann, isses das jetzt? Ich meine, schau, ich schäme mich ja nicht zu sagen, daß ich Eleanor liebe. Ich will mit keiner anderen verheiratet sein. Weißt du?«

»Wenn du es sagst.«

»Es ist die Wahrheit. Aber Frauen, du weißt schon, die ticken nicht richtig. Die denken, Lieben und Gevögeltwerden sind dasselbe. Aber so ist es nicht. Hab' ich nicht recht?«

Blackburn überlegte. »Ich weiß nicht, ob Frauen das für ein und dasselbe halten.«

Der Bräutigam trank noch einen Schluck Wild Turkey und schüttelte den Kopf. »Also, wenn du eine von ihnen heiratest, dann glaubt die das. Wenigstens Eleanor glaubt das.«

»Woher willst du das wissen?« fragte Blackburn. »Du hast sie doch gerade erst geheiratet.«

Der Bräutigam zuckte die Achseln. »Wir haben darüber geredet, bei unserer Verlobung. Das heißt, sie hat darüber geredet. Sie hat diese Kleinmädchenvorstellung von einem Mann, einer Frau und ewigem Glück, dieser ganze Märchenkrampf. Außerdem ist's komisch, daß gerade sie so denkt, weil sie, bevor wir miteinander gingen, auch nicht gerade –« Er zögerte. »Ach, Scheiße, das ist die Wahrheit, Mann. Sie war nicht gerade, du weißt schon, eine Jungfrau, als wir uns kennenlernten.«

»Wirklich?«

»Und genau darauf will ich hinaus«, sagte der Bräutigam. »Jeder vögelt rum. Es ist wie essen oder atmen. Es bedeutet nichts. Bumsen ist nur bumsen, und daran ändert sich nichts, wenn man plötzlich einen Fetzen Papier hat. Das heißt doch nicht, daß man seine Frau nicht liebt. Es ist doch nicht so, als würde man sie verlassen oder was weiß ich. Stimmt's?«

»Wahrscheinlich schon«, sagte Blackburn. Er warf einen Blick zur Kabine. »Aber es sieht so aus, als hättest du einen ziemlichen Vorsprung.«

Der Bräutigam kicherte. »Na ja, schon. Das war Cindy. Wir waren zusammen, als ich vierzehn war, und damals ist nicht viel passiert, und wir haben uns halt überlegt, wie es wohl gewesen wäre. Du weißt schon. Die letzte Chance, es herauszufinden. Das bedeutet doch nichts.«

»Wenn du es sagst.«

Der Bräutigam leerte die Flasche und warf sie in den Abfalleimer. »Die Sache ist die: Ich habe Eleanor versprochen, treu zu sein. Und das werde ich auch, in der eigentlichen Bedeutung des Wortes. Ich werde mich um sie kümmern, ich werde ihr nie etwas tun. Deshalb bitte ich dich, ihr davon nichts zu erzählen. Es würde sie nur aufregen. Das sollte es nicht, aber es würde. So ist sie eben.«

»Von mir wird sie nichts erfahren«, sagte Blackburn.

Der Bräutigam drückte Blackburns Schulter. »Danke, Mann«, sagte er. Dann öffnete er die Tür und ging.

Blackburn schloß die Tür, ging in die Kabine und schloß dort ebenfalls die Tür. Er wischte den Toilettensitz mit einem Streifen Papier ab und setzte sich hin, um nachzudenken. Die Philosophie des Bräutigams paßte ziemlich genau auf das, was zwischen ihm und Dolores passiert war, nur daß die Geschlechter umgekehrt waren. Vielleicht hieß das, daß Männer und Frauen tatsächlich gleich waren. Vielleicht war es der Normalzustand beider Geschlechter, daß sie permanent mit so vielen verschiedenen Partnern wie möglich kopulieren wollten, und das würde bedeuten, daß er und Eleanor Mutanten waren. Vielleicht war es pervers, auf eine Person fixiert zu sein und zu wollen, daß diese Person diese Perversion erwidert. Vielleicht war es unvernünftig gewesen, von Dolores zu erwarten, daß sie es sich versagte, mitten am Tag mit behaarten Fremden zu ficken, und Eleanor war unvernünftig, wenn sie von Steve erwartete, es sich zu versagen, auf ihrem Hochzeitsempfang mit Cindy zu ficken.

Vielleicht. Er konnte sich nicht entscheiden. Es war ein komplexes Problem, und er hatte zu wenig Informationen. Er brauchte zusätzliche Daten, bevor er zu einem Entschluß kommen konnte.

Er verließ die Toilette und ging den Gang entlang, als im Saal eben der »Tennessee Waltz« erklang. Er sah zu, wie Braut und Bräutigam ihren Hochzeitstanz absolvierten. Das Kleid der Braut wehte, und die Haare des Bräutigams waren gerade genug zerzaust, um ihn charmant aussehen zu lassen. Sie sahen sich in die Augen und lächelten. Am Ende des Tanzes küßten sie sich, und die Freunde und Verwandten applaudierten.

Der nächste Tanz war ebenfalls ein Walzer, und andere Paare gesellten sich zu ihnen. Blackburn betrat den Saal und ging um die Tanzenden herum zum Tortentisch. Er aß ein drittes Stück Torte und sah dem Treiben zu. Die Glasur bekam bereits eine Kruste, aber Blackburn machte das nichts aus. Er aß noch ein Stück und trank zwei Gläser Bowle. Als er damit fertig war, fing gerade ein Dollar-Tanz an. Für einen Dollar durfte jeder mit der Braut tanzen. Das Geld, das so zusammenkam, sollte einen Zuschuß zur Hochzeitsreise bilden.

Blackburn holte sein restliches Geld aus der Tasche und zählte es. Vier Dollar und sechzig Cent. Wenn er hier einen Dollar ausgab, würde es ziemlich schwierig werden, bis nach Kansas City zu kommen. Andererseits wollte er mit der Braut reden, und das hier war seine beste Chance. Er steckte drei Dollar und sechzig Cents wieder in die Tasche und stellte sich in die Schlange der Tanzanwärter.

Die Dollar-Tänze waren kurz, nur eine Minute oder weniger, und Blackburn kam bald an die Reihe. Als er auf die Braut zuging, wußte er, daß alle Augen im Saal auf ihn gerichtet waren, und daß die meisten sich fragten, wer er eigentlich sei. Als er die warme Hand der Braut in die seine nahm, sah er, daß der Bräutigam ihm zunickte. Der Bräutigam vertraute auf Blackburns Diskretion.

»Hallo, Eleanor«, sagte Blackburn. »Meinen Glückwunsch.«

»Danke«, sagte sie. Ihr Gesicht war zu einem Lächeln erstarrt, aber Blackburn sah, daß sie dahinter recht hübsch war. Sie war kleiner, als sie aus der Entfernung gewirkt hatte, und sie hatte einen zierlichen Knochenbau. Sie wirkte so zart, daß Blackburn das Gefühl hatte, in einer kräftigen Umarmung würde sie zerbrechen. Ihre dunkelblonden Haare waren zu kleinen Löckchen dauergewellt. Blackburn beugte sich zu ihr hinunter, um mit ihr zu reden, und die Löckchen strichen ihm übers Gesicht.

»Jetzt bist du also Steves Frau«, sagte Blackburn.

Sie verdrehte die Augen. »Es kommt mir noch total unwirklich vor.«

»Bis daß der Tod euch scheidet«, sagte er. »Ich nehme an, du hast viel darüber nachgedacht.«

»Wie bitte?«

»Diese Geschichte mit dem ›Bis daß der Tod euch scheidet‹.«

»Na ja«, sagte die Braut, »darum geht's doch in der Ehe.«

»Ich war auch verheiratet«, sagte Blackburn. »Es hielt aber nicht bis zum Tod. Zumindest nicht bis zu ihrem oder meinem. Sie hatte sich mit einem anderen eingelassen. Aber so was würde bei dir und Steve natürlich nie passieren.«

Die Braut erstarrte und wandte sich ab. Blackburn sah, sie wollte, daß er jetzt ging, aber er konnte nicht. Noch nicht.

»So was passiert allerdings. Manchmal ist es die Frau, manchmal der Mann. Ich nehme an, sie haben ihre Gründe.«

Die Braut sah ihn an. Ihr Lächeln war verschwunden. »Ich kann mir nicht vorstellen, was für welche. Es gibt doch ein Gebot dagegen.«

»Ich weiß«, sagte Blackburn. »Aber was, wenn es trotzdem passiert? Was, wenn jemand einen guten, liebenden Partner hat, und er oder sie geht trotzdem fremd?«

Der Braut stieg die Röte in die Wangen. Sie war wütend. Blackburn verdarb ihr den Dollar-Tanz.

»Dann sollte man ihn oder sie erschießen«, sagte sie. Sie zog ihre Hand aus Blackburns. »Danke für den Tanz.«

Blackburn ging nach draußen und begann wieder zu schwitzen. Er rieb sich deshalb die Hände an den Jeans trocken. Er ging zum Valiant und zog die Python unter dem Vordersitz hervor. Griff und Abzug waren heiß. Er ging in das Gebäude zurück. Es war zu spät, um für sich selbst etwas zu unternehmen, aber für Eleanor konnte er etwas tun.

Drinnen atmete er tief die gekühlte Luft ein und spannte die Python. Dann schrie er »Steve«, laut genug, um sich trotz der Musik Gehör zu verschaffen.

Köpfe drehten sich zu ihm um. Die Leute sahen die Pistole. Schreie ertönten. Einige Männer gingen auf ihn zu. Die Musik verstummte.

Der Bräutigam stand am anderen Ende des Saals. Einen so weiten Schuß hatte Blackburn noch nie probiert. Aber die Saalmitte war für den Dollar-Tanz geräumt worden, und der Mann, der mit der Braut getanzt hatte, warf sie zu Boden und legte sich auf sie. Die Leute in der Umgebung des Bräutigams wichen von ihm zurück. Blackburn hatte freies Schußfeld.

Er nahm die Waffe in beide Hände und zielte auf den Kopf. Als der Bräutigam zu rennen anfing, drückte er ab. Der Bräutigam stürzte zu Boden und schrie. Die Männer, die auf Blackburn zugingen, blieben stehen und drehten sich um. Der Bräutigam lag mit angezogenen Beinen auf dem Rücken und schaukelte hin und her. Blackburn lief zu ihm hinüber, sprang dabei über die Braut und ihren Dollar-Tanzpartner.

Der Bräutigam hatte beide Hände in den Schritt gepreßt. Blut tränkte seine Smokinghose.

»Verdammt«, sagte Blackburn und spannte die Python erneut.

»Wo ist mein Schwanz?« fragte der Bräutigam.

»Tut mir leid«, erwiderte Blackburn. »Schlechter Schuß.« Dann feuerte er dem Bräutigam ins rechte Auge.

Er drehte sich um und sah, daß der Ausgang von Leuten verstopft war, die kreischten und quiekten wie Schweinebabys. Andere standen nur da und starrten wie Präriehunde aus Beton.

»Willkommen zu Hause«, sagte Blackburn zu sich.

In diesem Augenblick kam der stämmige Mann, der Blackburn auf den Rücken geklopft hatte, auf ihn zugerannt. Blackburn richtete die Python auf ihn. »Stehenbleiben«, sagte er, und der Mann blieb stehen.

»Hinlegen«, sagte er, und der Mann legte sich hin. Und alle anderen ebenfalls, bis auf einige wenige, die versuchten, nach draußen zu kommen. Blackburn ließ sie laufen.

Die Braut kroch unter ihrem Tanzpartner hervor und stand auf. Sie sah den Bräutigam an und lief dann auf Blackburn zu. Er senkte die Waffe und wartete auf sie. Als sie ihn erreicht hatte, zerkratzte sie ihm das Gesicht. Dann trommelte sie ihm mit den Fäusten auf die Brust.

»Warum?« fragte sie. Sie fragte es immer und immer wieder.

Blackburn sah sich um, bis er die Frau im gelben Kleid entdeckt hatte. Sie lag unter dem Tortentisch. Er ging zu ihr, die Braut folgte ihm, schlug auf ihn ein und wiederholte unablässig ihre Frage.

»Cindy«, sagte Blackburn und stieß die Frau unter dem Tisch mit dem Fuß an. »Komm raus und sag Eleanor, warum ich Steve erschossen habe.«

Die Frau rührte sich nicht; Blackburn spannte deshalb die Python. Da kroch sie heraus und stand auf. Die Braut hörte auf, Blackburn zu schlagen, und sah die Frau an.

»Warum?« fragte die Braut.

Die Frau im gelben Kleid begann zu weinen.

Blackburn hielt das für eine Ausflucht, aber er nahm an, daß sie früher oder später würde gestehen müssen. Er ließ sie mit der Braut allein und ging auf die Tür zu, die jetzt frei war. Auf halbem Weg packte ein Junge, der auf dem Boden lag, Blackburn am Fußknöchel und hielt einen Stoffbeutel in die Höhe.

»Haben Sie es darauf abgesehen?« fragte der Junge.

»Nein«, antwortete Blackburn.

»Haben Sie es darauf abgesehen?« wiederholte der Junge. Er fragte es noch dreimal, und schließlich nahm Blackburn den Beutel, um den Jungen zum Schweigen zu bringen. Der Junge ließ seinen Knöchel los, und Blackburn ging nach draußen.

Auf dem Parkplatz feuerte ein Mann hinter einem Pickup mit einem Gewehr auf Blackburn. Die Kugel ging durch den Stoffbeutel und bohrte sich mörtelspritzend in den Verputz des Lions-Clubhauses. Blackburn lief auf den Valiant zu und jagte zwei Kugeln in den Pickup.

Er warf Pistole und Beutel in den Valiant, sprang hinein und ließ eben den Motor an, als der Mann mit dem Gewehr hinter dem Pickup hervorkam. Blackburn nahm die Python in die Linke und feuerte durchs Fenster. Der Mann duckte sich wieder hinter den Pickup. Blackburn fuhr rückwärts vom Parkplatz, schaltete auf »Drive« und trat aufs Gas. Im Rückspiegel sah er den Mann mit dem Gewehr wieder hinter dem Pickup auftauchen. Er streckte deshalb den Arm aus dem Fenster und feuerte rückwärts die letzte Kugel in der Trommel. Der Rückstoß prellte sein Handgelenk, aber die Kugel zertrümmerte ein Seitenfenster des Pickup, und der Mann duckte sich hinter ein anderes Auto.

Blackburn verließ Goodland in nördlicher Richtung. Er hatte die I-70 verlassen und hielt im Fahren Ausschau nach Sheriff's Deputies und der Kansas Highway Patrol. Um die Python nachladen zu können, lenkte er mit den Knien. Der erhöhte Zuckerspiegel in seinem Blut befeuerte ihn. Am U. S. Highway 36 bog er in Richtung Osten ab, und in der Stadt Atwood wechselte er das Auto. Erst dann sah er in den Beutel, den der Junge ihm gegeben hatte.

Er enthielt das Geld, das der Dollar-Tanz eingebracht hatte. Einige der Männer hatten Zehner und Zwanziger bezahlt, um mit der Braut tanzen zu dürfen. Es war sogar ein Fünfziger in dem Beutel.

In der nächsten Zeit konnte Blackburn weder nach Kansas City noch in eine andere Stadt an der I-70 gehen, er fuhr deshalb auf einer umständlichen Route über Bezirks- und Landstraßen nach Nebraska. Im Fahren überlegte er, ob er Eleanors Nachnamen ausfindig machen sollte, damit er ihr das Geld schicken konnte. Er war ja schließlich kein Dieb. Er stahl gelegentlich ein Fahrzeug, aber nur aus Notwendigkeit. Er hatte Eleanor nicht bestehlen wollen. Er hatte ihr nur Gerechtigkeit widerfahren lassen wollen. Und er wollte nicht, daß sie etwas anderes glaubte.

Nach reiflichem Überlegen beschloß Blackburn aber, das Geld zu behalten. Eleanor, das hatte er erkannt, würde es nicht wollen. Eine Hochzeitsreise würde es nun sowieso nicht mehr geben.

6
Blackburn entscheidet sich für die Sterilität

Nachdem Blackburn seinen elften Mann getötet hatte, beschloß er am nächsten Tag, sich sterilisieren zu lassen. Zu dem Entschluß kam er, weil er in der *Kansas City Times* vom Montag gelesen hatte, das Opfer sei Vater von vier Kindern gewesen. Blackburn las das nicht gerne. Er wünschte, er wäre hinter seinem Grill geblieben, anstatt in die Vormittagspause zu gehen und sich die Zeitung zu kaufen.

Nicht, daß er bereute, was er getan hatte. Am späten Sonntagabend hatte Nummer elf einen Hund überfahren und mit einem Finger eine obszöne Geste gemacht, und Blackburn war ihm deshalb nachgefahren und hatte ihn an der nächsten roten Ampel getötet. Es war sehr schnell gegangen – eine 357er-Kugel durch das Seitenfenster, und dann war die Ampel auf Grün gesprungen. Blackburn hatte sein Fenster hochgekurbelt und war losgefahren. Kein Mensch hatte etwas gesehen. An Sonntagabenden war Kansas City wie ausgestorben.

Nummer elf hatte nur bekommen, was er verdient hatte, aber Blackburn fand es traurig, daß der Mann Vater von vier Kindern war, die jetzt an den Folgen seiner Grausamkeit im Leben und seines häßlichen Todes zu leiden hatten. Und bei diesem Gedanken erkannte Blackburn, daß er auch nicht gerade einen beispielhaften Vater abgeben würde und daß auch er eines häßlichen Todes sterben könnte.

Er bezweifelte, daß er nach seiner Erfahrung mit Dolores noch einmal heiraten würde. Aber sein Sexualtrieb war so stark wie der jedes vierundzwanzigjährigen Mannes, und Frauen fanden seine sandfarbenen Haare und seine blauen Augen attraktiv. Es würde also immer wieder Freundinnen und Abenteuer für eine Nacht geben. Er konnte sich nicht gestatten, sie zu schwängern.

Die Bezahlung der Operation würde vielleicht problematisch werden. Nach seiner Ankunft in Kansas City hatte er einen Großteil seines Geldes für Papiere ausgegeben, die ihm die Identität eines Arthur B. Cameron verliehen, und den Rest für einen verrosteten 1970er Dart. Er hatte dann diesen Job bei Bucky's Burger bekommen, aber nach zwei Monaten Arbeit hatte er nur fünfzig Dollar gespart. Er würde sich also eine Klinik suchen müssen, die Sterilisationen billig durchführte.

In seiner Nachmittagspause ging er in Buckys Büro und blätterte die Gelben Seiten durch. Was er suchte, fand er unter der Rubrik »Geburtenkontrolle«:

Familie und Verantwortung in Kansas City
✶ Schwangerschaftstests ✶
✶ Geburtenkontrolle/Familienplanung ✶
✶ Abtreibungsberatung und -service ✶
✶ Sterilisationen ✶
✶ Einkommensabhängige Gebühren ✶
✶ Öffnungszeiten: Wochentags 12 bis 22 Uhr ✶

Unter der Anzeige standen eine Telefonnummer und eine Adresse in der Innenstadt. Blackburns Souterrainwohnung hatte kein Telefon, und von Buckys Büro wollte er nicht anrufen. Also beschloß er, nach der Arbeit bei »Familie und Verantwortung« vorbeizuschauen. Den Rest des Nachmittags verbrachte er in gespannter Erwartung, denn er wußte, er war kurz davor, der Welt ein großes Geschenk zu machen.

Nach Fritierfett stinkend, öffnete Blackburn eine drahtnetzverstärkte Glastür und fand sich in einem von Neonröhren beleuchteten Raum wieder. An den Wänden standen Plastikstühle. Auf den meisten saßen Frauen, und einige davon hielten die Hände nervöser Männer. Drei Kleinkinder saßen auf dem Linoleum und spielten mit Puppen. Medizinische Gerüche mischten sich mit Blackburns Gestank.

Er ging auf eine Frau mittleren Alters zu, die an einem Tisch neben einer Tür saß. Auf dem Tisch stand ein Schild mit der Aufschrift ELLEN DUNCAN. »Mrs. Duncan«, sagte Blackburn. »Mein Name ist Arthur Cameron. Ich möchte mich sterilisieren lassen.«

Mrs. Duncan öffnete eine Schublade und zog eine Broschüre heraus, die sie ihm hinschob. Sie trug den Titel »Was Sie über Vasektomie wissen müssen«.

Blackburn nahm die Broschüre und sah sie sich flüchtig an. »Vielen Dank«, sagte er, »aber ich weiß bereits alles darüber, und ich bin zur Operation entschlossen. Können Sie mir sagen, wieviel es kosten wird?«

Mrs. Duncan runzelte die Stirn. »Unsere Urologen berechnen ›Familie und Verantwortung‹ einhundertfünfzig Dollar. Was wir an den Patienten weitergeben, hängt davon ab, wieviel er sich leisten kann.« Sie hielt inne. »Verzeihen Sie mir die Frage, aber haben Sie diese Sache mit Ihrer Gattin besprochen?«

»Ich bin nicht verheiratet.«

»Haben Sie eine langfristige Beziehung?«

»Nein.«

»Haben Sie Kinder?«

»Nein.« Blackburn fragte sich, was diese Fragen sollten.

»Mr. Cameron«, sagte Mrs. Duncan, »unsere Aufgabe ist, Familienplanung auch jenen zu ermöglichen, die es sich sonst nicht leisten könnten. Vasektomien bieten wir vor allem solchen Männern an, die sich mit ihren Partnern besprochen haben, deren Familien komplett sind und die mit ihrem Einkommen diese Familie ernähren müssen. Wir ziehen es vor, wenn alleinstehende Männer, die noch keine Kinder gezeugt haben, zu einem niedergelassenen Arzt gehen ...«

Eine Frau in weißem Kittel tauchte in der Tür auf. »Melissa«, rief sie. »Wir sind soweit.«

Auf der anderen Seite des Zimmers stand ein sechzehn- oder siebzehnjähriges Mädchen auf. Sie zitterte, als sie um die Kinder herumging.

»... aber diese Broschüre sollten Sie auf jeden Fall lesen«, sagte Mrs. Duncan. Sie zog wieder die Schublade auf und holte ein Blatt Papier heraus. »Und dann hoffe ich, daß Sie sich an einen der Ärzte auf dieser Liste wenden.« Sie legte die Liste auf den Tisch und sah Blackburn an, als erwarte sie, daß er sie nahm und ging.

Er sah zu, wie das Mädchen namens Melissa einen Korridor hinunterging.

»Was macht sie da hinten?« fragte er.

Mrs. Duncan starrte ihn an. »Das geht Sie nichts an«, sagte sie.

Blackburn erwiderte den Blick. »Hat sie eine Familie? Muß sie sie mit ihrem Einkommen ernähren? Hat sie sich mit ihrem Partner beraten?«

Mrs. Duncan wurde rot. »Bitte gehen Sie.«

»Warum?«

»Weil ich nicht glaube, daß Sie hier sind, um sich zu informieren. Ich glaube, Sie gehören zu den Leuten, die draußen vor der Tür stehen und Menschen, die sich um Hilfe an uns gewandt haben, entsetzliche Dinge zuschreien. Sie sind hier, um uns zu belästigen.«

Blackburn schüttelte den Kopf. »Nein, ich bin hier, weil ich keine Kinder will. Ich habe keinen Partner, mit dem ich mich beraten könnte, aber da ich als Koch in einer Imbißbude arbeite, habe ich auch keine Ersparnisse und keine Krankenversicherung.«

Mrs. Duncan betrachtete ihn. »Na gut«, sagte sie, nahm einen Kugelschreiber in die Hand und hielt ihn über einen Kalender. »Sie müssen zu unserem Berater gehen.«

»Ich brauche keine –«

»Das ist Vorschrift. Der Berater wird mit Ihnen über Ihre Gründe und über den Ablauf der Operation sprechen. Erst dann wird Ihr

Kostenanteil berechnet.« Sie sah auf den Kalender. »Können Sie morgen um 17 Uhr 45 wieder hier sein?«

»Ja.«

»Ich bin froh, daß ich Ihnen helfen konnte«, sagte Mrs. Duncan.

Auch Blackburn war froh. Als Mrs. Duncan ihm diese irritierenden Fragen gestellt hatte, hatte er beschlossen, sie zu töten, sollte sie ihn abweisen. Er hatte noch nie eine Frau umgebracht und war über diese Aussicht nicht gerade glücklich gewesen.

Die Sonne war untergegangen, die Luft war kalt. Als Blackburn das Gebäude verließ, steckte er die Hände in die Taschen seiner Jeansjacke und starrte auf das Pflaster. Die Leute, die ihm den Weg versperrten, sah er erst, als er schon beinahe mit ihnen zusammenstieß. Bei seiner Ankunft waren sie noch nicht dagewesen.

Es waren acht, und sie standen in einer Gruppe neben der Einfahrt, die zum Parkplatz der Klinik führte. Jeder hielt eine brennende Kerze in der einen und ein handgemaltes Schild in der anderen Hand. GOTT ZÄHLT DIE KINDER stand auf einem, RETTET DAS UNGEBORENE LEBEN auf einem zweiten, ABTREIBUNG IST MORD auf einem dritten.

Ein Mann verließ die Gruppe und fragte Blackburn: »Kommen Sie da raus?« Er zeigte mit seiner Kerze auf die Klinik, und die Flamme flackerte. »Da, wo Babys geschlachtet werden?«

»Ich war grad da drin«, sagte Blackburn, »aber von Schlachten weiß ich nichts.«

Eine schlanke Frau stellte sich neben den Mann. Sie trug einen grauen Mantel mit passenden Handschuhen, einen dicken Schal und eine Kappe. Ihre Augen und Lippen glänzten im Schein der Kerzenflamme. Braune Haarspitzen lugten unter ihrer Kappe hervor.

»Wenn Sie da drin waren, wissen Sie es auch«, sagte sie. Ihre Stimme hatte ein reiches Timbre, war aber heiser. »Da drin werden Abtreibungen gemacht.«

»Aber nicht bei mir«, erwiderte Blackburn. »Und jetzt lassen Sie mich bitte vorbei. Mein Auto steht auf der anderen Straßenseite.«

»Warum sind Sie dann hier?« wollte die Frau wissen. »Haben Sie Ihre Freundin abgeliefert, damit sie sich ihr Baby umbringen läßt? Oder« – die Flammen in ihren Augen funkelten stärker –, »oder haben Sie selbst Babys umgebracht? Haben Sie Ihr schönes Zuhause mit dem Fleisch von Babys bezahlt?«

Blackburn hatte genug gehört. Diese Leute hatten Glück, daß er, nachdem er bei Mrs. Duncan beinahe so weit gewesen war, jetzt wenig Lust verspürte, an diesem Abend jemanden zu töten. Er machte einen Schritt nach vorne.

Der Mann, der ihn angesprochen hatte, wich ihm aus, und die restlichen sechs ebenso. Die Frau in Grau blieb, wo sie war.

Blackburn blieb stehen und überlegte sich, ob er sie anrempeln oder ihr ausweichen sollte.

Die Frau ließ die Kerze fallen, griff in die Manteltasche und holte ein Fläschchen mit einer dunklen Flüssigkeit heraus. Sie zog den Stöpsel mit ihren Zähnen aus dem Fläschchen – perfekte Zähne, wie Blackburn sah, weiß und glatt –, spuckte ihn aus und schrie: *»Mörder!«* Dann ließ sie das Fläschchen ruckartig wie den Griff einer Peitsche in Blackburns Richtung schnellen.

Die Flüssigkeit traf ihn im Gesicht, spritzte ihm ins linke Auge und in den Mund. Er nahm die Hände aus den Taschen, und während er sich das Auge rieb, schmeckte er, was er da auf der Zunge hatte: Blut. Rinderblut, Schweineblut, vielleicht sogar Blut, das die Frau sich selbst abgezapft hatte.

Sie blieb vor ihm stehen, das Fläschchen in der Hand wie eine Waffe. Es war noch nicht leer.

Blackburn machte einen Schritt auf sie zu. Die Frau blieb, wo sie war. Er nahm ihr das Fläschchen aus der behandschuhten Hand, hob es an die Lippen und trank. Als kein Blut mehr herausfloß, steckte er die Zunge in das Glas und leckte es sauber.

Dann ließ er das Fläschchen aufs Pflaster fallen und zertrat es. Die Kante seines Schuhs traf auch die weggeworfene Kerze und drückte sie platt.

Die Frau starrte ihn mit offenem Mund an.

Blackburn ging um sie herum und über die Straße zu seinem

Auto. Als er drinsaß, schaltete er das Innenlicht an und untersuchte die Flecken auf seinen Fingern. Fast hätte er nach seiner Python, die unter dem Sitz lag, gegriffen, aber er beherrschte sich. In seinen Augen stand es unentschieden zwischen ihm und der Frau in Grau.

Als er am folgenden Abend wieder zur Klinik kam, marschierten die Demonstranten mit feinen Atemwölkchen vor dem Mund vor dem Gebäude auf und ab. Er parkte den Dart an derselben Stelle wie am Tag zuvor, überquerte die Straße und ging an ihnen vorbei, ohne sie zu beachten.

Drinnen gab Mrs. Duncan ihm ein Formular, in das er seine persönlichen Daten und seine Krankengeschichte eintragen sollte, und als er es ausgefüllt (und, wo nötig, gelogen) hatte, führt sie ihn in eine Kabine, wo der Berater von »Familie und Verantwortung«, ein Schwarzer Mitte Dreißig, bereits wartete. Mrs. Duncan stellte den Berater als Lawrence Tatum vor.

»Nennen Sie mich Larry«, sagte Tatum, als Mrs. Duncan gegangen war. Er saß an einem Schreibtisch, auf dem sich Bücher, Broschüren und Aktenordner türmten. »Ich werde Ihnen das Datenblatt da mal abnehmen.«

Blackburn gab ihm das Formular und setzte sich. Der Schreibtisch stand an der Wand, die Männer saßen sich also gegenüber, ohne etwas Trennendes zwischen sich.

Tatum las das Formular, hob dann den Kopf und fragte: »Was passiert, wenn sie beschließen zu heiraten, ihre Zukünftige Kinder will, und Ihre Eier ausgestöpselt sind?«

Blackburn versuchte, sich die Situation vorzustellen, aber die einzige Zukünftige, die ihm in den Sinn kam, war Dolores, sie mit ihren permanent weißen Bikiniflecken. »Ich will nie Vater werden«, sagte er und dachte daran, wie sein Vater seinen Hund erschossen und dann sein Gesicht in den Kies gedrückt hatte, weil er weinte. »Eine Frau, die mich kennt, und trotzdem Kinder von mir will, würde eine schlechte Ehefrau abgeben.«

»Eine Sterilisation ist endgültig, Arthur. Was, wenn Sie dreißig werden und plötzlich, peng, wollen Sie Vater sein?«

Blackburn bezweifelte, daß er je dreißig werden würde, ließ sich die Frage aber trotzdem durch den Kopf gehen. »Dann hab' ich wohl Pech gehabt«, sagte er.

Tatum schrieb etwas auf das Formular. »Okay. Reden wir kurz darüber, was während der Operation passiert, und dann kann Duncan Ihnen einen Termin für den Eingriff geben.«

Blackburn war überrascht. »Das ist alles?«

»Bei Ihnen schon. Bei Paaren dauert es länger.« Tatum stöberte in dem Durcheinander auf seinem Schreibtisch. »Außerdem denke ich mir, daß ein Kerl, der sich sterilisieren läßt, ohne an die Konsequenzen zu denken, ein dämlicher Trottel ist, der seine Gene sowieso nicht verbreiten sollte.«

Es war die ehrlichste Aussage, die Blackburn je gehört hatte. Er mochte Tatum.

Tatum fand eine Tafel mit einer Darstellung der männlichen Genitalien und hielt sie in die Höhe. »Sie werden zwei Injektionen eines Lokalanästhetikums erhalten, eine auf jeder Seite der Peniswurzel.« Er zeigte mit seinem Stift auf die Tafel. »Sobald es wirkt, wird der Arzt einen Vertikalschnitt genau zwischen die beiden Samenleiter setzen. Er wird einen Leiter herausziehen, eine dauerhafte Klemme anbringen und ein Stück herausschneiden. Dann wird er die Prozedur auf der anderen Seite wiederholen und den Schnitt mit einem selbstauflösenden Faden vernähen. Die ganze Sache wird etwa zwanzig Minuten dauern. Noch Fragen?«

Blackburn stand auf. »Wieviel wird es kosten?«

Tatum warf einen Blick auf das Formular. »Sie müssen eine Zahlungsanweisung oder einen Bankscheck über neunzig Dollar mitbringen.« Er nahm den Telefonhörer in die Hand und drückte einen Knopf. »Ellen? Wenn Mr. Cameron herauskommt, könnten Sie die Prävasektomie-Probe arrangieren und ihm einen Operationstermin geben? Danke.«

»Was ist eine Prävasektomie-Probe?« fragte Blackburn.

»Samenprobe«, sagte Tatum und legte auf. »Sie müssen sie innerhalb einer halben Stunde nach der Ejakulation in ein medizinisches Labor bringen. Die postoperative Spermienzählung machen wir hier, weil es dann egal ist, ob wir lebendige Spermien finden oder tote, wichtig ist nur, daß wir keine mehr finden. Aber vor der Operation brauchen wir eine Lebendprobe. Wer weiß, vielleicht haben Sie ja gar keine lebendigen.«

»Wie hoch stehen die Chancen dafür?«

Tatum kicherte. »Ungefähr so hoch wie die Chancen, daß die Royals nächstes Jahr die Meisterschaft gewinnen. Wenn Sie vor dem Operationstermin nichts mehr von uns hören, können Sie davon ausgehen, daß der Befund normal ist.«

Blackburn dankte ihm und ging hinaus zu Mrs. Duncan, die ihm die Adresse des Labors gab und ihm sagte, er solle die Probe am Donnerstag vormittag abliefern. Außerdem sagte sie ihm, daß die Operation in einer Woche stattfinden würde, um 17 Uhr 20.

»So bald«, sagte er. »Das ist gut.«

»Jeden Dienstag«, sagte Mrs. Duncan. »Gerade jetzt laufen da oben zwei.«

»Ob ich vielleicht zusehen kann?«

Mrs. Duncan meinte, sie glaube nicht. Dann gab sie ihm zwei Informationsblätter und eine Tüte mit einem blauen, einklingigen Sicherheitsrasierer aus Plastik. Das erste Informationsblatt teilte ihm mit, was er damit machen sollte.

Bevor Blackburn zu seinem Auto ging, blieb er bei den Demonstranten stehen und redete mit der Frau in Grau. »Sie haben sich den falschen Abend ausgesucht. Heute werden keine Babys geschlachtet.«

»Sie nennen das wohl ›Abwechslung‹.«

Blackburn lächelte. »Nein, heute ist ›Sackschnippeln‹ dran. Oder vielleicht ›Hodenschneiden‹.«

»Ich kann Sie wegen Erregung öffentlichen Ärgernisses verhaften lassen«, sagte die Frau.

Blackburn lachte und überquerte die Straße. Als er die Fahrertür aufschloß, hörte er Schritte auf dem Asphalt. Er drehte sich um und sah, daß die Frau in Grau ihm gefolgt war. Ihr Schild und ihre Kerze hatte sie auf den Bürgersteig gelegt.

»Wollen Sie mich wieder mit Blut bespritzen?« fragte Blackburn, als sie vor ihm stand.

Die Flächen ihres Gesichts wirkten wie erstarrt. »Sie haben bereits so viel Blut an den Händen, daß Sie es nie wieder abwaschen können.«

»Aber Blut wäscht die Sünde weg.«

»Was wissen denn Sie schon darüber?«

Er wußte genug, aber anstatt ihr sein Wissen mitzuteilen, sagte er: »Ich mache keine Abtreibungen.«

»Das ist egal. Wenn Sie da drin arbeiten, wenn Sie da drin *sind*, gehören Sie zu denen. Etwas gutzuheißen ist das gleiche, wie es zu tun. Es ist böse.«

»Und warum kommen Sie dann hierher? Sollten Sie nicht Angst haben vor dem Bösen?«

Sie legte den Kopf schief. »Ich muß Sie verstehen, wenn ich Sie bekämpfen will. Wie können Sie von dem überzeugt sein, was Sie tun, und tun, was Sie tun?«

Einen Augenblick lang ließ der Brustton der Überzeugung in ihrer Stimme Blackburn glauben, sie wisse, wer er war und was er wirklich getan hatte. Dann fiel ihm ein, daß sie ihn nicht einmal als Arthur Cameron kannte, geschweige denn als James Blackburn.

»Sie täuschen sich in mir«, sagte er. »Genaugenommen sorge ich dafür, daß ich nie der Grund sein werde für das, was Sie bekämpfen.« Er zog den Beutel mit dem Plastikrasierer heraus. »Damit muß ich mir die Hoden rasieren. Ich lasse mich nächste Woche sterilisieren.«

Die Flächen ihres Gesichts zerbröckelten, sie wirbelte herum und stolperte auf die Straße. Ein Auto kam in schneller Fahrt heran und hätte sie angefahren, wenn Blackburn sie nicht zurückgerissen hätte.

Er war überrascht über das, was er getan hatte. Normalerweise beschützte er die Leute nicht vor sich selbst. Er ließ die Leute in Ruhe – außer sie ärgerten ihn, und dann strafte er sie, wenn es nur ein leichtes Vergehen war, oder er tötete sie, wenn es ein schweres war.

In den vergangenen sieben Jahren hatte er nur einmal gegen diese Regel verstoßen, nämlich als er Dolores nicht getötet hatte.

Die Frau in Grau zerrte an seinen Händen, bis er sie losließ, und dann rannte sie wieder auf die Straße.

»Könnte ich das zurückhaben?« rief Blackburn ihr nach.

Sie blieb stehen. In ihrer rechten Hand hatte sie den Plastikbeutel mit dem Rasierer. Sie ließ ihn fallen und lief zu ihren Mitdemonstranten.

Blackburn hob den Rasierer auf, stieg in den Dart und fuhr zu seiner Wohnung. Die ganze Nacht war die Frau in Grau in seinen Gedanken. Er fürchtete beinahe, sich in sie verliebt zu haben.

Am Mittwoch arbeitete Blackburn zwölf Stunden bei Bucky's. Er brauchte das Geld.

Am Donnerstag morgen ejakulierte er in ein leeres Halspastillenröhrchen und brachte es ins Labor. Er war verlegen, nicht, weil er seinen frischen Samen ablieferte, sondern weil er sich die Frau in Grau vorgestellt hatte, um ihn zu produzieren. Sie hatte ihn mit Blut bespritzt, und dann hatten sie sich zusammen auf dem Boden gewälzt und sich gegenseitig befleckt.

Nach einer Zehn-Stunden-Schicht hinter dem Grill fuhr er zu »Familie und Verantwortung«. Die Frau und ihre Freunde waren dort, aber keiner erkannte sein Auto. Er parkte ein Stückchen weiter unten und sah eine Stunde lang zu, wie sie jeden anschrien, der das Gebäude betrat oder verließ. Die Stimme der Frau in Grau war lauter als die der anderen.

Am Freitag abend, nachdem er seinen Gehaltsscheck eingelöst hatte, näherte er sich der Klinik von der anderen Richtung und parkte genau gegenüber der Stelle vom Abend zuvor. Diesmal beobachtete er länger. Um 21 Uhr 30 bliesen die Demonstranten ihre Kerzen aus und packten ihre Schilder in einen Kombi. Blackburn duckte sich, als sie zu ihren Autos gingen.

Die Frau in Grau überquerte die Straße und ging zu einem kastanienbraunen Nova. Sie fuhr los, Blackburn folgte ihr.

Am Ostrand der Stadt verlor er den Nova im Verkehr, entdeckte ihn aber wieder, als er an einer Seitenstraße vorbeifuhr. Er parkte unter einer Straßenlaterne, und die Frau stand auf der Treppe eines kleinen Hauses. Blackburn hielt an und stellte den Rückspiegel so ein, daß er sie sehen konnte.

In dem Haus sprang ein Licht an, es leuchtete gelb durch die Rollos, und die Tür ging auf. Eine dünne, von hinten erhellte Gestalt gab der Frau etwas, und die Tür schloß sich wieder.

Mit einem Strauß roter Rosen, deren Stengel in grünes Floristenpapier gewickelt waren, kehrte die Frau zu ihrem Auto zurück. Sie hielt ihn in den Armen, als wiegte sie ein Kind, doch dann legte sie ihn in den Kofferraum.

Blackburn folgte ihr weiter. Sie fuhr weit nach Westen, nach Kansas hinein, aber er verlor sie nicht.

Auf dem Parkplatz einer Wohnanlage in Mission hielt der Nova, und Blackburn sah zu, wie die Frau ausstieg und durch ein Sicherheitstor in der Anlage verschwand. In die Wand neben dem Tor waren Briefkästen eingelassen, und wenn er ihren Namen gewußt hätte, hätte er die Nummer ihrer Wohnung herausfinden können.

Er fuhr zu seiner Wohnung und hörte bis spät in die Nacht hinein Radio. Die Gestalt, die der Frau die Rosen gegeben hatte, hatte männlich ausgesehen, aber Blackburn glaubte nicht, daß es ihr Liebhaber war. Sie war nicht ins Haus gegangen, und die Rosen hatte sie im Kofferraum liegengelassen. Er war höchstens ein Freund. Ein Freund mit Rosen.

Am Samstag arbeitete Blackburn wieder zehn Stunden und fuhr dann bei »Familie und Verantwortung« vorbei. Die Lichter brannten, aber vor dem Gebäude standen nur fünf Demonstranten. Die Frau in Grau war nicht dabei. In dieser Nacht lag Blackburn wach und überlegte, ob sie wohl nicht auf ihrem Posten gewesen war, weil sie ein Rendezvous hatte.

Tags darauf gab es überhaupt keine Demonstranten. Die Straße war leer, die Klinik dunkel. Sonntag in Kansas City.

Er fuhr zu der Wohnanlage in Mission mit der Absicht, das Auto der Frau aufzubrechen und die Zulassungspapiere zu suchen, um ihren Namen herauszufinden, aber der Nova stand nicht auf dem Parkplatz. Er wünschte, die Idee wäre ihm schon vor zwei Nächten gekommen.

Zitternd und dösend wartete er auf ihre Rückkehr. Einmal träumte er davon, auf eine von hinten erhellte Gestalt zu schießen, und wachte vom Knall der Python auf.

Der Nova kam nicht; Blackburn gab es deshalb auf und fuhr zum Haus der Rosen. Auch dort war das Auto der Frau nicht, aber er parkte den Dart und beobachtete das Haus, bis ein dünner Mann mit Brille herauskam und in einem Pinto davonfuhr.

Blackburn ging zur Haustür und las den Namen auf dem Briefkasten: »R. Petersen.« Er drückte auf den Knopf neben der Tür und hörte die Glocke. Ein Hund bellte im Haus. Blackburn drückte noch einmal auf den Knopf, und der Hund bellte weiter. Aber niemand kam zur Tür.

Blackburn ging zur Arbeit. In seiner Vormittagspause las er in der *Times*, daß in der Nacht bei »Familie und Verantwortung« eine Rohrbombe explodiert war. Sie war vor der Eingangstür gezündet worden.

Die Polizei ging davon aus, daß der Bombenleger nur geringen Sachschaden habe verursachen wollen, aber die Bombe hatte mehr angerichtet. Ein Berater namens Lawrence Tatum hatte in einem Büro in dem Gebäude noch Schreibarbeiten erledigt, und die Polizei vermutete, daß er ein Geräusch gehört und nachgesehen hatte.

Er wurde im Wartesaal gefunden, Glassplitter steckten in seinem Körper. Man ging davon aus, daß er gerade die Tür hatte öffnen wollen, als die Bombe explodierte.

Bei Redaktionsschluß war Tatums Zustand kritisch. Er lag im St. Luke's Hospital und hatte das Bewußtsein noch nicht wiedererlangt. Die Polizei hatte noch keinen Verdacht. Ellen Duncan von »Familie und Verantwortung« hatte bekanntgegeben, daß die Klinik wie gewohnt weiterarbeiten werde.

Nach der Arbeit kaufte Blackburn sich einen Sechserpack und einen *Star*, der meldete, daß Tatum noch am Leben war. Die Polizei hatte einige Personen befragt, aber noch keinen Verdächtigen gefunden.

Blackburn fuhr in seine Wohnung. Nach fünf Bieren konnte er einschlafen.

Am Dienstag machte Blackburn bei Bucky's schon nachmittags Feierabend. Bei einem Postamt hielt er an und kaufte sich eine Zahlungsanweisung über neunzig Dollar.

In seiner Wohnung zog er sich aus und duschte. Dann setzte er sich auf den Rand der Badewanne, seifte seine Hoden mit Rasierschaum ein und rasierte sie sich mit dem blauen Plastikding. Es dauerte lange, weil seine Hoden sich immer wieder hochzogen, aber er ließ nicht locker. Ansonsten hätte er nur die Alternative gehabt, seinen Elektrorasierer zu benutzen.

Als er wieder angezogen war, war es fünf. Er steckte die Zahlungsanweisung und den Rasierer ein und fuhr zu »Familie und Verantwortung«.

Mehr als dreißig Demonstranten marschierten auf dem Gehsteig auf und ab, als er dort ankam, und am Straßenrand waren so viele Autos geparkt, daß er seines fast zwei Blocks entfernt abstellen mußte. Als er auf die Klinik zuging, sah er die Frau in Grau zusammen mit sechs anderen aus einem Transporter aussteigen. Er winkte ihr zu.

Er hatte das Gebäude schon fast erreicht, als er merkte, daß er die Zahlungsanweisung im Dart gelassen hatte. Er lief zum Auto zurück, und die Frau und ein paar ihrer Genossen traten vom Gehsteig, um ihm Platz zu machen.

»Heute abend laß ich's machen!« rief er ihr im Vorbeilaufen zu. Die Frau wandte den Blick ab.

Neben seinem Auto bemerkte er etwas Farbiges auf dem Asphalt und bückte sich, um es aufzuheben. Es war das Blütenblatt einer Rose. Die Ränder waren schon dunkel und eingerollt, aber in der Mitte war es noch leuchtend rot. Er zerdrückte es und ließ es fallen, schnappte sich dann die Zahlungsanweisung und eilte zur Klinik zurück. Einige Demonstranten schrien ihn an, aber die Frau in Grau war still.

Die drahtverstärkte Glastür war verschwunden, eine Sperrholzplatte mit einem Türgriff hatte ihre Stelle eingenommen. Blackburn öffnete sie und ging hinein.

Er lag auf einem gepolsterten, mit blauem Kreppapier bedeckten Tisch. Seine nackten Hinterbacken ruhten auf einem Stapel dieses Papiers.

Seine Kniekehlen hingen über den sattelförmigen Plastikendstücken zweier metallener Stützstreben, seine Füße baumelten und wurden langsam kalt. Er wünschte sich, er hätte die Socken angelassen.

Der stoppelköpfige Assistent nahm eine Spraydose von einem Tisch und besprühte Blackburns Geschlechtsteile mit kaltem Nebel. Blackburn hielt den Atem an.

»Desinfektionsmittel«, sagte der Assistent. Dann ging er wieder zu dem Tisch, öffnete ein Päckchen und zog noch einen Bogen blaues Kreppapier heraus. Als er ihn entfaltete, zeigte sich in der Mitte ein Loch. Er legte das Papier über Blackburns Geschlechtsteile und drückte es ihm an den Körper, so daß der Hodensack durch das Loch rutschte. Die obere Hälfte des Papierbogens wurde zwischen Blackburns Schenkeln zum Vorhang.

»Der Arzt kommt gleich«, sagte der Assistent und ging.

Blackburn ließ den Kopf auf das Polster sinken und starrte zur Decke. Über ihm hing, mit Reißzwecken an den Verputz geheftet, ein Poster mit einem Kätzchen, das in der Luft baumelte und sich nur an dem Knoten eines Seils festklammerte. Unter dem Kätzchen standen die Worte:

Wenn du das Ende des Seils erreicht hast:
NICHT LOSLASSEN!

Blackburn hätte es am liebsten heruntergerissen. Er war wirklich nicht in der Stimmung für sentimentalen Unsinn.

Noch während das Desinfektionsmittel langsam verdunstete und Blackburn ein Gefühl vermittelte, als wären seine Eier in Eis gepackt, fiel ihm ein, daß dieser Raum nur Dienstagabend für Sterilisationen benutzt wurde. An den anderen Abenden wurde er für andere Zwecke genutzt.

Er lag auf einem Tisch, auf dem Frauen hatten abtreiben lassen.

Er dachte an das Mädchen namens Melissa. Ob ihr das Kätzchen wohl etwas bedeutet hatte oder ob sie es ebenso blöd gefunden hatte wie er?

Der Assistent kehrte mit einem Arzt zurück, der einen grünen Kittel über einer Freizeithose trug. Der Arzt hatte schütteres Haar und war um die vierzig. »Na, dann wollen wir mal«, sagte er.

Blackburn hob den Kopf und sah zu, wie der Assistent ein Wägelchen und einen Hocker an den Tisch schob. Als das Tuch vom Wägelchen weggezogen wurde, sah er eine Injektionsspritze und eine Reihe von Instrumenten aus rostfreiem Stahl.

»Sie werden es bequemer haben, wenn Sie sich nicht den Hals verrenken«, sagte der Arzt.

Blackburn ließ den Kopf wieder sinken, aber bequemer fühlte er sich deswegen nicht. Aus den Augenwinkeln heraus sah er, daß der Assistent die Spraydose noch einmal in die Hand nahm. Ein zweiter kalter Nebelschwall traf seine Hoden und zischte auf das blaue Papier. Der Assistent stellte die Flasche auf das Wägelchen, riß dann eine Packung mit Latex-Handschuhen auf und half dem Arzt, sie überzustreifen.

Der Arzt schob sich den Hocker mit dem Fuß zurecht und setzte sich zwischen Blackburns Beine. Sein Gesicht konnte Blackburn sehen, aber die Hände waren hinter dem blauen Papier versteckt.

»Ich seh' mal nach dem anderen Kerl«, sagte der Assistent. »Der Trottel ist nur halb rasiert erschienen.« Er verließ das Zimmer.

Der Arzt faßte Blackburns Hoden, zog sie vom Körper weg und rollte dann die Haut über dem rechten Hoden zwischen Daumen und Zeigefinger. Blackburns Wadenmuskeln zogen sich zusammen, seine Füße verkrampften sich. Er mußte sich an den Tischkanten festklammern, um den Oberkörper auf den Polstern zu halten.

»Ich muß erst den Samenleiter finden«, sagte der Arzt.

Blackburn biß die Zähne zusammen und starrte zu dem Kätzchen hoch.

»Ich hab' ihn«, sagte der Arzt. »Jetzt bekommen sie die erste Injektion des Lokalanästhetikums. Es ist Prokain Hydrochlorid, wie das Novokain, das Sie beim Zahnarzt bekommen.«

Blackburn war zweimal beim Zahnarzt gewesen, und beide Male hatte er gelitten. Novokain wirkte bei ihm nicht besonders gut.

»Jetzt kommt's gleich, oben rechts«, sagte der Arzt. »Es wird sich anfühlen wie ein Bienenstich.«

Es war schlimmer. Blackburn bog den Rücken durch, mit den Daumen zerriß er das Kreppapier auf dem Tisch. Er mußte sich sehr beherrschen, um nicht die Beine von den Stützen zu nehmen und dem Arzt ins Gesicht zu treten.

Die Nadel wurde herausgezogen, und der Arzt tastete jetzt an der linken Seite herum, so wie er es an der rechten getan hatte. »Noch mal«, sagte der Arzt, und die Nadel drang ein. Schweiß tropfte Blackburn in die Ohren.

»Versuchen Sie stillzuhalten«, sagte der Arzt.

Die Nadel wurde wieder herausgezogen. Einen Augenblick lang lag Blackburn still da, dann hob er den Kopf, um zu sehen, was jetzt passierte.

Der Arzt sah ihm ins Gesicht. »Wie alt sind Sie?« fragte er.

»Vierundzwanzig.«

»Aha. Und wie viele Kinder haben Sie?«

Blackburn hätte ihm am liebsten etwas angetan. »Keine. Na und?«

»Aha«, sagte der Arzt noch einmal. Er setzte sich zurecht, und seine rechte Hand tauchte über dem blauen Vorhang auf. Sie hielt ein blutverschmiertes Skalpell.

»Was soll denn ›Aha‹ heißen?« fragte Blackburn.

Der Arzt legte das Skalpell auf das Wägelchen, nahm ein zweites Instrument zur Hand und ließ es hinter dem Papier verschwinden, bevor Blackburn erkennen konnte, was es war.

»Ach, nichts«, antwortete der Arzt und sah wieder auf seine Arbeit. »Ich werde jetzt den rechten Samenleiter zum Einschnitt ziehen. Kann sein, daß Sie ein leichtes Zerren spüren.«

Es war, als würde eine Ader in Blackburns Bauch durch den Hodensack herausgerissen. Blackburn stützte sich auf die Ellbogen.

»*Bitte* stillhalten«, sagte der Arzt.

Blackburn wünschte sich eine Rechtfertigung, um den Arzt umzubringen, aber er wußte, die gab es nicht. Er hatte es ja so gewollt.

Viel später sagte der Arzt: »Sie scheinen mir doch beträchtliche Beschwerden zu haben, und ich werde Ihnen deshalb noch eine Injektion geben, bevor ich mit dem linken Samenleiter beginne. Ganz so schlimm wird es diesmal nicht mehr sein, weil Sie ja schon etwas betäubt sind.«

Das Kätzchen war nur noch ein verschwommener gelber Farbklecks. Blackburn biß die Zähne zusammen, aber es half nichts. Wehe, dachte er, wenn die Frau in Grau das nicht zu schätzen weiß.

Nachdem die genähte Wunde mit Mull verbunden war, stieg Blackburn vom Tisch und zog sich an. Er spürte weder den Druck des Suspensoriums noch den seiner Jeans. Es war, als hätte er keine Genitalien.

Der Arzt gab ihm ein Rezept für Tetracyclin und verließ das Zimmer. Blackburn wandte sich ebenfalls zum Gehen, doch am Fußende des Tisches blieb er stehen. Er war überrascht, wie viel von dem blauen Papier, auf dem er gelegen hatte, geschwärzt war.

Der Assistent kam mit einem Müllsack herein und begann, das Papier aufzusammeln. Er sah Blackburn an und sagte: »Sie sind doch fertig, nicht?«

Blackburn ging hinaus. Unten lächelte Mrs. Duncan ihn an. »Dann sehen wir Sie in ein paar Wochen beim ersten Spermatest, Mr. Cameron.«

»Gut.« Er ging auf die Sperrholztür zu.

»Ach, vielleicht interessiert es Sie; ich habe eben im Krankenhaus wegen Mr. Tatum angerufen«, sagte Mrs. Duncan. »Er wird zwei Finger verlieren und vielleicht das linke Auge, aber er ist außer Lebensgefahr und macht über die ganze Geschichte schon wieder Witze.«

»Das ist gut«, sagte Blackburn und ging hinaus.

Draußen bei den Demonstranten blieb er vor der Frau in Grau stehen. »Ich bin steril«, sagte er.

»Lassen Sie mich in Ruhe.« Sie war umgeben von Kerzen, und ihr Gesicht flackerte zwischen Hell und Dunkel.

Blackburn drehte sich zur Klinik um. »Vor zwei Nächten ist hier eine Bombe explodiert. Ein Mensch wurde verletzt.«

»Das will man uns nur einreden«, erwiderte die Frau, »aber es ist eine Lüge, um uns ins Unrecht zu setzen. Wenn wir aufhören würden zu protestieren, würden wir dieser Lüge nachgeben.«

Blackburns Wunde begann zu schmerzen. »Ich bewundere Ihre Stärke«, sagte er und ging zu seinem Dart. Mit jedem Schritt wurden die Schmerzen schlimmer.

Der Transporter würde die Frau frühestens in zwei Stunden nach Hause bringen, und niemand sagte etwas zu Blackburn, als er den Kofferraum des kastanienbraunen Nova öffnete. Er würde keine Spuren hinterlassen. Ein Kofferraum war eine einfache Sache.

Ein Lämpchen sprang an, als er den Deckel öffnete, und der schwere Geruch erinnerte Blackburn an Kompost und Beerdigungen. Neben Reserverad und Wagenheber lagen in dem Kofferraum drei verwelkte Rosensträuße.

Das Papier um einen der Sträuße war aufgeschlagen, ein paar Stengel hatten sich gelöst. Blackburn nahm diesen Strauß in die Hand, drückte das Gesicht in die toten Blüten, legte ihn dann wieder ab und nahm einen anderen. Dieser war schwerer, er ließ ihn deshalb liegen und wickelte ihn aus.

Zwischen den Rosenstengeln lag ein etwa dreißig Zentimeter langes Zwei-Zoll-Rohr, das an beiden Enden verschlossen war. Eine Schnur, die fast so lang war wie das Rohr, hing aus einem Loch in der Mitte der einen Verschlußkappe.

Blackburn nahm das Rohr in die Hand und hörte auf das Rasseln, während er es schüttelte. Er hatte so etwas Ähnliches selbst schon einmal benutzt und wußte, daß das Rohr eine Dynamitstange und eine Sprengkapsel enthielt. Dies war die einfachste Version einer Rohrbombe, ein sogenannter Bangalore Torpedo. Als er den dritten Strauß auswickelte, fand er noch einen zweiten Torpedo.

Seine Stiche drohten unter seinem Pulsschlag aufzuplatzen, er beeilte sich deshalb. Er knöpfte die Jackentasche auf, holte den Rasierer heraus, ließ ihn zu Boden fallen und trat darauf. Mit der so befreiten Klinge schnitt er die Hälfte von jeder Zündschnur ab.

Nachdem er die Rohre wieder in die Sträuße gewickelt hatte, schloß er den Kofferraum und hob die Bruchstücke des Rasierers auf. Auf dem Weg zum Dart warf er sie in den Rinnstein.

In einer Vierundzwanzig-Stunden-Apotheke holte er sich das verschriebene Antibiotikum. Dann fuhr er in seine Wohnung, nahm vier Aspirin und legte sich mit einem Eisbeutel am Hoden ins Bett. Da er nicht schlafen konnte, nahm er das Merkblatt mit den »Instruktionen nach einer Vasektomie« und las es immer und immer wieder.

Instruktion Nr. 8 besagte, daß fünfzehn bis fünfunddreißig Ejakulationen nötig seien, um alle Spermien aus den Samenleitern zu spülen. Nach fünfzehn Ejakulationen sollte er eine Spermaprobe zur Untersuchung in die Klinik bringen.

Blackburn glaubte nicht, daß er dafür lange genug in Kansas City bleiben würde.

Leslie Bonner, so die *Times* vom folgenden Montag, hatte die Frau in Grau geheißen. Sie hatte sich mit ihrer Mutter eine Wohnung geteilt.

Ihre zweite Bombe hatte sie vor der Praxis eines Gynäkologen und Geburtshelfers in Overland Park deponiert. Sie war explodiert, als die Frau erst vier Meter entfernt war, und sie war im Fallen mit dem Kopf auf dem Gehweg aufgeschlagen.

Ihr Auto hatte man ganz in der Nähe gefunden, mit einer zweiten Bombe im Kofferraum. Die Polizei bemühte sich, die Herkunft des Dynamits herauszufinden.

In seiner Vormittagspause tat Blackburn nichts anderes, als Leslie Bonners Photo anzustarren.

Entweder hatte sie nicht bemerkt, daß die Zündschnur an ihrer zweiten Bombe kürzer war als an der ersten, oder sie hatte geglaubt, das sei egal. Sie hatte sich auf den Bombenbastler verlassen. Die Konsequenzen hatte sie nicht begriffen.

Niemand hatte sie vor sich selbst beschützt.

Blackburn warf die Zeitung in den Müll. Er arbeitete bis zum Ende seiner Schicht und verließ dann Bucky's, ohne den Grill zu putzen.

In seiner Wohnung sammelte er seine Habseligkeiten zusammen und steckte sie in die Sporttasche. Dann legte er sich aufs Bett und wartete, bis es Nacht wurde.

Sie hatte nicht ausgesehen wie eine Leslie. Eher wie eine Lisa oder Lydia, dachte Blackburn. Bei dem Gedanken an sie bekam er eine Erektion, aber die Wundfäden zerrten an seiner Haut, und der Schmerz ließ seinen Penis wieder erschlaffen.

Um elf ging er ins Bad und untersuchte die Wunde. Die Schwellung war zurückgegangen, aber der Hodensack war noch immer wund. Er legte eine neue Gazekompresse auf die Naht, zog die Jeans hoch und brachte seine Sporttasche zum Dart. Unter dem Gewicht zuckte er zusammen. Er sollte noch nichts Schweres tragen.

Er fuhr in den Osten der Stadt und parkte ein paar Blocks vom Haus der Rosen entfernt. Die Python steckte er sich hinten in den Bund seiner Jeans, so daß die Jacke sie verdeckte, und dann ging er das Stück zu Fuß. Die Straße war ruhig, die Häuser dunkel.

Bei R. Petersen waren die Rollos zugezogen, aber drinnen brannte Licht. Als Blackburn die Stufen hochging, hörte er Gelächter aus dem Fernsehen. R. Petersen sah sich die Show von David Letterman an.

Blackburn nahm die Zündschnurstücke aus der Tasche und band sie zusammen. Er zündete das eine Ende mit einem Streichholz an, nahm dann den Knoten in die linke Hand und zog mit der rechten die Python heraus. Dann drückte er mit der Revolvermündung auf den Klingelknopf.

Als die Tür aufging, warf er die Zündschnur ins Haus. R. Petersen drehte sich in ihre Richtung, und Blackburn schlug ihm mit der Python hinters Ohr. Petersen fiel um.

Blackburn trat ein und schloß die Tür, während Petersen über den Parkettboden auf die Zündschnur zukrabbelte. Blackburn ging um ihn herum und drehte den Fernseher lauter.

Petersen hatte die Zündschnur erreicht und versuchte sie auszuschlagen.

Blackburn nahm ein Kissen von einem Stuhl, drückte es Petersen auf den Kopf und jagte eine Kugel hindurch. Die Zündschnur verlöschte von alleine.

In einer Kommodenschublade im Schlafzimmer fand er eine Rolle Zehner und Zwanziger und in der Küche einen halb ausgewachsenen, schwarzweißen Mischlingswelpen. Im Keller fand er versteckt unter Gerümpel eine Kiste mit Dynamit, Sprengkapseln und Rohrverschlüssen.

Als er fertig zum Aufbruch war, trug er die Kiste nach draußen und warf sie auf die Straße. Er kehrte ins Haus zurück und zündete die Zündschnur an, die sich in Schleifen durchs Wohnzimmer wand. Danach nahm er den Hund und ging. Der Hund war schwerer, als er erwartet hatte, und zappelte. Beim Dart angekommen, hatte Blackburn Schmerzen; er mußte ein Aspirin nehmen.

Er glaubte zwar nicht, daß die einzelne Dynamitstange im Mund von Nummer zwölf die Häuser in der Nachbarschaft gefährden würde, hielt aber trotzdem an einer Telefonzelle an und wählte 911. Da er die genaue Adresse des Hauses nicht kannte, nannte er dem Diensthabenden Straße und Block.

Dann fuhr er auf der I-35 nach Norden. Den Dart wollte er in Des Moines abstellen, sich dort ein neues Auto besorgen und dann nach Chicago weiterfahren. Dort war er noch nie gewesen.

»Ist Chicago okay?« fragte er das Hündchen.

Das Hündchen knabberte am Griff der Python und knurrte.

Blackburn fiel kein passender Name für den Hund ein. Vielleicht würde er ihm gar keinen geben.

Opfer Nummer vierzehn und fünfzehn

Der 68er Fury, den Blackburn in Joliet gekauft hatte, lief unrund, und der Ölmeßstab hatte die Farbe von Straßenteer. Was er brauchte, war eine Neueinstellung des Motors und einen Ölwechsel. Dafür würde er allerdings jemanden bezahlen müssen. Er hatte kein Werkzeug. Werkzeuge waren zu schwer, um sie bei überstürzten Aufbrüchen mitnehmen zu können.

Also schlug er die Gelben Seiten für den Großraum Chicago auf und rief bei verschiedenen Autowerkstätten an. Als er ein Dutzend angerufen hatte, suchte er sich die billigste heraus und brachte den Fury an einem Montagmorgen dorthin. Er hatte dreihundertzehn Dollar in seiner Jackentasche. Inzwischen arbeitete er im Chi-Town Chicken Hut, aber Montag war sein freier Tag, und er hatte vor, seine Wäsche zu waschen, wenn das Auto fertig war. Mit etwas Glück konnte er wieder zu Hause sein, bevor Hund auf den Teppich gepinkelt hatte.

Er genoß die Fahrt zur Werkstatt. Chicago war kalt, graue Wolken hingen tief über der Stadt. Blackburn gefiel es so. Blauer Himmel und Sonnenschein gaben ihm immer das Gefühl, er könne sich nirgends verstecken. Aber wenn alles die Farbe von kaltem Fleisch hatte, konnte er mit einer Mauer verschmelzen, wenn es nötig war.

Ed & Earl's Auto Service befand sich in einem Betonbau mit zwei doppelflügligen Garagentoren. Um 8 Uhr 30 parkte Blackburn den

Fury auf dem Vorplatz und ging durch eine Glastür mit der Aufschrift KUNDENEINGANG. Sie führte in einen Warteraum, der nach den neuen Reifen roch, die an den Wänden aufgestapelt waren. Das einzige Geräusch war das Summen des Getränkeautomaten. Hinter der Service-Theke war niemand. Blackburn wartete ein paar Minuten und ging dann zu einer zweiten Glastür, die zur eigentlichen Werkstatt führte. Durch diese Tür konnte er ein Auto auf einer hydraulischen Hebebühne sehen und daneben auf dem Boden ein zweites. Aber Leute waren keine in Sicht.

Blackburn stieß die Tür auf und betrat die Werkstatt. Es roch nach Schmieröl und Zigarettenrauch, und es war wärmer als im Warteraum.

»He da!« rief eine Stimme. »Kein Zutritt für Kunden!«

Blackburn sah nach links. Vier Männer in grünen Overalls saßen in der hintersten Ecke auf Klappstühlen. Sie tranken Kaffee und rauchten Zigaretten. Zwei sahen aus wie Teenager, mit langen Haaren und dünnen Schnurrbärten. Die beiden anderen waren älter. Einer war ein großer Mann mit dunklen Haaren und dichten Bartstoppeln. Auf einem ovalen Flicken auf seiner Brust stand in roten Stickbuchstaben: »Ed«. Der andere Mann war kleiner, aber schwerer, er hatte eine Bürstenfrisur, dicke Unterarme und einen riesigen Bauch. Auf seinem Flicken stand: »Earl«.

»Ich habe mein Auto gebracht«, sagte Blackburn. »Ich habe am Samstag deswegen angerufen.«

Ed stand auf, warf seine Zigarette auf den Betonboden und trat sie aus. Er war etwa einsneunzig groß und hatte, von einem Bierbauch abgesehen, straffe Muskeln. Er sah wütend aus, aber Blackburn nahm an, daß das von seinen schwarzen Augenbrauen kam.

»Im Arbeitsbereich ist für Kunden der Zutritt nicht gestattet«, sagte Ed. Seine Stimme klang wie rollender Kies.

»'tschuldigung«, sagte Blackburn. »Aber da draußen war niemand.«

»Bin in 'ner Minute bei Ihnen.« Ed wandte sich ab und legte bei einem Kompressor einen Schalter um. Der Kompressor sprang ratternd an, der Lärm füllte die Werkstatt.

Blackburn kehrte in den Warteraum zurück und betrachtete die

Dr.-Pepper-Uhr über dem Getränkeautomaten. Der Sekundenzeiger machte achtmal die Runde, bevor Ed hereinkam und sich hinter die Theke stellte. Ed nahm ein Klemmbrett von einem Nagel an der Wand, klemmte ein gelbes Formular unter den Clip und redete mit Blackburn, ohne ihn anzusehen.

»Wo liegt denn das Problem?«

»Ich brauche eine Motorneueinstellung und einen Ölwechsel«, sagte er. »Es ist der Fury draußen auf dem Vorplatz.«

»Was fehlt ihm denn?«

»Nichts außer einer Motorneueinstellung und einem Ölwechsel.«

Ed sah von dem Klemmbrett hoch und warf Blackburn einen finsteren Blick zu. »Was hat er denn?«

Blackburn nahm an, er hatte einen ähnlichen Fehler gemacht wie ein Patient, der seinem Arzt sagte, was für eine Behandlung er brauchte, und nicht, welche Symptome er hatte. »Der Motor läuft unrund«, sagte er. »Und das Öl ist schmutzig.«

Ed schrieb etwas auf das gelbe Formular. »Was für ein Baujahr?«

»Ein 68er.«

»Wie lange wurden Riemen und Schläuche nicht mehr gewechselt?«

»Keine Ahnung. Ich habe ihn erst letzten Monat gekauft. Die scheinen allerdings alle in Ordnung zu sein.«

Wieder warf Ed ihm einen finsteren Blick zu. »Wir werden ihn uns mal ansehen«, sagte er. »Wenn Sie hier Namen und Telefonnummer hinschreiben« – er drehte das Klemmbrett herum und legte den Kugelschreiber auf die Theke –, »wir werden in ein oder zwei Stunden dazu kommen, und dann rufen wir Sie an.«

Blackburn schrieb das Gewünschte auf den Zettel. Donald Wayne lautete sein gegenwärtiger Deckname. »Gilt dieses Sonderangebot noch? Motorneueinstellung für neunundzwanzig fünfundneunzig?« fragte er.

»Ja.«

»Genau das will ich dann. Und einen Ölwechsel.«

Ed tippte auf den unteren Rand des Formulars. »Ich brauche Ihre Unterschrift. Und Ihre Autoschlüssel.«

Blackburn unterschrieb das Formular und legte dann den Schlüssel auf die Theke. »Bis später dann«, sagte er.

»Hm-hm.« Ed hängte das Klemmbrett zurück an den Nagel, steckte den Schlüssel in die Tasche und verschwand wieder in der Werkstatt.

Blackburn ging hinaus. Er hatte jetzt ein paar Stunden Zeit, und seine Wohnung war zu weit entfernt, um zu Fuß dorthin und wieder zurück zu gehen. Aber nur ein paar Blocks entfernt hatte er ein Kinozentrum entdeckt. Er klopfte dem Fury auf die Kühlerhaube und ging die Straße hinunter.

Er sah sich eine Frühvorstellung an, aß zu Mittag und war um ein Uhr wieder bei Ed & Earl's. Der Fury stand noch genau da, wo er ihn abgestellt hatte. Er ging in den Warteraum und fand dort Earl, der in einem Drehstuhl hinter der Theke saß und Kaffee trank.

»Entschuldigen Sie«, sagte Blackburn. »Haben Sie bei meinem Fury schon was gemacht?«

Earl schnitt eine Grimasse und stand auf. »Wie ist der Name?«

»Donald Wayne.«

Earl nahm das Klemmbrett von der Wand, legte es auf die Theke und schnalzte mit der Zunge. »Sie haben Probleme, Mr. Wayne«, sagte er. »Ihr Kühlerdeckel schließt nicht mehr dicht, alle Riemen und Leitungen sind abgenutzt, Ihre Verteilerkappe hat einen Sprung, Ihr Luftfilter ist verschmutzt, Ihre Stoßdämpfer sind schwach, Ihre Benzinpumpe ist kaputt, und Sie brauchen einen neuen Verteiler, neue Zündkerzen und -stecker. Neue Zündkabel wären auch nicht schlecht, weil die Isolierung spröde ist. Außerdem brauchen Sie einen Ölwechsel und einen neuen Ölfilter, das Kühlsystem muß gereinigt und neu aufgefüllt werden, Sie brauchen frisches Getriebeöl und Dichtungen. Eine Überprüfung der Bremsen und neue Reifen wären auch zu empfehlen. Ed hat eine Probefahrt gemacht und gemeint, die Bremsen sind schlapp, und die Reifen laufen wegen dauerndem Unterdruck schon fast auf dem Gewebe. Falls Sie die Bremsen nicht gleich reparieren lassen wollen, dann halten sie ungefähr noch tausend Meilen. Aber bei den Bremsen sollte man nichts riskieren.« Earl sah Blackburn an.

Blackburn war verwirrt. Der Fury stand noch genau da, wo er ihn abgestellt hatte. Aber natürlich konnte Ed ihn wieder dort geparkt haben. »Haben Sie die Motoreinstellung und den Ölwechsel gemacht?« fragte er.

»Nein, Sir«, sagte Earl. »Ohne Ihr Okay tun wir gar nichts. Wir haben versucht, Sie anzurufen, aber Sie waren nicht zu Hause.«

»Die Motoreinstellung und den Ölwechsel habe ich doch bereits in Auftrag gegeben«, sagte Blackburn. »Das sollte inzwischen schon erledigt sein.«

Earl zuckte die Achseln. »Davon weiß ich nichts. Ed hat gesagt, Sie wollten, daß wir Ihr Auto durchchecken, und dann sollten wir Sie anrufen. Wissen Sie, wir tun nie etwas ohne die Zustimmung des Kunden.«

»Nein, natürlich nicht«, sagte Blackburn. Er ging in Gedanken seine Unterhaltung mit Ed noch einmal durch. Es war ja möglich, daß Ed nicht verstanden hatte, was er von ihm wollte. »Wieviel wird es kosten, wenn Sie sämtliche Reparaturen auf Ihrer Liste durchführen?«

Earl tippte Beträge in einen Taschenrechner. Die Endsumme belief sich auf $ 1117,67.

»Nein«, sagte Blackburn.

Earl warf ihm einen Blick zu. »Sehen Sie, Sir«, sagte er, »das ist der Grund, warum wir auf Ihr Okay warten. Wir glauben, all das muß gemacht werden, damit Ihr Auto wieder verkehrssicher ist, aber wir machen nur, was Sie wollen. Was sollen wir weglassen?«

Blackburn überlegte. Seiner Ansicht nach fuhr und bremste der Fury recht ordentlich, und im Kofferraum hatte er einen Reservereifen. »Keine Stoßdämpfer oder Bremsen«, sagte er. »Und keine neuen Reifen.«

Kopfschüttelnd strich Earl die Punkte auf dem gelben Formular aus. »Sie sind der Chef«, sagte er. Er tippte noch einmal in den Taschenrechner. »Bleiben dreihundertvierundneunzig vierzig.«

Es war noch immer zu viel. »Hören Sie«, sagte Blackburn, »alles, was ich will, ist eine Motorneueinstellung und einen Ölwechsel. Keinen Kühlerdeckel, keine neue Kühlflüssigkeit, kein Getriebeöl, keine Zündkabel, keine Riemen, keine Schläuche.«

»Für die Motorabstimmung brauchen wir eine neue Verteilerkappe«, sagte Earl. »Und den Verteiler, Zündkerzen und -stecker.«

»Okay. Und wieviel kostet das?«

Earl tippte. »Einhundertsechsundsiebzig Dollar und dreiundzwanzig Cent. Inklusive Steuer.«

»Die Neueinstellung kostet aber doch angeblich nur neunundzwanzig fünfundneunzig«, sagte Blackburn. »Sie verlangen doch nicht hundertfünfzig fünfzig für einen Ölwechsel, oder?«

Earl warf ihm einen strengen Blick zu. »Neunundzwanzig fünfundneunzig sind die Arbeitskosten. Die Ersatzteilkosten müssen wir dem Kunden berechnen, sonst gehen wir pleite. Und Sie erhalten einen erstklassigen Ölwechsel mit einer Kurbelgehäusespülung und einem Fram-Filter.«

Blackburn gab auf. »Machen Sie es«, sagte er.

Earl schrieb den endgültigen Gesamtbetrag auf das Formular. »Sie müssen hier abzeichnen«, sagte er und schob das Klemmbrett über die Theke.

Blackburn setzte sein Zeichen darunter. »Wann ist er fertig?«

Earl hängte das Klemmbrett wieder an den Nagel. »In ein bis zwei Stunden.«

Blackburn sah durch die Glastür in die Werkstatt. Dieselben Autos wie zuvor standen noch drin. Die beiden jüngeren Mechaniker beugten sich über den Motor des am Boden stehenden Wagens. Ed war nirgends zu sehen.

»Ich warte hier«, sagte Blackburn und setzte sich auf einen Klappstuhl. »Ich will Ihnen bei der Arbeit zusehen.«

Earl ging in die Garage und drückte auf einen Knopf an der Wand. Das vordere Garagentor öffnete sich. Ed tauchte neben Earl auf, und die beiden unterhielten sich. Ed warf Blackburn durch die Glastür hindurch einen finsteren Blick zu. Blackburn winkte.

Ed drückte auf einen zweiten Knopf, diesmal an einem Metallkasten, der an einem Kabel von der Decke hing, und die Hebebühne senkte sich mit dem zweiten Auto auf Bodenhöhe. Earl stieg in das Auto und fuhr es rückwärts aus der Werkstatt. Dann fuhr er Blackburns Fury hinein und winkte einem der jüngeren Mechaniker.

Dieser Mechaniker kam in den Warteraum, nahm das Klemmbrett von der Wand und ging wieder in die Werkstatt. Ed und Earl redeten mit ihm und gingen dann in den hinteren Teil der Werkstatt, wo Blackburn sie nicht mehr sehen konnte. Der junge Mechaniker öffnete die Motorhaube des Fury und machte sich an die Arbeit.

Blackburn holte sich ein Dr. Pepper aus dem Getränkeautomaten, nahm eine alte Ausgabe von *Motor Trend* vom Tisch neben seinem Stuhl und wechselte dann ab zwischen Lesen und Beobachten, was in der Werkstatt vor sich ging. Metall klapperte, und pneumatische Schraubenschlüssel surrten. Der Kompressor wurde an- und abgeschaltet. Gelegentlich waren Flüche zu hören.

Als Blackburn seine Limo ausgetrunken hatte, hörte er, wie ein Auto auf Ed & Earl's Hof fuhr. Augenblicke später kam eine kleine ältere Dame durch den Kundeneingang. Sie blieb an der Tür stehen, sah Blackburn an und lächelte. Blackburn erwiderte das Lächeln. Die Frau ging zu der Theke und wartete. Elf Minuten stand sie so da, dann ging Blackburn zur Werkstattür und stieß sie auf.

»He!« schrie er. »Sie haben neue Kundschaft.« Er setzte sich wieder auf seinen Stuhl und lächelte die Frau an.

Ed kam herein und stellte sich hinter die Theke. Seine dunkle Stirn war noch düsterer als zuvor. »Was kann ich für Sie tun, Ma'am?« fragte er, ohne auf Blackburn zu achten. Unter der Theke zog er ein zweites Klemmbrett mit einem gelben Formular hervor.

»Es geht um meinen Chevy«, sagte die Frau. Ihre Stimme klang dünn und zart. »Aus dem Auspuff kommt schwarzer Rauch. Das letzte Mal hat ihn mein Sohn repariert, aber der ist jetzt in Florida.«

»Was für ein Baujahr hat er?«

»1962.«

»Wie lange wurden Riemen und Schläuche nicht mehr gewechselt?«

»Ich glaube, mein Sohn hat es an Weihnachten gemacht. Nicht letztes Weihnachten, sondern das davor.«

Ed schrieb etwas auf das Formular und drehte das Klemmbrett herum. »Bitte füllen Sie das aus. Wir werden in ein oder zwei Stunden dazu kommen, und dann rufen wir Sie an.«

Die Frau füllte das Formular aus und unterschrieb es. »Ich bin zu Hause. Ich wohne nur ein paar Blocks entfernt.«

»Vergessen Sie nicht, aufs Telefon zu achten«, sagte Ed. Er hängte das Klemmbrett an die Wand und kehrte in die Werkstatt zurück.

Einen Augenblick stand die Frau nur da und machte ein verwirrtes Gesicht, doch dann ging sie auf die Tür zu. Neben Blackburn blieb sie stehen. »Danke, daß Sie mich angekündigt haben«, sagte sie. »Ich habe schon gedacht, ich müßte hier Wurzeln schlagen.« Sie streckte die Hand aus. »Ich bin Mrs. Stopes.«

Blackburn schüttelte ihr die Hand. Sie fühlte sich an wie Asche. »Freut mich, Ihre Bekanntschaft zu machen«, sagte er. »Ich bin Don Wayne.«

»Ganz meinerseits, Mr. Wayne.« Sie sah nach draußen. »Das ist mein Chevy. Als mein Gatte ihn kaufte, war er ganz neu. Er war das erste, was uns gemeinsam gehörte.«

Blackburn sah ebenfalls hinaus. Der Chevy war blau wie die Eier eines Rotkehlchens und makellos sauber. »Das ist ein gutes Auto«, sagte er.

»Nun ja, ich würde es verkaufen, wenn ich eine andere Fortbewegungsmöglichkeit hätte«, sagte Mrs. Stopes. »Wenn die Busse sicher wären. Aber Sie haben recht, es ist ein gutes Auto. Es muß nur ab und zu hergerichtet werden.« Sie lächelte noch einmal. »Wie die Menschen.«

Blackburn sah Mrs. Stopes nach, die an ihrem Chevy vorbei und die Straße hinunter ging. Sie bewegte sich, als hätte sie Hüftschmerzen. Als sie außer Sicht war, wandte er sich wieder seiner Zeitschrift zu. Er war zwar der Ansicht, daß Ed nicht freundlich genug zu Mrs. Stopes gewesen war, aber das ging ihn nichts an. Solange Ed und Earl mit seinem Fury machten, was er von ihnen verlangte, konnten sie mit anderen umspringen, wie sie wollten.

Dreißig Minuten später hob er den Kopf und sah grünes Wasser unter der Nase des Fury hervorlaufen. Er ging in die Garage und klopfte dem Mechaniker auf die Schulter. »Was machen Sie da?« fragte er.

Der Mann sah ihn teilnahmslos an. »Nach was sieht's denn aus?«

»Sieht aus, als würden Sie die Kühlflüssigkeit ablassen.«

»Gut geraten, Mann.«

»Das sollten Sie aber nicht tun.«

Der Mechaniker nahm das Klemmbrett vom Kotflügel des Fury. »Hier steht: ›Kühlsystem reinigen und neue Flüssigkeit einfüllen‹.«

Er zeigte es Blackburn. Earl hatte den Punkt nicht ausgestrichen, sondern unterstrichen.

Earl tauchte neben ihnen auf. »Gibt's Probleme?«

Blackburn nahm dem Mechaniker das Klemmbrett ab und zeigte Earl das Problem. Earl wandte sich an den Mechaniker.

»Hast du Schwierigkeiten mit den Augen?« fragte Earl. »Ich hab' das ausgestrichen. Wenn du weiter so einen Scheiß baust, kannst du dir in der South Side einen Job suchen. Jetzt geh da rüber und hilf Sonny mit dem Anlasser. Ich mach' das selber fertig.«

Der junge Mechaniker ging leise maulend zu dem anderen Auto. Earl kniete sich auf den Boden und setzte die Ablaßschraube wieder ein.

»Er konnte nichts dafür, Earl«, sagte Blackburn. »Ihr Ausstreichen sieht aus wie Unterstreichen.«

»Kunden haben hier keinen Zutritt«, sagte Earl.

Blackburn ging wieder in den Warteraum und nahm eine sieben Monate alte Ausgabe der *Newsweek* in die Hand. Um halb vier kam Ed herein, ging hinter die Theke und telefonierte. »Mrs. Stopes?« sagte er. »Ja, hier Ed vom Ed & Earl's Auto Service. Sie haben Ihren Chevy doch gegen Mittag vorbeigebracht? Also, ich fürchte, sie haben da einige Probleme.«

Ed wollte damit offensichtlich ausdrücken, daß einer der Mechaniker sich den Chevy angeschaut hatte. Aber Blackburn war sicher, daß keiner auch nur in die Nähe des Autos gekommen war. Er hatte es zwar nicht die ganze Zeit im Auge behalten, aber er hätte es gehört, wenn jemand die Motorhaube geöffnet oder den Motor angelassen hätte.

»Nun, Ma'am, Ihre Riemen und Schläuche sind alt«, sagte Ed, »und Ihr Kühlerdeckel schließt nicht mehr dicht. Die Kühlflüssigkeit sollte ausgetauscht werden, und Ihr Luftfilter ist schmutzig. Ihre Verteilerkappe hat einen Sprung, und Sie brauchen neue Zündkerzen und -stecker und einen Verteiler. Ich würde auch neue Zündkabel vorschlagen, weil die Isolierung brüchig ist. Außerdem sollten Sie sich eine neue Benzinpumpe einbauen lassen, und das Getriebeöl und die Dichtungen müßten ausgetauscht werden. Und Ihrer Sicherheit zuliebe würden wir Ihnen nachdrücklich empfehlen, Ihre Stoßdämpfer auszutauschen und die gesamte Bremsanlage überprüfen zu lassen. Earl hat eine Probefahrt gemacht und festgestellt, daß er holpert und die Bremsen ziemlich schlapp sind. Was die normale Wartung angeht, brauchen Sie einen Ölwechsel, einen neuen Ölfilter und eine Motorneuabstimmung. Und offen gesagt, Ma'am, Sie sollten auch alle vier Reifen austauschen; sie laufen schon fast auf dem Gewebe. Wahrscheinlich weil Sie immer mit zu wenig Luftdruck fahren.«

Blackburn ging zum Getränkeautomaten und nahm noch ein Dr. Pepper. Er verschüttete ein bißchen Limonade und starrte dann die Dose an, bis er sie wieder ruhig in seiner Hand hielt.

»Ich muß die genaue Summe erst noch ausrechnen«, sagte Ed eben, »aber so um die tausend Dollar werden es schon sein. Ja, Ma'am, aber wieviel ist Ihnen Ihre Sicherheit wert? Also, bei soviel Arbeit brauchen wir eine Anzahlung von zweihundert Dollar. Wenn Sie uns das Geld noch vor sechs bringen könnten, können wir vielleicht heute noch anfangen. Nein, Ma'am, wir können Sie nicht abholen. Wir sind nur vier Mechaniker, und wir stecken alle bis zum Hals in Arbeit. Ja, natürlich können Sie uns die Anzahlung auch morgen früh bringen, aber dann können wir erst morgen mit der Arbeit anfangen.«

Blackburn ging zur Theke. »Ich lege die Anzahlung aus«, sagte er.

Ed winkte ab. »Einen Augenblick, Kumpel, ich telefoniere gerade.«

»Ich habe gesagt, ich zahle die zweihundert Dollar für Mrs. Stopes«, sagte Blackburn. »Lassen Sie mich mit ihr reden.«

Ed sah mit finsterer Miene vom Telefon zu Blackburn und dann wieder zum Telefon. Dann gab er Blackburn den Hörer.

»Mrs. Stopes«, sagte Blackburn. »Donald Wayne hier. Wir haben uns heute nachmittag kennengelernt. Ich werde Ihre Anzahlung auslegen, damit Sie nicht extra noch mal herfahren müssen. Sie können mir das Geld morgen zurückzahlen, wenn das Auto fertig ist.«

Mrs. Stopes protestierte, aber Blackburn blieb beharrlich. Dann legte er den Hörer auf die Theke und drehte sich um. Er trank einen großen Schluck Dr. Pepper und spürte die Kälte der Limonade hinter den Augen. Er hörte Ed noch ein paar Worte zu Mrs. Stopes sagen, aber er hörte nicht mehr zu. Draußen in der Werkstatt baute Earl eben eine neue Verteilerkappe in den Fury ein. Blackburn setzte sich und nahm eine zerfledderte *Sports Illustrated* zur Hand.

Ed kam hinter der Theke vor. »Also«, sagte er. Seine Stimme klang mörderisch.

Blackburn knöpfte seine Jacke auf und zog das Geld heraus. Er gab es Ed.

Ed zählte es. »Das sind ja dreihundert.«

»Der zusätzliche Hunderter ist ein Geschenk«, sagte Blackburn. »Wenn mein Auto und das der alten Dame bis sechs fertig sind, können Sie ihn behalten.«

Ed schloß das Geld in eine Schublade ein und ging in die Werkstatt. Blackburn sah, wie er das hintere Tor öffnete und mit den beiden jungen Mechanikern redete. Einen Augenblick später schoben sie das Auto, an dem sie gearbeitet hatten, aus der Werkstatt. Einer von ihnen fuhr Mrs. Stopes Auto hinein. Sie schlossen das Tor, öffneten die Motorhaube des Chevy und machten sich an die Arbeit.

Um zwanzig nach sechs knallten die Mechaniker die Motorhaube des Chevy zu, und einer von ihnen öffnete das Tor, während der andere das Auto rückwärts aus der Werkstatt fuhr. Dann stiegen sie beide in das Auto, das am Vormittag auf der Hebebühne gestanden hatte, und fuhren davon. Ein paar Minuten später knallte Earl die Motorhaube des Fury zu und schloß das Tor, das die Mechaniker offengelassen hatten. Er wischte sich die Hände und kam mit dem Klemmbrett in den Warteraum.

»Alles fertig«, sagte Earl.

Blackburn warf die Zeitschrift neben die zwei zerdrückten Limonadendosen. »Freut mich«, sagte er und stand auf.

Earl ging hinter die Theke und tippte Zahlen in den Taschenrechner. Dann kritzelte er etwas auf die Arbeitsanweisung. »Der Schaden beläuft sich auf zweihundertsiebenundzwanzig Dollar und achtzehn Cent«, sagte er.

Blackburn ging zur Theke. »Und was ist mit den hundertsiebenundsechzig, von denen Sie heute nachmittag gesprochen haben?«

»Na ja, die Geschichte wurde komplizierter, als wir erwartet haben«, sagte Earl. »Und wir haben Ihren Kühler gereinigt.«

»Ich habe Ihnen gesagt, Sie sollen es nicht tun.«

»Ja, Sir, aber der Junge hat die Arbeitsanweisung falsch verstanden, und so wurde es eben gemacht. Es wäre nicht fair, wenn wir Ihnen nicht berechnen würden, was getan wurde.«

»Warum haben Sie mich dann die einssiebenundsechzig abzeichnen lassen?«

»Der Betrag war nur eine Schätzung. Mit Ihrem Zeichen haben Sie uns ermächtigt, mit der Arbeit anzufangen.«

»Wofür war dann meine volle Unterschrift?«

»Damit haben Sie uns ermächtigt, das Auto zu überprüfen. Wir müssen vorsichtig sein.«

Blackburn lachte. Diese Typen waren wirklich spaßig. Man sollte ihnen die Gesichter weiß schminken, sie in Clownskostüme stecken und im Zirkus auftreten lassen. Ihr Glaube an die Einfältigkeit der Leute war so uneingeschränkt, so ungetrübt, daß er kindlich zu nennen wäre, wenn es zum Beispiel um die Existenz des Osterhasen ginge und nicht darum, alte Damen übers Ohr zu hauen.

»Was ist denn so lustig?« fragte Earl. Er klang verärgert.

Sogar die Frage war spaßig. Blackburn lachte so heftig, daß ihm der Bauch weh tat. Er schlug mit der Faust auf die Theke. Seine Augen verschwammen. Earl war nur noch ein rötlicher Klecks. Blackburn wieherte.

Er hörte die Tür zur Werkstatt aufgehen, und ein zweiter Klecks, größer und dunkler, stellte sich neben Earl hinter die Theke.

»Was ist denn so lustig?« fragte Ed. Auch er klang verärgert.

Blackburn sank auf die Knie und stützte den Kopf gegen die Theke. Er schüttelte sich. So hatte er in seinem ganzen Leben noch nicht gelacht. Es war wunderbar wie ein Orgasmus.

»Was ist so lustig, habe ich gefragt?«

Blackburn hob den Kopf und sah zwei Kleckse, von denen er wußte, daß es Eds und Earls Köpfe waren. Sie sahen über die Theke zu ihm herunter. Er gestattete sich noch ein letztes Auflachen und wischte sich dann mit dem Jackenärmel das Gesicht. »Ich werde nicht bezahlen«, sagte er.

Ed und Earl sahen sich an. Dann starrten sie zu Blackburn hinunter.

»Und wie Sie das werden«, sagte Ed.

»Wetten, daß nicht?« sagte Blackburn, ließ die Arme hochschnellen und stieß die Köpfe der beiden zusammen.

Ed und Earl schrien auf, und Blackburn sprang hoch und rannte in die Garage. Er packte den Metallkasten, der von der Decke hing, und drückte auf den grünen Knopf mit der Beschriftung AUF. Der Fury stieg neben ihm in die Höhe. Ed kam in die Werkstatt und stieß die Glastür so heftig auf, daß sie an der Wand zersplitterte. Earl kam fluchend hinter ihm her.

Blackburn ließ den AUF-Knopf los, und die Hebebühne blieb stehen. Er lief um den Fury herum, der jetzt einen Meter über dem Boden schwebte, und steckte sich die Daumen in die Ohren. Er wackelte mit den Fingern und streckte Ed und Earl die Zunge heraus.

Ed nahm eine Rohrzange aus einem Werkzeugkasten, kam um den Fury gerannt und schwenkte die Zange wie einen Knüppel. »Du hast keine Ahnung, mit wem du dich da einläßt«, sagte er.

»Aber klar doch«, sagte Blackburn. »Da steht doch ›Ed‹ auf deiner Brust.« Immer gut drei Meter Abstand zwischen sich und Ed haltend, wich er zurück, bis er gegen das Ersatzteilregal an der hinteren Wand stieß. Das Regal schwankte, verpackte Zündkerzen regneten auf Blackburn herab. Blackburn drehte den Kopf nach links und nach rechts und sah, daß die Regalbretter sich durchbogen unter Auspufftöpfen, Anlassern, Lichtmaschinen, Bremsbacken, Achslagern und anderen Teilen. Das Regal war an der Wand festgeschraubt, aber einige der Halterungen hatten sich losgerissen.

Blackburn breitete die Arme aus und packte zwei Holme des Regals. Earl war auf der anderen Seite des Fury stehengeblieben und versperrte den Weg in den Warteraum, aber Ed war schon fast nahe genug zum Zuschlagen. Die Rohrzange fuhr hoch.

»Du weißt auch nicht, mit wem du dich einläßt«, sagte Blackburn. »Schon mal was von Samson gehört?« Er stemmte sich nach vorne, und das Ersatzteilregal ächzte. Ein Anlasser, ein Auspufftopf, eine Schachtel mit Klemmen und einige Schläuche fielen zu Boden. Dann regnete es wieder Zündkerzen, vermischt mit Verteilerkappen, Zündkabeln und Isolierbandrollen.

»Du Hurensohn«, schrie Ed und sprang Blackburn an.

Blackburn ließ das Regal los, wich Eds Rohrzange aus und lief auf den Fury zu. Er tauchte in die Grube, kam unter dem rechten Hebebühnenarm auf. In dem silbernen Mittelpfosten sah er die verzerrte Reflektion seines Gesichts.

Er hörte Krachen und Fluchen, und drehte den Kopf, um zu sehen, was passiert war. Das Regal war nicht umgestürzt, aber es stand so schräg, daß fast alle Teile heruntergefallen waren. Ed kauerte auf einem Knie. Etwas hatte ihn getroffen, sein Kopf blutete. Als keine Teile mehr auf ihn herunterprasselten, stand er auf und sah sich um, bis er Blackburn entdeckt hatte. Dann rannte er auf den Fury zu. Er wirkte schwerfällig und benommen, aber er hielt noch immer die Rohrzange in der Hand.

Blackburn krabbelte um den silbrigen Pfosten herum, als Ed unter das Auto gekrochen kam. Die Rohrzange streifte nur seine Schuhsohle. Aber als Blackburn auf der anderen Seite unter dem Fury herauskroch, sprang Earl mit einem Aufschrei auf ihn zu. Blackburn drehte sich auf den Rücken und trat Earl in den Schritt. Als Earl zusammenklappte, sprang Blackburn auf und rammte ihm den Daumen in die Kehle. Earl sank auf die Knie, und Blackburn packte den baumelnden Steuerkasten. Er drückte den roten Knopf mit der Beschriftung AB.

Ed war halb unter dem Fury herausgekrochen, als der linke Arm der Hebebühne seinen Rücken berührte. Er gurgelte – sein Gesicht war noch zorniger als zuvor – und spuckte einen roten Schleimklumpen in Blackburns Richtung. Er verfehlte ihn. Die Hebebühne ächzte und kam zum Stillstand.

Blackburn ließ den Knopf los. Earl kauerte auf allen vieren an der kaputten Glastür und hustete. Unter seinem Mund breitete sich auf dem Boden eine Sabberpfütze aus.

»Du klingst, als hättest du zu wenig Luftdruck«, sagte Blackburn. »Mach weiter so, und du läufst auf dem Gewebe.« Er packte Earl am Kragen seines Overalls und zerrte ihn in den hinteren Teil der Werkstatt. Als sie an Ed vorbeikamen, stöhnte Earl und packte Blackburn bei den Knien, so daß er stehenbleiben mußte. Blackburn wurde allmählich wütend. Diese Kerle hatten ihm den Tag versaut, und jetzt versuchte Earl auch noch, die Sache unnötig in die Länge zu ziehen. Blackburn strampelte sich frei, stieß Earls Kopf gegen den Boden und zerrte ihn weiter.

Blackburn lehnte Earl gegen die Rückwand und zog das Ventil vom Luftschlauch des Kompressors. Der Schlauch zischte, der Kompressor sprang an. Blackburn steckte Earl den Schlauch in den Mund und schob ihn hinein, so tief es ging. Er versiegelte ihm Mund und Nase mit Isolierband und wickelte ihm das restliche Band um den Kopf.

Danach ging Blackburn wieder nach vorne, öffnete das linke Tor und stieg in den Fury. Der Schlüssel steckte, und das Auto sprang sofort an. Er fuhr rückwärts aus der Werkstatt, stellte den Motor ab und ging wieder hinein, um das Tor zu schließen. Dann zog er Ed den Schlüsselbund aus der Tasche, ging in den Warteraum und schloß die Geldschublade auf. Neben Blackburns dreihundert Dollar lagen in der Schublade zweihundertvierzig Dollar in bar und über fünfzehnhundert in Schecks. Blackburn nahm das Bargeld. Und steckte sich die gelben Formulare für den Fury und Mrs. Stopes Chevy in die Tasche.

Aus der Garage war ein *Peng* zu hören. Blackburn machte sich nicht die Mühe nachzusehen, was es war.

Er fuhr Mrs. Stopes Chevy zu der Adresse, die auf dem gelben Blatt stand. Er stellte ihn in der Auffahrt des kleinen Hauses ab und legte die zweihundertvierzig Dollar in einem Umschlag auf das Armaturenbrett. Mit hineingesteckt hatte er einen Zettel mit der Nachricht: »Sie waren unsere tausendste Kundin. Hier ist Ihr Preis. Ihr Auto ist repariert. Sie brauchen nicht mehr zu kommen. Mit besten Wünschen. E. & E.«

Dann ging Blackburn zu Ed & Earl's Auto Service zurück. Es war dunkel geworden, ein kalter Nebel senkte sich herab. Er spitzte die Lippen, um die Feuchtigkeit einzusaugen. Es war ein wunderschöner Tag gewesen. Er wünschte sich, er hätte nicht das meiste davon in Ed und Earls stickigem Warteraum verbracht.

Als er bei der Werkstatt ankam, konnte er den Kompressor hören. Aber er hatte das Licht gelöscht, bevor er weggefahren war, das Gebäude sah verlassen aus. Die Fenster in den Toren zeigten ihm sein Gesicht im Glorienschein einer Straßenlaterne. Er stieg in den Fury und fuhr davon.

Hund wartete auf ihn und wirbelte als schwarzweißes Knäuel durch die Wohnung, als er kam. Er hatte wieder auf den Teppich gepinkelt. Diesmal war es Blackburn egal.

»Wir machen einen Ausflug«, sagte er zu dem Hund und packte seine Sporttasche. Viel zu packen gab es nicht. Seine schmutzige Wäsche lag im Kofferraum des Fury.

Auf dem Weg nach Minneapolis überhitzte sich der Motor des Fury, und Blackburn merkte, daß Earl vergessen hatte, Kühlflüssigkeit nachzufüllen. Blackburn holte dies nach und fuhr weiter.

Am Tag darauf auf der Marshall Avenue in St. Paul kam plötzlich Dampf aus dem Auspuff und der Motor starb ab. Blackburn ließ das Auto zu einem Einkaufszentrum mit einem Auto-Service-Center schleppen, wo man ihm sagte, der Motorblock habe wegen der Überhitzung Risse bekommen. Der Fury hatte einen Totalschaden.

Blackburn mußte sein ganzes Geld für einen 1974er AMC Hornet ausgeben. Zum ersten Mal wünschte er sich, er könnte jemanden zweimal töten.

7
Blackburn küßt den alten Mann

Der Wasserturm war zerstört. Blackburn stellte den Hornet an der gegenüberliegenden Straßenseite ab und starrte die Überreste an.

Am neuen an der K-132 war er bereits vorbeigefahren. Es war ein pilzförmiges Ding mit der Aufschrift TUTTLE CO. RURAL WATER DISTRICT #8 anstatt WANTODA. Er hatte weder einen Laufsteg noch Graffiti. Er war häßlich.

Er ließ Hund aus dem Auto, damit er pissen konnte, und der sprang in den Graben und wälzte sich im Unkraut. Blackburn stieg aus und schrie ihn an, aber der Hund achtete nicht auf ihn.

Blackburn sprang über den Graben auf die Wiese und schirmte die Augen gegen das Licht ab. Der Turm sah aus wie ein toter Roboter. Im Näherkommen sah er, daß die Beine erst teilweise abgebaut waren. Wäre er zwei Tage früher gekommen, hätte er ihn vielleicht noch komplett gesehen. Zwei Tage später, und er hätte vielleicht gar nichts mehr gesehen. Aber heute war Sonntag, und die Leichenfledderer machten Pause.

Neben dem verrosteten Silbertank blieb er stehen. Die Buchstaben WAN waren noch sichtbar, aber sie blätterten ab und waren schon fast verschwunden. Auch Graffiti sah er, allerdings keine Sprüche mehr, an die er sich erinnerte. ZZTOP stand da. AC/DC.

SUPER 84. PINK FLOYD THE WALL. KATHY BEISST. JESUS IST LIEBE. LIEBE DEN DA. Neben dem letzten Spruch zeigte ein Pfeil auf die rote Sprühfarbenzeichnung eines riesigen Schwanzes mit Eiern. Blackburn drückte Lippen und Zunge an die glatte Haut des Tanks. Der Geschmack nach Lack und Metall – wenigstens der war noch derselbe.

Auf der Straße holperte ein Lastwagen vorbei, und Hund rannte hinter ihm her. Blackburn lief zum Hornet zurück und schrie ihm nach. Dieser verdammte blöde Hund hatte keinen Verstand. So würde er irgendwann unter die Räder kommen. Blackburn gab dem Vorbesitzer die Schuld. Aus einem verzogenen Hündchen wurde nie ein richtiger Hund.

Nach einer Weile kam der Hund zurück. Er sah zufrieden aus. Blackburn bugsierte ihn ins Auto, setzte sich dann neben ihn und redete mit ihm. Der Hund legte den Kopf in seinen Schoß und sabberte ihm auf die Jeans. Blackburn deutete auf den zerlegten Turm.

»Früher bin ich da raufgeklettert«, sagte er. »Ich war der König der Welt.«

Er wünschte sich, der Turm würde sich wieder zusammensetzen und hochwachsen, wie in einem rückwärts laufenden Film. Er wünschte sich, der Pilz an der K-132 würde verschrumpeln. Er wünschte sich, die Stadt Wantoda wäre wieder so, wie er sie verlassen hatte. Er hatte sich diese Rückkehr als Reise in die Vergangenheit vorgestellt, als Zeitreise eines Mannes zu seinen idiotischen Vorfahren. Der Mai '84 hatte eine Wiederholung des Mai '75 sein sollen.

Aber dann wäre morgen sein siebzehnter, nicht sein sechsundzwanzigster Geburtstag. Es war besser, älter zu sein. Es war besser, keine Angst zu haben.

Blackburn wandte sich von den Überresten des Wasserturms ab und ließ den Hornet an. Er verließ das Bankett und fuhr die Potwin Road hinunter, um seinen Vater zu töten.

Sogar für das ländliche Tuttle County sah das Haus verkommen aus. Die Holzwände hatten orangefarbene Flecken, die Dachschindeln sahen aus wie Schuppen. Die Veranda hing durch. Dad hatte das Haus verkommen lassen.

Ein blauer Celica stand in der Einfahrt hinter einem verbeulten weißen GMC Pickup. Dad hatte Besuch. Das war zu dumm. Blackburn stellte den Hornet knapp hinter dem Celica ab und griff unter den Sitz nach der Python. Der Revolver war nach hinten gerutscht, und er mußte sich tief bücken und strecken, bis seine Finger sich um den Griff legen konnten.

Hund bellte ihm ins Ohr, und er stieß sich vor Schreck den Kopf am Lenkrad. Er schrie auf, und Hund bellte noch einmal. Blackburn schlug mit der freien Hand nach ihm. Dann richtete er sich mit der Pistole in der Hand auf und sah seine Mutter auf der Veranda stehen. Sie trug ein cremefarbenes Sommerkleid, ähnlich denen, die sie immer in Penney's Katalog bewundert hatte. Die Haare reichten ihr bis zu den Schultern. Blackburn war erstaunt. Er hatte geglaubt, sie sei in Oregon oder möglicherweise auch tot. Er duckte sich, um die Waffe unter dem Sitz zu verstecken.

Als er sich wieder aufrichtete, kam sie über den Hof auf ihn zu. Der Südwind drückte ihr das Kleid gegen die Beine und wehte ihr die Haare aus dem Gesicht. Ihr Gesicht war glatt.

Dann stand sie vor seinem Fenster, und an ihrer finsteren Miene erkannte er, daß sie gar nicht seine Mutter war. Sie war seine Schwester. Hund bellte sie an.

Blackburn kurbelte das Fenster herunter. »Jasmine«, sagte er.

»Jimmy.« Sie wich einen Schritt zurück. Sie war überrascht.

Blackburn öffnete die Tür und stieg aus. Hund drückte sich an die Beifahrertür.

Jasmine war einen guten Kopf kleiner als ihr Bruder. Er sah auf sie hinunter. »Du hast einen Busen«, sagte er.

Sie kniff die Augen zusammen. »Du nicht.«

Blackburn merkte, daß er etwas Dummes gesagt hatte. Aber als er ausgerissen war, war sie zwölf gewesen, und jetzt klebten die Augen und der Mund einer Zwölfjährigen auf einem anderen Körper. Vielleicht hätte er sagen sollen »Du bist größer« oder »Du bist erwachsener«. Oder »Du siehst aus wie Mom«. Aber das wäre noch schlimmer gewesen. Und überhaupt sollte sie gar nicht hier sein.

Er deutete mit dem Daumen ins Auto. »Das ist mein Hund.«

Jasmine sah um ihn herum. »Schwarz und weiß. Ist das ein Collie-Mischling?«

»Keine Ahnung.«

»Wie heißt er?«

»Hund.«

Jasmine sah ihm in die Augen. »Du hast dich nicht verändert«, sagte sie.

Blackburn glaubte zu wissen, was sie meinte. »Du haßt mich noch immer.«

Sie zuckte die Achseln. »Ich kenn' dich nicht.«

»Aber du hast gesagt, ich hätte mich nicht verändert.«

»Hast du auch nicht.« Sie sah zum Haus. »Willst du Dad besuchen?«

Blackburn starrte an ihr vorbei. »Ist er noch nicht tot?«

»Nein.« Ihre Miene verfinsterte sich noch mehr. »Woher weißt du überhaupt, daß er krank ist?«

»Hab' seinen Namen auf der Krankenhausliste in der Wichitaer Zeitung gesehen. Aber als ich im Krankenhaus war, haben sie gesagt, daß er schon wieder weg ist. Wollten mir nicht sagen, warum er drin war.«

»Überrascht mich, daß dich das interessiert.«

»O doch«, erwiderte Blackburn. »Das interessiert mich schon.« Er ging ein paar Schritte auf das Haus zu und blieb dann stehen. »Ist Mom da?«

»Ach du meine Güte, nein.«

»Hast du 'ne Ahnung, wo sie ist?«

Jasmine sah ihn scharf an. »Wir leben schon seit Jahren in Seattle. Ich studiere an der University of Washington.«

»Hervorragend.« Er ging weiter auf das Haus zu.

Jasmine begleitete ihn. »Ich hätte dieses Jahr meinen Abschluß machen können, aber ich habe ihn verschoben, um herzukommen.«

»Und warum?«

»Weil er sonst niemanden mehr hat.«

Blackburn betrat die Veranda. »Natürlich hat er jemanden.« Er nickte seinem Spiegelbild in der Sturmtür zu. Dad würde seine Frisur nicht gefallen. »Er hat mich.«

Jasmine berührte ihn am Ellbogen. »Jimmy. Ist die Polizei hinter dir her?«

»Ich weiß es nicht«, sagte er. Es war die Wahrheit.

Jasmine schloß die Augen. Als sie sie wieder öffnete, sah sie anders aus. Weicher. »Ich habe dich so lange nicht gesehen«, sagte sie. »Ich glaube, wenigstens 'ne Umarmung hast du verdient.« Sie nahm ihn in die Arme und drückte ihn an sich.

Blackburn mochte es nicht. Er stieß sie weg, und sie sah ihn verständnislos an.

»Hund!« rief Blackburn. Hund sprang aus dem Auto und kam zur Veranda gelaufen. Blackburn öffnete die Sturmtür, und der Hund rannte ins Haus. Jasmine riß erschrocken den Mund auf.

Blackburn ging hinein.

Das Haus roch nach Schinken und Kartoffeln. Blackburn fand den alten Mann am Küchentisch, wo er mit einem Messer nach dem Hund stach. Er trug eine blaue Arbeitshose und ein rotkariertes Hemd. Sein Gesicht war noch immer rot und stoppelig, mit derselben breiten Nase und den kleinen, hellen Augen wie früher. Aber er war dünner, und sein Atem kam verschleimt und pfeifend. Seine schütteren Haare waren grau geworden. Kahle Stellen waren zu sehen, wie tote Blätter im Nebel.

»Hallo, Dad«, sagte Blackburn.

Der alte Mann warf ihm einen wütenden Blick zu und starrte dann wieder Hund an. »Schaff ihn raus«, sagte er. Seine Stimme zitterte. Sie war nicht mehr so tief wie in Blackburns Erinnerung. »Schaff diesen Scheißbastard aus meinem Haus.«

»›Bastard‹ reicht«, sagte Blackburn.

Jasmine sprang an ihm vorbei und packte Hund beim Halsband. Hund machte einen Satz. Jasmine rutschte das Band aus der Hand, und Hund stieß gegen den Stuhl des alten Mannes. Dad brüllte und versuchte, Hund in den Hals zu stechen, blieb aber mit der Hand an der Tischkante hängen. Das Messer fiel klappernd auf den Boden. Hund wirbelte herum und rannte aus der Küche.

Dad saß vornübergebeugt und hielt sich die Hand. Jasmine wollte ihn berühren, schrak aber zurück, als er mit der Faust auf den Tisch hämmerte. Teller und Gläser hüpften. Dann wischte Dad mit dem Arm über die Tischplatte, eine gläserne Salatschüssel flog durch die Luft. Sie hätte Jasmine im Gesicht getroffen, aber Blackburn wehrte sie ab. Sie landete im Waschbecken und zerbrach.

»Wer hat den Hund ins Haus gelassen?« schrie Dad.

Blackburn kauerte sich vor seinen Vater. »Er ist mir nachgelaufen, Daddy«, sagte er. »Darf ich ihn behalten?«

Dad faßte ihn ins Auge. Blackburn wartete, ließ den alten Mann starren. *Alter Mann.* Erst achtundvierzig. Aber er sah so uralt aus, daß er hätte Gott sein können.

Der alte Mann hob die Hand und schlug seinem Sohn auf den Mund.

Es war ein härterer Schlag, als Blackburn erwartet hatte. Sein Kopf schnellte zur Seite. Er tastete mit der Zunge nach und merkte, daß er sich auf die Lippen gebissen hatte.

Dann schlug er zurück. Das hatte er sich lange aufgespart. Dad kippte samt Stuhl zu Boden.

Jasmine eilte zu ihm, um ihm aufzuhelfen. »Was ist denn los mit dir?« schrie sie Blackburn an. »Siehst du denn nicht, daß er krank ist?« Sie setzte den alten Mann wieder auf seinen Stuhl.

Blackburn stand auf. »Was fehlt dir denn, Dad?«

Dad sah ihn böse an. Seine Wange war gerötet. »Überhaupt nichts. Ich kann dir immer noch den Arsch versohlen, wenn ich will.«

»Bist du nicht krank?«

»Ich hab' doch grad gesagt, daß ich's nicht bin. Hab' verdorbenes Fleisch gegessen, nichts weiter. Sie haben mir den Magen ausgepumpt und mich wieder gehen lassen.«

»Das stimmt doch nicht, Daddy«, sagte Jasmine.

Dad starrte auf den Tisch und murmelte etwas.

Blackburn saugte einige Augenblicke an seiner Unterlippe und verließ dann die Küche. Hund wartete an der Haustür auf ihn. Gemeinsam gingen sie nach draußen. Blackburn holte eine Drahtschere aus dem Hornet und ging zum Telefonanschlußkasten an der Westseite des Hauses. Nachdem er das Kabel durchtrennt hatte, kehrte er zur Einfahrt zurück und ließ die Luft aus den Reifen des GMC und des Celica.

Jasmine kam aus dem Haus, als er vor dem letzten Reifen des Celica kauerte. »Jimmy! Was treibst du da?«

Blackburn stand auf. »Ich gebe der Familie Gelegenheit, sich neu kennenzulernen.«

Er sah zum Haus. Dad starrte durch die Sturmtür nach draußen. Blackburn überlegte, daß er den alten Mann eigentlich als Nummer sechzehn zählen sollte, aber er konnte ihn sich nur als Nummer eins vorstellen. Und es war einleuchtend, daß es bei Nummer eins am schwierigsten sein würde.

Als Blackburn zum Haus zurückging, wich der alte Mann von der Tür zurück, löste sich auf wie ein Geist.

Blackburn öffnete die Sturmtür und winkte Hund hinein. Hund gehorchte, wich aber Jasmine aus.

»Du weißt, daß er Hunde nicht mag«, sagte Jasmine.

Blackburn schwieg. Er ging ins Haus und hielt Jasmine die Tür auf. Er versuchte, rücksichtsvoll zu sein.

Hund rannte im Wohnzimmer auf und ab und schnupperte an der schäbigen Couch und dem Lehnsessel. Dann blieb er mitten auf dem grünen Teppich stehen und hockte sich hin.

Dad kam aus dem Gang zu dem Zimmer, das seins und Moms gewesen war. Er hatte seine zwölfkalibrige Remington in der Hand. Er pumpte einmal, und eine Patrone sprang in die Kammer.

Blackburn erinnerte sich, wie er in seinem winzigen Zimmer gelegen und einen Comic gelesen und dann von draußen dieses Geräusch gehört hatte. Er erinnerte sich an die Explosion und an das Kreischen. Er erinnerte sich, daß er nach draußen und in die Garage gerannt war. Er erinnerte sich, wie er den Hund hinter einem Stapel von Dads Putzlappen gefunden hatte.

Daß etwas Schlimmes passiert war, hatte er erst begriffen, als der kleine Hund aufgestanden war. Da hatte er gesehen, daß er an der linken Flanke keine Haut mehr hatte. Der Hund war zitternd zu ihm gekommen.

Jetzt zielte Dad auf Hund. Wieder. Und jetzt war Blackburn wirklich bereit, ihn zu töten. Aber er hatte die Python im Auto gelassen. Jasmine hatte ihn abgelenkt, ihn dumm gemacht.

Er packte den Lauf der Schrotflinte mit beiden Händen und riß sie hoch. Als er dem alten Mann die Waffe aus den Händen wand, ging sie donnernd und mit blau zuckendem Mündungsfeuer los. Verputz spritzte von der Decke. Hund versuchte, nach draußen zu rennen, knallte aber mit dem Kopf gegen die Sturmtür. Jasmine drückte sich an die Wand und hielt sich die Ohren zu. Dad fiel auf die Couch.

Blackburn ging zur Tür und ließ Hund hinaus. Dann pumpte er die Flinte, die leere Patronenhülse sprang heraus, und er schoß noch einmal in die Decke. Er pumpte und schoß, bis das Magazin leer war. Die Luft füllte sich mit weißem Staub und stank wie am Unabhängigkeitstag. Blackburn dröhnte der Schädel.

Er warf die Flinte nach seinem Vater. Der alte Mann duckte sich, die Flinte traf die Wand und fiel hinter der Couch auf den Boden.

»Menschen und Hunde tötet man nicht mit Vogelschrot!« schrie Blackburn. Er konnte seine eigenen Worte kaum verstehen, also schrie er noch lauter. »Man tut es mit einer Kugel. Eine Kugel in den Kopf.«

Dad setzte sich auf. »Der verdammte Hund hat auf meinen Boden gepißt!«

Blackburn ging zu ihm und beugte sich über ihn. »Pisse ist unwichtig. Hühner sind unwichtig. *Hunde* sind wichtig.«

Dad sah verwirrt aus. »Du bist verrückt«, sagte er. »Ich habe einen gottverdammten Verrückten großgezogen.«

Jasmine stieg, das Gesicht weiß vom Staub, über die Verputzbrocken. »Er meint diesen Terrier«, sagte sie.

Der Lärm in Blackburns Schädel ließ langsam nach. »Ja«, sagte er. »Diesen Terrier.«

Dad sprang von der Couch auf. »Ich werd' jetzt den Sheriff anrufen.«

Blackburn hielt ihn am Arm fest. »Ich habe das Kabel durchgeschnitten. Als ich klein war, hatten wir selten 'ne schöne Zeit miteinander, und ich habe mir gedacht, das holen wir jetzt nach.«

Der Blick des alten Mannes war starr wie der einer Schlange.

»Wenn du auch nur das Schwarze unterm Fingernagel wert gewesen wärst, hätte ich schon dafür gesorgt.«

Blackburn verstärkte seinen Griff. »Von ›wert‹ hast du nie viel Ahnung gehabt. Du hast geglaubt, Hühner sind was ›wert‹, dabei haben sie nichts anderes getan als gefressen und geschissen. Aber dieser kleine Hund, der hat Ratten getötet. Ein Biß ins Genick und weiter zur nächsten. Und dann zur nächsten. Aber eines Tages hat er zufällig ein paar Hühner getötet. Zwei blöde Hennen. Und du hast dir deine Schrotflinte geschnappt und ihm ein Loch in die Flanke geschossen. Ein großes Loch. Sehr psychosexuell, Daddy. Sehr freudianisch.«

»Deine Mutter hat dich verzogen«, sagte Dad. »Du warst schon immer ein Waschlappen.«

»Ich habe ihn auf den Garagenboden gelegt«, sagte Blackburn. »Ich wollte ihm helfen, konnte aber nichts anderes finden als einen Hammer. Danach habe ich ihn in Putzlappen gewickelt und hinter dem Hühnerstall vergraben. Ich habe gehofft, daß er dir als Geist erscheint.«

Der alte Mann schnaubte. »Soll ich mich jetzt schuldig fühlen? Bist du deshalb zurückgekommen?«

Blackburn lächelte. »Nicht unbedingt. Weißt du, mir ist klargeworden: Es war nicht nur der Hund. Es war alles. Jedesmal, wenn ich etwas ins Herz geschlossen hatte, hast du ein Loch hineingemacht. Es getötet. Aber eigentlich wolltest du mich töten.«

Jasmine versuchte, zwischen sie zu treten. »Das stimmt nicht, Jimmy. Du bist doch sein Sohn.«

Jasmine hatte einen Busen bekommen und ging aufs College, aber sie war noch immer strohdumm. »Klar bin ich sein Sohn«, sagte Blackburn. »Darum hat er's ja getan.« Er sah dem alten Mann in die Augen. »Und deshalb bin ich zurückgekommen.«

Er ließ Dads Arm los, und der alte Mann rannte in die Küche.

Blackburn setzte ihm nach, drehte sich dann aber noch einmal zu Jasmine um. »Sehr psychosexuell«, sagte er. »Sehr freudianisch.« Dann folgte er Dad in die Küche und zur Hintertür hinaus.

Dad hastete unter den Laken auf der Wäscheleine hindurch, lief über den Hinterhof und durch die immergrüne Windschutzhecke am Nordrand. Blackburn blieb bei der Hecke stehen und sah zu, wie Dad unter dem Stacheldrahtzaun hindurch auf die Wiese kroch. Das Hemd des alten Mannes zerriß.

Blackburn wartete, bis Dad hinter der Hügelkuppe verschwunden war. Dann drehte er sich um und ging zum Hornet. Jasmine kam aus dem Haus, als er mit der Python aus dem Auto stieg.

Sie blieb wie angewurzelt auf der Veranda stehen, und Blackburn sah, daß sie glaubte, er wolle sie erschießen. Das machte ihn traurig. Er war zwar nie ein perfekter Bruder gewesen, aber sie hätte doch schon vor langer Zeit erkennen müssen, daß er nie jemandem etwas tat, der es nicht verdiente.

»Keine Angst«, sagte er. »Der Revolver ist nicht mal gespannt.«

Sie entspannte sich nicht. »Was hast du denn damit vor?«

Blackburn setzte sich in Bewegung. »Rückwirkende Erbmassenwartung.«

Jasmine sprang von der Veranda und lief zu ihm hin. Sie faßte ihn an den Handgelenken und wollte ihn aufhalten. Er ging weiter, Jasmine war nicht sehr stark.

»Jimmy, das ist doch sinnlos«, sagte sie. »Er hat Krebs und will sich nicht behandeln lassen. Zu den Ärzten hat er gesagt, sie sollen sich zum Teufel scheren. Sie geben ihm noch drei Monate.«

»Dann ist das meine letzte Chance«, sagte Blackburn.

»Aber er büßt doch schon für alles, was er getan hat. Du mußt ihn nur lassen!«

Blackburn schüttelte den Kopf. »Kein Mensch kann sich selbst für seine Sünden bestrafen. Das können nur die, gegen die er sich versündigt hat.«

»Die Bibel sagt, daß nur Gott das darf.«

»In der Bibel steht ein Haufen Scheiße.« Er riß sich los und lief auf den Windschutz zu. Er hörte, daß Jasmine ihm nachlief. »Bring mich nicht so weit, daß ich dich einsperren muß!« rief er.

Das Geräusch ihrer Schritte hörte plötzlich auf. Als Blackburn die Hecke erreicht hatte, drehte er sich um und sah sie in den Hornet steigen. Er war unbesorgt. Er hatte die Schlüssel. Und auch wenn sie wüßte, wie man ein Auto kurzschließt, wäre er fertig, bevor sie jemanden holen konnte.

Er kletterte über den Zaun und lief den Hügel hoch. Von der Kuppe aus sah er Dad und Hund ein paar hundert Meter weiter nördlich. Hund sprang schnappend um den alten Mann herum, und Dad trat nach Hund. Plötzlich verlor der alte Mann das Gleichgewicht und fiel ins Präriegras. Hund sauste zu ihm, beschlabberte sein Gesicht und sauste dann wieder weg.

Blackburn verlangsamte sein Tempo. Im Gehen spannte er die Python.

»He, Daddy!« rief er. »Willst du Fangen spielen?«

Auf dem Gesicht des alten Mannes lag keine Angst, und Blackburn war froh. Angst hätte es ihm wahrscheinlich schwerer gemacht. Blackburn fiel ein, daß es das erste Mal war, daß Dad ihm etwas erleichterte.

Er stand über seinem Vater und zielte mit der Python auf die Stirn des alten Mannes. Hund kam dazu und beschlabberte noch einmal Dads Gesicht. Blackburn schrie und jagte ihn weg. Als er sich wieder Dad zuwandte, sah er, daß dieser aufgestanden war und zum Haus zu rennen versuchte. Blackburn hätte beinahe eine Kugel vor Dads Füßen in den Boden gejagt, aber dann schämte er sich. Mit keinem der anderen Opfer hatte er herumgespielt. Wenn er tötete, dann sauber und ohne Umschweife. Anders vorzugehen würde heißen, sich so zu verhalten, wie der alte Mann es gemacht hatte.

Dad war ein erbärmlicher Läufer. Blackburn holte ihn ein und packte ihn am Hemd, wo der Stacheldraht es zerrissen hatte. Dad wirbelte mit wedelnden Armen herum und traf Blackburns Hand mit der Waffe. Die Python ging los, der Schuß hallte. Blackburn stolperte, und er stürzte mit seinem Vater zu Boden. Als Dad versuchte, rückwärts davonzukrabbeln, riß sein Hemd ganz auf und entblößte seinen Oberkörper. Blackburn ließ ihn los, und der alte Mann fiel auf den Rücken. Blackburn kniete sich über ihn.

Dads schmaler Brustkorb, der sich mit dem keuchenden Atmen des alten Mannes hob und senkte, wirkte hohl. Die Rippen standen hervor. Haare und Haut waren weiß wie Milch.

Bis auf den Tumor.

Es war ein rosiges Ei über der linken Brustwarze. Rote Kapillaren, dünn wie Spinnweben, durchzogen die Haut auf und neben dem Tumor und verschwanden ein paar Zentimeter weiter im Weißen.

Dann schmolz das Weiße, als wäre das Sonnenlicht Röntgenstrahlen, und Blackburn sah die Kapillaren sich in seinem Vater ausbreiten wie ein lebendes Netz. Er sah das Herz stolpern. Er sah einschnürende Lymphgefäße. Er sah die Nieren erbeben, versagen.

Blackburn sah seinem Vater ins Gesicht. Hier konnte er nicht durch die Haut sehen, aber das war auch nicht nötig.

»Du hast Brustkrebs«, sagte er.

Dads Augen funkelten. »Nein!« Sein Atem roch stechend. »Ich habe keine Frauenkrankheit!«

Blackburn deutete auf den Tumor. »Da ist er.«

Der alte Mann holte mit der Faust aus. Blackburn wehrte den Schlag mit dem Arm ab.

»Hab' ich nicht!« schrie er. »Das ist nicht möglich.«

»Warum nicht?«

»Weil ich ein Mann bin!«

Die Worte kamen Blackburn spaßig vor, und er lachte und lachte. Der Tumor zitterte. Blackburn meinte, ihn wachsen sehen zu können, als hauchte ein kosmischer Clown ihm göttlichen Atem ein, als wäre er ein geheiligter Ballon.

Als Blackburn nicht mehr lachen konnte, sah er, daß sein Vater weinte. Es war ein Wunder. Blackburn war verblüfft. Er stieg von dem alten Mann herunter und legte die Pistole ins Gras. Er kniete sich hin und faltete die Hände, denn er wußte, das Urteil war gefällt. Die Strafe war zugemessen. Das Universum hatte bewiesen, daß es manchmal vollkommen war, und Vollkommenheit wollte er nicht verändern. Es nur zu sehen war dieses eine Mal genug.

Blackburn bückte sich zu dem weinenden alten Mann und küßte ihn auf die Brust. Das rosige Ei war heiß. Blackburn wollte nie vergessen, wie es sich anfühlte.

»Du brauchst mir nichts zum Geburtstag zu schenken«, flüsterte er.

Dann stand er auf und sah sich nach Hund um. Er entdeckte ihn etwa fünfzehn Meter hügelabwärts. Hund lag auf der Erde, und als er ihn rief, rührte er sich nicht. Blackburn fiel ein, daß die Python losgegangen war.

Er ging zu ihm und sah, daß die Kugel hinter den Augen in den Schädel eingedrungen war. Er hatte nicht einmal gejault. Hatte nicht einmal Zeit gehabt, Schmerz zu empfinden.

Blackburn konnte um Hund nicht weinen. Wenn keine Zeit für Schmerz war, gab es auch nichts zu weinen. An diesem Ort und in diesem Augenblick war das Universum wahrhaft vollkommen.

Blackburn bremste, als er Jasmine sah. Sie lief in Richtung Stadt und näherte sich eben dem alten Wasserturm. Sie blieb stehen und drehte sich um, als sie das Auto hörte. Blackburn fuhr an den Straßenrand, stieg aus und ging zu ihr.

Jasmine atmete schwer. Sie war zwei Meilen gelaufen. Ihr Kleid war feucht und schmutzig. Sie war hingefallen.

»Das Kleid ist zu lang zum Laufen«, sagte Blackburn.

Sie schien ihn nicht zu verstehen. »Und?« fragte sie.

»Was und?«

Sie strich sich die Haare aus der Stirn. »Hast du es getan?«

Er starrte die Überreste des Wasserturms an. Der Turm war sein Versteck, sein Stein von Rosette, sein Raumschiff gewesen. Er hatte auf dem Laufsteg gestanden und seiner Schwester zugesehen, die, klein wie eine Puppe, unten auf der Wiese spielte.

»Kannst du dich noch an die Schneeballschlacht erinnern, die wir hier veranstaltet haben?« fragte er. »Wir beide haben uns eine Burg gebaut, und ein paar von den Kindern aus der Stadt eine andere. Unsere war da beim Schutzzaun. Wir haben so getan, als wäre der Wassertank unsere Superbombe.«

Jasmine hörte ihm noch immer nicht zu. »Hast du ihn verletzt?«

»Und im Frühling und im Sommer haben wir Drachen steigen lassen. Ich habe sie selber gebastelt. Du warst immer irgendwie im Weg.«

»Hast du Daddy etwas getan?«

Blackburn sah sie wieder an. Hatte er Daddy etwas getan? Vermutlich hatte er das.

Kurz nachdem Blackburn den Hund entdeckt hatte, hatte er gehört, wie der Schlaghebel der Python klickte. Als er sich umdrehte, sah er, daß Dad sich die Waffe auf die Brust gerichtet hatte. Blackburn ging zu ihm hin und nahm ihm die Waffe ab. Dann nahm er den Hund in die Arme und ging weg. An der Windschutzhecke drehte er sich um. Der alte Mann kniete noch immer am selben Fleck.

»Ich habe nichts getan«, sagte Blackburn zu Jasmine, »außer ihn zum Abschied zu küssen.«

Jasmine starrte ihn an. »Ich glaube dir nicht.«

Blackburn ging zum Hornet zurück. Er zog die Python unter dem Fahrersitz hervor und steckte sie sich in die Jeans. Dann holte er die Sporttasche vom Rücksitz und warf sie in den Graben. Die Schaufel, die er aus der Garage geholt hatte, warf er daneben. Schließlich hob er den Hundekadaver vom Beifahrersitz. Er war in ein Laken gewickelt, das er von der Wäscheleine genommen hatte. Nur wenig Blut war durchgesickert.

Mit Hund auf dem Arm kehrte er zu Jasmine zurück. »Du kannst mit dem Auto zum Haus zurückfahren«, sagte er. »Überzeug dich mit eigenen Augen.«

Jasmine betrachtete das Bündel in Blackburns Armen. »Brauchst du es nicht?«

»Nein.« Er würde sich in der Stadt ein neues stehlen. Es war sowieso Zeit für einen Wechsel.

Jasmine ging zum Hornet und drehte sich dann noch einmal zu ihrem Bruder um. »Morgen hast du Geburtstag, nicht?«

»Ja.«

Jasmine versuchte zu lächeln. Es stand ihr nicht. »Na dann«, sagte sie, »alles Gute zum Geburtstag.«

»Danke.« Er drehte sich zum Graben um. »Sag Mom schöne Grüße von mir.« Als er zur Wiese hochkletterte, hörte er, wie der Hornet angelassen wurde. Und als er den zerlegten Turm erreicht hatte, war Jasmine bereits verschwunden.

Er legte Hund neben den verrosteten Tank und ging seine Tasche und die Schaufel holen. Während er das Grab aushob, erzählte er Hund, was er alles aus dem gelernt hatte, was er damals hier gelesen und getan hatte. Ein Auto fuhr vorbei, wurde langsamer und die Insassen starrten ihn an.

Als Blackburn Hund ins Grab senkte, bemerkte er in einer Ecke einen Wurm. Das erinnerte ihn an eine andere Geschichte, und er erzählte Hund, wie er einmal mit seinem Dad zum Fischen gegangen war. Er fragte sich, ob Dad jetzt auch noch Fischen ging. Er bezweifelte es. Er streichelte Hund durch das Laken hindurch und schaufelte dann Erde in das Grab. Die Schaufel warf er zu den Trümmern des Wasserturms, hängte sich die Tasche über die Schulter und ging auf das Stadtzentrum zu.

Seine Familie war in die Vergangenheit entschwunden. Zum ersten Mal in seinem Leben war Blackburn allein. Die Vollkommenheit des Universums, in der Gestalt eines ruhigen Sonntagabends in Wantoda, lag vor ihm. Er fühlte sich schwerelos, als würde er fallen. Oder fliegen.

Autos fuhren auf den Parkplatz der Methodisten-Kirche, ihnen entstiegen Geister. In Blackburns Lippen pulsierte Wärme. Er zog die Python heraus und spannte sie.

Es war gut, zu Hause zu sein.

Opfer Nummer siebzehn

Die Buchhandlung war überfüllt. So viele Leute standen vor Blackburn in der Schlange, daß er den Autor nicht sehen konnte. Er war überrascht. Er hatte gedacht, in St. Louis würde es nur einige wenige Leute geben, die Artimus Arthurs *Der Mann, der Menschen tötete* zu schätzen wußten.

Er betrachtete das Buch in seiner Hand. Vor einer Woche hatte er es hier gekauft, und jetzt hatte er es wieder mitgebracht, um es vom Autor signieren zu lassen. Der Schutzumschlag war schwarz, der Titel prangte rot in geprägten, blutenden Buchstaben. Am unteren Rand standen in kleiner weißer Type die Worte EIN ROMAN VON ARTIMUS ARTHUR. Blackburn gefiel das. Es deutete darauf hin, daß Arthur, so berühmt er auch sein mochte, das Buch für wichtiger hielt als seinen Namen. Auch war auf der Rückseite des Umschlags kein Foto von ihm, sondern nur ein kleines auf der Klappe. Die Umschlagrückseite war eine glatte schwarze Fläche. Das war in sich schon eine Aussage, ein würdiger Mantel für den Text.

Blackburn hatte noch nie etwas gelesen, in dem so viel Wahrheit steckte. *Der Mann, der Menschen tötete* erzählte die Geschichte eines Mannes, der an der Welt litt und sich daranmachte, sie zu verbessern. Dazu mußte er Lügner beseitigen, Unholde, schlechte Autofahrer, Politiker, Sittenpolizisten, Drogenhändler und Beamte. Blackburn war fasziniert und beeindruckt, wobei er allerdings einige der Todesszenen etwas unrealistisch fand. So konnte der ›Mann, der Menschen tötete› ganze Fässer mit ätzenden Chemikalien leichter beschaffen als Blackburn 357er Magnum-Patronen. Aber das war nicht so wichtig; das Buch war ein Roman, und die Todesszenen waren Metaphern. Der ›Mann, der Menschen tötete‹ war ›Jedermann‹, und die Kinderschänder, Abgeordneten und Wahnsinnigen, die er tötete, sollten nicht tatsächliche Kinderschänder, Abgeordnete und Wahnsinnige darstellen, sondern deren schwarze Seelen.

Das Foto auf der Klappe zeigte einen bärtigen Mann, dessen Gesichtsfalten sich bis zu den Knochen einzugraben schienen. Die Augen lagen tief in den Höhlen, als hätten sie schon so viel vom Leben gesehen, daß sie sich zurückziehen wollten. Blackburn wollte den Mann unbedingt kennenlernen. Falls sein tatsächliches Gesicht so war wie das Gesicht auf dem Foto und falls seine tatsächlichen Gedanken von so bestechender Klarheit waren wie die Gedanken in seinem Roman, dann war Artimus Arthur vermutlich einer der weisesten Männer auf diesem Planeten. Und Weisheit war nicht seine einzige Stärke. Beim Lesen von *Der Mann, der Menschen tötete* hatte Blackburn das Gefühl gehabt, Artimus Arthur wäre bei ihm und erforschte seine Gedanken und breitete seine Seele auf den Seiten dieses Buches aus. Es war, als hätte Arthur den Roman über Blackburn geschrieben.

Er war überzeugt, daß niemand – nicht seine Familie, nicht Dolores, nicht einmal Ernie – ihn je so verstanden hatte, wie Artimus Arthur es tat. Kein Mensch, den er je kennengelernt hatte, hatte auch nur so einfache Ideen wie die der Freiheit und Gerechtigkeit begriffen. Wie hätten sie ihn da verstehen können? Artimus Arthur dagegen hatte diese Ideen und noch mehr erfaßt. Sonst hätte er *Der Mann, der Menschen tötete* nie schreiben können.

Während er wartete, um sich das Buch signieren zu lassen, stellte Blackburn sich vor, wie Arthur vom Signiertisch hochsah und sofort erkannte, daß Blackburn war wie der Protagonist seines Romans, ein Mann von Unabhängigkeit und Überzeugung. Sie beide würden dann in ein Café gehen und über das Buch reden, würden die Fragen der Moral und Verantwortung diskutieren, die das Buch aufwarf. Und schließlich, kurz vor der Sperrstunde des Cafés, würde Arthur Blackburn in die Augen sehen und sagen: »Es gibt Gesetze, die grundlegender und strenger sind als jene, die von den wankelmütigen Narren geschaffen werden, die sich über uns erheben, und ein Mann, der diese Gesetze kennt und befolgt, steht außerhalb der Gerichtsbarkeit dieser Narren. Dieser Mann muß nie nach Absolution streben, denn wo keine Absolution nötig ist, kann auch keine erteilt werden.« Dann würde Artimus Arthur das Café verlassen, und Blackburn würde ihn in die Nacht hinausgehen sehen, einen Wollschal um den Hals, umtanzt von Schneeflocken. Die Schneeflocken würden in den weißen Lichtkegeln der Straßenlaternen funkeln.

Die Schlange bewegte sich, und Blackburn rückte auf. Seine Buchhülle glänzte im Neonlicht. Blackburn hob blinzelnd den Kopf und sah Artimus Arthur.

Die Haut des Schriftstellers war heller, als das Foto vermuten ließ, der Bart weniger dicht. Seine Augen lagen nicht tief in den Höhlen, sondern waren umrandet von dunklem Fleisch. Er trug einen grauen Anzug, der ihm zu groß war, auf seinem Hemdkragen war ein orangefarbener Fleck. Er lümmelte auf seinem Stuhl. Dennoch war er sofort wiederzuerkennen. Die Wirklichkeit war eben nie so knackig wie ein Foto. Und allzu Knackiges mochte Blackburn sowieso nicht.

Arthur signierte eben ein Buch für einen ungepflegten Mann, der mit lauter Stimme sagte: »Ich habe vor, in dem Seminar über zeitgenössische Literatur, das ich dieses Semester gebe, über die, wie ich es nenne, ›Poetik der postmodernen Psychopathie‹, die sich sowohl in diesem Roman wie in Ihrem *Purpurnes Schweigen, rosiger Tod* manifestiert, zu sprechen, und ich habe mich gefragt –«

Der ungepflegte Mann plapperte weiter, auch nachdem Arthur sein Buch schon längst signiert hatte. Er bat Arthur, in sein Seminar zu kommen und vor seinen Studenten über seine »thematischen Impulse« zu sprechen. Arthur sah ihn nur ausdruckslos an und sagte nichts. Dann führte eine Angestellte der Buchhandlung den Mann weg, und die nächste Person kam an die Reihe – eine attraktive junge Frau.

Artimus Arthur setzte sich aufrecht hin und lächelte. Er nahm das Exemplar der Frau und küßte ihr dabei die Hand. Die Frau lachte. Arthur schrieb eine lange Widmung in das Buch und fragte dann: »Haben Sie Lust, sich neben mich zu setzen?« Er klopfte auf den Klappstuhl zu seiner Linken. »Es wird langweilig, wenn man hier immer nur alleine sitzt.« Seine Stimme war höher, als Blackburn sich vorgestellt hatte, und er nuschelte ein wenig.

Die Frau nahm die Aufforderung an. Artimus Arthur rückte seinen Stuhl nah an den ihren, beugte sich zu ihr und flüsterte ihr etwas ins Ohr. Sie zuckte zurück, lachte aber noch einmal. Arthur signierte schnell hintereinander drei Bücher, und dann kam wieder eine attraktive Frau an die Reihe. Auch mit ihr unterhielt er sich und schrieb eine lange Widmung.

»Wollen auch Sie sich zu mir setzen?« fragte er. »Ich bin mir sicher, daß wir noch einen dritten Stuhl finden.« Eine andere Angestellte brachte einen Stuhl und stellte ihn rechts neben Arthur. Die Frau ging um den Tisch herum und setzte sich. Arthurs Hände verschwanden.

Blackburn ließ sein Buch fallen. Als er sich bückte, um es aufzuheben, sah er, daß Arthur die Knie der Frauen drückte. Blackburn stand auf und sah, daß die Frauen empört waren, aber keine Szene machen wollten. Arthur legte die Hände wieder auf den Tisch und signierte das nächste Buch.

Blackburn war in seiner Nylonjacke warm geworden, und er öffnete halb den Reißverschluß. Dann schlug er die Rückseite seines Exemplars auf und las den Klappentext »Über den Autor« unter Arthurs Foto. Dort stand, daß er in Long Island, New York, lebte, zusammen mit Irma, seiner Frau, seit vierunddreißig Jahren. Blackburn sah sich den wirklichen Arthur noch einmal an und versuchte sich vorzustellen, wie Irma wohl war.

Arthur beugte sich nach rechts und flüsterte der attraktiven Frau Nummer zwei etwas ins Ohr. Sie stand auf, dankte ihm für das Signieren ihres Buches und ging. Er lächelte, beugte sich nach links und flüsterte der attraktiven Frau Nummer eins etwas ins Ohr. Sie rutschte ein paar Zentimeter von ihm weg, blieb aber sitzen. Arthur signierte ein Buch und dann noch eins. Jetzt waren nur noch vier Personen zwischen Blackburn und dem Signiertisch, aber Blackburn hatte den Entschluß gefaßt, sein Exemplar von *Der Mann, der Menschen tötete* jetzt noch nicht signieren zu lassen. Er trat aus der Schlange und ging in die Science-fiction-Abteilung, von wo aus er Arthur beobachten konnte.

Der Romancier war nicht er selbst. Niemand, dessen geschriebene Worte so viel Weisheit enthielten, konnte dieser Narr sein, als der er jetzt erschien. Sein Nuscheln deutete darauf hin, daß er getrunken hatte, und das wiederum deutete darauf hin, daß sein Rausch ihn dazu verleitete, Frauen anzumachen, die nicht seine Gattin seit vierunddreißig Jahren waren, Frauen, die genaugenommen so jung waren, daß sie seine Töchter sein könnten. Es war abstoßend und erbärmlich, aber es war nicht der wirkliche Arthur, der das tat.

Wieder trat eine junge Frau an den Tisch, und Arthur sagte ihr, daß er ihr Buch nur signiere, wenn sie ihm einen Kuß gebe. Sie sah sich um, als suche sie einen Fluchtweg, aber dann beugte sie sich über den Tisch und gab Arthur seinen Kuß. Er forderte sie auf, sich neben ihn zu setzen, aber sie lehnte ab und floh. Die attraktive Frau Nummer eins hatte einen Blick in ihren Augen, als säße sie in der Falle. Arthur flüsterte ihr wieder etwas ins Ohr. Von seinem Standpunkt aus konnte Blackburn sehen, daß Arthur ihr die Hand auf den Schenkel gelegt hatte.

Blackburn war angewidert. Er ging den Gang entlang bis zur Wand und dann an der Wand entlang zur Tür. Er trat hinaus in die Februarkälte und steckte sein Buch auf der rechten Seite in die Jacke. Die linke war bereits ausgebeult, dort steckte sein Colt Python in einer Tasche, die er sich hineingenäht hatte. Er zog den Reißverschluß hoch und steckte die Hände in die Taschen. Die Sonne war untergegangen, und es zog in den innerstädtischen Straßen. Er machte sich auf zur Bushaltestelle, die zwei Blocks entfernt war.

Auf dem Weg zur Haltestelle kam er an einem Café vorbei. Er ging hinein und bestellte sich ein gegrilltes Käsesandwich und Pommes frites. Beim Essen las er die ersten beiden Kapitel von *Der Mann, der Menschen tötete* noch einmal, und plötzlich ging es ihm wieder besser. Artimus Arthur verdiente eine zweite Chance, und Blackburn verdiente die Chance, ihn persönlich kennenzulernen. Daß Arthur die menschliche Torheit verstand, bedeutete nicht, daß er immun gegen sie war. Er mußte zwangsweise gelegentlich in sie zurückfallen.

Blackburn kehrte zur Buchhandlung zurück und wartete, gegen die Kälte mit den Füßen stampfend, vor der Tür. Er hatte beschlossen, Artimus Arthur nicht in der künstlichen Atmosphäre einer Signierstunde anzusprechen. Nicht nur Arthur konnte unter solchen Bedingungen weniger er selbst sein, sondern auch Blackburn konnte ihm nicht sein wahres Ich enthüllen. Es waren einfach zu viele Leute da, zu viele Leder-Yuppies und Neo-Beatniks, die, wie Blackburn erkannt hatte, Arthurs Buch nur kauften, weil es gerade *in* war, weil sie intellektuelle Nullen waren, die nicht Weisheit suchten, sondern Tuchfühlung mit der Prominenz. Die meisten von ihnen lasen das Buch vermutlich gar nicht, und falls sie es taten, würden sie seine Wahrheit nicht begreifen. Blackburn wollte nicht, daß Arthur ihn für einen von denen hielt. Deshalb wollte er ihn erst ansprechen, wenn die Signierstunde vorüber war, wenn der Autor in der Winterluft wieder einen klaren Kopf bekommen hatte und sie beide, er und Blackburn, sich so verhalten konnten, wie sie wirklich waren.

Aber mehr als ein Dutzend von Arthurs Bewunderern blieb bei ihm, als die Buchhandlung um sieben Uhr schloß, und alle kamen sie mit ihm heraus und drängten sich um ihn wie Viren, die eine gesunde Zelle angreifen. Der Pulk bewegte sich die Straße hinunter, und Blackburn folgte ihm. Er war frustriert, und er fror.

Die Gefolgschaft manövrierte Arthur in das Café, in dem Blackburn gesessen hatte. Durchs Fenster sah Blackburn zu, wie sie Tische zusammenschoben. Arthur stand etwas abseits und hielt sich am Arm der attraktiven Frau Nummer eins fest. Er schwankte und sah aus, als würde er umfallen, wenn er sie losließe. Die Frau lächelte ihn starr an und nickte zu allem, was er sagte.

Als Arthur und seine Bewunderer sich setzten, betrat Blackburn das Café und ging an ihnen vorbei zu einem Tisch im hinteren Teil des Raums. Er zog den Reißverschluß seiner Jacke auf, und sein *Der Mann, der Menschen tötete* fiel auf den Tisch. Er starrte das Buch an, um nicht den Autor anstarren zu müssen. Noch war die Zeit für ihre Begegnung nicht gekommen, und er wollte Arthurs Aufmerksamkeit nicht auf sich ziehen.

»Waren Sie nicht vor einer Weile schon mal da?« fragte eine Stimme.

Blackburn hob den Kopf. Eine Bedienung mit Haarnetz stand an seinem Tisch.

»Ja«, sagte er. »Aber jetzt will ich noch einen Nachtisch. Bananensahnetorte.«

Die Kellnerin notierte sich die Bestellung. »'n gutes Buch?« fragte sie und nickte in Richtung *Der Mann, der Menschen tötete.*

»Ganz okay.«

Die Kellnerin deutete mit dem Daumen auf Artimus Arthurs Gruppe. »Einer von den Leuten da drüben schreibt Bücher. Zumindest haben sie mir das gesagt. Falls es Sie interessiert.«

»Danke.«

Die Kellnerin ging. Blackburn schlug das Buch auf und las die Kapitel drei und vier und die Hälfte von fünf. Dann hob er den Kopf und sah, daß seine Torte auf dem Tisch stand und Arthur und seine Gefolgschaft aufbrachen. Er schloß das Buch, schlang drei Bissen Torte hinunter, warf das Geld auf den Tisch und ging hinaus.

Draußen löste sich der Pulk langsam auf. Einige gingen zur Bushaltestelle, andere stiegen in Autos, die am Straßenrand parkten. Artimus Arthur klammerte sich noch immer am Arm der attraktiven Frau Nummer eins fest und redete mit zwei jungen Männern.

»Vielen Dank für Ihr Angebot, meine Herren«, sagte er, »aber Stephanie hat bereits angeboten, mich sicher zu meinem Hotel zu bringen, und ich habe volles Vertrauen in ihre Fähigkeiten. Danke, daß Sie gekommen sind. Unser Gespräch hat mir sehr gefallen.« Er klang jetzt nicht mehr betrunken.

Die beiden jungen Männer drehten sich um und ließen Arthur mit der Frau allein. Sie gingen an Blackburn vorbei.

»Glaubst du, daß sie mit ihm ins Bett geht?« fragte der eine.

Die Antwort hörte Blackburn nicht mehr. Er folgte Arthur und Stephanie. An diesem Abend waren nicht viele Leute unterwegs, aber doch genug, so daß Blackburn sich vor einer Entdeckung sicher glaubte.

Arthur und die Frau gingen fünf Blocks nach Osten zur 4th Street und dann drei Blocks zum Clarion Hotel. Blackburn ließ sich zurückfallen, bis er fast fünfzig Meter hinter ihnen war, und lief erst los, um sie einzuholen, als er sah, wie sie das Hotel betraten. Falls sie in einen Aufzug stiegen, wollte er in derselben Kabine sein.

Sie standen noch im Foyer, zwischen einer Reihe von Münztelefonen und den Aufzügen, als Blackburn das Hotel betrat. Arthur beugte sich zu Stephanie und flüsterte etwas, und Stephanie wich zurück und schüttelte lächelnd den Kopf. Blackburn ging zu dem Münzapparat, der ihnen am nächsten war, und tat so, als würde er telefonieren.

Stephanie küßte Arthur auf die Wange und ging dann an Blackburn vorbei aus dem Hotel. »Falls du es dir anders überlegst«, rief Arthur, »ich bin in Zimmer einundzwanzigvierzehn!« Aber Stephanie war schon draußen. Blackburn war froh, daß sie gegangen war.

Arthur betrat zusammen mit drei anderen einen Aufzug, also versuchte Blackburn gar nicht, hineinzukommen, bevor die Türen sich schlossen. Er wollte Arthur allein treffen, und jetzt, da er seine Zimmernummer kannte, war das auch kein Problem. Er ging zu den Aufzügen, nachdem Arthurs Kabine verschwunden war, und drückte den AUF-Knopf.

Die Tür zu Zimmer 2114 öffnete sich nach dem vierten Klopfen, und Artimus Arthur stand grinsend auf der Schwelle. Dann sah er Blackburn, und sein Grinsen verschwand. Er beugte sich heraus und suchte den leeren Gang in beiden Richtungen ab. »Oh«, sagte er, »ich habe jemand anderen erwartet.«

Blackburn roch Schnaps. Das gefiel ihm nicht. »Guten Tag, Mr. Arthur«, sagte er. »Ich kann Ihnen meinen Namen nicht nennen, aber ich habe Ihren Roman *Der Mann, der Menschen tötete* gelesen und mich gefragt, ob Sie mir vielleicht die Titelseite signieren könnten.« Er öffnete seine Jacke und zog das Buch heraus. »Ich würde mich auch gerne eine Weile mit Ihnen unterhalten, falls Sie Zeit haben.«

Arthur trat einen Schritt zurück. »Sie sind im falschen Zimmer«, sagte er und schob die Tür zu.

Blackburn stemmte die Hand gegen die Tür. »Ich bin fest davon überzeugt, daß Sie mit mir reden wollen«, sagte er.

Arthur sah ihn böse an. »Ich signiere morgen bei Waldenbooks in St. Charles. Da können Sie mit mir reden.« Er versuchte, die Tür zu schließen, aber sie bewegte sich nicht.

Blackburn schüttelte den Kopf. »Ich war heute bei Ihrer Signierstunde«, sagte er. »Es war schrecklich. Keiner dieser Leute kannte Ihre Arbeit oder wußte, was sie bedeutet. Und Sie... waren betrunken. Vermutlich, damit Sie nicht über diese Leute nachdenken mußten.«

»Wenn Sie jetzt nicht sofort gehen«, sagte Arthur, »rufe ich um Hilfe. Es sind viele Leute hier in diesem Stockwerk, und die rufen den Hotelsicherheitsdienst. Oder die Polizei.«

Blackburn hielt *Der Mann, der Menschen tötete* in die Höhe. »Dieses Buch handelt von mir«, sagte er.

Arthur hob die Augenbrauen. »Wie bitte?«

»Der Mann in dem Buch«, sagte Blackburn. »Der Mann, der Menschen tötet, aber nur, wenn sie es verdient haben. Ich bin er.«

Arthurs Hände rutschten von der Tür, und er trat noch einen Schritt zurück. »Was Sie nicht sagen.«

»Wenn Sie mir nur ein paar Minuten schenken, werden Sie mir glauben«, sagte Blackburn. Er betrat das Zimmer und schloß die Tür. »Sie sind der erste Mensch, dem ich davon erzähle. Sie können sich vorstellen, warum.«

Das Grinsen kroch wieder in Arthurs Gesicht. »O ja«, sagte er. Er ging zum Nachttisch und nahm eine angebrochene 0,7l-Flasche Jack Daniels in die Hand. Er packte sie beim Hals und trank. Dann sah er Blackburn an. »Dann sind Sie also aus den Seiten meines Buchs ins Leben getreten, was? Muß eine leichte Geburt gewesen sein. Keine geplatzte Fruchtblase, keine Wehen. Kein Blut.«

»Das meine ich nicht, Sir«, erwiderte Blackburn. »Ich bin kein Verrückter.«

»Das wollte ich damit auch gar nicht sagen.« Arthur ging, die Flasche in der Hand, ums Bett herum zum Fenster. Er zog die Vorhänge auf. Auf der anderen Seite der I-70 war der Gateway Arch zu sehen. »Zu glauben, daß Worte Ihnen Leben eingehaucht haben, ist nicht verrückt. Aber zu versuchen, mit einem Fallschirm auf diesem Ding da zu landen –« Er deutete zum Archway. »Also, das ist verrückt.«

Blackburn wußte nicht, was Arthur meinte. »Was ich sagen will, Sir«, fuhr er fort, »ist, daß ich die Werte und das Verhalten ihres namenlosen Protagonisten teile. Ich bin der ›Mann, der Menschen tötete‹ in der realen Welt.«

»Ach so«, sagte Arthur. »Na, in diesem Fall sind Sie ein Verrückter. Nehmen Sie sich einen Fallschirm und landen Sie auf dem Arch.« Er trank einen Schluck.

»Bitte hören Sie zu«, sagte Blackburn. »Einmal habe ich gesehen, wie ein Mann seine Frau schlug, und deshalb habe ich ihn erschossen. Ein anderes Mal habe ich gesehen, wie ein Mann mit Absicht einen Hund überfuhr. Deshalb habe ich ihn erschossen. Und wieder ein anderes Mal habe ich beobachtet, wie zwei Mechaniker eine alte Dame betrügen wollten, und deshalb –«

»Lassen Sie mich raten«, sagte Arthur. »Sie haben sie erschossen.«

»Nein. Ich hätte es getan, aber ich hatte meinen Revolver nicht bei mir. Ich habe den einen unter der Hebebühne zerquetscht und den anderen mit Druckluft aus dem Kompressor zum Platzen gebracht.«

»Das war ja sehr einfallsreich.« Arthur trank einen großen Schluck. Die Flasche war beinahe leer. »Und jetzt raus hier, bevor ich den Sicherheitsdienst rufe.«

»Sie glauben mir noch immer nicht.«

Arthur lachte, und aus dem Lachen wurde ein Husten. Er beugte sich vor und räusperte sich, spuckte dann aus und richtete sich wieder auf. Sein Gesicht war gerötet. »Wollen Sie die Wahrheit wissen?« fragte er.

Blackburn ging auf den Schriftsteller zu und hielt dabei das Buch vor sich hin wie eine Ikone. »Ja«, sagte er. »Ich habe Wahrheit in diesem Buch gefunden, und deshalb weiß ich, daß Sie ein Mann sind, der weiß, was Wahrheit ist.«

»Darauf können Sie wetten«, sagte Arthur. Er leerte die Flasche und hustete noch einmal.

Tröpfchen trafen Blackburn im Gesicht. Er atmete Bourbon, und seine Lunge brannte. Er war froh, daß die Flasche leer war. Vielleicht würde es jetzt besser laufen.

Arthur schob Blackburn beiseite und ging wieder zum Nachttisch. Er stellte die Flasche ab und legte die Hand auf das Telefon. »Die Wahrheit ist, daß es mir gleichgültig ist, ob Sie je jemanden getötet haben oder ob Sie mein Buch als Vorwand zum Halluzinieren benutzen. Auf jeden Fall gehen Sie mir gewaltig auf die Nerven. Ich habe Sie schon tausendmal getroffen, aber mich nur die ersten hundert Male darauf eingelassen. Also entweder verlassen Sie jetzt dieses Zimmer, oder ich rufe jemanden, der Sie hinausschleift.«

Blackburn verzweifelte langsam, aber er durfte nicht aufgeben. »Ich bin nicht wie diese anderen«, sagte er und ging um das Bett herum. »Die wollen nur, daß Ihr Ruhm auf sie abstrahlt. Ich nicht. Ich will Sie nur wissen lassen, daß Ihre Vision nicht ins Leere geht.«

Arthur machte ein verwirrtes Gesicht. »Welche Vision?«

»Die Vision in diesem Buch«, antwortete Blackburn und hielt wieder *Der Mann, der Menschen tötete* in die Höhe. »Die Vision von einem Mann, der die Bedeutung von Unabhängigkeit und Gerechtigkeit versteht und keine Angst hat, gemäß diesem Verständnis zu handeln.«

Arthur hob die leere Flasche und versuchte, noch einen Schluck herauszubekommen. Dann hielt er sie sich ans rechte Auge und sah durch das Glas Blackburn an. »Sie sind nicht nur ein Verrückter«, sagte er, »sondern ein Verrückter, der seinen Arsch nicht von seinem Kopf unterscheiden kann.«

»Ich weiß nicht, was Sie meinen«, sagte Blackburn.

»Natürlich nicht.« Arthur nahm die Flasche vom Auge und fuchtelte damit Blackburn vor dem Gesicht herum. »Weil Sie ein Verrückter sind. Wie der Mann in meinem Buch. Er ist schlimmer als ein Serienmörder, schlimmer als das Böse. Er ist dumm, und das ist die schlimmste Verrücktheit, die es gibt. Der Leser soll sich nicht mit ihm identifizieren. Der Leser soll ihn verabscheuen. Also, ich hab's getan.«

Es war, als hätte man Blackburn eins übergezogen. »Aber die Leute, die er umgebracht hat, haben es alle verdient«, sagte er. Die Worte schmerzten ihn in der Kehle. »Sie waren entsetzlich.«

»Wir sind alle entsetzlich«, schrie Arthur und schwenkte die Flasche. »Ich bin entsetzlich, Sie sind entsetzlich, der Präsident der Vereinigten Staaten ist entsetzlich! Die Scheiß Mutter Teresa ist entsetzlich! Ein Neugeborenes wird entsetzlich, sobald es die Gelegenheit dazu bekommt! Und der Versuch, dagegen anzukämpfen, ist nicht edel. Er ist sinnlos. Was glauben Sie eigentlich, warum ich ihn am Ende abgemurkst habe?«

»Um... ihn zum Märtyrer zu machen?«

Arthur stellte sich knapp vor Blackburn und brüllte ihm ins Ohr. »WEIL ER EIN BESCHISSENES ARSCHLOCH WAR, DESHALB!«

Blackburn zuckte zurück. Er war jetzt wütend. »Ich verstehe«, sagte er. »Vielen Dank für Ihre Zeit, Mr. Arthur.«

»Fallen Sie tot um«, sagte Arthur. »Aber erst raus hier.«

Blackburn ging zur Tür, drehte sich dann aber noch einmal zu dem Schriftsteller um. »Wissen Sie, was ich glaube?« fragte er.

Arthur stand mit hängenden Schultern neben dem Bett. Die Jack-Daniels-Flasche baumelte in seiner Hand. »Nicht nur, daß ich es nicht weiß«, sagte er. »Es ist mir auch scheißegal.«

»Ich glaube«, sagte Blackburn, »daß Sie mich angelogen haben. Ich glaube, Sie wissen, daß Sie die Wahrheit geschrieben haben, und Sie haben Angst davor. Sie haben so viel Angst davor, daß Sie sich betrinken müssen, um tapfer zu sein. Und dann lügen Sie, um ihre eigene Wahrheit zu verscheuchen.«

Arthur riß die Augen weit auf. Er hob die Whiskeyflasche über den Kopf. »Ich habe gesagt« – er sprang vor –, »RAUS HIER!«

Blackburn duckte sich, und die Flasche streifte ihn an der Schulter. Er prallte gegen die Wand. *Der Mann, der Menschen tötete* fiel ihm aus der Hand. Arthur holte noch einmal aus, und die Flasche traf Blackburn am Schädel. Blackburn sah ein weißes Aufzucken wie von einem Blitzlicht. Er fiel auf Hände und Knie und krabbelte davon. Er wußte nicht, in welche Richtung, bis er gegen das Bett stieß. Er drehte sich um und sah Arthur auf sich zustürzen.

»Du bist nicht wie der Mann in meinem Buch«, sagte Arthur. Seine Stimme war schwer vor Verachtung. »Aber ich bin es.«

Blackburn kletterte aufs Bett. »Aber Sie haben doch gesagt, Sie verabscheuen ihn.«

Arthur grinste. »Klar doch. Ein Mann, der sich nicht selbst verachtet, hat nicht genau genug hingesehen.« Er rannte aufs Bett zu und schwang die Flasche.

Blackburn rollte zur Seite, die Flasche verfehlte ihn. Er fiel auf der anderen Seite vom Bett und landete auf seinem Hintern.

Arthur kniete auf dem Bett und starrte zu Blackburn hinunter. »Ich habe schon immer jemanden umbringen wollen«, sagte er und hob die Flasche. »Hab' mich nur nie getraut. Also schreibe ich stattdessen. Aber vielleicht kann ich dich wenigstens verletzen.«

Blackburn griff in seine Jacke. Er öffnete den Klettverschluß der Waffentasche und zog den Revolver heraus. Er zielte nicht, aber er spannte ihn.

»Ich kann nicht zulassen, daß Sie mich noch einmal schlagen«, sagte er. »Gleichgültig, wer Sie sind oder was Sie mir bedeuten. Niemand tut mir weh.«

Arthur ließ die Flasche sinken. Sein Gesicht verfiel. »Also gut«, sagte er. »Nimm deinen Blaustahlschwanz und laß mich in Frieden.«

Blackburn sah die Python an. »Das ist kein Schwanz«, sagte er. »Das ist Gerechtigkeit. So steht's in Ihrem Buch. Das hat der Mann über das Gewehr gesagt, mit dem er den Schulrat umgebracht hat.«

»Ich weiß, was in meinem Buch steht«, sagte Arthur. Er stieg vom Bett und stellte sich vor Blackburn. »Du mußt mir nicht sagen, was in meinem eigenen verdammten Buch steht.«

Blackburn starrte in die schwarzen Tiefen von Arthurs Augen. »Ich glaube, ich muß es schon. Ich glaube, Sie haben sich Ihr Hirn so vernebelt, daß Sie sich an Ihre eigene Weisheit nicht mehr erinnern können.«

Arthur lachte höhnisch auf. »Leck mich«, sagte er. Mit beiden Händen packte er den Hals der Whiskeyflasche und schlug damit nach Blackburns Gesicht.

Blackburn hob den Arm, um sie abzuwehren, und die Python ging los. Die Flasche explodierte.

Blackburn taumelte rückwärts und krachte mit solcher Gewalt gegen das Fenster, daß es zersprang. Er drehte sich zu dem Glas um und sah zwei Spiegelbilder seines Gesichts, eins auf jeder Seite des gezackten silbrigen Risses. Dann bemerkte er, daß in der Wange jedes Gesichts ein Splitter der Whiskeyflasche steckte. Er wischte sich den Splitter weg. Er klebte einen Augenblick an seinen Fingern, bevor er zu Boden fiel.

»Meine Hände«, sagte Arthur.

Blackburn drehte sich zu ihm um. Arthur lag mit dem Rücken auf dem Bett und hielt sich die Hände übers Gesicht. Die Finger waren zu Klauen verkrallt. Blut quoll aus ihnen hervor. Es durchtränkte Arthurs Ärmel.

»Meine Hände«, sagte Arthur noch einmal.

Blackburn steckte die Python in die Tasche und ging ums Bett herum zur Tür. Die Begegnung war nicht so verlaufen, wie er gehofft hatte.

»Sie kommen wieder in Ordnung, Sir«, sagte er und hob *Der Mann, der Menschen tötete* vom Boden auf. »Wenn Sie jetzt tot wären, müßte ich Sie zu meinen Opfern zählen, und das will ich nicht.« Er starrte den schwarzen Schutzumschlag an. »Sie haben mir nicht einmal mein Buch signiert.«

»Schlag's auf.«

Blackburn hob den Kopf. »Was?«

»Schlag's auf und bring's her.«

Blackburn schlug die Titelseite auf und brachte das Buch zum Bett.

»Unter meine Hände«, sagte Arthur.

Blackburn hielt das Buch unter Arthurs Hände, und ein paar

Tropfen Blut spritzten auf das Papier. Blackburn schloß das Buch und trat zurück.

»Sie sind ein großer Mann«, sagte er.

Arthur machte ein kehliges Geräusch. »Ich hab' mir in die Hose gepißt«, sagte er.

Blackburn verließ das Zimmer. Trotz des Schusses war im Gang niemand zu sehen. Er fuhr ins Foyer hinunter und rief von einem Münzapparat aus einen Krankenwagen. Dann machte er sich aus dem Staub. Er fragte sich, ob Arthur Kinder hatte, und falls ja, ob sie sich diesem Mann so verbunden fühlten wir er.

Am nächsten Morgen fühlte er sich wund und zerschlagen, und der Schnitt in seiner Wange schmerzte. Aber er vergaß das alles, als er das Radio einschaltete. Wie der Nachrichtensprecher meldete, war der Romancier Artimus Arthur nach einem Sprung aus dem Fenster seines Hotelzimmers gestorben. Ein Sanitäter hatte ihm gesagt, daß seine verwundeten Hände womöglich für den Rest seines Lebens verkrüppelt bleiben würden.

Blackburn weinte.

8
Blackburn sündigt

Der Riegel war nicht vorgeschoben, Blackburn konnte die Tür deshalb mit einem Metallineal aufbrechen. In der Wohnung brannte eine Lampe. Er sah sich im Wohnzimmer um, aber am Fernseher oder der Stereoanlage war er nicht interessiert. Die Wohnung lag im ersten Stock und hatte eine Außentreppe, er konnte also nichts Großes mitnehmen. Der Videorekorder war klein, aber er entschied sich dennoch dagegen. Er war nicht stolz, daß er zum Dieb geworden war, und so zog er es vor, Sachen zu stehlen, die dem Besitzer weder nützten noch seinem Vergnügen dienten. Da ihm diese Regel aber oft nur den Diebstahl von Erinnerungsringen und wertlosem Krimskrams gestattete, hielt er sich nicht immer daran.

Die Küche ließ er aus. Leute, die in solchen Mietshäusern wohnten, besaßen kein Silber. Er zog seine zusammengerollte Sporttasche aus der Jacke und trat auf den Gang, der zum Schlafzimmer führte. Schlafzimmer waren gut für Schmuck. Pfandleiher in Houston zahlten bar für Goldkettchen und silberne Ohrringe.

Die Schlafzimmertür öffnete sich, ein Mann kam heraus. Blackburn erstarrte.

Der Mann schloß hinter sich die Tür. Er war groß. Sein Gesicht und der Großteil seines Körpers waren im Schatten. Die rechte

Hand war leer, aber die linke konnte Blackburn nicht sehen. Vielleicht hielt sie eine Waffe.

»Was machst du hier?« fragte der Mann. Seine Stimme klang gelassen. Er war nicht erregt.

Blackburn war verwirrt. Drei Tage lang hatte er dieses Gebäude beobachtet und sich den Tagesablauf jedes Bewohners eingeprägt. Die Mieterin dieser Wohnung war eine Frau, die vor zwanzig Minuten zur Nachtschicht in einem Whataburger gegangen war. Er war sicher, daß sie alleine lebte. Der Mann am Ende des Gangs dürfte eigentlich gar nicht existieren.

»Keine Angst«, sagte der Mann. »Ich will nur wissen, was du hier machst.«

Blackburn wich zwei Schritte zurück. Sein Colt Python steckte in der Tasche in seiner Jacke, aber er konnte nicht danach greifen, ohne die Tasche in der rechten Hand fallen zu lassen. Und dann würde es zwei oder drei Sekunden dauern, bis er in die linke Jackentasche gegriffen, den Klettverschluß geöffnet und den Revolver herausgezogen hatte. Wenn der Mann im Schatten eine Pistole oder ein Messer hatte, war Blackburn vielleicht schon tot, bevor er einen Schuß abfeuern konnte. Am besten war es also, zu verschwinden, aber das mußte er tun, ohne sich umzudrehen.

»Sag mir, was du hier machst«, sagte der Mann im Schatten, »und ich tu' dir nichts. Aber wenn du nicht stehenbleibst, schon.«

Blackburn blieb stehen. »Ich wollte stehlen«, sagte er. »Aber jetzt tue ich es nicht mehr.«

»Was wolltest du stehlen?«

»Schmuck. Ringe, Halsketten. Vielleicht ein Musikinstrument, eine alte Trompete oder eine verstimmte Gitarre.«

»Warum eine verstimmte?« fragte der Mann im Schatten.

»Eine Gitarre, die gestimmt ist, wird benutzt«, sagte Blackburn. »Ich stehle nicht gerne Sachen, die die Leute benutzen.«

Der Mann im Schatten lachte kurz auf, es klang fast wie ein Grunzen. »Ein Einbrecher mit Moralkodex«, sagte er. »Aber Schmuck benutzen die Leute doch auch.«

»Der hängt nur irgendwo dran«, erwiderte Blackburn. »Das ist dämlich.«

»Deiner Meinung nach.«

Blackburn lockerte den Griff um die Sporttasche. Er wollte nun doch versuchen, die Python zu ziehen. »Ja«, sagte er. »Meiner Meinung nach.«

»Und das ist die einzige Meinung, die zählt.«

»Ja.« Der Matchbeutel glitt langsam aus Blackburns Fingern.

»Greif nicht nach deinem Revolver, Musiker«, sagte der Mann im Schatten.

»Ich habe keinen Revolver.«

»Du hast eine Beule in deiner Jacke. Ziemlich groß, aber die falsche Form für eine Automatik. Ich schätze, es ist ein Dreisiebenundfünfziger. Ein Vierundvierziger wäre arg schwer.«

Blackburn packte die Sporttasche wieder fester. »Okay. Ich werde nicht danach greifen.«

»Gut. Wenn du es tust, müßte ich dich umbringen. Und das wäre schade, weil ich nämlich deiner Meinung bin. Deine Meinung ist die einzige, die zählt. Und meine Meinung ist auch die einzige, die zählt.«

»Das ist ein Widerspruch«, sagte Blackburn.

»Warum? Du schaffst dir deine Welt, und ich mir die meine. Widersprüche existieren nur für Leute, die nicht helle genug sind, um das zu tun. Wenn sie mit jemand zusammengeraten, der es ist, heißt es Materie gegen Antimaterie. Weißt du, was ich meine?«

»Ja.«

»Das hab' ich mir gedacht«, sagte der Mann im Schatten. »Ich komme jetzt auf dich zu, damit wir uns gegenseitig sehen können. Ich bewege mich langsam und du überhaupt nicht. Okay?«

»Okay.«

Der Geruch von Deoseife wehte Blackburn in die Nase, als der Mann aus dem Schatten trat. Er hatte lange dunkle Haare mit grauen Strähnen. Sie waren zu einem Pferdeschwanz zusammengebunden. Seine Haut war blaß, die Augen grünbraun. Er trug ein schwarzes Sweatshirt mit Kapuze, eine schwarze Jogginghose und graue Turnschuhe. In seiner linken Hand hatte er eine kleine Papiertüte. Eine Waffe war nirgends zu sehen.

Blackburn ließ die Sporttasche fallen und zog die Python. Er spannte die Waffe und richtete sie auf das Gesicht des Mannes.

Der Mann blieb stehen. »Du hast versprochen, dich nicht zu bewegen«, sagte er.

»Ich habe gelogen.«

»Das scheint mir aber unvereinbar mit deinem Moralkodex zu sein.«

»Ich habe mir meine eigene Welt erschaffen«, antwortete Blackburn. »Und in der ist es moralisch.« Er wich zurück.

»Du brauchst nicht mit leeren Händen zu gehen«, sagte der Mann. Er schwenkte die Papiertüte, der Inhalt klimperte. »Schau, ich bin auch Einbrecher. Ich bin zwar wahrscheinlich nicht so moralisch wie du, aber ich bin bereit, die Beute zu teilen.«

Blackburn blieb stehen. Er musterte die Papiertüte. »Ich habe dieses Haus beobachtet. Wie bist du hereingekommen?«

»Durch ein Badfenster. Auf der Rückseite des Hauses.«

»Jemand könnte deine Leiter sehen.«

Der Mann schüttelte den Kopf. »Ich bin an der Wand hochgeklettert. Die Fugen zwischen den Ziegeln sind groß genug.« Er drehte die Papiertüte um. Ringe, Halsketten und Ohrringe fielen heraus. »Fifty-fifty hab' ich gesagt, also bescheiß nicht.«

»Warum gibst du mir überhaupt etwas ab?« fragte Blackburn.

Der Mann kniete sich auf den Boden und beugte sich über das Schmuckhäufchen. Sein Pferdeschwanz hing ihm über die Schulter. »Damit du mich nicht verpfeifst.« Er hob den Kopf und lächelte. »Und falls wir geschnappt werden, kann ich mit dem Staatsanwalt verhandeln und dir die ganze Geschichte anhängen.«

Blackburn steckte die Python wieder in die Tasche. »Ich nehme diesen Schulring.«

Der Mann warf ihm den Ring zu. »Du kannst Roy-Boy zu mir sagen.«

»Ich muß überhaupt nichts zu dir sagen«, erwiderte Blackburn und bückte sich, um den Ring aufzuheben. »Weil ich dich nie mehr wiedersehen werde.«

»Sag niemals nie, Musiker.«

»Ich bin kein Musiker.«

»In deiner Welt vielleicht nicht. In meiner spielst du Elektrogitarre. Du willst klingen wie Jimmy Hendrix, aber du bist zu weiß und schmeißt dir nicht genug Drogen ein.«

Blackburn erwiderte nichts. Er nahm den Ring und drei Goldkettchen, hob dann seine Sporttasche auf und verließ die Wohnung. Er überquerte die Straße und versteckte sich hinter einem Müllcontainer, um den Wohnblock zu beobachten. Er wollte sehen, ob auch Roy-Boy die Wohnung verließ.

Einige Minuten später tauchte Roy-Boy unter einer Straßenlaterne auf und sah zu dem Müllcontainer hinüber. Mit ausgestrecktem Zeigefinger zielte er wie mit einer Pistole auf ihn. Dann ging er weg.

Blackburn wartete, bis Roy-Boy nicht mehr zu sehen war, und ging dann die vier Blocks bis zu seinem Plymouth Duster. Der Nacken kribbelte ihm. Er sah in alle Richtungen, entdeckte aber niemanden. Er glaubte, Deoseife zu riechen, sagte sich dann aber, daß es seine Kleidung sei. Vielleicht hatte er zuviel Waschpulver verwendet.

Zwei Abende später, an einem Freitag, stopfte Blackburn sich Geld in die Taschen und fuhr zu The Hoot, einer Bar in der Nähe des Campus der Rice University. Seine Jacke war leicht ohne die Python, die er in seinem Kleiderschrank versteckt hatte. An diesem Abend brauchte er keine Waffe. Er hatte vor, eins der Collegemädchen zu verführen, die er in der Woche zuvor in The Hoot kennengelernt hatte, am liebsten die dünne Brünette, die im Spielmannszug Flöte spielte. Sein letztes sexuelles Erlebnis hatte er hinter einem Grillstand bei einem Labour-Day-Picknick gehabt, und jetzt war fast Weihnachten. Es kam ihm vor, als würde ihm der Schädel zerspringen.

The Hoot war überfüllt. Es roch nach feuchtem Fleisch und Bier, Rock 'n' Roll aus der Konserve pulsierte durch die Kneipe. Die Flötenspielerin war da. Blackburn ging zu ihr und meinte, das Rice-Footballteam hätte am letzten Wochenende mehr Erfolg gehabt, wenn es die Holzbläserabteilung des Spielmannszugs als Verteidigung eingesetzt hätte. Die Flötenspielerin lachte. Sie erinnerte sich an ihn und nannte ihn Alan, sein derzeitiger Deckname. Sie hieß Heather. Blackburn kam es so vor, als würde wenigsten die Hälfte der zwanzigjährigen Frauen auf der Welt Heather heißen, aber das sagte er ihr nicht. Er mochte sie. Sie hatte Humor. Es sei ihre Idee gewesen, sagte sie, daß der Spielmannszug schwarze Plastikmüllsäcke über die Uniformen zog und sich in der Halbzeit auf das Spielfeld legte, um eine Öllache zu simulieren.

Heather war eine stramme Trinkerin, und Blackburn fühlte sich verpflichtet mitzuhalten. Nach einer halben Stunde mußte er sich für ein paar Minuten entschuldigen. Als er wieder aus der Herrentoilette kam, sah er, daß jemand anderes seinen Platz eingenommen hatte und sich zu Heather beugte. Blackburn konnte den Kopf der Person zwar nicht sehen, aber die Form der Hüften in den engen Jeans verriet, daß es ein Mann war.

Heather sah Blackburn und winkte. »He!« rief sie. »Alles gutgegangen?«

Der Mann neben ihr hob den Kopf, und Blackburn sah, daß es Roy-Boy war.

Roy-Boy lächelte, als Blackburn näherkam. »Musiker«, sagte er. Sein Pferdeschwanz war naß. Er glänzte im Neonlicht.

Heather sah von Blackburn zu Roy-Boy. »Kennt ihr zwei euch?«

»Wir sind im selben Geschäft«, sagte Roy-Boy. Er drehte sich auf seinem Barhocker, so daß er mit dem Knie Heathers Oberschenkel berührte.

Blackburn biß die Zähne zusammen. Das scharfe Aroma von Roy-Boys Deoseife übertönte die anderen Gerüche.

»Wirklich?« fragte Heather. »Was tut ihr denn?«

»Wir verkaufen Diskountware«, sagte Roy-Boy. »Genaugenommen sind wir Konkurrenten.«

Heather machte ein besorgtes Gesicht. »Heißt das, ihr mögt euch nicht?«

»Nein«, sagte Roy-Boy. »Manchmal helfen wir uns sogar gegenseitig.«

»Ich überlege mir, die Sparte zu wechseln«, sagte Blackburn. Aber wenn er aufhörte zu stehlen, müßte er wieder einen Job in einem Fast-Food-Restaurant annehmen. Das war die einzige legale Arbeit, die er ausüben konnte. Er hatte in jeder Stadt, in der er länger als ein paar Tage geblieben war, Hamburger gebraten oder Burritos gefüllt, und er hatte die Nase voll davon.

»Das täte mir aber leid, Alan«, sagte Roy-Boy.

Blackburn sah Heather an. »Hast du ihm gesagt, wie ich heiße?« Kaum hatte er das gesagt, merkte er, daß es klang wie ein Vorwurf. Das Bier machte ihn blöde.

»Nein«, erwiderte Heather mit einem Stirnrunzeln. »Warum sollte ich? Ihr kennt euch doch, oder?«

»Wir haben uns nie unsere Namen genannt«, sagte Roy-Boy, »aber ich bin neugierig geworden und habe mich ein bißchen über ihn erkundigt. Hat er dir gesagt, daß er Gitarrist ist? Er spielt eine linkshändige Telecaster.«

Heathers Stirnrunzeln verschwand. »Spielst du in einer Band?« fragte sie Blackburn.

»Nein«, erwiderte er. »Ich meine, nicht im Augenblick.«

»In Austin war er in drei Bands gleichzeitig«, sagte Roy-Boy. »Hat sogar ein paarmal mit Stevie Ray gespielt.«

Heather sah Blackburn an. »Warum hast du aufgehört?«

»War kein Geld damit zu machen«, sagte er.

Roy-Boy rutschte vom Hocker. »Da fällt mir ein«, sagte er, »ich hab' noch was zu erledigen.« Er warf einen Fünf-Dollar-Schein auf die Bar. »Die nächste Runde geht auf mich.«

»Oh, das ist aber nett«, sagte Heather.

»Ja«, sagte Blackburn.

Roy-Boy klopfte Blackburn auf die Schulter. »Das tu' ich doch gern«, sagte er. »Wir alten Knaben müssen zusammenhalten.« Er ging zur Tür.

Blackburn stellte sich vor, wie er Roy-Boy zwang, seine eigenen Augen zu essen.

»Bye, Steve!« rief Heather. Dann grinste sie Blackburn an. »Wie alt bist du eigentlich?«

Blackburn setzte sich auf den leeren Hocker. Er war noch warm von Roy-Boys Hintern, also stand er wieder auf.

»Siebenundzwanzig«, sagte er. »Und du?«

Heather hob ihren Bierkrug. »Natürlich einundzwanzig. Meinst du, ich würde in eine Bar gehen, wenn ich's nicht wäre?«

»Vermutlich nicht.«

»Ich würde dich gern mal spielen hören.«

Blackburn schmeckte Seife auf der Zunge. »Ich habe im Augenblick keine Gitarre«, sagte er.

Heather zuckte die Achseln. »Na, dann spiel' ich für dich. Magst du Flötenmusik?«

»Klar doch«, sagte Blackburn. In seinem Nacken kribbelte es, und er drehte sich um.

Roy-Boy stand draußen und sah durch die Neonschriftzüge am Fenster herein. Er zielte mit dem ausgestreckten Zeigefinger auf Blackburn.

»Und, willst du noch ein Bier?« fragte Heather. »Oder möchtest du Flötenmusik hören?«

Blackburn drehte sich wieder zu ihr um. »Flöte«, sagte er.

Sie standen auf. Roy-Boy war vom Fenster verschwunden. Blackburn ließ die fünf Dollar auf der Theke liegen.

Als Blackburn am nächsten Morgen aufwachte, drückte Heathers Hintern gegen seinen Bauch. Seit dem Ende seiner Ehe kam es selten vor, daß er eine ganze Nacht mit einer Frau verbrachte, und noch seltener, daß es in seiner Wohnung passierte. Aber als er und Heather The Hoot verlassen hatten, hatte sie gesagt, daß Sex in ihrer Wohnung nicht möglich sei, weil sie sich die Bude mit einer wiedergeborenen Christin teilte. Also hatten sie beschlossen, das Flötenvorspiel zu verschieben, und Blackburn hatte Heather in sein Winzatelier in The Heights mitgenommen. Nach ein paar Stunden waren sie zusammen eingeschlafen.

Er glitt aus dem Bett und ging ins Bad. Danach spülte er nicht, weil er Heather nicht aufwecken wollte. Als er zurückkam, sah er, daß sie sich auf den Rücken gedreht hatte. Ihr Mund war geöffnet und Haarsträhnen klebten ihr im Gesicht. Sie war keine Schönheit, wie Dolores es gewesen war, aber es machte Spaß mit ihr. Blackburn konnte sich nicht erinnern, daß er je zuvor im Bett gelacht hatte.

Er zog sich an und ging weg. Er wollte Heather zum Frühstück eine Überraschung besorgen. In der Nacht hatte sie ihm eine Geschichte von einer Studentenwohngruppe am Rice erzählt, die von der Studentinnenwohngruppe nebenan immer wieder Beschwerden wegen Lärmbelästigung erhielt. Eines Morgens bekamen die Studentinnen von den Studenten eine Schachtel Donuts mit einem Zettel, auf dem stand, die Donuts seien die Antwort der Studenten auf die Beschwerden. Die Mädchen aßen die Donuts zum Frühstück und bekamen am nächsten Morgen noch ein Geschenk von den Studenten. Es war ein Foto von allen zweiundsiebzig Studenten in ihrem Speisesaal, alle nackt bis auf einen Donut um den Penis. Heather fand die Geschichte lustig, und Blackburn wollte sie deshalb mit einer Schachtel Donuts überraschen, wenn sie aufwachte.

Die Sonne war aufgegangen, aber in der Luft lag noch die Kälte der Winternacht. Blackburn hatte nicht gedacht, daß es in Houston je so kalt sein könnte. Er atmete tief ein, und die kalte Luft kratzte ihn im Hals. Beim Ausatmen kamen weiße Schwaden aus seinem Mund. Er eilte über den Parkplatz zu seinem Duster und hoffte, daß er ansprang. Die Fenster waren eisbeschlagen. Blackburn hatte keinen Kratzer, aber vielleicht schaffte es ja die Enteisungsanlage. Er schloß die Fahrertür auf, stieg ein und knallte die Tür hinter sich zu. Im Inneren roch es nach Deoseife.

Roy-Boy saß auf dem Beifahrersitz. Er trug wieder den schwarzen Jogginganzug. Die Kapuze hatte er aufgesetzt, seine Hände steckten in der Tasche des Sweatshirts.

»Morgen, Musiker«, sagte er und lugte unter der Kapuze hervor. »Fröhlichen Pearl-Harbour-Tag.«

Blackburn war wütend. »Steig aus«, sagte er, »und komm nie mehr in meine Nähe. Wenn du es tust, ist es das letzte, was du tust.«

»Also komm«, sagte Roy-Boy. »Du bist doch ein Kerl mit Moral, und ich habe dir nichts getan. Du würdest mich doch nicht umnieten, nur weil ich dich mal schief angeschaut habe, oder?«

»Du hast mein Auto aufgebrochen«, sagte Blackburn. »In Texas ist es legal, jemanden zu erschießen, der dein Auto aufbricht.«

»Aber ich habe es nicht aufgebrochen. Die Tür war nicht abgesperrt.«

»Das ist egal. Du hattest keine Erlaubnis zum Einsteigen. Deshalb kann ich dich erschießen.«

»Aber du hast deine Pistole nicht dabei.«

»Ich kann sie holen.«

Roy-Boy zog die Hände aus den Taschen. In seiner Rechten hatte er einen 22er Revolver. »Du kannst es ja probieren«, sagte er.

Blackburn sah, daß der 22er nur billiger Ramsch war. Aber aus dieser Entfernung konnte er so tödlich sein wie ein 357er.

»Was willst du?« fragte er.

»Im Augenblick mich aufwärmen«, antwortete Roy-Boy. »Dann will ich mich ein bißchen unterhalten. Fahr los und dreh die Heizung auf.«

Blackburn steckte den Zündschlüssel ins Schloß. Der Duster orgelte ein wenig, sprang dann an. Der Motor stotterte, und das Auto vibrierte.

»Klingt wie Eis in der Spritleitung«, sagte Roy-Boy. »Schütt eine Dose Heet in den Tank. Falls du in dieser Stadt eine findest.« Er öffnete die Beifahrertür. »Bleib, wo du bist, und ich kratz' dir die Fenster frei.« Er stieg aus und ließ die Tür offen.

Blackburn dachte kurz daran, ihn zu überfahren, schlug es sich dann aber aus dem Kopf. Die Gefahr, daß sich zuvor eine Kugel durch die Windschutzscheibe verirrte, war zu groß. Also wartete er, während Roy-Boy schabte. Roy-Boys Kratzer war eine lange, angespitzte Glasscherbe, die am unteren Ende mit weißem Textilklebeband umwickelt war. Roy-Boy hatte sie aus der Sweatshirt-Tasche gezogen. Er schabte mit der linken Hand. Die rechte Hand steckte mit dem Revolver in der Tasche. Blackburn sah, wie die Mündung gegen das Gewebe drückte. Sie war auf ihn gerichtet.

Als die Fenster eisfrei waren, stieg Roy-Boy wieder ein und schloß die Tür. Er leckte Eiskristalle von der Scherbe, steckte sie dann in die Tasche und sah Blackburn an. »Worauf wartest du?« fragte er. Er zog die 22er heraus.

Blackburn fuhr auf die Straße und dann in Richtung I-10. Er würde seine Chance abwarten. Und die würde er bekommen. So wie immer.

»Und, wie war sie?« fragte Roy-Boy, als der Duster auf den Freeway einbog.

»Gut.«

»Freut mich. Ich hatte Angst, ich hätte dir im Hoot die Tour vermasselt, also hab' ich versucht, die Sache wieder einzurenken, bevor ich ging. Was hast du jetzt mit ihr vor?«

Blackburn warf ihm einen Blick zu. »Was meinst du damit?«

»Fickst du sie noch mal, oder bringst du sie um, oder was?«

»Warum sollte ich sie umbringen?«

»Weil du ein Killer bist, Junge. Das ist doch deine Beschäftigung, oder?«

Blackburns Nacken kribbelte. »Wie kommst du darauf?«

Roy-Boy beugte sich zu ihm. Sein Atem streifte heiß Blackburns Gesicht.

»Kollegen erkennen einander«, sagte er.

Blackburn zuckte zurück und schlug sich den Kopf am Seitenfenster an.

Roy-Boy richtete sich wieder auf. »Keine Angst«, sagte er. »Ich verspreche dir, ich werde dir nicht die Zunge ins Ohr stecken oder dich in die Wange beißen.« Er zeigte nach draußen. »Du bist gerade an einem Day-Lite-Donut-Geschäft vorbeigefahren. Wenn du die nächste Ausfahrt nimmst, kannst du zu dem Laden zurückfahren.«

Blackburn starrte ihn an.

»Augen auf die Straße«, sagte Roy-Boy.

Blackburn nahm die nächste Ausfahrt. Er parkte vor dem Donut-Geschäft, steckte die Schlüssel in die Jackentasche und ballte die Faust. Zwei Schlüssel ragten zwischen seinen Fingern hervor. Er beobachtete Roy-Boy.

Roy-Boy lächelte. »Du willst mich jetzt umbringen. Du hoffst, daß ich die Hand in deiner Tasche nicht bemerke.«

»Du scheinst mich ziemlich gut zu kennen«, erwiderte Blackburn.

»O ja, ich kenn' dich, Musiker.« Roy-Boy steckte den Revolver in die Sweatshirt-Tasche und hielt dann die leeren Hände in die Höhe. »Und deshalb weiß ich auch, daß du, wenn du darüber nachdenkst, zu dem Entschluß kommst, mich doch nicht umzubringen. Ich habe dich mit einer Waffe bedroht, nur weil du Mittwoch nacht mich mit einer Waffe bedroht hast. Jetzt dürften wir quitt sein.«

Das klang einleuchtend für Blackburn, aber nur bis zu einem gewissen Grad. »Woher hast du gewußt, daß ich Donuts kaufen wollte?«

»Na ja, ich hab' gestern abend mit Heather gequatscht«, sagte Roy-Boy. »Du weißt schon, im Hoot, als du auf dem Topf warst. Sie hat mir von diesem Donut-Gag erzählt, den ein paar Studenten abgezogen haben. Und als du dann heute früh mit diesem verschmitzten Grinsen im Gesicht herausgekommen bist, hab' ich mir gedacht: Donuts. Sind ein Dutzend glasierte okay?« Er stieg aus und ging in das Geschäft.

Blackburn wartete. Abzuhauen hatte keinen Sinn. Roy-Boy wußte, wo er wohnte.

Mit einem weißen Karton kam Roy-Boy zurück. »Ich hab' noch ein paar mehr besorgt«, sagte er und atmete Dampf aus, als er einstieg. »Ein paar mit Gelee und ein paar mit Schokoladencreme. Willst du einen?«

»Nein.«

Roy-Boy öffnete den Karton und nahm sich einen gefüllten Donut. Schokoladencreme quoll heraus, als er hineinbiß. Er deutete auf das Zündschloß des Duster. »Laß dich von mir nicht aufhalten«, sagte er mit vollem Mund. »Wir können im Fahren reden.«

»Ich möchte lieber noch ein bißchen stehenbleiben«, sagte Blackburn. »Wenn du nichts dagegen hast.«

»Auch gut«, erwiderte Roy-Boy. Er zog sich die Kapuze vom Kopf. »Jetzt ist mir warm. Ich hab' mir nur gedacht, daß du vielleicht heim willst zu deinem Dreisiebenundfünfziger. Warum hast du ihn überhaupt aus der Jacke genommen? Hattest du Angst, daß Heather ihn spürt, wenn sie dich umarmt? Oder hast du sie erschossen und ihr die Knarre in die Hand gedrückt, damit es aussieht, als hätte sie Selbstmord begangen?«

»Ich würde nie eine Frau ums Leben bringen.«

Roy-Boy zog die Augenbrauen in die Höhe. »Warum denn das? Ist dir noch keine über den Weg gelaufen, die es verdient hätte?«

Blackburn dachte an Dolores. »Das ist eins meiner Prinzipien.«

Roy-Boy schüttelte den Kopf. »Sexist«, sagte er.

»Vielleicht. Aber ein Mann muß Prinzipien haben.«

Roy-Boy stopfte den Rest des Schokoladencreme-Donuts in den Mund. »Ja«, sagte er mampfend. »Wenn du es sagst.«

»Hast *du* je eine Frau umgebracht?« fragte Blackburn. Seine Faust ballte sich um den Schlüsselbund. Die Fenster waren beschlagen. Niemand konnte ins Auto sehen.

»Nein«, sagte Roy-Boy kauend. Er sah Blackburn unverwandt in die Augen. »Genaugenommen habe ich noch überhaupt niemanden umgebracht. Aber ich bin trotzdem ein Killer, weil ich es tun würde, wenn ich müßte. Wenn's heißen würde, ich oder er. Oder sie.«

»Warum hast du geglaubt, ich hätte Heather getötet?«

»Hab' ich gar nicht. Ich hab' es nur in Betracht gezogen. Weißt du, die ist nämlich berüchtigt dafür, daß sie die Kerle nur ausnutzt. Sie aushorcht, ihnen ihr Geld abnimmt, Bißspuren hinterläßt und so Zeug. Ich hab' mir gedacht, wenn sie das auch bei dir macht, legst du sie um.« Roy-Boy schluckte. »Aber da hab' ich ja dein Prinzip noch nicht gekannt.«

Blackburn wußte nicht, ob er glauben sollte, was Roy-Boy da über Heather sagte. Er klang, als würde er die Wahrheit sagen, aber gewisse Leute konnten das sehr gut. Und Heather wirkte nicht wie eine Frau, die ihren Liebhaber ausnutzt. Andererseits hatte Dolores auch nicht so gewirkt.

»Noch irgendwelche bohrenden Fragen, bevor du dir überlegst, ob du mit deinen Autoschlüsseln Löcher in mich stichst?« fragte Roy-Boy.

»Eine«, entgegnete Blackburn. »Warum nervst du mich?«

Roy-Boy grinste. An seinen Zähnen waren Schokoladenspuren. »Nerve ich dich? Das ist nicht meine Absicht. Ich denke mir nur, daß wir uns gegenseitig helfen könnten, wie am Mittwoch. Wir machen fifty-fifty. Wenn wir uns gemeinsam Wohnungen vornehmen, wird das Risiko geringer, weil wir nämlich beide die Augen offenhalten. Außerdem könnten wir die großen Sachen mitnehmen. Siehst du die Vorteile?«

»Ja.«

Roy-Boy streckte die Hand aus. »Dann sind wir Partner.«

»Nein. Ich sehe die Vorteile, aber ich will sie nicht.«

Roy-Boy ließ die Hand sinken. »Warum nicht? Weil du nichts mitgehen lassen willst, ›was die Leute benutzen‹? Mann, die Leute benutzen alles. Sie *brauchen* nur nicht alles, was sie haben. Wenn es dich mit deinem Moralkodex glücklich macht, dann verspreche ich dir, daß wir keine Diabetikerausrüstungen und Dialysemaschinen stehlen. Aber ein Fernseher sollte doch drin sein.«

»Mein Moralkodex hat damit nichts zu tun«, entgegnete Blackburn. »Das Problem ist, daß ich die Stadt verlasse.« Es war nicht wirklich eine Lüge. Er hatte zwar nicht geplant wegzugehen, aber er hatte auch nicht geplant zu bleiben.

Roy-Boy machte ein überraschtes Gesicht. »Warum das?«

»Ich bleibe nirgends länger als ein paar Monate.« Das war meistens so, weil er keine andere Wahl hatte, aber das brauchte Roy-Boy ja nicht zu wissen. »Und jetzt bin ich seit August hier, also noch eine Woche und dann bin ich weg. Weihnachten auf jeden Fall.«

»Wohin?«

»Das weiß ich noch nicht.«

Roy-Boy wandte sich ab und seufzte. »Jaja, der Lauf der Welt. Da find' ich einen Partner mit Moral, und kaum hab' ich ihn gefunden, ist er schon wieder weg.« Er öffnete die Tür, stieg aus und stellte den Karton mit Donuts auf den Sitz. »Nicht böse sein, okay?«

Blackburn schwieg.

»Du willst mich doch nicht immer noch umbringen, oder?« fragte Roy-Boy und fuhr mit der Hand an die Sweatshirt-Tasche.

»Nein«, sagte Blackburn.

Roy-Boy bückte sich und betrachtete ihn. »Du solltest dir die Haare wachsen lassen und einen Pferdeschwanz machen«, sagte er. »Alle großen Staatsmänner und Philosophen hatten Pferdeschwänze. Thomas Jefferson zum Beispiel. Der hat über Unabhängigkeit und Freiheit philosophiert und Sklaven gehalten. Was für eine großartige Welt *er* erschaffen hat.« Roy-Boy richtete sich auf. »Schöne Reise, Musiker, und viel Spaß mit den Donuts. Ich werde mir jetzt auch noch ein paar kaufen. Weißt du, ich hab' nur einen Hoden, also muß ich doppelt soviel essen wie die meisten Männer, um genug Soße für meine Bedürfnisse zu produzieren.« Er drehte sich um und ging zu dem Laden.

Blackburn streckte sich, um die Tür zu schließen, wischte dann den Kondensnebel vom Fenster und sah zu, wie Roy-Boy den Laden betrat. Er hatte das Gefühl, daß er Roy-Boy umbringen sollte, aber ihm fiel kein guter Grund dafür ein. Roy-Boy hatte ihn doch nur belästigt. Das wäre ein Grund gewesen, ihn umzubringen, hätte es Blackburn etwas gekostet, aber es hatte ihn nichts gekostet außer ein wenig Zeit. Und jetzt hatte er umsonst eine Schachtel Donuts bekommen, was Roy-Boys Verhalten noch weiter in den Graubereich schob.

Er ließ den Duster an. Was er auch empfinden mochte, er würde nie jemanden für ein Verhalten umbringen, das in den Graubereich fiel. Er brauchte einen klaren Grund. Wenn er anfing, Leute ohne solche Gründe umzubringen, würde er seinen eigenen Moralkodex verletzen. Es war schlimm genug, daß er zum Einbrecher geworden war. Ein Mann brauchte Prinzipien.

Auf dem Heimweg hielt er bei einem Gemischtwarenladen an und kaufte sich eine Dose Heet, die er in den Tank des Duster goß. Dann fuhr er zu seiner Wohnung und trug die Schachtel Donuts hinein. Heather war im Bad und hatte die Tür verschlossen.

Als sie herauskam, lag Blackburn auf dem Bett mit nichts am Leib außer einem Donut. Heather blieb noch zwei Stunden und sagte dann, sie müsse nach Hause und für ihre Prüfungen lernen. Blackburn wollte sie heimfahren, aber der Duster sprang nicht an. Also nahm Heather ein Taxi. Erst nachdem sie weg war, merkte Blackburn, daß er weder ihre Telefonnummer noch ihre Adresse hatte. Er würde sie vermutlich in The Hoot wiedersehen können, aber er war sich nicht sicher, ob er es sollte. Er mochte sie sehr, und er wußte, wohin das führen konnte.

Am folgenden Freitag abend war Blackburn noch immer in Houston und beobachtete einen zweistöckigen Wohnblock in Bellaire. Er hatte beschlossen, die Stadt Weihnachten zu verlassen, aber dazu brauchte er Reisegeld. Er hatte außerdem beschlossen, nicht mehr in Häuser und Wohnungen einzubrechen, auch wenn das bedeutete, daß er wieder in einem Fast-Food-Restaurant arbeiten mußte. Wenn er heute nacht etwas Lohnendes fand, sollte das sein letzter Tag als Einbrecher sein.

Er war nicht wieder in The Hoot gegangen, um Heather zu treffen, und sie hatte ihn nicht in seiner Wohnung besucht. Das war okay. Er hatte zwölf schöne Stunden mit ihr verbracht, zwölf Stunden mehr als mit den meisten Leuten, und er hatte das Gefühl, er sollte es dabei bewenden lassen. Es war zwar kein schönes Gefühl, aber schöne Gefühle und Vernunft waren zwei Paar Stiefel.

Die Sonne war untergegangen, in einigen der Wohnungen brannte Licht. Blackburn, der auf der gegenüberliegenden Straßenseite in seinem Duster saß, notierte sich die Nummern der Autos auf dem Parkplatz des Hauses und die Nummern der Wohnungen, die erleuchtet waren. Er verglich diese Nummern mit denen, die er sich zu verschiedenen Zeiten seit dem frühen Nachmittag notiert hatte, als er mit seiner Beobachtung begonnen hatte. Er war auf der Hut gewesen – war manchmal nur vorbeigefahren oder hatte einige Blocks entfernt geparkt und war zu Fuß hierher gegangen, und jetzt parkte er unter einer kaputten Laterne –, aber er hatte das Gebäude nicht zwei oder drei Tage lang beobachtet, wie es sonst seine Gewohnheit war. Er hatte angenommen, daß einige der Bewohner bereits in den Weihnachtsurlaub gefahren waren und daß deren Wohnungen leicht herauszufinden wären. Er hatte recht behalten. Zwei Wohnungen im obersten Stock blieben dunkel, drei im ersten, und eine im Erdgeschoß. In zwei anderen brannte, seit er mit der

Beobachtung begonnen hatte, ununterbrochen Licht, und er nahm an, daß niemand zu Hause war. Er wollte noch ein paar Stunden warten, um ganz sicher zu gehen. Wenn es ihm langweilig wurde, konnte er ja ab und zu das Radio einschalten.

Er hörte eben einen Song von ZZ Top, als sein Nacken kribbelte. Er drehte den Kopf und sah einen Mann vor dem Wohnblock unter einer Laterne stehen. Der Mann trug einen schwarzen Jogginganzug, die Haare waren zu einem Pferdeschwanz zusammengebunden. Er zielte mit dem ausgestreckten rechten Zeigefinger auf Blackburn. Es war Roy-Boy.

Blackburn schaltete das Radio aus. Er versuchte Roy-Boy mit einem energischen Winken zu verscheuchen, aber Roy-Boy blieb, wo er war, und zielte weiter auf ihn. Über kurz oder lang würde jemand vorbeifahren und ihn bemerken. Blackburn verwandelte sein Wegwinken in eine »Komm her«-Geste, zog dann den Reißverschluß seiner Jacke auf und griff hinein. Er öffnete den Klettverschluß der Revolvertasche.

Roy-Boy kam mit wippendem Pferdeschwanz über die Straße getrabt. Er hatte die Hände in der Tasche seines Sweatshirts, also mußte Blackburn seine Hand aus der Jacke ziehen, um ihm die Tür zu öffnen. Der Geruch nach Deoseife war stärker als je zuvor. Blackburn fragte sich, was Roy-Boy damit überdecken wollte.

»Abend, Musiker«, sagte Roy-Boy. »Fröhlichen Freitag, den dreizehnten.«

»Ich war zuerst da«, sagte Blackburn.

Roy-Boy schüttelte den Kopf. »Ich beobachte das Haus schon seit letztem Samstag. Es gehört mir.« Er grinste. Seine Zähne sahen aus, als wären sie immer noch fleckig von der Schokoladencreme der vergangenen Woche. »Außer, du willst teilen. Zwei der Wohnungen im obersten Stock sind an Collegestudenten vermietet, die schon in die Winterferien gefahren sind. Ich habe ihre Stereoanlagen gehört, die klingen teuer. Wahrscheinlich haben sie auch Videorekorder und Sony-Triniton-Fernseher. Wir könnten beide Wohnungen in fünfzehn Minuten ausräumen, morgen früh meinen Hehler besuchen, und das wär's.«

»Ich arbeite nicht mit Hehlern«, entgegnete Blackburn. »Das sind Betrüger. Und ich habe dir doch gesagt, daß ich an Teamwork nicht interessiert bin. Wenn du an dem Haus schon eine ganze Woche dran bist, kannst du es haben. Ich verschwinde.«

Roy-Boy ließ sein Kichern hören, das fast klang wie ein Grunzen. »Aber verstehst du denn nicht, Musiker? Das geht jetzt nicht mehr. Wenn du mit leeren Händen abziehst, muß ich Angst haben, daß du mir die Bullen auf den Hals hetzt. Aus Selbstschutz werde ich sie deshalb selber anrufen, wenn ich hier fertig bin. Ich werde ihnen eine Beschreibung von dir und deinem Auto geben, und wenn die Bullen die Nachbarn befragen, werden sich einige daran erinnern, daß sie dich hier haben herumhängen sehen. Und wenn du bleibst und ich gehe, haben wir die gleiche Situation, nur andersherum. Einer von uns ist immer der Dumme. Weißt du, wohin uns das führt?«

Blackburn sah Roy-Boy weiter in die Augen, aber seine Hand kroch wieder in die Jacke. Er wollte Roy-Boy nicht im Auto erschießen, aber er würde es tun, wenn er es mußte.

»Wohin?« fragte er.

»Zur WGZ«, sagte Roy-Boy. »Zur wechselseitig garantierten Zerstörung.« Roy-Boy zog die rechte Hand aus der Sweatshirt-Tasche – mit dem 22er. Er richtete sie auf Blackburns Gesicht.

Blackburns Hand erstarrte am Griff der Python.

»Also, ich sehe das folgendermaßen«, sagte Roy-Boy. »Ich bin zwar im Vorteil, aber ich müßte dich auf der Stelle umbringen, mit einem Schuß, oder mit Vergeltung rechnen. Mit anderen Worten, du könntest tödlich verwundet sein, mich aber trotzdem noch mit deiner überlegenen Waffe umbringen. Wir haben also nur die Wahl, zusammenzuarbeiten oder uns gegenseitig zu vernichten. Hast du Lust, vernichtet zu werden?«

»Nein«, sagte Blackburn. Er verstand, was Roy-Boy meinte. »Ich werde dieses eine Mal mit dir zusammenarbeiten, aber mehr kann ich nicht versprechen. Ich will noch immer die Stadt verlassen.«

Roy-Boy nickte. »Hervorragend. Wir haben also die Ebene diplomatischer Beziehungen erreicht. Jetzt kommt die Entwaffnungsphase. Zieh deinen Revolver heraus, aber langsam. Du kannst auf mich zielen, wenn du willst, aber ich werde deine Hand genau im Auge behalten. Wenn die Finger auch nur anfangen, sich zu krümmen, schieße ich. WGZ, kapiert?«

Blackburn zog die Python heraus und hielt sie so, daß sie auf seinen eigenen Schoß zielte.

»Paß auf, sonst endest du so wie ich«, sagte Roy-Boy. »Ein eineiiges Wunder. Natürlich ist meins so groß wie eine Orange.«

»Meine nicht. Deshalb würde ich lieber beide behalten.«

»Dann leg deine Knarre zwischen uns auf den Sitz. Ich werde das gleiche tun. Unsere Hände sollten sich berühren, damit wir beide spüren, ob der andere seine Waffe losläßt oder nicht. Das nennt man die Verifikationsphase.« Roy-Boy kippte seinen Revolver, so daß er nach unten zeigte. »Fang jetzt an.«

Sie bewegten sich langsam wie Faultiere. Die Revolver klackerten auf dem Vinylsitz gegeneinander. Die Hände der Männer berührten sich. Blackburn wartete, bis er spürte, daß Roy-Boys Hand sich hob, dann hob er auch die seine.

»So weit, so gut«, sagte Roy-Boy. »Wo ist deine Tasche?«

»Unter dem Sitz.«

Roy-Boy schnalzte mit der Zunge. »Ich kann dich nicht unter den Sitz greifen lassen. Wir müssen uns in der Wohnung eine Einkaufstüte oder was ähnliches suchen. Kannst du das akzeptieren?«

»Glaub' schon.«

»In diesem Fall«, sagte Roy-Boy, »können wir aussteigen. Türen gleichzeitig aufmachen.«

»Wir können die Revolver nicht auf dem Sitz liegen lassen«, sagte Blackburn. »Jemand wird sie sehen.«

»Nein, wenn wir ausgestiegen sind, ziehst du deine Jacke aus und wirfst sie über die Knarren. Auf diese Weise kann ich mich auch überzeugen, daß du nicht noch eine zweite bei dir hast.«

»Und wie kann ich mich überzeugen, daß *du* keine zweite hast?«

»Gute Frage. Okay, während du deine Jacke ausziehst, ziehe ich mein Sweatshirt aus. Auch die Hose, wenn du willst. Drunter trage ich nur Shorts und ein T-Shirt.«

Blackburn zog den Schlüssel aus dem Zündschloß. »Also gut«, sagte er. »Verriegel die Tür, wenn du aussteigst.« Er und Roy-Boy öffneten die Türen und stiegen aus. Blackburn zog seine Jacke aus und sah zu, wie Roy-Boy auf der anderen Seite des Autos sein Sweatshirt auszog. Es war ein seltsamer Tanz. Vorbeifahrende Autos beleuchteten ihre Vorstellung mit den Scheinwerfern. Roy-Boys Gesicht wurde hell, dann dunkel und dann wieder hell und verschwand schließlich, als er sich das Sweatshirt über den Kopf zog. Doch auch während der Kopf im Sweatshirt steckte, waren die Augen im Halsausschnitt sichtbar. Sie zwinkerten nicht.

Blackburn warf seine Jacke über die Revolver auf den Sitz, und Roy-Boy warf sein Sweatshirt darüber. Dann schlugen sie die Türen zu. Der Duster schwankte.

»Was hast du da in deiner Hemdtasche?« fragte Roy-Boy.

»Taschenlampe.«

»Okay, die gehört zum Handwerkszeug, also behalt sie. Jetzt steck deine Schlüssel ein, und dann treffen wir uns an der hinteren Stoßstange. Das ist unser Genf.«

Blackburn steckte die Schlüssel in die Hosentasche, und er und Roy-Boy gingen zum Heck des Autos. Blackburn trug ein langärmeliges Hemd, aber er fror trotzdem. Er verschränkte die Arme, um sich zu wärmen. Roy-Boys graues T-Shirt war an der Taille abgeschnitten, aber ihm schien nicht kalt zu sein. Er schlenkerte die nackten Arme. Als die beiden sich an der Stoßstange trafen, streckte Roy-Boy die rechte Hand aus. Blackburn behielt seine Arme verschränkt.

»Hose«, sagte er.

Roy-Boy zog die Jogginghose herunter und drehte sich um, damit Blackburn sehen konnte, daß er unbewaffnet war. Seine Beine waren blaß und haarlos. Sie wirkten rasiert.

»Das reicht«, sagte Blackburn, der mit Ekel zu kämpfen hatte.

Roy-Boy zog die Hose wieder hoch und streckte noch einmal die Hand aus. »Ratifiziere unseren Vertrag«, sagte er, »und ich werde nicht von dir verlangen, daß du auch die Hose ausziehst. Ich glaube, daß dein Moralkodex es dir nicht gestattet, eine zweite Waffe vor mir zu verstecken. Das Lineal in deiner Gesäßtasche lasse ich durchgehen, weil das ebenfalls ein Handwerkszeug ist.«

Sie gaben sich die Hände. Roy-Boys war trocken und kalt. Er drückte zu lange zu. Blackburn riß sich los.

Roy-Boy sah über die Straße zu dem Wohnblock hinüber.

»Oberstes Stockwerk, zweite Wohnung«, sagte er. Es war eine der Wohnungen, die dunkel geblieben waren. »Zwei Schlafzimmer. Die studentischen Bewohner sind heimgefahren zu Daddy, um Jesus' Geburtstag zu feiern, und haben ihr ganzes Zeug dagelassen.«

»Zuerst den Schmuck«, sagte Blackburn. »Und dann helfe ich dir, ein großes Ding zu tragen, nicht mehr. Wenn ich erst mal aus der Wohnung raus bin, gehe ich nicht mehr rein. Und mein Auto ist kein Miettransporter. Hast du ein Fahrzeug?«

»Ja. Der schwarze Toyota da auf dem Parkplatz. Sein früherer Besitzer ist gestern in einem Auto mit Skiern auf dem Dach weggefahren. Also gehört er jetzt mir.«

Dagegen konnte Blackburn nichts sagen. Er hatte selbst schon Autos gestohlen und deshalb kein Recht, den ersten Stein zu werfen.

Blackburn und Roy-Boy überquerten die Straße und stiegen die Treppe hoch, die im Zickzack an der Gebäudefassade nach oben führte. Es war fast Mitternacht, aber in einigen der erleuchteten Wohnungen waren Fernseher und Stereoanlagen laut aufgedreht. Blackburn war froh darum. Zwei Einbrecher machten mehr Lärm als einer, aber die Umgebungsgeräusche würden sie höchstwahrscheinlich übertönen. Außerdem waren in jeder Wohnung die Vorhänge vorgezogen, es würde sie also keiner der Bewohner sehen.

Sie hatten den obersten Balkon und Wohnung 302 erreicht. »Du bist der Türenspezialist«, flüsterte Roy-Boy.

Blackburn drehte am Knauf. Die Tür hatte einen guten Zentimeter Spiel. Bei seinem letzten Einbruch war der Riegel nicht vorgeschoben gewesen. Leute, die den Riegel nicht vorschoben, legten es förmlich darauf an, ausgeraubt zu werden. Er zog sein Metallineal aus der Gesäßtasche. Nach wenigen Sekunden sprang die Tür auf, und Blackburn und Roy-Boy gingen hinein.

Blackburn zog die Taschenlampe aus der Brusttasche und knipste sie an. In dem fahlen Lichtkreis sah er, daß die Wohnung komplett möbliert war. Ein dicker Teppich dämpfte die Schritte der Männer.

»Ach, schau mal da«, sagte Roy-Boy. »Ein Sony Triniton. Weißt du was – ich sehe in der Dunkelheit sehr gut, ich brauche das Licht nicht. Ich stecke den Fernseher aus und schau mich hier um, und du kannst nachsehen, was du in den anderen Zimmern findest.«

Da Blackburn kein Einwand gegen diesen Vorschlag einfiel, ging er in die blaugeflieste Küche und riß einen schwarzen Plastiksack von einer Rolle unter dem Spülbecken. Dann betrat er den Gang. Im Licht der Taschenlampe erkannte er vier Türen, zwei an jeder Seite. Die erste Tür rechts war offen, und er sah noch mehr blaue Fliesen. Das Bad. Er öffnete die Tür gegenüber und sah einen Wandschrank mit Stapeln von Handtüchern. Der Schrank roch wie ein Kaufhaus, er beugte sich deshalb hinein und atmete tief. Er mochte diesen Geruch zwar nicht besonders, aber er verscheuchte wenigstens Roy-Boys Deoseifengestank aus seinem Kopf.

Er ging den Gang entlang und öffnete die nächste Tür auf der rechten Seite. Dahinter lag ein kleines Schlafzimmer, sauber und ordentlich wie eine Kirche. An der Wand hing ein Messingkreuz, auf der Frisierkommode standen Stofftiere. Das Fenster war offen, und Blackburns Nacken kribbelte vor Kälte. Weiße Vorhänge bauschten sich über dem schmalen Bett. Auf dem Bett lag eine weiße Tagesdecke mit rosafarbenen und blauen Blumen.

Die Schmuckkassette auf der Frisierkommode enthielt nur ein kleines Silberkreuz an einer Kette. Im Leihhaus brachte es vielleicht dreißig Dollar, aber Blackburn ließ es liegen. Er selbst hatte sich von Jesus abgewandt, als er noch ein Kind war, weil er mehr Sünde als Erlösung gesehen hatte, aber in den Glauben eines anderen Menschen wollte er sich nicht einmischen. Da er sonst nichts Wertvolles in dem Zimmer fand, wandte er sich zum Gehen. Doch dann blieb er in der Tür stehen.

Das Fenster war offen. Sogar das Fliegengitter war offen. Aber niemand war zu Hause.

Er sah zu der geschlossenen Tür auf der anderen Seite des Ganges hinüber und löschte die Taschenlampe. Dann ging er zu der Tür, ließ den Müllbeutel fallen und drehte den Knauf. Er trat zur Seite, als die Tür nach innen aufschwang, und ein Hauch von Rost und Vanille stieg ihm in die Nase. Er stand gegen die Wand gelehnt und horchte einige Sekunden, hörte aber nur Roy-Boy im Wohnzimmer stöbern und dumpfes Dröhnen aus einer Stereoanlage in einer anderen Wohnung.

Dann schaute er um den Türstock herum. Bis auf das graue Rechteck eines Fensters mit geschlossenen Vorhängen war das Zimmer schwarz. Er knipste die Taschenlampe wieder an und sah die Sohlen von zwei nackten Füßen zwischen zwei Holzpfosten. Die Zehen zeigten nach unten. Er schwenkte die Taschenlampe und sah, daß die Holzpfosten Füße eines Bettes waren.

Eine nackte Frau lag mit dem Gesicht nach unten auf dem Bett. Die ausgestreckten Arme und Beine waren mit Elektrokabeln an die Bettpfosten gefesselt. Sie blutete aus Schnitten auf ihrem Rücken, dem Hintern und den Schenkeln. Brünette Haarsträhnen klebten an Nacken und Schultern. Ihre Beine bewegten sich ein wenig, zerrten kraftlos an den Fesseln.

Blackburn hielt den Atem an, trat dann ins Zimmer und schloß die Tür. Er ließ die Taschenlampe sinken, tastete nach dem Lichtschalter und knipste das Deckenlicht an. Er begann zu zittern. Was er gerochen hatte, waren Blut und Sperma und süßer Teig. Ein kleiner weißer Karton stand auf dem Boden, auf dem Bett und dem Boden lagen halb gegessene Donuts.

Er trat näher und sah eine lange Glasscherbe zwischen den Knien der Frau. Das eine Ende der Scherbe war mit weißem Textilklebeband umwickelt. Glas und Band waren blutverschmiert.

Auf dem Rücken der Frau stand in einem dünnen roten Schriftzug: HI, MUSIKER.

Blackburn ging zur linken Bettseite und kniete sich auf den Boden. Die Hände der Frau waren so gefesselt, daß die Arme schräg nach oben ragten. Ihr Gesicht war ins Kissen gedrückt. Nicht einmal aus dieser Nähe konnte er sie atmen hören. Aber er sah, daß ihr Rücken sich bewegte. Auf den Schultern hatte sie Bißspuren.

Er hob ihren Kopf und drehte das Gesicht zu sich. Es war Heathers Gesicht. Ihre Augen öffneten sich und wurden weit, als sie ihn erkannte. Ihr Mund war mit Isolierband verklebt. Er riß das Isolierband ab und sah, daß man ihr einen Donut in den Mund gestopft hatte. Sie versuchte, ihn auszuspucken, schaffte es aber nicht.

Blackburn ließ den Kopf wieder ins Kissen sinken und puhlte den Donut mit den Fingern heraus. Der Geruch war schwer und süß. Er zitterte heftig. Er versuchte, die Fessel an Heathers linkem Handgelenk aufzuknoten, aber seine Finger waren ungeschickt und taub. Er war wertlos, nutzlos, ein Schlappschwanz, ein Waschlappen. Klein-Jimmy, der die Hosen herunterließ und sich am Wulst des Kotflügels festklammerte. Er konnte hören, wie das Fiberglas durch die Luft zischte. Aus dem Zischen wurde ein Schrei, und die Rute schnitt in sein Fleisch. Seine Haut fing Feuer.

Dann verkrampften sich seine Hände, und die Finger gruben sich ein. Aber es war nicht der Wulst eines Kotflügels. Es war die Kante einer Matratze.

Er war nicht mehr Klein-Jimmy. Er hatte dazugelernt. Er hatte keinen Vater, keine Mutter, keine Freunde. Er vertraute nur auf sich selbst. Er konnte nicht nur sehen, was war, sondern was sein sollte. Er war Blackburn.

Und Blackburn wußte immer, was er tun mußte, und wie er es tun mußte.

Er versuchte es noch einmal mit dem Kabel. Der Knoten löste sich, Heathers linker Arm fiel aufs Bett. Im Fallen kratzten ihre Fingernägel über sein Gesicht. Der Schmerz war scharf und rein. Er hörte auf zu zittern.

»Gemein«, sagte eine Stimme. »Aber vielleicht hat sie's ja nicht mit Absicht getan.«

Blackburn sah hoch. Die Schlafzimmertür war offen, und Roy-Boy stand in der Tür. Er hatte eine kleine silberne Pistole in der Hand. Er kicherte, sein Schweinsgrunzen.

»Schau, was da jemand hinter dem Fernseher vergessen hat«, sagte er. »Eine fünfundzwanziger Halbautomatik. Wer hätte das gedacht?«

Blackburn stand auf. »Das kommt davon, wenn man eine Unterlassungssünde begeht«, sagte er.

Roy-Boy machte ein verdutztes Gesicht. »Was für eine Unterlassung denn?«

»Ich habe es unterlassen, dich umzubringen«, antwortete Blackburn. »Ich konnte deinen Tod in der Struktur meiner Welt bereits sehen, aber ich habe es nicht getan, weil ich nicht verstanden habe, warum dein Tod für meine Welt notwendig ist. Jetzt sehe ich, daß es einen offensichtlichen Grund dafür gibt. Vielleicht sogar für dich. Weißt du, warum ich dich hätte umbringen sollen?«

»Keine Ahnung«, sagte Roy-Boy. »Aber jetzt kannst du das ja mit einem Ersatzmord wiedergutmachen. Ich wollte sie eigentlich für mich herrichten, aber als ich dann sah, daß du das Haus beobachtest, habe ich beschlossen, sie dir aufzuheben. Weißt du, du mußt die Überlegenheit meiner Welt erkennen, und dazu mußt du eine Weile in ihr leben. In deiner Welt bist du der Macker, und sie hat ihren drallen kleinen Arsch, aber wenn du versuchst, deine Scheiße mit mir abzuziehen, ist das was anderes. Ich bin Thomas Jefferson, und ihr seid Sklaven.«

Blackburn machte einen Schritt auf ihn zu. »Dann befehle mir.«

»Stehenbleiben.« Er richtete die Pistole auf Blackburns Gesicht. »Und nimm dir meinen Eiskratzer.«

Blackburn blieb stehen. Er stand am Fuß des Bettes, einen guten Meter von Roy-Boy entfernt. Er zog die Glasscherbe zwischen Heathers Knien heraus.

»Jetzt schneide sie«, sagte Roy-Boy. »Wo du willst. Aber schneide tief, sonst erschieße ich dich.«

»Du erschießt mich sowieso.«

»Nein, werde ich nicht. Ich verspreche es. Ich bin auch ein moralischer Mensch.«

Blackburn nahm das umwickelte Ende der Scherbe in beide Hände. Die Spitze zeigte nach oben.

»Warum hätte ich dich umbringen sollen?« fragte Blackburn noch einmal.

»Vielleicht weil ich eine Gefahr für deine Männlichkeit bin«, entgegnete Roy-Boy. »Also steck ihr das Glas zwischen die Arschbacken. Damit du dir wieder vorkommst wie ein Mann.«

Blackburn hielt sich die Spitze der Scherbe unters Kinn und drückte zu. Es schmerzte, aber wie bei Heathers Fingernägeln auf seinem Gesicht war der Schmerz rein, läuternd. Er dachte noch einmal an Dads Fiberglasrute. Wie sehr er sie auch gehaßt hatte, hatte sie doch zu seiner Erschaffung beigetragen. Dieser neue Schmerz erinnerte ihn an diese Wahrheit.

Roy-Boy schnitt eine Grimasse. »Nicht *dich*, Musiker«, sagte er. Er machte einen Schritt auf Blackburn zu und richtete die silberne Pistole auf Heather. »*Sie*. Jetzt dreh dich um und –«

Blackburn riß die Fäuste vor und nach unten – das Glas zerschnitt ihm das Kinn – und jagte die Scherbe über Roy-Boys rechtes Handgelenk.

Roy-Boy schrie auf. Er schwang die Pistole zu Blackburn herum.

Aber Blackburn hatte bereits zum Sprung angesetzt. Er grub die Zähne in Roy-Boys zerschnittenes Handgelenk. Mit der linken Hand packte er die silbrige Pistole und versuchte, sie ihm zu entreißen. Mit der Rechten schnitt und stach er. Roy-Boy taumelte nach hinten. Er schrie etwas, das Worte hätten sein können, aber Blackburn hörte nicht darauf. Die einzige Stimme, auf die er jetzt hörte, war seine eigene, die Stimme, die ihm sagte, was getan werden mußte.

Im Gang stürzten sie zu Boden. Blackburn biß weiter in Roy-Boys Handgelenk und hielt mit der linken Hand die Pistole, aber er konzentrierte sich darauf, Roy-Boy mit der Scherbe in die Augen, die Kehle, den Bauch und den Unterleib zu stoßen. Der Geruch von Seife wurde von anderen Gerüchen überlagert. Es dauerte nicht lange, und er hatte die Pistole ganz in der Hand.

Blackburn wälzte sich von Roy-Boy herunter und kauerte sich neben ihn. Er warf die Scherbe ins Wohnzimmer. Und dann betrachtete er die Überreste von Roy-Boys Gesicht.

»Du hältst dich für böse«, sagte Blackburn. »Aber du bist nur dumm. Jeder, der es ernsthaft betreibt, weiß, daß es nur eine richtige Art zu töten gibt: eine Kugel in den Kopf. Natürlich sind bei den kleineren Kalibern manchmal mehr als eine nötig.« Er drückte Roy-Boy die Mündung an die Stirn. »Kennst du inzwischen die Antwort auf meine Frage?«

Roy-Boys rechte Hand zuckte.

»Es ist ganz einfach«, sagte Blackburn.

Er spannte die Pistole.

»*Weil ich Lust darauf hatte.*«

Er feuerte, bis das Magazin leer war.

Blackburn ließ die Pistole auf Roy-Boys Brust fallen und stand auf. Im ersten Augenblick war ihm schwindelig, und er lehnte sich an die Wand, wo seine Hand einen Abdruck hinterließ. Er sah schlimm aus. Es hatte schon einige Male viel Blut gegeben, aber noch nie so viel. Er wollte sich die Zähne putzen und duschen. Er wollte schrubben und Räucherstäbchen verbrennen, bis Roy-Boys Gestank verschwunden war.

Der Kadaver auf dem Boden zuckte. Der Pferdeschwanz hatte sich gelöst, und die Haare lagen ausgebreitet wie ein Fächer auf der Mülltüte, die Blackburn fallengelassen hatte. Das Plastik hielt einen Großteil der Haare vom nassen Teppich fern. Blackburn dachte kurz daran, sich den Skalp zu nehmen, verwarf es aber dann. Er wollte keine Trophäe. Er war nicht stolz auf die Art, wie es mit Roy-Boy gelaufen war.

Aus dem Schlafzimmer hörte er ein Geräusch und drehte sich um. Heather kniete auf dem Bett. Sie hatte es geschafft, ihr rechtes Handgelenk zu befreien und versuchte jetzt, die Kabel an ihren Füßen aufzuknoten. Aber es gelang ihr nicht. Sie war unsicher, schwankte.

Blackburn ging zu ihr. »Das kann ich doch machen«, sagte er.

Sie sah zu ihm hoch und versuchte, etwas zu sagen oder zu schreien. Aber alles was herauskam, war ein Stöhnen.

Blackburn wischte sich die Hände am Hemd ab. Es nützte nichts. Das Hemd war naß. »Das ist größtenteils seins«, sagte er.

Heather sah weg, während Blackburn ihr die Fußfesseln löste. Als sie frei war, versuchte er, ihr aufzuhelfen, aber sie riß sich los und stieg auf der anderen Seite aus dem Bett.

Blackburn zog die Decke vom Bett. Es war kalt in der Wohnung, und er glaubte, sie sollte sich etwas umlegen. Er ging in den Gang und sah, wie sie über Roy-Boys Leiche stieg. Sie schien keine Notiz davon zu nehmen. Er folgte ihr in die Küche und schaltete das Licht an. Dann legte er ihr die Decke um die Schultern, und sie sah ihn nicht einmal an.

Er sah, daß sie nicht mehr die Heather war, die mit ihm geschlafen hatte, und er wußte, daß er dafür verantwortlich war. Zum ersten Mal in seinem Leben war er entsetzt über sich selbst. Nicht wegen etwas, das er getan hatte, sondern wegen etwas, das er unterlassen hatte. Durch diese Unterlassung war er zum Komplizen bei Folter und Vergewaltigung geworden. Töten war nicht immer Mord, und Stehlen war nicht immer ein Verbrechen; aber Folter und Vergewaltigung waren unzweifelhaft Verbrechen.

Heather nahm den Hörer vom Wandtelefon und wählte 911. Blackburn hörte, wie der diensthabende Beamte sich meldete, aber Heather hob den Hörer nicht ans Ohr. Sie starrte ihn an, als versuchte sie sich klarzumachen, warum er Geräusche von sich gab.

»Laß mich«, sagte Blackburn und griff nach dem Hörer.

Heather riß den Hörer weg und schlug ihm damit ins Gesicht.

Ihre Augen füllten sich mit Tränen. Der Hörer traf ihn hart auf der Nase. »Laß mich mit ihnen reden«, sagte er. »Du bist verletzt. Du mußt ins Krankenhaus.«

Heather ließ den Hörer fallen und riß das Telefon aus der Wandhalterung. Die Decke glitt ihr von den Schultern, und Blackburn sah die roten Spuren, die ihre Wunden hinterlassen hatten.

Sie schwang das Telefon und schlug es ihm auf den Kopf. Dann schlug sie noch einmal und noch einmal. Das Telefon schepperte, der Hörer baumelte an der Schnur und klapperte auf den Boden.

Blackburn wich bis zum Kühlschrank zurück, blieb dort stehen und ließ sich von Heather schlagen. Er hätte nie mit dem Stehlen anfangen dürfen. Dieser erste moralische Fehltritt hatte zum nächsten geführt, und der wieder zu diesem hier. Er würde also seine

Strafe auf sich nehmen. Es war die einzige je erhaltene Strafe, die sinnvoll war.

»Es tut mir leid«, sagte er zu Heather. Sie war nur noch ein Schemen. »Es tut mir leid, es tut mir leid.«

Das Telefon schepperte. Heather begann, bei jedem Scheppern zu grunzen, und dann zu schreien. Es waren keine Worte. Nur die Stimme ihrer Wut.

Blackburn hörte es und wußte, daß es gerecht war. Er rutschte zu Boden. Die Fliesen waren wie kaltes Wasser an seiner Wange.

Und so sperrte der Staat Texas ihn ein und pflegte sein Gesicht und klagte ihn wegen Mordes und Vergewaltigung an. Die Anklage wegen Vergewaltigung nahm er an. Mord dagegen konnte er nicht akzeptieren. Er hatte getötet, aber er hatte nie einen Mord begangen. Vor allem nicht in Roy-Boys Fall.

Sein Pflichtverteidiger sagte, das sei keine hinreichende Begründung.

Mordermittler aus dem ganzen Land kamen nach Houston, um Blackburn zu verhören, aber nur zweien von ihnen konnte er weiterhelfen. Die meisten anderen waren auf der Suche nach Serientätern, die Frauen ermordeten, und über Fälle dieser Art konnte Blackburn ihnen nichts sagen – außer, daß es jede Menge Schweinehunde auf der Welt gebe und er das besonders gut wisse, da er einige von ihnen getötet habe.

Dann warf der Staat Texas ihm noch einen weiteren Mord vor.

Er erfuhr, daß in der Nacht, als er Roy-Boy kennengelernt hatte, eine Frau in dem Schlafzimmer gewesen war, aus dem Roy-Boy gekommen war. Blackburn hatte von ihrer Existenz nichts gewußt, weil sie seit einer Woche krank im Bett gelegen hatte. Sie war die Schwester der anderen Bewohnerin gewesen, der Frau, die in der Nachtschicht bei Whataburger arbeitete.

Die kranke Frau war gefoltert, vergewaltigt und getötet worden.

Und da Blackburn zugab, in der Nacht ihres Todes in dieser Wohnung gewesen zu sein, warf man ihm das Verbrechen vor.

Blackburn war erstaunt. »Ich habe nie eine Frau getötet«, sagte er den verhörenden Beamten.

»Aber Sie haben zugegeben, eine Frau vergewaltigt zu haben«, erwiderte einer von ihnen.

Blackburn schüttelte den Kopf. »Nein, ich habe nur die *Verantwortung* für diese Vergewaltigung übernommen. Und ich lasse nicht zu, daß das als Grund benutzt wird, um mir noch andere Verbrechen in die Schuhe zu schieben.« Er wandte sich an seinen Anwalt. »Sie müssen ihnen erklären, was ich meine.«

»Und was meinen Sie?« fragte ein Polizist.

Blackburn sah ihn an.

»Eine Sünde«, sagte er, »ist mehr als genug.«

Opfer Nummer neunzehn

Die Anklage wegen Vergewaltigung und eine der Mordanklagen wurden fallengelassen, als Heather im April verkündete, sie werde nicht gegen Blackburn aussagen. Sie habe dreieinhalb Monate Therapie und Hypnose gebraucht, sagte sie, um zu erkennen, was in der Nacht tatsächlich passiert sei: Blackburn war nicht ihr Vergewaltiger, sondern ihr Retter gewesen. Obwohl er zu spät gekommen war, um die Vergewaltigung zu verhindern, hatte er doch den Vergewaltiger davon abgehalten, sie zu töten. Um das zu tun, hatte er keine andere Wahl gehabt, als den Vergewaltiger zu töten. Es war eine gerechtfertigte Tötung gewesen.

Blackburn las Heathers Aussage im *Houston Chronicle* immer und immer wieder. Sein erster Gedanke war, daß sie einige wesentliche Fakten übersehen hatte – zum Beispiel, daß er Roy-Boy schon eine Woche früher hätte töten sollen, und daß er zusammen mit Roy-Boy in ihre Wohnung eingebrochen war. Doch mit der Zeit fanden einige ihrer Worte in seinem Hirn Resonanz.

»Auch wenn ich mir vielleicht wünsche, daß Mr. Blackburn schon früher gehandelt hätte«, sagte sie, »kann ich ihn nicht dafür verurteilen, daß er es nicht getan hat. Er hat getan, was er konnte.«

Das war der Schlüssel. Blackburn hatte es an Perfektion fehlen lassen; aber niemand war perfekt. Mensch zu sein hieß, zu versagen, und seinem Menschsein konnte Blackburn nicht entkommen.

Wenn also Heather bereit war, ihn von seiner Sünde loszusprechen, dann mußte auch er sich verzeihen, daß er sie begangen hatte.

Der Staat Texas allerdings war eingeschnappt. Quasi als Entschädigung für die verlorenen Anklagepunkte fügte er der verbliebenen Mordklage noch eine Anklage wegen Vergewaltigung hinzu.

Das machte Blackburn wütend.

»Ich habe diese Frau nicht getötet«, sagte er zu seinem Anwalt, »und ich habe sie auch nicht vergewaltigt. Ich war nicht einmal in ihrem Schlafzimmer. Ich wußte überhaupt nicht, daß sie da war.«

»Ich glaube Ihnen«, sagte der Anwalt.

Blackburn tröstete das nicht. »Das ist doch unsinnig. Die haben doch die ganze Zeit gewußt, daß sie vor ihrem Tod vergewaltigt wurde, also wenn sie mir das jetzt zur Last legen wollen, warum haben sie es nicht gleich getan, als sie mir den Mord zur Last legten?«

»Weil die physiologischen Indizien diese Anklage nicht stützten«, antwortete der Anwalt. »Die Tests haben ergeben, daß der Vergewaltiger eine andere Blutgruppe hatte.«

»Roy-Boys.«

»Ja. Aber jetzt wird die Staatsanwaltschaft argumentieren, daß Sie und er das Verbrechen gemeinsam begangen haben – daß Sie sie ebenfalls vergewaltigt, aber nicht ejakuliert haben. Wissen Sie, auch wenn es keine stichhaltigen Beweise gibt, werden die Geschworenen es wahrscheinlich trotzdem glauben, einfach weil der Staat es Ihnen vorwirft. Und das hilft der Staatsanwaltschaft dann, wenn Sie für die Verurteilung und die Todesstrafe wegen des Mordes plädiert.«

»Aber für die Mordanklage gibt es doch auch keinen Beweis«, sagte Blackburn.

Der Anwalt sah in seine Notizen. »Nun ja, es gibt keine stichhaltigen Beweise«, sagte er. »Aber Sie haben bereits gestanden, im Jahr 1981 in Goodland, Kansas, einen Mann getötet zu haben, und 1982 in Kansas City einen zweiten. Wegen dieser Verbrechen sind Sie hier zwar nicht angeklagt, aber der Staatsanwalt wird trotzdem ziemlich darauf herumreiten. Außerdem haben Sie zugegeben, in der Nacht, in der die Frau getötet wurde, in ihrer Wohnung gewesen zu sein, und die Polizei hat einen Obdachlosen aufgespürt, der bezeugen wird, daß er Sie etwa fünfzehn Minuten vor dem Todeszeitpunkt das Gebäude betreten gesehen hat. Den Geschworenen wird das reichen.«

»Aber ich bin nicht mit Roy-Boy eingebrochen«, sagte Blackburn. »Er ist durch ein Fenster auf der Rückseite eingestiegen, in das Zimmer, wo die Frau lag. Hat ihn denn niemand gesehen?«

»Offensichtlich nicht. Aber sogar die Staatsanwaltschaft räumt ein, daß er dort war, und in diese Richtung werden wir beim Prozeß argumentieren. Wir werden versuchen, die Geschworenen zu überzeugen, daß er es getan hat, und daß Sie erst einige Minuten später in die Wohnung eingedrungen sind.«

»Genau so ist es ja passiert.«

»Ich glaube Ihnen«, sagte der Anwalt.

Diesmal fand Blackburn nicht nur keinen Trost in dieser Versicherung, sondern hörte auch, daß es eine Lüge war. Sein Instinkt sagte ihm, wenn er aus diesem Schlamassel herauskommen wollte, würde er sich selber darum kümmern müssen. Diesmal würde er auf seinen Instinkt hören.

Die Anhörung wegen der neuen Vergewaltigungsklage fand am Mittwoch, den 14. Mai 1986, statt, an Blackburns achtundzwanzigstem Geburtstag. Sein Anwalt sorgte dafür, daß er einen Anzug und eine Krawatte statt der Gefängniskleidung tragen durfte, aber er wurde in Handschellen und Fußfesseln zum Gerichtsgebäude gebracht. Sein Anwalt durfte ihn nicht im Transporter begleiten.

Er saß auf einer Holzpritsche im Laderaum des Transporters. Drei Beamte vom Texas Department of Public Safety, die als Bewacher fungierten, saßen ihm gegenüber. Sie trugen Cowboystiefel und verspiegelte Sonnenbrillen. Sie erinnerten ihn an Officer Johnston.

»Weißte, die Nadel, die sie dir da in den Arm stechen«, sagte einer der Beamten, »angeblich soll's ja schmerzlos sein, aber das ist es nicht.«

Ein anderer nickte. »Die ist so dick wie ein Gartenschlauch.«

»Manchmal müssen sie zwanzig oder dreißig Minuten lang stechen, bis sie eine Ader finden«, sagte der dritte.

Blackburn beobachtete sie. Sie taten so, als diskutierten sie untereinander, aber die Botschaft war an ihn gerichtet.

»Ich persönlich hätt's ja besser gefunden«, sagte der erste Beamte, »wenn sie das mit der Nadel gar nicht angefangen hätten. Es tut zwar weh, aber nicht genug. Nicht so sehr, wie dieser Junge der Frau weh getan hat, die er umgebracht hat.«

»Ich habe nie eine Frau umgebracht«, sagte Blackburn.

Die Beamten wandten sich ihm zu. Ihre Spiegelgläser reflektierten sechsfach sein Gesicht. Der Transporter fuhr über eine unebene Stelle, und die Reflektionen hüpften.

»Schnauze, Junge«, sagte der zweite. »Du redest nur, wenn du angesprochen wirst.«

»Sie haben mich doch angesprochen«, erwiderte Blackburn.

Der dritte hob seinen Gummiknüppel und rammte ihn Blackburn in den Bauch. Blackburn hatte es vorausgesehen und die Muskeln angespannt. Doch er krümmte sich, um den Beamten nicht zu enttäuschen.

»Kotz ja nicht auf deine polierten Schuhe«, sagte der erste. »Der Richter mag das nicht.«

»Richter mißbilligen Kotze«, sagte der zweite.

Blackburn richtete sich auf und lächelte.

»Grins nicht so blöd«, sagte der dritte Beamte, »sonst geb' ich dir noch eine Lektion in Höflichkeit. Kapiert?«

»Ja«, sagte Blackburn. »Vielen Dank.«

Die Beamten sahen sich an – es sah zumindest so aus, bei den verspiegelten Gläsern war das schwer zu sagen – und lachten dann.

»›Vielen Dank‹«, wiederholte der erste. »Ist er nicht höflich?«

»Höflich wie in der Sonntagsschule«, sagte der zweite.

»Für was dankst du uns denn, Junge?« fragte der dritte.

»Weil Sie mir einen Grund gegeben haben«, antwortete Blackburn.

»Einen Grund für was?«

Blackburn schwieg.

Der Transporter hielt in einem Tunnel unter dem Gerichtsgebäude an, und die Beamten führten Blackburn zu einem Gerichtssaal, wo der dritte einen Schlüsselbund aus der Tasche zog und Blackburn Handschellen und Fußfesseln abnahm. Das war ein weiteres Zugeständnis, das sein Anwalt für ihn herausgeschlagen hatte. Es sollte das letzte sein.

Die Anhörung ging schnell vorüber. Blackburns Anwalt erhob Einspruch gegen die Anklage wegen Vergewaltigung, aber der Richter erhielt sie aufrecht. Da gegen Blackburn bereits wegen Mordes verhandelt werde, könne der Staat genausogut zwei Fliegen mit einer Klappe schlagen und gleichzeitig auch wegen Vergewaltigung gegen ihn verhandeln. Falls die Anklage unbegründet sei, könnten die Geschworenen das sagen. Eine Freilassung auf Kaution wurde abgelehnt. Blackburns Anwalt seufzte und sagte nichts mehr.

Fünf Minuten später war Blackburn wieder in Handschellen und Fußfesseln. Und fünf Minuten danach saß er mit den drei Beamten vom DPS wieder im Transporter, und sie warteten auf den Fahrer und den mit einer Schrotflinte bewaffneten Beifahrer. Fahrer und Beifahrer hatten nicht erwartet, daß man sie so schnell wieder brauchen würde und waren in die Cafeteria des Gerichtsgebäudes gegangen. Einer von Blackburns Bewachern rief sie über ein Walkie-Talkie, aber sie erwiderten, es dauere noch ein paar Minuten, bis sie in den Tunnel zurückkehren würden.

Den Beamten schien das nichts auszumachen.

»Ziemliches Pech vor Gericht«, sagte der erste mit geheuchelter Sympathie.

»Wirst wahrscheinlich niemand mehr vergewaltigen«, sagte der zweite.

»Ich habe nie jemanden vergewaltigt«, entgegnete Blackburn.

Der dritte rammte ihm wieder den Knüppel in den Bauch. Diesmal krümmte Blackburn sich nicht.

»Ich habe nie jemanden vergewaltigt«, wiederholte Blackburn, »und ich habe nie eine Frau getötet. Männer schon. Aber nie eine Frau.«

»Wie viele Männer?« fragte der erste Beamte.

»Nur damit wir wissen, wieviel Angst wir vor dir haben müssen«, sagte der zweite.

»Achtzehn«, antwortete Blackburn. »Bis jetzt.«

Die Beamten lachten.

»›Bis jetzt‹«, wiederholte der dritte. »Mann, dieser Junge ist ein ganz Gefährlicher.«

»Du erinnerst dich an alle, was?« fragte der erste Beamte. »An jeden Mann, den du getötet hast, und wie du es gemacht hast?«

»Ja«, erwiderte Blackburn.

»Na, dann klär uns doch mal auf«, sagte der zweite. »Wir haben Zeit. Wer war dein erster? Ein Krüppel im Rollstuhl?«

Die Beamten kicherten. Sie hielten Blackburn für einen ausgeflippten Psychopathen, der Frauen weh tun mußte, um sich stark zu fühlen. Sie glaubten nicht, daß er je irgendwelche Menschen umgebracht hatte.

Blackburn starrte seine sechs Spiegelbilder an. »Der erste«, sagte er, »war ein Bulle.«

Die Beamten hörten auf zu kichern.

»Es war an meinem siebzehnten Geburtstag«, sagte Blackburn, »heute vor elf Jahren. Es war auch ein Mittwoch. Er war der Ortspolizist meiner Heimatstadt in Kansas. Er hat auf den Stufen der Nazarener-Kirche einen Hund erschossen, also hab' ich ihm die Waffe abgenommen und ihn getötet. Die Waffe war ein Colt Python mit zehn Zentimeter langem Lauf.« Er nickte dem dritten Uniformierten zu. »Wie die in Ihrem Holster. Die meisten Leute mit Dreisiebenundfünfzigern haben Smith and Wessons, aber ich war immer froh um meinen Colt.«

»An 'nem Smith and Wesson ist doch nichts verkehrt«, sagte der erste Beamte.

»Auf gar keinen Fall«, sagte der zweite.

»Das habe ich auch nicht gesagt«, bemerkte Blackburn.

Der dritte Beamte stand auf. Wegen der niedrigen Decke mußte er den Kopf einziehen. Er schob sich den Gummiknüppel in die Schlaufe an seinem Gürtel und legte die Hand auf den Griff seiner Pistole. »Jungs«, sagte er, »wenn ihr euch eine Tasse Kaffee genehmigen wollt, bleibe ich gern hier bei dem Gefangenen.«

Der erste Beamte sah zu ihm hoch. »Du weißt, das dürfen wir nicht.«

»Er ist gefesselt«, sagte der dritte. »Und ihr braucht ja nicht lange wegzubleiben.«

Der zweite Beamte schüttelte den Kopf. »Egal, was du tun willst, du kannst es vor unseren Augen tun. Wir werden kein Wort sagen.«

»Zwei Minuten«, sagte der dritte. »Mehr brauch' ich nicht. Ihr könnt ja in der Nähe bleiben, falls ihr Angst habt.«

Der erste Beamte zuckte die Achseln. »Ach, was soll's. Ich hab' keine Angst.«

Der zweite zuckte ebenfalls die Achseln. »Okay. Was soll's.«

Der erste und der zweite Beamte stiegen aus dem Transporter und schlossen die Tür. Der dritte knöpfte den Sicherheitsriemen seines Holsters auf und zog den Revolver. Die Waffe war die gleiche wie Blackburns alte Python.

»Willst du ihn mir abnehmen?« fragte der Beamte und hielt den Revolver in die Höhe.

Blackburn fand es unsinnig zu lügen. »Ja«, sagte er.

»Du willst die Knarre so sehr, daß du mich dafür umbringen würdest?« fragte der Beamte.

Blackburn überlegte. »Nein«, sagte er. »Ich will Sie töten, aber Ihnen die Waffe abzunehmen wäre eher ein Begleitumstand.«

Der Beamte spannte die Python und richtete sie auf Blackburns Gesicht. »Und warum willst du mich dann umbringen?«

Wieder fand Blackburn es unsinnig zu lügen. »Weil Sie ein sadistisches Arschloch sind.«

Der Beamte kam näher und drückte die Mündung der Waffe Blackburn in die linke Wange. »Du hast wohl auf alles 'ne Antwort«, sagte er. »Also beantworte mir diese Frage: ›Warum will ich dich umbringen?‹«

Die Mündung drückte gegen den Wangenknochen. Es schmerzte, aber Blackburn ignorierte den Schmerz.

»Weil Sie ein sadistisches Arschloch sind.«

Der Beamte nahm die Mündung der Python von Blackburns linker Wange und schlug ihm mit dem Griff auf die rechte. Blackburn stürzte auf die Bank. Er hörte das Blut in seinem Schädel dröhnen.

»Mein Gesicht ist gerade erst verheilt«, sagte er und versuchte, sich den Schmerz nicht anmerken zu lassen. »Glauben Sie nicht, daß die Leute eine frische Prellung bemerken werden?«

»Du trägst Fußfesseln«, sagte der Beamte. »Du bist gestolpert und hingefallen. Das passiert die ganze Zeit. Außerdem schert sich keiner darum, ob du verletzt bist oder nicht. Die Leute wollen, daß Scheißkerle wie du Schmerzen haben. Du hast ja verdammt noch mal anderen genug Schmerzen zugefügt.«

Blackburn setzte sich auf. »Ich habe nie jemanden getötet, dessen Tod nicht ein Vorteil für seine Umwelt war«, sagte er. »Vielleicht haben ein paar Ehefrauen und Kinder getrauert, weil ich es getan habe, aber die Trauer war nicht so schlimm wie das, was sie durchlitten hätten, wenn ich die Hurensöhne am Leben gelassen hätte.«

»Mein Onkel war kein Hurensohn«, sagte der Beamte.

Blackburn war verblüfft. »Wie bitte?«

»Er war Polizist in Liberal, Kansas«, sagte der Beamte, »und irgendein Wichser hat ihn erschossen. Wir haben nie herausgefunden, wer.« Er richtete die Waffe wieder auf Blackburns Gesicht. »Jetzt weiß ich es.«

Blackburn runzelte die Stirn. »Ich war noch nie in Liberal. Den Bullen habe ich in Wantoda umgelegt.«

»Nie davon gehört.«

»Na, das beweist es doch«, sagte Blackburn. »Sie haben den falschen Wichser.«

»Vielleicht.« Der Beamte ließ die Python sinken und entspannte sie. Dann steckte er sie in den Holster und zog seinen Knüppel heraus. »Aber im Augenblick genügst du mir. Und keine Angst, von deinem Gesicht bleib' ich weg.«

Blackburn rollte sich zu einem Ball zusammen. Der Beamte schlug ihm ein paarmal auf Rücken und Beine und stieß ihn dann mit dem Fuß von der Bank. Blackburn lag auf dem Metallboden und starrte die Stiefel des Beamten an. Der Beamte prügelte noch ein wenig und ließ dann schwer atmend von ihm ab.

»Steh auf«, sagte der Beamte.

Blackburn konnte sich auf die Knie hochrappeln. Der Beamte schlug ihm mit dem Unterarm ins Gesicht, und er kippte wieder um.

»Ich hab' dir gesagt, du sollst aufstehen«, sagte der Beamte.

Blackburn rührte sich nicht. »Sie haben gesagt, Sie bleiben von meinem Gesicht weg.«

Der Beamte spuckte ihn an. »Schlappschwanz«, sagte er.

Blackburn kniete sich wieder hin. In diesem Augenblick kam von der Tür ein Geräusch, und der Beamte drehte sich um. Blackburn sah sich plötzlich in Augenhöhe mit dem Griff der Python. Der Beamte hatte den Sicherheitsriemen nicht wieder zugeknöpft.

Die Tür ging auf. Der erste und der zweite Beamte kamen wieder in den Wagen geklettert. Der dritte öffnete den Mund, um etwas zu ihnen zu sagen.

Blackburn hob die gefesselten Hände und zog die Python aus dem Holster. Mit dem rechten Daumen spannte er sie, den Zeigefinger krümmte er um den Abzug.

Der dritte Beamte drehte sich um und schlug mit dem Knüppel nach Blackburns Gesicht.

Die Python ging los, als der Knüppel Blackburns Stirn streifte. Die Kugel drang dem Beamten ins Brustbein, und er wurde gegen seine Kameraden geschleudert. Alle drei fielen vor dem Transporter auf den Asphalt.

Blackburn stand auf und schlurfte zur offenen Tür, die Pistole auf die Beamten gerichtet. Sonnenbrillen und Kappen hatten sie verloren. Der dritte lag ausgestreckt auf den zwei anderen, die beide auf dem Rücken lagen. Blackburn sprang aus dem Transporter und landete mit den Knien auf dem dritten Uniformierten. Die beiden darunter stöhnten auf. Der dritte war still.

Fünf Männer standen ganz in der Nähe an der Einfahrt des Gerichtsgebäudes. Zwei davon waren uniformierte Polizisten. Die beiden drehten sich zu dem Transporter um und griffen nach ihren Waffen. In diesem Augenblick spannte Blackburn die Python noch einmal und drückte dem ersten Beamten die Mündung auf die Nase.

»Bei Schüssen würde ich zusammenzucken«, rief Blackburn. Seine Stimme hallte von den Betonwänden des Tunnels wider.

Die Polizisten erstarrten, die Waffen blieben in den Holstern.

»Euer Freund hat mir weh getan«, sagte Blackburn zu den beiden

Beamten auf dem Asphalt. »Ich mußte mich verteidigen. Das versteht ihr doch, oder?«

Die Beamten starrten zu ihm hoch.

»Na, ist auch egal«, sagte Blackburn. Er drückte mit der Python die Nase des ersten Beamten platt. »Nimm seine Schlüssel und schließ meine Handschellen auf. Wenn du zu langsam bist, oder wenn einer von euch versucht, seine Smith and Wesson zu ziehen, muß ich annehmen, daß ihr mir ebenfalls weh tun wollt. Du hast zehn Sekunden. Einundzwanzig. Zweiundzwanzig.«

Der erste Beamte knöpfte die Hemdtasche des dritten auf und zog die Schlüssel heraus. Sie waren naß von Blut. Der zweite Beamte bewegte ein wenig den Arm, der unter dem dritten feststeckte.

»Wenn du mich zum Schwanken bringst«, sagte Blackburn und hörte auf zu zählen, »kann mein Colt losgehen.« Das war keine Drohung, sondern eine Tatsache. Diese Python hatte einen empfindlicheren Abzug als die seine.

Der zweite Beamte rührte sich nicht mehr.

»Achtundzwanzig«, fuhr Blackburn fort.

Der erste Beamte schloß die Handschellen auf. Blackburn zog die linke Hand aus dem Metallbügel und nahm die Schlüssel. Mit der Rechten drückte er weiter dem ersten Beamten die Python auf die Nase, und mit der Linken griff er jetzt hinter sich und schloß ohne hinzusehen die Fußfessel auf. Er hatte zuvor, als man sie ihm abgenommen hatte, genau aufgepaßt.

»Das ist doch keine Lösung, James«, sagte eine Stimme.

Blackburn hob den Kopf und sah seinen Anwalt. Er kam mit ausgebreiteten Armen auf ihn zu, auf seiner Stirn glänzte Schweiß. Wenige Schritte vor Blackburn blieb er stehen.

»Legen Sie die Waffe weg, bevor Sie alles noch schlimmer machen«, sagte der Anwalt.

Blackburn amüsierte diese Bemerkung. Er hatte eben einen Beamten des Texas Department of Public Safety erschossen. Vom juristischen Standpunkt her konnte es nicht mehr schlimmer werden.

»Haben Sie ein Auto auf dem Parkplatz?« fragte Blackburn.

»Nein«, erwiderte sein Anwalt. Es war eine Lüge. Blackburn

wußte inzwischen sehr gut, wann sein Anwalt log. Die meiste Zeit nämlich.

»Fahren Sie an meinem Geburtstag mit mir zum Fischen?« fragte Blackburn.

Der Anwalt machte ein verwirrtes Gesicht. »Ich glaube nicht.«

»Ach, kommen Sie«, sagte Blackburn. »Seit meiner Kindheit war ich nicht mehr beim Fischen.« Er stand auf, zielte aber weiter auf das Gesicht des ersten Beamten. »Gehen wir.«

Der Anwalt sah von einer Seite zur anderen, als suche er Hilfe. Sonst rührte sich keiner in dem Tunnel. »Eine Geiselnahme verbessert Ihre Lage nicht«, sagte der Anwalt.

»Was für eine Geisel?« fragte Blackburn. Er stieg über die Beamten und packte seinen Anwalt beim Arm. »Wenn ich eine Geisel wollte, würde ich keinen Anwalt nehmen. Der Sinn einer Geiselnahme ist doch, sich jemanden zu schnappen, den die Polizei nicht erschießen will.« Er drehte die Python von den Beamten weg und drückte sie dem Anwalt ans linke Ohr. »Jeder, der uns nach draußen folgt«, rief er, »wird vom Nachlaßverwalter dieses Mannes verklagt werden.«

Blackburn und sein Anwalt traten aus dem Tunnel in flirrendes Sonnenlicht. Die Luft war dick von Houstoner Qualm und roch nach Auspuffgasen und Verwesung. Blackburn fragte sich, welcher Teufel ihn geritten hatte, daß er überhaupt hierhergekommen war. Bis auf die eine süße Nacht mit Heather war Houston ein totaler Reinfall gewesen.

Der Wagen des Anwalts, ein Chrysler New Yorker, stand direkt vor dem Gerichtsgebäude auf dem Behindertenparkplatz.

»Sie sind doch kein Behinderter«, sagte Blackburn und schob seinen Anwalt zur Beifahrertür des Autos.

»Ich lasse mir doch von einem Mann, der eben einem anderen eine Kugel in die Brust gejagt hat, keine Moralpredigt halten«, sagte der Anwalt.

»Ich wollte auf seinen Kopf zielen«, sagte Blackburn, »aber dieses Ding hat einen sehr sensiblen Abzug. Jetzt steigen Sie ein und rutschen Sie rüber. Sie fahren.«

Sie stiegen ein und der Anwalt reihte sich in den innerstädtischen Verkehr ein. »Ich kann's einfach nicht glauben, daß noch keiner versucht hat, Sie umzulegen«, murmelte er.

»Auf welcher Seite stehen Sie eigentlich?« fragte Blackburn. Er wischte sich die Hände am Veloursitz ab, griff dann dem Anwalt in die Tasche und zog eine Brieftasche heraus. Er nahm das Geld heraus und stopfte es in seine Tasche.

Sie waren vier Blocks vom Gerichtsgebäude entfernt, als plötzlich Sirenen aufheulten. Der Anwalt fuhr nicht schnell genug. Bei der nächsten roten Ampel steckte Blackburn sich seine neue Python hinten in den Hosenbund und stieg aus, wobei er sich das Sakko über den Hintern zog, damit man die Waffe nicht sah. Als er zwischen geparkten Autos hindurch zum Bürgersteig lief, hörte er schrill die Hupe des Chrysler.

Blackburn lief eine Straße hinauf, die nächste wieder hinunter und verschwand dann in einem Hotel. Er bestieg einen Aufzug und fuhr zusammen mit einem dicken Geschäftsmann, aus dessen Brusttasche ein Parkschein lugte, in den elften Stock. Er folgte dem Mann zu dessen Zimmer, zwängte sich hinter ihm hinein, als er die Tür aufsperrte, fesselte den Mann mit seinem Gürtel an die Stange des Duschvorhangs und knebelte ihn mit einem Handtuch. Er stahl dem Mann die Autoschlüssel und den Parkschein, verließ das Zimmer und fuhr hinunter in die Tiefgarage. An dem Schlüsselring hing die Fernbedienung für die Auto-Alarmanlage, also drückte er auf den Knopf und folgte dem Piepsen zu einer Mercedes-Limousine. Der Parkwächter sah ihn nicht einmal an, als er ihm sein Wechselgeld gab.

Den Mercedes ließ er auf einem Supermarkt-Parkplatz am Nordrand der Stadt stehen und stahl sich einen verrosteten Ford Pickup, dessen Besitzer den Zündschlüssel hatte stecken lassen. Erst als er auf einer holperigen zweispurigen Nebenstraße in nordöstlicher Richtung durch das ländliche Texas fuhr, spürte er die Schmerzen in Gesicht und Körper von den Schlägen des dritten Beamten. Außerdem drückte ihn die Python im Kreuz.

Er zog die Waffe aus dem Hosenbund. Sie paßte in seine Hand, als wäre sie ein Teil von ihr.

Heute war sein Geburtstag, und er hatte eben einen Bullen getötet, der eine verspiegelte Sonnenbrille trug. Vielleicht würde er wieder in die Ozarks fahren. Aber zuerst würde er sich ein Telefon suchen und sich von der Auskunft die Nummern der Houstoner Behindertenorganisationen geben lassen. Und denen würde er von den Parkgewohnheiten seines Anwalts erzählen.

Blackburn legte die Python unter den Sitz und sah dann die Straße entlang. Hier war er noch nie gewesen, aber die Straße sah aus wie die tausend anderen holperigen zweispurigen, auf denen er gefahren war. Nach elf Jahren hatte sich nichts geändert.

Und wenn das bedeutete, daß die Welt noch immer dieselbe war, bedeutete das wenigstens, daß auch er noch derselbe war.

9
Blackburn und das Lamm Gottes

Nachdem Blackburn Houston hinter sich gelassen hatte, versuchte er, sich ins nördliche Louisiana durchzuschlagen. Aber da er nur Nebenstraßen benutzte, mußte er immer wieder die Richtung wechseln. Nach Einbruch der Nacht kaufte er sich von dem Geld, das er dem Anwalt abgenommen hatte, an der Tankstelle einer Kleinstadt Benzin, einen Schokoriegel und eine billige Digitaluhr. Nach dem Tacho des Ford war er dreihundertundsechzehn Meilen gefahren; wegen der ganzen Umwege bezweifelte er aber, daß er mehr als zweihundert Meilen von Houston entfernt war.

Wolken schoben sich vor die Sterne, als er wieder losfuhr, und am Donnerstag, dem 15. Mai, um zwei Uhr morgens merkte er auf einem Waldweg in Osttexas, daß er sich hoffnungslos verfahren hatte. Es fing an zu regnen, und er entdeckte, daß die Scheibenwischer des Pickup nicht funktionierten. Er fuhr an den Straßenrand und versuchte zu schlafen, aber Blitz und Donner hielten ihn wach. Jeder Blitz erleuchtete die Kiefern und Hartriegel und warf ihre Schatten über die Straße. Blackburn stellte sich vor, daß die Bäume in weißen Flammenzungen aufloderten.

Der Regen fiel bis Tagesanbruch, und als die Wolkendecke aufriß, zeigte die aufgehende Sonne Blackburn, daß der Waldweg von

Süden nach Norden führte. Er war zu einem Bach aus Schlamm geworden. Blackburn ließ den Ford an und versuchte weiterzufahren, aber der Pickup rutschte in den Graben und versank bis über die Hinterachse im Schlamm. Also nahm Blackburn seine Python, kletterte zur Straße hoch und marschierte in Richtung Norden los.

Der Schlamm saugte an seinen Schuhen, er sprang deshalb über den Graben und lief im Unkraut neben den Bäumen. Der Boden war wellig, Gestrüpp versperrte oft den Weg, und er kam nur langsam vorwärts. Die Luftfeuchtigkeit war hoch, die Temperatur stieg sehr schnell. Blackburn zog sein Sakko aus und nahm die Krawatte ab, aber das brachte auch nicht viel. Das Hemd, das sein Anwalt ihm gegeben hatte, war aus Polyester und die Hose aus Wolle. Die Python war zu schwer und rutschte immer wieder vom Bund in die Hose, also zog er sie heraus, wickelte sie ins Sakko und klemmte sich das Bündel unter den Arm. Er schwitzte, sein ganzer Körper juckte, und er war sich sicher, daß er bald überall Pickel bekommen würde. Als er durstig wurde, leckte er Regenwasser von den Blättern. Blätter mußte er außerdem als Toilettenpapier benutzen. Ab zehn Uhr plagten ihn Myriaden von Mücken und Fliegen. Dazu kam sein immer stärker werdender Hunger, denn bis auf den Schokoriegel hatte er seit dem Frühstück am Tag zuvor nichts mehr gegessen.

Blackburn glaubte allmählich, daß er gezwungen wurde, für seine einzige Sünde zu büßen. Er fragte sich, ob er anfangen sollte, an Gott zu glauben.

Die Bäume standen dicht zu beiden Seiten der Straße, weder Häuser noch Lichtungen waren zu sehen. Nicht einmal Zäune gab es. Nach stundenlangem Marschieren überquerte Blackburn einen kreuzenden Waldweg, und dann noch einen, und am frühen Nachmittag kam er zu einer zweispurigen Asphaltstraße. Er trat auf die Straße und stampfte auf, um den Schlamm von den Schuhen zu schütteln.

Im Stampfen hörte er das Geräusch eines Fahrzeugs, das von Osten auf ihn zukam. Er schaute in die Richtung des Geräuschs und sah, daß zwischen ihm und dem Fahrzeug ein Hügel lag. Wenn er wollte, konnte er in den Wald rennen und sich verstecken. Aber seine Kleider klebten ihm an der Haut, und er hatte Blasen an den Füßen. Es bestand zwar das Risiko, daß ein Beamter des Texas Department of Public Safety in dem Fahrzeug saß, aber lieber ging er dieses Risiko ein, als weiter durch den Schlamm zu stapfen. Er überquerte die Straße und steckte die rechte Hand in sein zusammengerolltes Sakko. Seine Finger umklammerten den Griff der Python. Er spannte die Muskeln und wartete.

Das Fahrzeug erwies sich als langsam fahrender weißer Kombi. Blackburn entspannte sich ein wenig, als er es über die Hügelkuppe kommen sah, und dann nahm er die Hand aus dem Sakko und winkte. Der Kombi fuhr an den Straßenrand und blieb neben ihm stehen. Ein schwarzer Schriftzug auf der Flanke des Kombis lautete: RUSK STATE HOSPITAL RUSK TX 75785.

Blackburn sah sich die beiden Männer in dem Fahrzeug an und verkrampfte sich wieder. Der übergewichtige Mann mit den schütteren Haaren, der auf dem Beifahrersitz saß, trug ein kurzärmeliges gelbes Hemd, aber der Fahrer war ein schlankerer, jüngerer Mann in einer blauen Uniform, die ihn aussehen ließ wie einen Bullen. Allerdings sah Blackburn keine Waffe, er steckte deshalb die Hand nicht wieder ins Sakko.

Der Übergewichtige kurbelte das Fenster herunter, und Blackburn spürte einen Hauch kühler Luft aus der Klimaanlage. Er trat näher.

»Probleme?« fragte der Übergewichtige.

Blackburn zwang sich zu einem Lächeln. Er mußte freundlich aussehen, wie jemand, der es verdient hatte, daß man ihm half. »Ja, ich bin in den Wäldern herumgefahren, weil ich Hartriegelblüten fotografieren wollte. Aber wie schlecht die Straßen sind« – er deutete auf den schlammigen Waldweg –, »hab' ich erst gemerkt, als ich schon drauf war. Mein Auto ist eingesunken, und ich mußte meine Kameraausrüstung zurücklassen, um zu Fuß weitergehen zu können.«

»Für die Hartriegelblüte sind Sie ungefähr einen Monat zu spät dran«, sagte der Übergewichtige. »Ende März und in der ersten Aprilwoche ist es am besten.«

Der Fahrer murmelte vor sich hin. »'n Feldweg nach einem Wolkenbruch«, sagte er. »Sehr intelligent.«

Blackburn ignorierte ihn. »Na ja, ich komme eigentlich aus dem Norden«, sagte er zu dem Übergewichtigen. »Ich bin erst vor kurzem hier runtergezogen und habe nicht daran gedacht, daß es hier früher Frühling wird.« Er zwinkerte gegen die Sonne. »Ist ja schon fast wie im Sommer.«

»Ja, schon ziemlich heiß«, sagte der Übergewichtige. »Sollen wir Sie nach Palestine mitnehmen? Es sind über zehn Meilen, und Sie sehen aus, als seien Sie schon ein ganzes Stück gelaufen.«

»Das wäre sehr nett«, sagte Blackburn. »Ich bin heute morgen von Palestine losgefahren, aber zwischendurch kam's mir so vor, als würde ich in 'ner Kiste zurückkehren.«

Der Übergewichtige öffnete seine Tür. »Sie haben Glück, daß wir vorbeigekommen sind. Diese Straße wird nicht oft benutzt.«

Der Fahrer räusperte sich. »Äh, Doktor, was ist, wenn wir Morton finden?«

Der Übergewichtige hielt die Tür einen Spalt weit geöffnet. Stirnrunzelnd starrte er den Asphalt an. »Gute Frage«, sagte er. Er sah zu Blackburn hoch. »Wir sind auf der Suche nach einem Patienten, der am Montag abend davongelaufen ist. Der Sheriff und das DPS suchen die Highways ab, aber wir haben uns gedacht, wir sollten vielleicht die Nebenstraßen selber absuchen. Falls wir ihn finden, bevor wir Sie abgesetzt haben, könnten Sie...«

»Im Weg sein?«

»Offen gesagt, ja«, sagte der Übergewichtige. »Und dann gibt's womöglich Haftungsprobleme, falls irgendwas passieren sollte.«

»Morton ist ein ganz schöner Brocken«, sagte der Fahrer. Seine Stimme war ausdruckslos.

»Vielleicht sollten wir«, sagte der Übergewichtige, »anstatt Sie mitzunehmen, für Sie einen Abschleppwagen rufen, wenn wir wieder in Palestine sind. Wäre das okay?«

Blackburn bemühte sich, enttäuscht aber höflich auszusehen. »Ich fürchte, mein Auto ist so weit weg und steckt so tief im Schlamm, daß ein Abschleppwagen erst was hilft, wenn die Straße ausgetrocknet ist. Also, ähm...« Er zögerte und hoffte damit anzudeuten, daß er es wirklich haßte, sich aufzudrängen. »Wenn sie mich mitnehmen, steige ich aus, wenn Sie diesen Morton finden. So komme ich immer noch näher an die Stadt, als ich jetzt bin.«

Der Übergewichtige warf dem Fahrer einen Blick zu. Der Fahrer machte ein mißmutiges Gesicht und zuckte die Achseln, und der Übergewichtige stieß die Tür auf. »Das klingt vernünftig«, sagte er. »Und wahrscheinlich finden wir Morton sowieso nicht. Aber wir müssen es versuchen.«

Blackburn zwängte sich an dem Übergewichtigen vorbei und setzte sich auf die Rückbank. Die kühle Luft in dem Kombi war wunderbar. »Ich gebe Ihnen gerne was fürs Benzin«, sagte Blackburn. »Ich habe Urlaub diese Woche, das heißt, ich werde fürs Nichtstun bezahlt. Und lieber zahle ich für eine Fahrt in die Stadt, als weiterzulatschen.«

»Nicht nötig«, sagte der Übergewichtige, schloß die Tür und kurbelte das Fenster wieder hoch. Das Auto setzte sich in Bewegung. »Wir fahren also nach Palestine, und dann fahren wir auf einer anderen Nebenstraße zurück nach Rusk.«

»Zeitverschwendung«, murmelte der Fahrer.

Der Übergewichtige drehte sich zu Blackburn um. »Ich hoffe, es macht Ihnen nichts aus, wenn wir nicht sehr gesprächig sind. Wir müssen die Augen offenhalten.«

»Überhaupt nicht«, sagte Blackburn. Es stimmte. Nicht reden zu müssen bedeutete, sich keine Geschichte über ein Nordlicht, das es in den Süden verschlagen hatte, ausdenken zu müssen.

»Und falls Sie zufällig einen in einem weißen Krankenhauskittel sehen«, sagte der Übergewichtige, »schreien Sie.«

»In welche Richtung soll ich denn schauen?«

Der Übergewichtige deutete auf den Wald neben der Straße. »Dorthin. Morton spielt gern im Wald.« Er streckte Blackburn die rechte Hand entgegen. »Übrigens, ich bin Dr. Joe Norris.«

Blackburn schüttelte ihm die Hand. »Bruce Rayburn«, sagte er. »Aus Iowa City.«

Der Fahrer sah ihn im Rückspiegel an und schnitt eine Grimasse.

»Wo haben Sie denn das Veilchen her, Bruce?« fragte Dr. Norris.

Blackburn griff sich an den rechten Wangenknochen, wo der DPS-Beamte ihn mit der Python geschlagen hatte. Die Stelle war empfindlich. Und seine Nase schmerzte vom Schlag mit dem Unterarm.

»Ich habe einen Sessel in mein neues Haus getragen und bin dabei gegen den Türstock geknallt«, sagte er.

Dr. Norris nickte. »Deshalb lasse ich so was immer von einer Umzugsfirma machen.« Er wandte sich ab und beobachtete den Wald.

Der Fahrer murmelte: »Vertrottelter Yankee«, gerade so laut, daß Blackburn es noch verstehen konnte.

Der Kombi fuhr mit vierzig Meilen pro Stunde in Richtung Westen. Blackburn wischte sich die Schuhe an der Bodenmatte und suchte den Waldrand nach einen Mann in einem weißen Kittel ab. Falls er ihn sehen sollte, würde er den Mund halten.

Als der Kombi sich einer State-Highway-Schleife in den Außenbezirken von Palestine näherte, entdeckte Blackburn ein Einkaufszentrum mit einem H. E. B.-Supermarkt. Er bat Dr. Norris, ihn dort aussteigen zu lassen. Er werde seine Frau in der Arbeit anrufen, sagte er, und die werde ihn abholen. Norris' Fahrer grummelte, er sei doch nicht als Chauffeur angestellt worden, fuhr aber den Kombi auf den Parkplatz des H. E. B.

Blackburn stieg aus, und während der Kombi davonfuhr, sah er den Highway in beiden Richtungen entlang und entdeckte etwa eine Meile nördlich ein Hinweisschild auf ein Best Western Motel. Das Hotel würde sein nächstes Ziel sein, aber zuerst hatte er Wichtigeres zu erledigen. Er klemmte sich das zusammengerollte Sakko unter den Arm und ging in den Supermarkt.

Er kaufte sich Brot und Käse, ein paar Äpfel, eine Straßenkarte von Texas, einen Wegwerfrasierer und einen Fleischklopfer. Dann ging er nach draußen und holte sich eine *Dallas Morning News* aus einem Verkaufsautomaten. Er setzte sich neben den Automaten auf eine Bank, machte sich ein Käsesandwich und suchte auf der

Karte Palestine. Seine nächtliche Zickzackfahrt hatte ihn weiter nach Westen geführt, als er gedacht hatte; Palestine lag nur einhundertfünfzig Meilen nördlich des Westrands von Houston. Er war Louisiana nicht näher als vor seiner Flucht.

Andererseits würde das DPS die Grenze nach Louisiana im Auge behalten und ihn nicht hier suchen. Außerdem hatte Palestine sechzehntausend Einwohner, war also groß genug, daß er als Fremder nicht auffiel. Und in einer Stadt dieser Größe konnte er ohne Schwierigkeiten ein Auto finden. So lange er keinem Ortspolizisten, Sheriff's Deputy oder einem DPS-Beamten auffiel, konnte er sich hier bis nach Einbruch der Dunkelheit ausruhen, sich dann ein Fahrzeug besorgen und sich in Richtung Oklahoma davonmachen. Er glaubte nicht, daß das DPS auf den Gedanken kam, ihn an der Grenze zu Oklahoma zu suchen.

Er faltete die Karte zusammen und blätterte dann in der Zeitung, während er das Sandwich aß. Seine Flucht hatte es zwar auf die Titelseite geschafft, aber der Artikel stand in der unteren rechten Ecke, und es gab kein Foto von ihm. Der Artikel erwähnte den braunen Wollanzug, den er trug, nannte aber sonst keine Identifikationsmerkmale. Im Aufmacher wurde behauptet, er sei während eines »wüsten Schußwechsels« mit der Polizei und Beamten des DPS geflohen. Blackburn fand es ziemlich übertrieben, einen einzelnen Schuß einen »wüsten Schußwechsel« zu nennen.

Er aß zu Ende und wollte eben die Zeitung auf der Bank zurücklassen, als ihm ein zweiter Artikel auf der Titelseite ins Auge stach. Der Meldung zufolge sollte in der kommenden Nacht ein Insasse des Staatsgefängnisses in Huntsville namens Jay Pinkerton mit einer tödlichen Injektion hingerichtet werden. Er wäre dann der dritte Mann, der seit 1986 in Texas hingerichtet würde. Mit siebzehn Jahren hatte er eine Frau vergewaltigt und ermordet und saß nun schon seit vier Jahren im Todestrakt. Er war bereits einmal in der Exekutionskammer gewesen, hatte dann aber wenige Minuten vor Verabreichung der tödlichen Lösung einen Aufschub erhalten. Nun war seine Zeit wieder abgelaufen. Der Artikel deutete an, daß es einen weiteren Aufschub nicht geben würde.

Blackburn lag das Sandwich im Magen wie Beton. Auch er hatte mit siebzehn getötet. Auch ihm warf man Vergewaltigung und Mord vor. Wenn sie ihn verurteilt und nach Huntsville geschickt hätten, hätten sie ihn dann auch vier Jahre auf die Nadel warten lassen?

Bei dem Gedanken wurde ihm übel. Wenn man jemanden töten mußte, dann tat man es besser schnell. Wenn man die Wahl hatte. Und die hatte der Staat Texas sicher.

Blackburn hatte Mitleid mit Jay Pinkerton. Nicht daß Pinkerton es nicht verdient hätte zu sterben; der Artikel machte klar, daß es richtig war. Er hatte eine Frau vergewaltigt und getötet, und das stellte ihn auf eine Stufe mit Roy-Boy. Aber Blackburn hätte nicht einmal Roy-Boy vier Jahre auf den Tod warten lassen. Das wäre Sadismus von derselben Art wie Roy-Boys gewesen.

Er riß die Titelseite von der Zeitung, zerknüllte sie und warf sie in den Abfallkorb neben der Bank. Die restliche Zeitung faltete er zusammen und legte sie auf die Bank, damit ein anderer sie lesen konnte. Dann nahm er sein zusammengerolltes Sakko und seine Plastiktüte und ging vom Einkaufszentrum zu einem Sportgeschäft. Dort kaufte er sich schwarze Shorts, ein weißes T-Shirt mit rotem ADIDAS-Schriftzug auf der Brust, ein Suspensorium, weiße Socken und die billigsten Laufschuhe, die er finden konnte. Danach blieben ihm noch fast hundert Dollar vom Geld seines Anwalts. Seine Jacke mit der Python paßte noch zu den neuen Klamotten in die Tragetüte des Sportgeschäfts.

Er ging zum Best Western und mietete sich bei einer verwirrten alten Frau im Büro ein Zimmer. Sie warf nicht einmal einen flüchtigen Blick auf den falschen Namen und die Autonummer, die er aufs Anmeldeformular schrieb. Auch schien sie nicht zu bemerken, daß er schwitzte und statt Gepäck zwei Einkaufstüten bei sich hatte. Blackburn war froh darüber.

Sein Zimmer lag im ersten Stock auf der Nordseite des Gebäudes. Kaum hatte er es betreten, stellte er die Klimaanlage auf »Maximum«, zog sich aus und legte sich in der kühlen Brise aufs Bett. Als seine Haut trocken war, setzte er sich auf und aß noch ein Käsesandwich und beide Äpfel. Dann legte er sich wieder hin, um ein wenig zu schlafen. Er war erschöpft, hatte aber Schwierigkeiten mit dem Einschlafen. Er hätte die *Dallas Morning News* weglassen und statt dessen einen Comic kaufen sollen.

Als er aufwachte, blinkte es draußen blau und rot, und er setzte sich erschrocken auf. Er hatte geträumt zu ertrinken und hatte die Lichter durchs Wasser schimmern sehen. Jetzt sah er sie durch die Vorhänge vor dem Fenster seines Motelzimmers schimmern. Ansonsten war das Zimmer dunkel.

Er glitt aus dem Bett und kroch auf allen vieren zum Fenster. Der Teppich war steif und schmuddelig. Die Klimaanlage unter dem Fenster lief noch immer auf »Maximum«. Er füllte sich die Lungen mit eiskalter Luft und erschauerte.

Am Fenster spähte er zwischen den Vorhängen hindurch und sah, daß es Nacht war. Unten auf dem Parkplatz stand mit zuckenden Signallichtern ein Polizeiauto, und zwei Bullen schoben einen hemdlosen Mann auf den Rücksitz. Ein paar Meter von dem Auto entfernt stand eine barfüßige junge Frau in einem kurzen Nachthemd, die die Arme um sich geschlungen hatte und weinte. Andere standen in der Nähe und sahen zu. Irgendeine Gewalttat war in der vergangenen Stunde in dem Motel geschehen, aber Blackburn hatte nichts davon gehört. Die Klimaanlage hatte es übertönt. Es hatte wohl auch eine Sirene geheult, aber auch die hatte Blackburn nicht gehört. Er schaltete die Klimaanlage aus, und sie stoppte mit einem lauten, vibrierenden *Tschonk*. Die Leute auf dem Parkplatz sahen hoch.

Blackburn duckte sich und hielt den Atem an. Nach einigen Sekunden riskierte er einen zweiten Blick. Alle starrten wieder auf das Polizeiauto. Die Bullen schlossen die hintere Tür und stiegen vorne ein. Die roten und blauen Lichter hörten auf zu blinken, und das Auto fuhr in Richtung Highway davon. Blackburn atmete aus und stand auf. Die Polizei war nicht seinetwegen gekommen, aber früher oder später würde dies passieren. Er zog den Wegwerfrasierer aus der Einkaufstüte und ging ins Bad, wo er das Licht einschaltete und auf die Uhr sah. Es war nach elf; Zeit, nach Oklahoma zu fahren, und dann noch weiter. Vielleicht sollte er es mit Kanada versuchen. Es war kalt dort, aber es gab auch eine staatliche Krankenversicherung.

Er duschte, ging dann zum Waschbecken und verarbeitete den winzigen Rest Hotelseife zu Schaum. Er rieb sich den Schaum auf Wangen und Hals, bekam dabei etwas auf den Mund und zog vor dem Spiegel eine Schnute. Dann rasierte er sich. Die Behörden stellten sich ihn wahrscheinlich als verzweifeltes, dreckiges Tier auf der Flucht vor. Vielleicht war er das auch, aber er konnte immerhin versuchen, nicht so auszusehen.

Nach dem Rasieren trocknete er sich ab und kehrte ins Schlafzimmer zurück. Das Zimmer war vom Duschen voller Dampf, aber er schaltete die Klimaanlage nicht wieder ein. Er zog die Sachen an, die er sich am Nachmittag gekauft hatte und stopfte dann seine andere Kleidung und die Schuhe in die Einkaufstüte des Sportgeschäfts. Er mußte sie behalten, bis er sie wegwerfen konnte, wo niemand sie fand. Das Sakko mit der Python kam obenauf. Er mußte sich neue Munition besorgen, sobald er den Staat verlassen hatte. Die fünf Patronen, die er noch besaß, genügten zwar für den Augenblick, aber sie würden nicht ewig reichen.

Er hob seine Plastiktüten auf und wollte eben das Zimmer verlassen, als er an der Tür nebenan ein Klopfen hörte. Er hörte, wie die Tür sich öffnete und dann Stimmen auf dem Balkon. Er stellte die Taschen ab, ging zum Fenster und spähte durch die Vorhänge seitwärts nach draußen. Er sah die zwei Polizisten von vorher auf dem Parkplatz, und die alte Frau aus dem Büro des Motels. Die Polizisten redeten mit dem Mann im Nachbarzimmer, sie wollten wissen, ob er an diesem Abend etwas Ungewöhnliches gesehen oder gehört hatte. Sie suchten Belastungszeugen gegen den Mann, den sie verhaftet hatten.

Einer der Polizisten sagte: »Falls Ihnen noch irgend etwas einfällt, rufen Sie uns an.« Die Tür schloß sich, und die Polizisten und die alte Frau kamen auf Blackburns Zimmer zu. Blackburn wich vom Fenster zurück und stand bewegungslos da, als sie an seine Tür klopften. Sein Atem ging kurz und flach.

»Entschuldigung«, sagte einer der Polizisten mit lauter Stimme. »Wir sind Polizeibeamte, und wir müssen Ihnen ein paar Fragen stellen.«

Blackburn bückte sich und griff in die Kleidertüte. Er steckte die Hand in das zusammengerollte Sakko, aber seine Hand schloß sich um die Mündung der Python. Er zog die Hand wieder heraus.

»Ich weiß, daß dieses Zimmer bewohnt ist«, sagte die alte Frau. »Vielleicht ist er ausgegangen.« Blackburn hörte Schlüssel klappern. »Sehen wir doch einfach mal nach.«

Blackburn nahm seine Tüten und ging ins Bad. »Einen Augenblick!« rief er. »Ich bin auf dem Klo!« Er stellte die Tüten in die Badewanne und zog den Duschvorhang zu. Dann atmete er ein paarmal tief durch. Er brauchte sich doch keine Gedanken zu machen. Die Bullen waren nicht seinetwegen da. Die dachten nicht einmal an ihn. Er trug nicht mehr dieselben Sachen wie am Tag zuvor. Er konnte das Badlicht anlassen, das würde ihre Blicke von seinem Gesicht ablenken. Und auch wenn sie sein Gesicht ansahen, waren seine Haare naß und wirkten dunkler, als sie tatsächlich waren. Er betätigte die Spülung und ging zur Tür.

Als Blackburn die Tür öffnete, sah er, daß die Polizisten sehr jung waren, Anfang Zwanzig. Sie sahen grimmig aus. »Tut uns leid, daß wir Sie so spät noch stören, Sir«, sagte der, der Blackburn am nächsten stand. Er klang nicht so, als täte es ihm leid. »Aber unten hat es einen Zwischenfall gegeben, und wir würden gern wissen, ob Sie etwas gesehen oder gehört haben, das uns bei unseren Ermittlungen weiterhelfen könnte.«

»Ich fürchte nicht«, antwortete Blackburn. »Ich hatte die Klimaanlage an und bin erst aufgewacht, als sie den Kerl in Ihr Auto verfrachtet haben. Das habe ich gesehen.«

»Sie haben den ganzen Zwischenfall verschlafen, Sir?« fragte der Polizist.

»Sieht so aus.«

Der zweite Polizist deutete auf Blackburns Füße. »Schlafen Sie in Ihren Schuhen, Sir?«

Blackburn sah seine Turnschuhe an. »Nein«, sagte er. »Aber ich konnte nicht mehr einschlafen, und da habe ich mir gedacht, ich jogge ein bißchen, um müde zu werden.«

»Nachts zu joggen ist nicht ratsam, Sir«, sagte der erste Polizist. »Sie könnten überfahren werden.«

»Oh«, sagte Blackburn. »Na, dann tu' ich's lieber nicht.«

»Sie könnten ja statt dessen fernsehen«, schlug der Polizist vor.

»Das werde ich tun.«

»Und falls Ihnen zufällig noch etwas einfällt, das uns weiterhelfen könnte, rufen Sie bitte das Palestine Police Department an. Oder sagen Sie an der Rezeption Bescheid.«

Die alte Frau klapperte mit den Schlüsseln. »Tut mir leid wegen der Aufregung«, sagte sie. »Ich hoffe, Sie können wieder einschlafen.«

»Sie können ja nichts dafür«, entgegnete Blackburn.

Die Polizisten und die alte Frau gingen zum nächsten Zimmer. Als Blackburn die Tür schloß, sah er, daß ein Polizist sich umdrehte und ihn finster anstarrte. Aber in dem Blick lag kein Erkennen, nur das normale aggressive Mißtrauen eines jungen Mannes.

Blackburn schaltete den Fernseher ein, damit die Bullen auch hörten, daß er ihren Rat befolgte. Er durfte das Zimmer nicht verlassen, bis er davon ausgehen konnte, daß sie verschwunden waren. Als er sich aufs Bett setzte, erschien auf dem Bildschirm eine Zeichnung des auf einer Pritsche festgeschnallten Jay Pinkerton. Der Sprecher meldete, daß die Exekution in diesem Augenblick stattfinde.

Blackburn stand auf und schaltete den Fernseher aus. Er ging ins Bad, holte seine Plastiktüten aus der Wanne und kehrte zum Bett zurück. Er zog die Python aus der Jacke und spannte sie. Dann setzte er sich mit dem Rücken gegen das Kopfbrett und wartete.

Ein paar Minuten später hörte er die Stimmen der Polizisten auf dem Parkplatz und dann ein Auto anspringen und davonfahren. Er wartete noch zehn Minuten, entspannte dann die Python und steckte sie wieder in die Jacke in der Tüte. Dann nahm er beide Tüten und verließ das Zimmer. Der Himmel war wieder wolkenverhangen.

Blackburn ging hinter das Hotel und zu einer baumgesäumten

Nebenstraße. Niemand war unterwegs. Er marschierte in Richtung Osten, weg von der Highwayschleife, bis er zu einem kleinen Wohnblock mit einem Parkplatz voller Autos kam. Dort wickelte er sein Polyesterhemd, das er im Gerichtssaal getragen hatte, um den Fleischklopfer und zertrümmerte damit das Ausstellfenster auf der Fahrerseite eines alten Dodge Coronet. Er streckte die Hand hindurch, öffnete die Tür und warf seine Taschen hinein. Er sah kurz zum Haus hinüber, um sich zu versichern, daß nirgendwo ein Licht anging, und duckte sich dann unter das Armaturenbrett.

Als der Motor ansprang, richtete Blackburn sich wieder auf und sah noch einmal zu dem Haus hinüber. Auch jetzt blieb alles dunkel. Er setzte sich hinters Steuer, rollte vom Parkplatz und fuhr zurück zum Highway. Der Motor des Coronet stotterte, aber Blackburn glaubte, daß das Auto ihn bis Oklahoma bringen würde.

Als er beim Best Western Motel in Richtung Norden auf den Highway einbog, sah er, daß das Polizeiauto wieder vor dem Motel parkte. Die zwei Polizisten kamen eben aus dem Büro. Einer von ihnen schien den vorbeifahrenden Blackburn anzustarren.

Blackburn behielt seinen Rückspiegel im Auge und sah, daß das Polizeiauto ebenfalls auf den Highway einbog und nach Norden fuhr. Aber es war eine halbe Meile hinter ihm, und die Blinklichter sprangen nicht an. Bei einer Ampel bog Blackburn nach Westen ab, und obwohl das Polizeiauto ebenfalls in diese Richtung fuhr, fiel es noch weiter zurück. Als Blackburn die Stadt hinter sich gelassen hatte und auf der U. S. 287 in nordwestlicher Richtung beschleunigte, waren keine Scheinwerfer mehr im Rückspiegel zu sehen. Sechsunddreißig Stunden waren vergangen, seit er aus dem Gerichtsgebäude in Houston geflohen war, und er war noch immer am Leben und auf freiem Fuß.

Damit war er in doppelter Hinsicht besser dran als viele Leute. Darunter – inzwischen – Jay Pinkerton.

Der Coronet gab den Geist auf, als Blackburn von der U. S. 287 auf die Texas 19 einbog, also noch bevor er eine der Nebenstraßen gefunden hatte, die er bevorzugte. Es gab ein knirschendes Geräusch, und der Motor starb ab. Blackburn ließ das Auto in den Graben rollen und stellte es unter einen überhängenden Baum. Gott versuchte noch immer, Blackburn wieder zum Glauben an Ihn zu bringen, und hatte beschlossen, daß er noch ein wenig länger marschieren sollte.

Blackburn glaubte nicht, daß er das lange würde tun müssen. Nachdem er auf die Texas 19 eingebogen war, hatte er an der Mündung einer Schotterstraße ein Schild mit der Aufschrift PALESTINE GEMEINDEFORST und etwas weiter hinten zwischen den Bäumen zwei rote Hecklichter gesehen. Wenigstens ein Auto war dort geparkt.

Er nahm seine zwei Plastiktüten und trabte zu der Schotterstraße zurück. Die Erde war feucht, aber nicht schlammig, was darauf hindeutete, daß es hier nicht so heftig geregnet hatte. Auf dem Highway fuhr ein Auto vorbei, und er legte sich in den grasbewachsenen Straßengraben, damit die Insassen ihn nicht sehen konnten. Als er wieder aufstand, waren seine Kleider feucht und er spürte Ungeziefer auf seiner Haut krabbeln. Er hoffte, daß es nur Ameisen waren und keine Zecken. Er stellte seine Taschen ab, um sie wegzuwischen, aber in der Dunkelheit konnte er nicht sehen, ob er damit Erfolg hatte. Das Kribbeln verschwand nicht, doch er ging weiter und versuchte, es zu ignorieren. Er hatte es jetzt eilig, Texas zu verlassen.

Als er den flachen Schatten sah, der die Mündung der Schotterstraße darstellte, kletterte er aus dem Graben und ging in den Wald hinein. Zwischen den Bäumen zirpte, knackte und scharrte es, und ein paar der Geräusche verstummten, wenn Blackburn sich näherte. Er wollte nicht an all die Zecken denken, die er aufscheuchte, und er dachte statt dessen an Schlangen. Schlangen konnte man erschießen.

Nach wenigen hundert Metern tauchte zwischen den Bäumen das Auto auf. Es war ein Nissan Sportwagen, dessen Lack in der Dunkelheit stumpfgrau wirkte. Er stand auf einer Lichtung am Ende eines Feldwegs, der vermutlich zur Schotterstraße zurückführte. Die Fenster des Nissan waren heruntergekurbelt, und als Blackburn sich näherte, hörte er schmatzende Geräusche. Jugendliche, die es miteinander trieben.

Blackburns Plan war einfach. Er wollte die Insassen zwingen auszusteigen und das Auto dann übernehmen. Aber er mußte auf der Hut sein. In Texas waren häufig sogar Leute in Sportwagen bewaffnet. Blackburn stellte seine Taschen zwischen die Wurzeln einer Ulme, zog die Python aus dem zusammengerollten Sakko und trat auf die Lichtung.

In diesem Augenblick tauchte zwischen den Bäumen auf der gegenüberliegenden Seite ein zweiter Mann auf. Das Hemd dieses Mannes war weiß, wie Blackburns, und seine Beine wie Blackburns nackt. Er stach so grell von den Bäumen ab, daß er zu leuchten schien. Blackburn blieb stehen, starrte ihn an und dachte zuerst, er sehe sein eigenes Spiegelbild, einen terrestrischen Gegenschein. Doch als der andere dann näherkam, sah Blackburn, daß er klein war und gebückt ging und daß sein Hemd in Wirklichkeit ein Kittel war, der ihm bis zur Mitte der Oberschenkel reichte. Seine grauen Haare waren lang und verfilzt. Der Bart reichte ihm bis auf die Brust. Er war nicht Blackburns Spiegelbild.

Der Mann hob die Hände über den Kopf und rief mit schriller, spröder Stimme: »Unzüchtige! Bereut!«

Im Nissan schnellten zwei Köpfe in die Höhe. Blackburn zischte »Scheiße!« und wich zwischen die Bäume zurück. Er wußte nicht, ob die beiden im Auto ihn gesehen hatten oder nicht.

Der langhaarige Mann war mit seiner Strafpredigt noch nicht zu Ende. »Der Lohn für die Sünde ist der Tod«, schrie er. Er stand jetzt neben dem Auto und trommelte mit den Fäusten aufs Dach. »Benutzt wenigstens einen Gummi!«

Der Motor des Nissan sprang an, die Scheinwerfer leuchteten auf. Die beiden Strahlen stachen in den Wald und nagelten Blackburn gegen einen Baumstamm. Er ließ sich zu Boden fallen und hoffte, daß die Jugendlichen zu sehr mit Abhauen beschäftigt waren, um auf ihn zu achten. Die Hinterräder des Nissan drehten durch, er fuhr im Halbkreis rückwärts und streifte eine Zeder. Metall kreischte, als das Auto auf dem Feldweg vorwärtsschoß, und dann war es verschwunden. Blackburn hörte, wie es auf den Schotterweg einbog und in Richtung Highway davonbrauste.

»Ach, Generation von Vipern!« rief der Langhaarige und drohte mit erhobenem Zeigefinger den Davonfahrenden hinterher. »Wer hat euch gewarnt, damit ihr dem drohenden Zorn entfliehen könnt? Ich, ich war es.«

Blackburn war verwirrt. Er stand auf, bestimmt wieder über und über mit Zecken bedeckt, und betrat die Lichtung.

»He, du!« sagte er. »Du bist Morton, nicht?«

Der Langhaarige erstarrte, den Zeigefinger noch immer erhoben. Dann riß er den Kopf herum und starrte Blackburn an.

»Mein Kind«, sagte er. Seine Stimme klang heiser.

Blackburn hob die Python und schwenkte sie, wie der Langhaarige den Zeigefinger geschwenkt hatte. »Du hast mir eben die Chance vermasselt, lebend hier rauszukommen. Ich würde dich töten, aber Verrückte zu töten bringt Pech.«

Der Langhaarige drehte sich ganz herum und zeigte mit dem Finger auf Blackburn. »Ich bin der gute Hirte«, sagte er, »und ich kenne meine Schafe, und meine Schafe kennen mich. Du weißt, daß ich Morton bin. Du gehörst zu den Meinen.« Er ließ die Hand sinken und kratzte sich im Schritt. »Wenn du mich umbringen willst, nur zu. Dafür bin ich ja hier. Aber wenn du dich danach sehnst, befreit zu werden –« Er drehte sich um und schlurfte auf den Waldrand zu, aus dem er aufgetaucht war. »Folge mir.«

Blackburn überlegte. Ob nun verrückt oder nicht, Morton hatte es geschafft, aus einem Bezirkskrankenhaus auszubrechen und drei Tage lang unentdeckt zu bleiben. Blackburn folgte ihm in den Wald.

Morton war schnell, und Blackburn hatte Mühe, mit ihm Schritt zu halten. Manchmal verschwand Morton und tauchte dann etwas weiter vorne wieder auf, ein Irrlicht in einem Krankenhauskittel. Blackburn schürfte sich die Ellbogen an Baumstämmen auf und fiel zweimal hin. Der Wald schien endlos zu sein, und Morton huschte zwischen den Bäumen hindurch, als wäre er nicht aus Fleisch, sondern aus weißen Gasen, denen die Stämme nicht mehr Widerstand boten als Luft.

Schließlich, als Blackburn schon schwitzte und seine Lungen brannten wie nach einem stundenlangen Marsch, blieb Morton auf einer Lichtung stehen. Blackburn ließ sich wenige Meter von ihm entfernt zu Boden fallen. Er atmete schwer, und die Zecken waren ihm egal. Nach ein paar Minuten konnte er sich aufsetzen, und er sah, daß Morton auf der nackten Erde einen kleinen Holzstapel aufgeschichtet hatte. Morton saß mit untergeschlagenen Beinen vor den Zweigen und zündete sie mit einem Gasfeuerzeug an. Als das Feuer brannte, warf Morton das Feuerzeug über die Schulter. Es landete mit einem Klacken hinter ihm.

»Ist es denn nicht schon warm genug?« fragte Blackburn, der auf den Knien näher rutschte. Er sah, daß Morton schmutzige knöchelhohe Turnschuhe mit geplatzten Sohlen und ohne Schnürsenkel trug.

»Sei bereit für eine Zeit der Labsal in einem brennenden und hellen Licht«, sagte Morton. Er beugte sich über die Flammen und grinste. »Feuer gut«, sagte er.

Blackburn setzte sich ihm gegenüber und legte die Python neben sich. »Du hast gesagt, du willst mich befreien«, sagte er, »und für mich heißt das, aus Texas herauszukommen. Du hast nicht zufällig ein Auto, oder?«

Morton zuckte die Achseln. »Ich bin der Weg, die Wahrheit und das Leben, aber einen fahrbaren Untersatz habe ich nicht.«

»Und wie komme ich dann hier raus?« fragte Blackburn. »Ich weiß nicht, wo ich bin.«

»Ja, Stans Sohn ist gekommen, die zu retten, die vom Weg abgekommen sind«, sagte Morton. »Kein Mann erreicht die wohlgenährte Herde, wenn nicht durch mich.«

»Was soll das heißen?«

»Bleib bei mir, bis morgen die alten Trottel aus der Stadt zum Picknick hierherkommen«, sagte Morton. »Dann kannst du dir einen Buick schnappen und in ein fernes Land aufbrechen. Aber verschwende nicht deine Kraft mit ausschweifendem Leben, außer dein Alter ist ein leichtes Opfer. Fette Kälber wachsen nicht auf Bäumen.«

Blackburn sah ein, daß Mortons Plan im Kern recht vernünftig war. Ansonsten hatte er nur die Möglichkeit, weiter zu Fuß durch den Wald zu laufen, und das würde ihn nirgendwohin bringen. Er hatte keine Ahnung, wo die nächste Straße war oder was er tun sollte, wenn er sie fand. Da richtete er sich besser auf eine Nacht hier im Wald ein.

»Weil wir gerade von fetten Kälbern reden«, sagte er. »Ich habe Hunger. Ich hatte ein bißchen Brot und Käse bei mir, aber das habe ich neben einem Baum liegen lassen. Hast du irgendwas?«

»Ich habe Nahrung für den Geist, mein Sohn«, erwiderte Morton.

»Sonst nichts?«

Morton griff hinter sich und zog eine kleine, mit Folie bedeckte Schachtel hervor. »Ein paar Cracker Jacks«, sagte er. Er streckte die Schachtel Blackburn hin. »Nimm und iß, denn dies ist mein Leib.«

Blackburn nahm die Schachtel und schüttete sich ein paar Cracker in den Mund. Er mußte lange kauen, bevor er schlucken konnte. »Du bist ein wenig altbacken«, sagte er.

»Paß auf, was du sagst. Denn wisse, ich bin wirklich Morton, der Retter der Welt.«

Blackburn nahm sich noch einen Mundvoll Cracker Jacks. »Im Ernst?«

»Ich bescheiße dich nicht«, sagte Morton. »Denn wisse, Stan brach auf von Indiana, aus der Stadt Goshen, nach Pennsylvania, in die Stadt Bethlehem. Und dort brachte die schwangere Bernice, sein rechtmäßig angetrautes Weib, ihren erstgeborenen Sohn zur Welt mit den Worten: ›Diese Stadt stinkt nach dem Rauch vieler Eisenhütten, und es ziemt sich nicht, daß der Sohn ehrbarer Leute in einer stinkenden Senkgrube aufwächst.‹ Also nahm Stan den kleinen Sohn und seine Mutter und begab sich nach Kentucky und ließ sich nieder in einer Stadt namens Nazareth, Bevölkerung siebenhundert. Aber wisse, es gab keine Arbeit für Stan in dieser Gegend von Kentucky, und er gab sich hin dem Saft der Reben und schlug seine Frau und seinen Sohn, wenn sie hungernd nach Fleisch verlangten. Und siehe, ein Engel erschien Stan im Traum und sagte:

›Erhebe dich und verlaß diese Schlampe und diesen Balg. Denn wozu brauchst du diesen Abschaum? Und wahrlich, Stan erhob sich und machte sich aus dem Staube.«

»Ihr wart doch besser dran ohne ihn.«

»Das brauchst du mir nicht zu sagen«, entgegnete Morton. Er griff noch einmal hinter sich und zog eine Literflasche Orangen-Gatorade hervor. Er hielt sie Blackburn hin. »Trinke es aus, denn das ist das Blut Mortons von Nazareth, das für viele vergossen wird zur Vergebung der Sünden.« Er kniff die Augen zusammen. »Du hast doch Sünden, oder? Ich will das Zeug nicht verschwenden. Hier geht's um Blut.«

Blackburn war durstig, er nahm deshalb die Flasche. »Ich habe nur eine Sünde«, sagte er. »Aber es ist eine große. Eine Frau wurde vergewaltigt, weil ich nichts dagegen unternommen habe.« Er schüttelte die Flasche, schraubte den Deckel auf und trank. Das Gatorade war warm und salzig. Er trank die halbe Flasche in sieben Schlucken, ließ sie dann sinken und holte Atem.

»Austrinken habe ich gesagt«, sagte Morton. »Wer von dem Wasser trinkt, das ich ihm gebe, wird nie mehr dürsten, sondern das Wasser, das ich ihm gebe, wird eine Quelle ewigen Lebens sein. Also sauf's aus.« Er klatschte in die Hände und sang: »Sauf's aus, sauf's aus, sauf's aus.«

Blackburn leerte die Flasche und rülpste dann.

»Bravo«, sagte Morton. »Und wenn du mir jetzt deine Sünden beichtest und mich als deinen Retter annimmst, wirst du wiedergeboren werden aus dem Wasser und dem Geist und Wohnung nehmen in Paradise, einer kleinen Stadt in Utah –«

Blackburn warf die Flasche zu Boden, und sie klapperte gegen die Python. Als er sah, daß die Mündung der Python nach seinen Stürzen im Wald mit Dreck verstopft war, hob er sie auf und klappte die Patronentrommel heraus. »Ich habe es dir doch gesagt, ich habe nur eine Sünde«, sagte er, nahm einen dünnen Zweig und schob ihn in den Lauf der Python. »Und die Frau, gegen die ich gesündigt habe, hat mir bereits vergeben, ich brauche also nicht wiedergeboren zu werden.«

Morton setzte sich auf und starrte ihn an. »Wenn sie keine schriftliche Genehmigung hat, kann sie überhaupt nichts vergeben. Und auch wenn sie eine hat, brauchst du immer noch einen Retter.«

Blackburn reinigte weiter seinen Revolver. »Das glaube ich nicht. Als Kind war ich bereit, einen Retter anzuerkennen, aber dann habe ich gemerkt, daß alle, die versucht haben, mir einen anzudrehen, nur Scharlatane waren.«

»Was vom Fleische geboren wird, ist wieder Fleisch«, sagte Morton, »und was vom Geiste geboren wird, ist wieder Geist. Das waren falsche Propheten, ich bin der echte.«

»Die Christen sagen, daß Jesus das ist.«

Morton schnaubte. »Ja, aber wenn Jesus sterben mußte, damit die Christen gerettet werden, und die Juden ihn getötet haben, warum küssen die Christen den Juden dann nicht mittags den Arsch, anstatt sie um Mitternacht in flachen Gräbern zu beerdigen? Höre nun meine Verdammung: Dieses Licht ist auf die Erde gekommen, aber die Menschen lieben die Dunkelheit mehr als das Licht. Wahrlich, ein neuer, besserer Retter mit überlegener Nachsicht ist nötig.«

Blackburn wischte die Python an seinem T-Shirt ab. »Du?«

»Wie in den Prophezeiungen angekündigt«, antwortete Morton. »Bedenke meinen Geburtsort, meine Heimatstadt, meinen Dienst an Gott und den Menschen, meine Geißelung, meine Dornenkrone. Bedenke, daß ich mich danach sehne, mich als Opfer darzubringen, und daß ich jeden erhöhen werde, der mich um der Errettung der Menschen willen umbringt. Ich würde es selber tun, aber das wäre selbstsüchtig und würde alles vermasseln. Also pack deine Zweifel und Sorgen ein und siehe das Lamm Gottes, das hinwegnimmt die Sünden der Welt!«

»Ich sehe aber keine Dornenkrone«, sagte Blackburn.

Morton stemmte die Hände in die Hüften. »Ich hab' sie für den Abend abgenommen, klar? Die tut nämlich verdammt weh.«

Blackburn ließ die Trommel der Python wieder einschnappen und legte den Revolver auf den Boden. »'tschuldigung«, sagte er. »War nicht böse gemeint.«

Morton nahm die Hände von den Hüften und deutete mit dem

Zeigefinger auf Blackburn. »Wirst du deine Sünden jetzt beichten und dich erretten lassen oder nicht?«

»Ich wiederhole, ich habe nur eine Sünde.«

»Das werde ich beurteilen.« Morton räusperte sich. »Zu Anfang: Hattest du andere Götter neben mir?«

Blackburn sah über das Feuer hinweg Morton an, er musterte im flackernden Licht sein schmutziges, faltiges Gesicht. »Nein«, sagte er, »aber ich kann auch nicht behaupten, daß ich dich als Gott hatte.«

»Das reicht«, sagte Morton. »Jetzt Tür Nummer zwei: Hast du je meinen Namen mißbraucht?«

»›Morton?‹«

»Okay, blöde Frage.« Morton kratzte sich den Bart. »Was ist mit Ehebruch? Hast du je einen begangen?«

»Nein. Aber er wurde mir angetan.«

Morton hielt den Atem an. »Was hast du mit deiner Frau gemacht, als du es herausgefunden hast?«

»Ich habe sie mit dem Kopf nach unten in einen Wandschrank gehängt. Ich habe ihr nicht weh getan, aber ich glaube, ich habe ein schlechtes Gewissen deswegen.«

»Du hast sie mit einer milden Strafe davonkommen lassen«, sagte Morton. »Also vergiß es und sage mir: Hast du Vater und Mutter geehrt?«

Blackburn starrte ins Feuer. »Als Kind habe ich versucht, ihnen zu gehorchen. Aber ich glaube nicht, daß ich sie geliebt habe. Meine Mutter war schwach, und mein Vater war –«

Morton unterbrach ihn. »Ein frustrierter Versager, der zu einem mißmutigen, launischen Arschloch wurde, das du am liebsten umgebracht hättest?«

»So in der Richtung.«

»Scheiß auf sie«, sagte Morton. »Mein Alter hat mich mit Spanndraht gegeißelt, und als er verschwand, hat meine Mom weitergemacht. Deshalb sind in meiner Kirche die Gebote relativ. Was mich zum nächsten führt: Hast du getötet? Ich meine Menschen und Tiere mit Fell. Schlangen, Käfer und Gürteltiere, die dir in die Antriebswelle geraten sind, zählen nicht.«

»Ja«, gab Blackburn zu. »Ich habe neunzehn Männer getötet.«

Morton schien das nicht zu überraschen. »Haben sie es verdient?« fragte er.

»Jeder von ihnen.«

»Dann scheiß auf sie.« Morton stand auf. Seine Gelenke knackten. »Komm jetzt und knie vor mir nieder.«

Blackburn stand auf und ging um das Feuer herum. Er kniete sich in eine flache Grube genau hinter der Stelle, wo Morton gesessen hatte. In der Grube lagen das Gasfeuerzeug, noch eine Flasche Gatorade, eine Tüte Fritos und ein toter Maulwurf. Blackburn faltete wie zum Gebet die Hände vor der Brust.

Morton legte Blackburn die Hand auf den Kopf. »Bereust du alle deine vielfältigen Sünden?« rief er.

»Also, die eine schon.«

»Versprichst du, den Pfad der Rechtschaffenheit zu gehen?«

»Ja, wahrlich«, entgegnete Blackburn.

»Bist du jetzt oder warst du je Mitglied der Kommunistischen Partei?«

»Nicht, soweit ich mich erinnern kann.«

Morton drückte ihm die Hand fest auf den Schädel. »Sei nun rein!« rief er. »Mit der Macht, die mir von mir verliehen wurde, erkläre ich dich für errettet!« Er bückte sich und gab Blackburn einen feuchten Kuß auf den Mund. Dann richtete er sich auf und lächelte. »Mein Sohn, mögen deine Sünden dir vergeben sein. Laß uns nun aufbrechen und das nächste Gewässer suchen.« Er verzog die Nase. »Du riechst ein wenig streng.«

Blackburn lachte. Morton mochte wahnsinnig sein, aber sein Wahnsinn war erträglicher als alles, was die Welt Normalität nannte. Er stand auf und gab Morton die Hand.

»Danke«, sagte Blackburn.

»Keine Ursache«, erwiderte Morton. »Vielleicht kannst du ja irgendwann etwas für mich tun.«

Während Morton noch sprach, kam plötzlich ein Krachen aus dem Wald. Blackburn ließ Mortons Hand los und sprang über das Feuer. Er hob die Python auf und spannte sie, stellte sich dann mit dem Rücken zum Feuer und spähte in den Wald. Er sah tanzende gelbe und weiße Lichtscheiben.

Mit den Lichtern näherten sich Stimmen. »Da!« rief einer. »Ich kann ihn sehen!«

Blackburn sprang wieder über das Feuer und packte Morton beim Arm. »Komm«, sagte er. »Wir laufen in die andere Richtung.«

Aber als er Morton in diese Richtung zu zerren begann, tauchten auch dort zwischen den Bäumen Lichter auf. Blackburn wandte sich nach links und dann nach rechts. Die Lichter waren fast überall. Nur eine Richtung war noch frei, aber schon nach ein paar Schritten hörten sie von dort das Geräusch eines näher kommenden Autos. Dann tauchten Scheinwerfer auf, die sie direkt anstrahlten.

Blackburn blieb stehen, und jetzt sah er, daß er und Morton auf der Lichtung standen, auf der zuvor der Nissan geparkt hatte. Meilenweit war er hinter Morton hergelaufen, nur um von ihm zum Ausgangspunkt zurückgeführt zu werden.

Sie waren umzingelt. Mehr als ein Dutzend bewaffneter Männer trat zwischen den Bäumen hervor, und zwei Autos mit aufgeblendeten Scheinwerfern und zusätzlichen Suchscheinwerfern fuhren auf die Lichtung. Blackburn und Morton waren in den Lichtkegeln gefangen.

Morton riß sich von Blackburn los und ging auf die Lichtquellen zu. »Wen sucht ihr?« rief er.

Ein Mann trat in den Strahl des einen Suchscheinwerfers. »Morton«, sagte er.

»Was für einen Morton?« wollte Morton wissen.

Der Mann kam auf Morton zu, und Blackburn sah, daß es Dr. Norris vom Rusk Bezirkskrankenhaus war.

»Morton von Nazareth«, sagte Dr. Norris.

Morton ließ die Schultern hängen. »Ich bin der, den ihr sucht.«

Plötzlich hörte Blackburn hinter sich eine Stimme. »Du in den Shorts«, sagte sie. »Laß die Waffe fallen und leg dich mit dem Gesicht nach unten auf den Boden.«

Morton wirbelte herum. »Ich habe euch doch gesagt, daß ich der bin, den ihr sucht!« kreischte er. »Wenn ihr also mich sucht, laßt diesen Narren seines Weges ziehen!«

Eine Gestalt sprang hinter den Suchscheinwerfern hervor und rannte auf Morton zu, als wollte er ihn von hinten zu Boden werfen. Blackburn sah, daß es Dr. Norris' blau uniformierter Fahrer war.

Blackburn hob die Python. »Bleib weg von ihm!« schrie er.

Der Fahrer lief weiter, und Blackburn zielte und schoß. Mit einem Aufschrei fiel der Fahrer auf die Knie und drückte sich die Hand ans rechte Ohr. Einige Männer in dem Kreis schrien und hoben ihre Waffen, aber Blackburn wußte, daß keiner von ihnen schießen konnte, ohne Gefahr zu laufen, die Männer auf der gegenüberliegenden Seite zu treffen.

Morton sprang auf Blackburn zu und legte die Arme um ihn. »Stecke deinen Dreisiebenundfünfziger in die Scheide«, sagte er. »Soll ich den Kelch, den mir der Vater gegeben hat, nicht aussaufen?«

Der Kreis der Männer wurde immer enger, und Blackburn sah unter ihnen auch die beiden Polizisten, die ihn im Motel befragt hatten. Der eine, der ihn finster angestarrt hatte, trug die Plastiktüten mit Blackburns Sachen und seinem Proviant.

»Mein Ohr!« kreischte Norris' Fahrer. »Er hat mir mein verdammtes Ohr abgeschossen!«

»Jammer nicht«, sagte Blackburn. »Ich hab' auf deinen verdammten Schädel gezielt.«

Dr. Norris kam näher. »Morton«, sagte er mit süßlicher Stimme. »Komm jetzt mit. Du weißt doch, daß wir dir helfen können.«

Morton verdrehte den Kopf. »Wie kann Satan den Satan austreiben?« schrie er. »So ein Quatsch!«

Blackburn sah sich nach einem Fluchtweg um, fand aber keinen. Er spannte noch einmal die Python, doch in Mortons Umklammerung konnte er nicht zielen, und es waren sowieso zu viele Bewaffnete. Alle hatten ihre Waffen auf ihn gerichtet. Wenn er noch einmal schoß, dachten sie vielleicht nicht mehr an das Risiko, sich gegenseitig zu treffen.

»Wir sitzen in der Patsche«, sagte er zu Morton.

Morton sah zu ihm hoch. Die Haare fielen dem Retter aus der Stirn, und Blackburn sah die Schnitte und Kratzer, die die Dornen hinterlassen hatten.

»Übergib mich nicht ihren Händen«, flüsterte Morton. »Ihre Soldaten schlagen mich mit Kleiderbügeln, und ihre Konkubinen verspotten mich. Ich kann nicht predigen. Ich kann die Wildnis von Palestine nicht durchstreifen.« Er packte Blackburns rechte Hand und führte die Mündung der Python an seine Brust. »Hat Morton denn nicht gelitten, um in die Herrlichkeit einzugehen?«

Blackburn versuchte, die Waffe wegzuziehen. »Nein«, sagte er. »Du verdienst nicht zu sterben.«

Morton war stärker als er aussah. Er hielt Blackburns Hand fest und drückte sich die Waffe an die Brust. »Der Bettler starb und wurde von den Engeln in Abrahams Schoß geleitet«, sagte er. »Auch der reiche Mann starb und mußte in der Hölle brennen. Schieß endlich, du Arschloch.«

»Waffe fallen lassen, aber sofort!« schrie ein Mann aus dem Kreis. »Falls sie sich irgendwo anders hinbewegt, blas' ich dir das Hirn raus!«

»Es kommt alles in Ordnung, Morton«, säuselte Dr. Norris.

Blackburn erkannte, daß die Frage, ob Morton den Tod verdient hatte oder nicht, nicht die Frage war, die er stellen sollte.

»Bist du sicher?« flüsterte er.

Morton nickte. »Wahrlich, ich sage dir: Laß es uns tun.«

Blackburn drückte ab. Ein lautes, dumpfes Krachen war zu hören.

Die Männer im Kreis verstummten, sie wußten nicht so recht, was sie gehört hatten.

Morton schloß die Augen und lächelte. Blackburn ließ ihn zu Boden sinken.

»Laß uns übersetzen ans andere Ufer des Sees, Jimmy«, murmelte Morton. »Und dann fangen wir uns ein Mordsding.«

Dann traf Blackburn etwas am Kopf, und er stürzte zu Boden. Ein Mann mit einer Flinte stand über ihm, hoch wie ein Baum. Andere tauchten neben ihm auf.

»Ich habe gesagt, Waffe fallen lassen«, sagte der Mann mit der Flinte.

Blackburn überlegte, ob er ihn umbringen sollte, ließ es dann aber sein. In der Stimme des Mannes schwang keine Grausamkeit mit, nur die etwas resignierte Entschlossenheit zu tun, was er tun mußte. Das war keine Kugel wert.

Er lockerte den Griff um die Waffe. Die Python wurde ihm abgenommen, und dann zerrten ihn die Männer auf die Beine.

»Ich weiß jetzt, wer du bist«, sagte der Bulle, der ihn finster angesehen hatte. »Du bist Jimmy Blackburn.«

Blackburn sah hinunter zu Morton und zu dem roten Fleck auf seinem weißen Kittel. Morton atmete nicht mehr. Obwohl Blackburn keinen Kopfschuß hatte ansetzen können, war Morton schnell gestorben.

»Ja«, sagte Blackburn. »Meinen Namen habe ich ihm nie gesagt, aber er hat mich trotzdem Jimmy genannt. Er hat mir gesagt, daß wir zum Fischen gehen.«

Er sah in die zornigen Gesichter, die von weißen und gelben Lichtern und vom orangefarbenen Flackern des verlöschenden Feuers beleuchtet wurden. Er mußte sie wissen lassen, was in dieser Nacht in der Wildnis von Palestine wirklich passiert war.

»Wahrhaftig«, sagte er. »Dies war der Sohn Gottes.« Er sah noch einmal zu Morton hinunter. Das Lächeln war noch immer auf seinem Gesicht. »Ich bescheiße dich nicht.«

Opfer Nummer einundzwanzig

Im Februar kam Jasmine ihn besuchen. Blackburn war überrascht. Sie hatte ihm nicht geschrieben, daß sie kommen würde. Er hätte beinahe gesagt, er wolle sie nicht sehen, sich dann aber gedacht, es wäre eine gute Gelegenheit, aus seiner Zelle herauszukommen und sich auf dem Weg zum Besuchszimmer ein wenig Bewegung zu verschaffen. Seit man ihn von »Todestrakt, arbeitstauglich« zu »Todestrakt, Isolation« zurückgestuft hatte, waren seine Beine ziemlich steif geworden.

»Hi, Jimmy.« Jasmine trug eine dunkle Bluse, und ihre Haare reichten ihr knapp bis zu den Schultern. Mit hängenden Schultern saß sie da, als hätte sie Angst, geschlagen zu werden. Sie sah Mom noch ähnlicher als früher.

Blackburn setzte sich. Hier war er noch nie gewesen. Eine Plexiglasscheibe und ein Metallgitter waren in die Wand eingelassen, zu beiden Seiten verliefen breite Holztheken. Bruder und Schwester saßen fast zwei Meter voneinander entfernt. Blackburn machte das nichts aus. Er wollte ihr nicht näher sein.

»Hi«, sagte er. »Willkommen im Ellis-Trakt.«

Jasmine runzelte die Stirn. »Ist es sehr schlimm?«

Blackburn versuchte, nicht zu lachen. Er wollte sie nicht verletzen. Aber ein Lächeln konnte er sich nicht verkneifen.

»Tut mir leid«, sagte Jasmine.

»Dir muß gar nichts leid tun«, sagte Blackburn. »Bist du den ganzen Weg aus Seattle hierher gekommen?«

»Ich lebe jetzt in Spokane. Ich bin Steuerberaterin.«

»Und wie läuft's?«

»Nicht schlecht. Ich verdiene genug.«

»Freut mich. Du hättest das Geld aber nicht ausgeben sollen, um mich zu besuchen. Doch wenn du schon da bist, solltest du dir die Sehenswürdigkeiten von Huntsville ansehen.«

Jasmine zog die Augenbrauen in die Höhe. »Ich hab' ja gar nicht gewußt, daß es welche gibt.«

»Aber klar doch«, sagte Blackburn. »Ich selber habe sie nicht gesehen, aber in der Bibliothek über sie gelesen. Ich empfehle das Gefängnismuseum, in dem es Kugel- und Kettenfesseln zu sehen gibt, Waffen von Bonny und Clyde und, vor allem, ›Old Sparky‹.«

»Was ist das?« fragte Jasmine.

»Der elektrische Stuhl des Staates Texas, der inzwischen einer energiesparenderen Methode Platz gemacht hat. Aber immer noch sehr populär ist.«

Jasmine senkte den Blick auf die Theke. »Ich will darüber nicht reden.«

»Ich rede ja nicht darüber«, entgegnete Blackburn.

Jasmine hob den Kopf. Sie war wütend. »Doch, tust du schon.«

Sie hatte recht. Blackburn hatte keinen Grund, sie damit zu belästigen. Andererseits hatte er sie auch nicht gebeten zu kommen.

»Du hättest dir doch denken können, daß mir das durch den Kopf geht«, sagte er.

Jasmine schwieg einen Augenblick. »Ja«, sagte sie dann. »Aber ich kann nichts dagegen tun. Und deshalb habe ich gehofft, daß wir uns über andere Dinge unterhalten können.«

»Über was zum Beispiel?«

»Na ja, ich habe mir gedacht, du willst vielleicht was über Mom erfahren. Und über Dad.«

Blackburn nahm an, daß das auf ihrer Seite der Wand durchaus naheliegend war. »Okay. Wie geht's Mom?«

»Sie hat an Thanksgiving wieder geheiratet. Ihr Mann heißt Gary.

Er hat dreißig Jahre in einer Konservenfabrik gearbeitet, ist aber jetzt in Rente.«

»Wie schön«, sagte Blackburn. »Und was ist mit dir? Verheiratet?«

»Nein.«

»Vögelst du rum?«

Jasmine wurde rot.

»Triff Vorkehrungen«, sagte Blackburn.

Jasmine lachte. Ihre Augen waren feucht.

»Ich meine das ernst«, sagte Blackburn.

Jasmine stellte ihre schwarze Handtasche auf die Theke und zog ein Papiertaschentuch heraus. Sie wischte sich die Augen. »Ich weiß, daß du es ernst meinst«, sagte sie. »Deswegen lache ich nicht. Ich lache, damit ich nicht weine.«

»Das versteh' ich nicht.«

»Das habe ich auch gar nicht erwartet.«

Blackburn merkte, daß er froh war, sie zu sehen. Er und Jasmine verstanden einander.

»Na schön«, sagte er. »Was ist mit dem Alten?«

Sie zerknüllte das Taschentuch. »Er ist im September gestorben.«

»So lang hat er durchgehalten?«

»Fast zwei Jahre lang war sein Zustand stabil. Aber dann ging es schnell bergab. Ich hatte ihn in meiner Wohnung in Spokane, als es passierte. Er sah sich gerade die Nachrichten an, und es hieß, du hättest dich schuldig bekannt, aber ich glaube nicht, daß das der Auslöser war. Er ist einfach eingeschlafen. Er nahm damals schon stärkste Schmerzmittel, und ich glaube nicht, daß er viel gelitten hat.«

Blackburn seufzte. Es paßte. Wer die meisten Schmerzen verursachte, litt selbst am wenigsten. Aber vielleicht hieß das, daß Blackburn auch für sich auf einen leichten Tod hoffen konnte.

»Was hast du mit dem Hof vor?«

»Verkaufen«, sagte Jasmine. »Ich will ihn nicht, und du –« Sie unterbrach sich. Der Schreck saß ihr im Gesicht.

»Schon gut«, sagte Blackburn. »Mir macht es nichts aus. Es macht mir nur was aus, daß es so lange dauert.«

Jasmine schüttelte den Kopf. »Ich verstehe nicht, warum du nicht dagegen kämpfst«, sagte sie. Ihre Stimme zitterte. »Du bist der letzte, von dem ich erwartet hätte, daß er aufgibt.«

»Ich gebe nicht auf«, sagte Blackburn. »Ich akzeptiere die Realität. Es wird auf jeden Fall passieren, also sollte es möglichst bald passieren.« Er zeigte auf die Wände. »Hier drin ist's nicht gerade lustig. Ein Beispiel: Ich hab' alle arbeitstauglichen Jesus-Freaks zum Mortonismus bekehrt, und da hat der Kaplan mich zurückstufen lassen. Jetzt komme ich nur noch drei Stunden pro Tag aus meiner Zelle, an fünf Tagen pro Woche. Und die Zelle ist zwei mal zweieinhalb Meter groß, das meiste davon Bett und Toilette.« Er stand auf. »Ich bringe dich aus der Fassung. Ich sollte gehen.«

»Geh nicht«, sagte Jasmine. »Wir haben noch Zeit.«

»Du solltest deine in Spokane verbringen.« Blackburn drehte sich um und nickte der Wache zu.

»Ich liebe dich«, sagte Jasmine.

Blackburn konnte sich nicht vorstellen, daß sie das ernst meinte. Aber er hatte Jasmine noch nie lügen gehört. Er drehte sich zu ihr um und sagte: »Danke.« Dann kehrte er in seine Zelle zurück.

Eine Woche später besuchte ihn ein Anwalt, den er nicht kannte. Der Anwalt saß auf demselben Stuhl, auf dem auch Jasmine gesessen hatte. Er sah unglücklich aus.

Blackburn nahm das als gutes Zeichen. »Wie steht's?« fragte er.

Der Anwalt, nur wenige Jahre älter als Blackburn, rückte seine schiefe Drahtgestellbrille zurecht und machte sie dadurch noch schiefer. »Ich habe die Entscheidung des texanischen Appellationsgerichts vorliegen«, sagte er. »Sie haben das Strafmaß bestätigt. Wenn es um Polizistenmord geht, hat das Gericht, fürchte ich, wenig Mitleid mit dem Angeklagten.«

»Na ja«, sagte Blackburn, »ich hab's ja schließlich getan.«

»Das macht nichts. Ihr Fall wurde überstürzt verhandelt, und Ihr Anwalt hat keine angemessene Verteidigung vorgebracht. Also haben wir, unabhängig von dem, was das texanische Gericht sagt, verfassungsmäßige Gründe für eine Revision vor dem Obersten Gerichtshof der Vereinigten Staaten, und falls die abgewiesen wird, für eine Revision gemäß *habeas corpus*.«

Blackburn gefiel das ganz und gar nicht. »Hören Sie«, sagte er. »Mein Anwalt hat genau das erreicht, was ich von ihm wollte. Die Staatsanwaltschaft hat behauptet, ich hätte eine Frau vergewaltigt und getötet, und er hat sie dazu gebracht zuzugeben, daß das eine Lüge war. Dann haben sie gesagt, ich hätte einen DPS-Beamten erschossen, und das stimmt. Der Kerl hat's zwar darauf angelegt, aber das ist anscheinend juristisch ohne Belang. Also habe ich mich schuldig bekannt, und sie haben mich verurteilt. Dann hat mein Anwalt gesagt, er werde Revision einlegen, und ich habe ihm gesagt, er soll sich verziehen. Ich habe gewußt, daß es sinnlos ist.«

»Sie hatten keine andere Wahl«, sagte der Anwalt. »Die texanischen Gesetze sehen bei Verhängung der Todesstrafe automatisch eine Revision vor dem Appellationsgericht vor. Als Ihr Anwalt sein Mandat aufgab, wurde Ihr Fall mir zugewiesen. Ich habe Sie in einem Brief darüber informiert. Haben Sie ihn nicht bekommen?«

Blackburn zuckte die Achseln. »Möglich. Ich bekomme viel Post. Briefe von Leuten, die mein Leben retten wollen und andere von Leuten, die mich auf dem elektrischen Stuhl sehen wollen, obwohl der in Texas gar nicht mehr eingesetzt wird. Aber die meisten sind von Anwälten, die die Filmrechte an meiner Geschichte verkaufen wollen.«

Der Anwalt rückte noch einmal seine Brille zurecht, und sie rutschte ihm von der Nase und klapperte auf die Theke. Er setzte sie wieder auf und starrte Blackburn an. »Ich habe Ihren Fall übernommen, weil ein Richter es mir befohlen hat«, sagte er, »aber das heißt nicht, daß ich meine Pflicht nicht erfüllen werde. Und meine Pflicht ist es, Ihr Leben zu erhalten.«

»Warum?« fragte Blackburn. »Damit ich es hier drin fristen kann?«

»Es gibt so etwas wie Straferlaß«, sagte der Anwalt. »Manchmal sogar für Polizistenmörder.«

»Sie glauben, daß Sie mir einen Straferlaß verschaffen können?«

»Es würde wohl lange dauern, aber es könnte sein.«

»Wie lange? Wann wäre es frühestens soweit?«

Der Anwalt verzog das Gesicht. »Bei der Art Ihres Verbrechens«, sagte er, »und in Anbetracht der Tatsache, daß Ihnen in diesem Staat noch ein weiterer Mordprozeß bevorsteht und Sie auch Morde in anderen Staaten zugegeben haben, würde ich sagen, daß Sie frühestens in zwanzig Jahren für einen Straferlaß in Frage kommen. Ich weiß, das klingt wie eine Ewigkeit. Aber es ist besser als Sterben.«

Blackburn starrte den Anwalt an. Der Mann wirkte ernsthaft, aber Ernsthaftigkeit war unwichtig. Blackburn stand auf.

»Ich habe genug vom Tod gesehen, um mehr darüber zu wissen als Sie«, sagte er. »Und da ich fast das ganze vergangene Jahr in Käfigen verbracht habe, weiß ich auch mehr übers Eingesperrtsein als Sie. Außerdem habe ich mich ausführlich über die Exekutionsprozeduren in diesem Staat informiert und über die psychologischen Auswirkungen langjähriger Gefängnisstrafen. Deshalb lautet, ausgehend von meinem größeren Wissen in diesen Dingen, meine Entscheidung folgendermaßen: Wenn ich die nächsten zwanzig Jahre in Huntsville verbringe, dann nur als ausgestopfte Puppe auf dem Old Sparky im Gefängnismuseum. Und wenn Sie mir nicht helfen, diese Sache schnell und einfach hinter mich zu bringen, dann können Sie Ihren *habeas corpus* nehmen und ihn sich in den Arsch stecken.«

Der Anwalt stand ebenfalls auf. »Mr. Blackburn, ich verstehe, daß Sie erregt sind. Aber Sie müssen begreifen, daß Ihnen rechtliche Möglichkeiten bleiben, Ihr Leben zu retten. Wenn Sie sich weigern, Sie zu nutzen, bringen Sie sich um.« Er fummelte an seiner Brille herum. »Ich werde versuchen, morgen wiederzukommen, und Sie haben die ganze Nacht Zeit, um sich zu beruhigen und über die Sache nachzudenken. Vielleicht kann ich sogar ein Gespräch ohne Trennwand arrangieren, damit wir uns in entspannterer Atmosphäre unterhalten können.«

Blackburn sah den Anwalt unverwandt an. »Bitte tun Sie das«, sagte er. »Dann kann ich Sie da aufreißen, wo Sie weich sind, Sie aufhängen und zusehen, wie sie ausbluten.«

Das war eigentlich nicht Blackburns Art, aber der Anwalt schien das nicht zu wissen. Er ging weg und kehrte nicht zurück.

Der Hinrichtungsbefehl wurde am Mittwoch, den 1. April 1987, ausgegeben. Die Hinrichtung wurde auf Donnerstag, den 14. Mai festgesetzt, Blackburns 29. Geburtstag. Als Blackburn eine Kopie des Befehls erhielt, glaubte er zuerst, jemand habe sich einen Aprilscherz mit ihm erlaubt. Aber am Tag darauf erhielt er vom Gefängnisdirektor einen Brief, der diesen Befehl bestätigte, und nun wußte Blackburn, daß er ernst gemeint war. Zwei Tage danach erhielt er einen Brief von dem Anwalt, der ihn besucht hatte, in dem er anbot, sich um einen Hinrichtungsaufschub zu bemühen. Blackburn schrieb einen Antwortbrief, in dem er anbot, das Haus des Anwalts in die Luft jagen zu lassen. In den folgenden Wochen erhielt er noch weitere Briefe von diesem Anwalt und auch von anderen, aber er öffnete sie nicht.

Doch dann, am Montag, dem 11. Mai, kam ein Brief von Heather.

Lieber Mr. Blackburn,

ich habe Ihnen nicht schon früher geschrieben, weil meine Eltern und Freunde sagen, ich sollte es nicht tun. Sie sagen, Sie sind ein Mörder, und als solcher haben Sie eine Nachricht von mir nicht verdient. Aber mein Herz sagt mir, da Sie ein zum Tode Verurteilter sind, sollten Sie wissen, daß Sie einen Sohn haben.

Im letzten September habe ich einen Jungen geboren, dem ich den Namen Alan gegeben habe. Ich habe ihn nach dem Mann genannt, für den ich Sie gehalten habe, als wir im Dezember 1985 zusammen waren.

Ich hoffe, es war richtig, daß ich es Ihnen gesagt habe. Ich hoffe, es ist ein Trost für sie.

Am kommenden Donnerstag wird Ihr Sohn acht Monate alt.

Blackburn war entsetzt. Er hatte sich 1982 sterilisieren lassen.

Das Kind war Roy-Boys Sohn.

Er packte Kugelschreiber und Papier und schrieb hektisch.

Um der Liebe Mortons willen ertränke ihn ertränke ihn er ist der Sohn eines Psychopathen und wird aufwachsen und Leute foltern vor allem Leute die ihn lieben glaube mir er ist nicht mein Sohn ich bin steril sondern von ihm von dem der dich gequält und

Blackburn hielt inne. Sein Atem ging schwer, seine Brust bebte. Als er dazu in der Lage war, las er, was er geschrieben hatte. Dann zerriß er das Blatt.

»Alles in Ordnung, Blackburn?«

Blackburn hob den Kopf. Ein Wärter sah durch die Gitter der Zellentür.

»Ja«, sagte Blackburn. »Mit geht's gut.«

»Was machste denn mit dem Kugelschreiber?«

Blackburn betrachtete den Kugelschreiber in seiner Hand. »Schreiben«, sagte er.

»Gib ihn her«, sagte der Wärter.

»Warum? Ich hatte die ganze Zeit Kugelschreiber oder was anderes zum Schreiben.«

»Gib ihn her.«

Blackburn gab ihn ab. Ein paar Minuten später wurde er aus der Zelle geführt, und zwei Wärter durchsuchten sie vor seinen Augen. Sie fanden zwei weitere Kugelschreiber und drei Bleistifte.

»Wir wollen nicht, daß du dir was antust«, sagte einer von ihnen zu Blackburn, als sie ihn wieder in die Zelle brachten.

Im ersten Augenblick war Blackburn verwirrt, doch dann begriff er, was sie meinten. Er sollte in drei Tagen hingerichtet werden, und sie wollten nicht, daß er ihnen zuvorkam.

»Keine Angst«, sagte er. »Denn wahrlich, Morton sagte: ›Ich würde es selber tun, aber das würde alles vermasseln.‹«

An diesem Abend versuchte der Gefängnisgeistliche, Blackburn zu besuchen. Blackburn streckte ihm den nackten Hintern entgegen, und er ging wieder.

Am Mittwoch, dem 13. Mai, um siebzehn Uhr holten vier Wärter ihn aus seiner Zelle und brachten ihn in ein anderes Gebäude. Dort steckten sie ihn in eine Wartezelle. Zwei der Wärter stellten sich vor der Zelle auf und beobachteten ihn. Er legte sich auf die Koje und fuhr die Risse an der Decke mit den Augen nach. Eine Stunde später brachte einer der Wärter, die weggegangen waren, ihm gebratenes Hähnchen, Kartoffelbrei und Soße. Es roch köstlich. Blackburn setzte sich auf. Das Essen stand auf einem Metalltablett auf der Durchreiche in der Zellentür. Dampf stieg zwischen den Gittern hoch.

»Ist das schon meine Henkersmahlzeit?« fragte Blackburn.

»Die gibt's erst morgen abend«, sagte der Wärter, der ihm das Essen gebracht hatte. »Aber sie müssen wissen, was du haben willst. Ich schreibe es mir gleich auf, wenn du soweit bist.«

Blackburn grinste. Er wußte über die Schließmuskelerschlaffung bei frisch Getöteten Bescheid, und er hatte beschlossen, nicht zu sterben, ohne ein Andenken zu hinterlassen. Er verlangte eine Schüssel Chili, Haferkleie mit Milch, Selleriestangen, Spargel, Kleiebrötchen, zwei Liter Pflaumensaft, einen Liter Bier und einen Karottenkuchen mit »Happy Birthday« in rosa Schrift auf weißer Glasur. Die Wärter machten ein verwirrtes Gesicht.

»Ballaststoffe«, sagte Blackburn. »Die sind gesund, heißt es immer.«

Er aß das gebratene Hähnchen und den Kartoffelbrei und schlief dann. Als er spät am Vormittag wieder aufwachte, konnte er sich an keinen Traum erinnern. Zum Frühstück gab es Schinken mit Ei und Bratkartoffeln, dazu Kaffee. Danach verlangte er die neuesten Ausgaben von *Superman, The Flash, Batman, Hawkman, Spiderman, X-Men* und *Green Lantern.* Einer der Wärter ging zum Wandtelefon, und zwei Stunden später hatte Blackburn seine Comics. Er las sie langsam und war mitten in *Hawkman*, als das Mittagessen kam. Es bestand aus einem Cheeseburger, Fritten und einer großen Portion Schokoladeneis. Das Eis war gut, er bat deshalb um mehr. Aber einer der Wärter sagte, das Eis stamme von draußen, und es sei nichts mehr da.

Green Lantern hob Blackburn sich auf, bis um neunzehn Uhr die Henkersmahlzeit serviert wurde. Er las es beim Essen und war enttäuscht. Die Serie hatte mit den Jahren an Qualität verloren. Als er alles gegessen hatte, was er hinunterbrachte, legte er sich auf die Koje und las noch einmal *X-Men.* Er war satt und schläfrig und fragte sich, ob er noch Zeit hatte für ein Nickerchen.

Er döste, aber die Wärter weckten ihn um 20 Uhr 15 und brachten ihn in eine Duschkabine neben der Wartezelle. Er mußte sich ausziehen und seine Sachen in einen Wäschesack stecken. Nach dem Duschen gaben sie ihm ein Handtuch, saubere Kleidung und ein Paar Slipper. Er machte eine Bemerkung über das kurzärmelige Hemd, aber die Wärter gingen nicht darauf ein, sondern brachten ihn wieder in die Wartezelle und sagten ihm, er könne sich noch ein paar Stunden lang entspannen.

Blackburn konnte sich nicht entspannen. Er hatte keine Angst, war nicht einmal nervös; er war nur ganz einfach hellwach. Duschen hatte immer diese Wirkung auf ihn. Einer der Wärter fragte, ob er gern einen Fernseher hätte, aber Blackburn bat statt dessen um den *Houston Chronicle*. Als ihm die Zeitung gebracht wurde, überblätterte er den Nachrichtenteil und konzentrierte sich auf die Ratgeber- und Witzseiten. Er sah keinen Sinn darin, sich jetzt noch über das Weltgeschehen zu informieren; es ging wahrscheinlich sowieso nur wieder um diese Iran-Contra-Scheiße.

Um 23 Uhr 30 kamen der Gefängnisdirektor und der Kaplan zusammen mit drei Männern in schwarzen Anzügen, die Blackburn nicht kannte, und ein Wärter mit einer fahrbaren Pritsche. Blackburn war froh, als er sah, daß auf der Pritsche eine Matratze lag. Er wurde aus der Wartezelle geholt und zu einer geschlossenen Tür geführt, wo man ihm befahl, das Hemd aufzuknöpfen und sich auf die Pritsche zu legen. Er gehorchte und legte sich mit den Füßen zur Tür auf die Pritsche, und die Wärter fesselten ihn mit sechs Lederriemen. Sein rechter Arm wurde auf eine Schiene geschnallt, die seitlich von der Pritsche wegstand. Der Gefängnisdirektor öffnete die Tür, und Blackburn wußte, daß dahinter der Raum lag, der »Todeshaus« genannt wurde. Die Pritsche wurde hineingeschoben.

Der Raum hatte Ziegelwände. In der Wand links neben Blackburn war eine Tür, die zum Raum des Exekutionsbeamten führte. Neben dieser Tür waren zwei kleine, quadratische Löcher, eins über dem anderen. Neben dem oberen Loch befand sich ein rechteckiger Spiegel. Blackburn wußte, daß der Exekutionsbeamte und ein Arzt auf der anderen Seite des Spiegels ihn würden sehen können, er aber nicht sie.

Die Pritsche wurde unter den Spiegel gerollt. Blackburn hob den Kopf und zwinkerte.

Die Tür neben den quadratischen Löchern ging auf, und ein Mann in einem blauen Kittel kam ins Todeshaus. Dieser Mann war kein Arzt, sondern eine »Person mit medizinischen Kenntnissen«. Er stellte sich rechts neben Blackburn, griff über ihn hinweg und holte aus dem unteren Loch eine Nadel heraus, an der ein durchsichtiger Plastikschlauch befestigt war. Er zog den Schlauch so weit heraus, daß er auf Blackburns nackter Brust lag, glättete dann die Haut in Blackburns Ellenbeuge und stach die Nadel hinein.

Blackburn sah, wie die Nadel in die Haut eindrang, spürte aber keinen Schmerz. »Sie sind gut«, sagte er zu dem Mann im Kittel. »Ich habe nichts gespürt.«

»Danke«, sagte der Mann im Kittel. »Sie haben gute Adern.« Dann machte er ein erschrockenes Gesicht und sah zu den anderen Männern im Todeshaus hinüber. Sie taten so, als hätten sie nichts gehört.

Der Mann im Kittel befestigte die Nadel mit Klebeband an Blackburns Arm und zog dann einen zweiten Schlauch aus dem unteren Loch. Dieser Schlauch war grau und endete in einer Metallscheibe, die der Mann im Kittel ebenfalls mit Klebeband auf Blackburns Brust befestigte. Es war das Stethoskop für den Arzt.

Der Mann im Kittel ging wieder in den Raum des Exekutionsbeamten und schloß die Tür.

»He«, sagte Blackburn. »Wozu ist das obere Loch gut?«

Das Gesicht des Gefängnisdirektors tauchte über Blackburn auf. Der Gefängnisdirektor hatte ein fliehendes Kinn und einen hohen Haaransatz. Er trug eine Brille.

»Wir benutzen das obere Loch nicht«, sagte er.

»Warum ist es dann in der Wand?« fragte Blackburn.

Der Gefängnisdirektor ging nicht darauf ein. Statt dessen sagte er: »Jimmy, Sie können jetzt eine Erklärung abgeben, wenn Sie wollen.«

Blackburn wußte seit fast einem Jahr, daß dieser Augenblick kommen würde, und er hatte verschiedene Erklärungen ausprobiert. Aber er hatte sich nicht für eine entscheiden können und war auch jetzt noch unentschlossen.

Ich habe nie eine Frau getötet; Leslie zählt nicht, weil sie die Zündschnur selbst angesteckt hat.

Automechaniker sind ohne Ausnahme Betrüger.

Kein Mann kennt die Liebe, der nie einen Hund gehabt hat.

Ich bedaure, daß ich Leo gezwungen habe, Motoröl zu trinken; ich hätte zurückkehren und ihn erschießen sollen.

Artimus Arthur wird als der größte Literat des zwanzigsten Jahrhunderts in die Geschichte eingehen.

Laßt einen Drachen steigen.

Die Währungseinheit in Laos ist der Kip, in der Mongolei der Tugrik.

Morton gibt und Morton nimmt es wieder.

Sagt Jasmine, sie soll nicht weniger als sechzigtausend für den Hof verlangen.

Sagt Dolores, daß ich ihr verzeihe.

Sagt den Leuten von Wantoda, Kansas, daß ich sie berühmt gemacht habe.

Sagt Ernies Eltern, daß sie, auch wenn sie in ihrem ganzen Leben nichts anderes gemacht haben, doch stolz sein können, weil sie Ernie gemacht haben.

Sagt Heather, sie soll Alan nicht mit scharfen Gegenständen spielen lassen.

All das war wert, gesagt zu werden, aber keiner dieser Sätze allein war genug.

»Jimmy?« sagte der Gefängnisdirektor.

Blackburn versuchte, die Achseln zu zucken, aber die Lederriemen waren zu eng.

»*Green Lantern* ist auch nicht mehr das, was es mal war«, sagte er.

Der Gefängnisdirektor runzelte die Stirn und trat zurück. Der Geistliche tauchte nun über Blackburn auf, und Blackburn machte ein Geräusch in der Kehle, als würde er Schleim hochziehen. Auch der Geistliche trat zurück.

Blackburn spürte etwas Kaltes in seinem Arm, und er hob den Kopf, um sich den durchsichtigen Schlauch auf seiner Brust anzusehen. Eine farblose Flüssigkeit floß darin. Blackburn wußte, daß die farblose Flüssigkeit Kochsalzlösung war, ohne Gift. Sie würden es eine Weile fließen lassen, damit er nicht merkte, wann die Drogen dazukamen. Bei den Drogen würde es sich um Natriumthiopental, Pankuroniumbromid und Kaliumchlorid handeln. Er wußte nicht genau, was diese Begriffe bedeuteten, aber er war stolz darauf, sie gelernt zu haben. Er war nicht sicher, warum. Vielleicht war es so ähnlich, wie die Wörter »Colt Python« zu lernen, die für sich genommen ja auch nichts bedeuteten. Sie bedeuteten nur etwas, wenn sie auf Stahl und Blei angewendet wurden. So wie Drogen nur etwas bedeuteten, wenn sie in den Körper eindrangen.

Er spürte einen dumpfen Druck in Blase und Darm und lächelte. Sie würden sich wünschen, sie könnten ihn zweimal töten.

Er drehte den Kopf nach rechts und sah in der gegenüberliegenden Wand eine Glasscheibe. Im grellen Schein der Deckenbeleuchtung konnte er die Gesichter der Zeugen hinter der Scheibe nicht erkennen, aber ihre Umrisse sah er. Sie waren wie Gespenster. Er starrte sie einige Minuten lang an, um sie verlegen zu machen. Dann sah er hoch zum Deckenlicht. Die Sache dauerte zu lange.

Das Deckenlicht bestand nur aus einer einzelnen hellen Birne. Blackburn vermutete, daß sie mindestens zweihundert Watt hatte. Er starrte sie an, um herauszufinden, wir lange er hinsehen konnte, ohne zu blinzeln. Dann tauchte einer der Männer, die sich in dem Raum aufhielten, wieder über ihm auf und versperrte ihm die Sicht.

»Sie stehen mir im Licht«, sagte Blackburn.

Der Mann ging weg, und die Sonne war wieder hell in Jimmys Augen. Seine schwarze Fiberglasrute und die Zebco-404-Rolle glänzten.

»Na, mach schon, wenn du mitwillst«, sagte Dad.

Jimmy rannte am Ufer entlang und wäre beinahe hingefallen. Dad zog den Deckel von der alten Kaffeedose und holte einen zuckenden roten Wurm heraus.

»So macht man das«, sagte Dad und hielt den Haken seiner Angel in der rechten Hand. »Du spießt den Wurm der Länge nach auf, vom Arsch zum Kopf oder vom Kopf zum Arsch. Nicht einfach nur